Assassin's Creed® :

1. *Assassin's Creed® : Renaissance*
2. *Assassin's Creed® : Brotherhood*
3. *Assassin's Creed® : La Croisade secrète*
4. *Assassin's Creed® : Revelations*
5. *Assassin's Creed® : Forsaken*
6. *Assassin's Creed® : Black Flag*
7. *Assassin's Creed® : Unity*
8. *Assassin's Creed® : Underworld*

*Assassin's Creed® : Le Roman du film*
*Assassin's Creed® Origins : Le Serment du désert*
*Assassin's Creed® : Odyssey*
*Assassin's Creed® Valhalla : La Saga de Geirmund*

*Assassin's Creed® : Au cœur de l'Animus*
*Assassin's Creed® : Les Chroniques d'Ezio Auditore*
*Assassin's Creed® : Heresy*

Matthew J. Kirby

# ASSASSIN'S CREED
# VALHALLA
## LA SAGA DE GEIRMUND

Traduit de l'anglais (États-Unis) par Claire Jouanneau

Bragelonne

Collection dirigée par Stéphane Marsan et Alain Névant

Titre original : *Assassin's Creed® Valhalla : Geirmund's Saga*
Originellement publié en Grande-Bretagne
par Penguin Books Ltd. et Ubisoft en 2020


Illustration de couverture :
© Kim Jung Gi – © Park Pyeong Jun

ISBN : 979-10-281-2107-5

Bragelonne
60-62, rue d'Hauteville – 75010 Paris

E-mail : info@bragelonne.fr
Site Internet : www.bragelonne.fr

# Première partie

## Un simple couteau

# Chapitre premier

Les loups apparurent quelques secondes après la chute du cerf élaphe. *Depuis quand nous suivent-ils ?* se demanda Geirmund. La flèche de son frère, fichée dans le flanc de l'animal, avait manqué le cœur, et la pauvre bête blessée avait poussé un mugissement avant de partir au galop, laissant une trace de sang dans son sillage. La poursuite avait duré longtemps, jusqu'à ce que le cerf s'écroule enfin dans la première neige avec un râle d'agonie. Les bruits et les odeurs de sa mort s'étaient répercutés dans les vallées environnantes, un appel irrésistible pour la meute de loups.

— Ils sont combien, selon toi ? demanda Hámund.

Geirmund se tourna vers la forêt, déjà plongée dans la pénombre en cette fin d'après-midi. La plaine aux rares bouquets de chênes avait depuis longtemps cédé la place à une forêt montagneuse très dense, un abri idéal pour la faune sauvage. Les troncs noirs des pins et des bouleaux se dressaient dans le silence, telles les sentinelles d'une halle dans laquelle les deux frères n'étaient pas les bienvenus. Il n'y brûlait ni âtre ni lanterne en stéatite, et, si elle était dirigée par un roi ou un chef de clan, qu'il soit troll ou esprit, ce dernier ne leur accorderait jamais sa protection.

— Moi, j'en compte cinq, reprit Hámund.

Encore ne s'agissait-il que de ceux qui voulaient être vus. Geirmund sortit son épée et sa hache.

— Il y en a peut-être deux fois plus qui restent en réserve.

— Comment ça, « en réserve » ? On parle d'une meute de loups, pas d'une troupe de pillards rompus à la stratégie.

— Ce sont des pillards, en un sens.

Geirmund aperçut le chef de la meute, une femelle qui émergea des arbres et se plaça bien en vue pour le regarder avec une intelligence et une malice presque humaines. Ses poils d'un gris mal défini se dressèrent. Elle était de bonne taille, mais certains membres de sa meute étaient encore plus impressionnants, signe qu'elle ne régnait pas par la simple force physique.

— Ils n'ont peut-être pas de drakkar, mais ces loups se comportent comme de vrais Vikings.

— Et puis quoi encore ? Qu'est-ce qu'ils vont faire, selon toi ? Nous encercler ?

— Ils essaieront, en tout cas. (Constatant que son frère était toujours aussi incrédule, Geirmund perdit son calme.) Si tu passais moins de temps à te gorger de bière et à flatter les nobles avec père, tu saurais peut-être un peu mieux comment chassent les loups.

Hámund cessa de rire, mais ne répondit pas. Geirmund comprit que son aîné lui ferait payer cette observation pourtant pertinente, qu'il avait prise pour une insulte. Mais la vengeance attendrait. Plusieurs loups avançaient vers eux, la tête basse, les babines retroussées, avec des grognements sourds.

— Ils veulent le cerf, remarqua Hámund. On devrait peut-être le leur abandonner.

Geirmund regarda leur butin, un jeune mâle qui n'avait jamais combattu et n'avait pas encore constitué son troupeau de femelles. Comme l'hiver ne faisait que commencer, il avait encore ses bois. Leur taille était modeste, mais suffisante pour qu'ils y sculptent quelque chose d'utile. Sa peau rouge, sans le moindre défaut, gardait un éclat soyeux, et sa chair s'annonçait succulente.

— Tu les laisserais voler ton bien ?

— Et, toi, tu serais prêt à mourir pour un cerf alors que notre garde-manger déborde ?

Cette question fit réfléchir Geirmund. Ils étaient à trois jours de leur halle d'Avaldsnes. Ils n'étaient sortis que quelques heures pour rapporter du petit gibier, mais leur chasse était vite devenue bien plus ambitieuse. Les grosses proies étaient rares dans les alentours ; ils avaient donc suivi l'Ålfjord en direction du nord-est avant de s'enfoncer dans les collines au sud-ouest du village d'Olund, près de la frontière de l'Hordaland. Ils étaient encore à plus d'un jour de marche. Si l'affrontement tournait mal pour eux, le village serait leur seul refuge. Le vent n'apportait aucune odeur de fumée ou de feu de cuisson. Geirmund ne percevait que la fragrance des arbres et le musc de la terre détrempée par la neige.

— Si on est venus jusqu'ici, c'est parce que tu voulais un cerf, répliqua-t-il.

— Pas au prix de ma vie. Ou de la tienne.

Geirmund allait répondre lorsque la louve réapparut, silencieuse et glaciale comme le brouillard de Niflheim. Elle dépassa les membres de sa meute pour s'approcher d'eux, puis, tout aussi soudainement, bondit hors de leur vue, la tête haute. Geirmund avait eu toutefois le temps d'apercevoir les braises de Muspelheim dans ses yeux jaunes, une méfiance brûlante et intrépide, le désir d'un mets plus rare que la chair d'un cerf. Cette louve connaissait les humains et en avait déjà chassé. Geirmund avait senti sa haine à l'égard des deux intrus qui osaient pénétrer dans ses montagnes, sa halle forestière.

Mais les montagnes ne lui appartenaient pas, pas plus que ce cerf, et il avait bien l'intention de le lui faire comprendre.

— Si on s'enfuit, ils nous suivront et nous tueront dans notre sommeil.

— Mais non, le rassura Hámund sans conviction.

— Je te parie que les villageois d'Olund connaissent bien cette louve.

— Et alors ?

Geirmund se tourna vers son frère, les sourcils froncés.

— Ils sont du Rogaland et ont donc fait serment d'allégeance à notre père. Ce sont nos sujets, tu seras un jour leur roi.

Hámund se redressa, piqué par cette accusation à peine voilée. C'était désormais son honneur qui était en jeu et il n'avait donc plus le choix. Geirmund lui sourit et leva ses armes.

— Allons, mon frère, tu veux te battre ? ou tu préfères négocier un accord commercial pour le cerf ? demanda-t-il en désignant les loups. Je suis sûr qu'ils seront ravis de nous proposer des conditions, mais je doute qu'elles soient à notre avantage.

Hámund détacha son arc en if de son dos.

— Au risque de te surprendre, mon frère, j'ai appris deux ou trois choses utiles au cours de mes voyages, rétorqua-t-il en tirant une flèche de son carquois avant de l'encocher sur la corde. Par exemple, je sais qu'il est impossible de négocier avec la mer, quelles que soient les offrandes qu'on lui fait. Même sans être un chasseur accompli, j'imagine qu'il en est de même avec les loups.

Geirmund s'approcha de lui.

— Essaie de mieux viser qu'avec le cerf.

— Si tu veux que j'y arrive, éloigne-les de moi.

Geirmund lui tourna le dos, et ils se mirent en position de combat. Les loups les encerclaient, à la recherche de la moindre brèche dans leur défense. Leur souffle générait des petits nuages de vapeur blanche dans l'air froid. L'obscurité s'épaississait de minute en minute, ce qui donnait un avantage à leurs yeux jaunes perçants.

Deux d'entre eux chargèrent en même temps, chacun d'un côté. Geirmund entendit le claquement de l'arc, suivi d'un cri de douleur. Il se baissa et donna un coup d'épée au deuxième assaillant, qui se jetait sur la main opposée, celle qui brandissait la hache. La lame toucha la patte avant gauche de l'animal ; ce dernier battit en retraite en boitant, son membre sanguinolent ne tenant plus que par un lambeau de chair.

Pivotant sur ses talons, Geirmund vit que son frère avait fait mouche. Son loup gisait dans la neige, recroquevillé sur lui-même, une flèche plantée entre les omoplates. Mort sur le coup.

— Bien joué, mon frère, le complimenta Geirmund.

— Et le tien ?

— Hors d'état de nuire, mais on…

Quatre loups se jetèrent sur eux en grognant tandis que quatre autres continuaient à leur tourner autour, prêts à se jeter dans la mêlée. Hámund décocha une flèche et en tira aussitôt une autre de son carquois. Dans le même temps, Geirmund fit tournoyer sa hache vers un autre loup qui s'apprêtait à bondir sur son frère. La flèche atteignit son but ; le premier loup retomba dans la neige. Il se releva, tituba un instant et s'écroula de nouveau. L'adversaire de Geirmund, touché au cou, cessa de bouger.

— Derrière toi ! cria Hámund.

Geirmund s'écarta pour éviter la flèche. Il entendit le loup tomber dans la neige mais n'eut pas le temps de se tourner pour regarder, car le quatrième attaquant lui sauta dessus avant qu'il puisse lever ses armes. Il s'écroula sous son poids, entendit le claquement de ses mâchoires, respira son haleine fétide. Il leva un bras pour se protéger la gorge ; le loup y planta aussitôt les dents, traversant le cuir, la laine et la peau. Si Geirmund le laissait faire, l'animal lui briserait les os.

Il rouvrit les yeux et poussa un hurlement assourdissant. Hámund fit de même et l'animal, pris de convulsions, lâcha prise. Il tituba sur quelques pas en se grattant le visage pour tenter de déloger la flèche plantée dans son œil. Hámund s'en était servi comme d'un poignard, mais le fût ne s'était pas suffisamment enfoncé pour atteindre le cerveau et tuer sur le coup. Hámund en tira donc une autre pour l'achever, le regard rivé sur la bête agonisante.

Geirmund était encore au sol lorsqu'un cinquième loup s'engouffra entre eux. Il voulut se relever, mais glissa dans la neige ensanglantée et ne put atteindre son frère à temps. Le loup se jeta sur Hámund, planta les crocs dans le bras qui bandait l'arc et le fit tomber.

— Non ! hurla Geirmund.

Il avait perdu son épée, mais se jeta sur le loup avec sa hache, qu'il abattit sur le dos de la bête de toute la force de ses deux mains, lui brisant la colonne vertébrale. Le loup hurla et tenta de s'enfuir, mais ses pattes arrière ne répondaient plus. Geirmund abrégea ses souffrances. Puis il se retourna pour affronter la menace suivante.

Mais la bataille était terminée. La meute semblait s'être évaporée, temporairement du moins, abandonnant ses morts et ses blessés. Geirmund ramassa son épée pour achever les deux loups agonisants. Il s'aperçut alors que le dernier adversaire de son frère avait la patte aux trois quarts coupée. Une blessure qu'il reconnut aussitôt. Mortellement touché, l'animal n'avait pourtant pas hésité à revenir à l'assaut, redoublant de courage et de férocité. Ou peut-être savait-il qu'il était condamné et avait-il choisi d'affronter son destin en face. Pour Geirmund, ces deux choix étaient aussi honorables l'un que l'autre. Il s'agenouilla devant la dépouille avec un mélange d'admiration et de regret.

— Ils sont partis ? demanda Hámund. (Geirmund hocha la tête.) Ils vont revenir ?

— Ils reviennent toujours. Mais pas aujourd'hui.

— Comment va ton bras ?

— Il me fait mal, mais je survivrai.

Geirmund regarda sa blessure et découvrit une forme pâle sortant de sa manche déchirée, rougie par le sang. Il crut tout d'abord que son os était à nu, mais se rendit compte qu'il s'agissait d'une dent de loup. Ôtant le croc du tissu, il le posa sur sa paume, puis se tourna vers son frère. Ce dernier le regardait fixement, les yeux toujours illuminés par l'excitation de la bataille. Geirmund vit alors une tache rouge au niveau de ses côtes.

— J'ai l'impression que tu as été plus touché que moi.

— Moi aussi, je survivrai, répondit Hámund en examinant sa propre blessure. Ça saigne beaucoup, mais c'est superficiel.

— Tu es sûr ?

Hámund déglutit et hocha la tête, puis étudia le champ de bataille.

— On en a eu six.

Geirmund passa la main dans l'épaisse fourrure du loup pour lui tâter les côtes.

— Ils n'ont que la peau sur les os, constata-t-il, et leurs dents se déchaussent.

La meute n'était ni assoiffée de sang ni dévorée par la hargne ou par le désir de vengeance. Ces loups luttaient tout simplement pour leur survie. Mais cela ne changeait rien. Geirmund referma la main sur le croc. Le défi et la rage qu'il avait cru voir dans les yeux de la chef de meute n'étaient peut-être que le fruit de son imagination. Le territoire du Rogaland était petit et ne contenait pas de quoi nourrir tous les êtres qu'il abritait. Les combats et la mort étaient inévitables.

— Installons-nous pour la nuit, dit-il en se relevant. On va faire un feu, nettoyer nos plaies, puis écorcher les animaux. On repartira au matin.

Hámund cligna des yeux, puis acquiesça d'un hochement de tête. Ils profitèrent des dernières lueurs du jour pour dégager le sol de leur campement et ramasser du petit bois. Geirmund traîna ensuite les carcasses des loups jusqu'au feu, que Hámund essayait de faire prendre grâce au magnifique allume-feu qu'il avait rapporté du Finnland, à l'occasion d'un voyage avec leur père. Il était doté d'une poignée en bronze scintillante sur laquelle étaient gravés deux cavaliers se chargeant. Malgré son luxe, il ne générait cependant pas de meilleures étincelles que l'outil en acier tout simple de son frère. Il eut beau lutter, ses tentatives restèrent vaines. Geirmund s'apprêtait à lui venir en aide lorsque des volutes de fumée apparurent enfin. Hámund se releva lentement, puis chancela.

— Tu n'as pas l'air bien.

— Je me sens…, commença-t-il sans terminer sa phrase.

— Assieds-toi. Je vais examiner ta…

Hámund s'écroula, pâle comme la mort, comme si ses forces l'avaient soudain abandonné. Geirmund se précipita vers lui.

— Regarde-moi, ordonna-t-il en lui tapotant la joue. Regarde-moi !

Mais les yeux de son frère se révulsèrent. La couche de vêtements, au niveau de ses côtes, semblait lourde et détrempée. Geirmund trancha le tissu avec son couteau et découvrit une blessure sous le bras, qui saignait toujours. Un instant figé, il se reprit et bondit vers le feu, posa la tête de sa hache dans les flammes naissantes, puis remplit un bol de neige. Il la fit fondre près des flammes. Enfin, il retourna auprès de son frère et appuya sur la plaie pour essayer d'endiguer l'hémorragie.

— Hámund, espèce d'imbécile, murmura-t-il.

Quelques minutes plus tard, il récupéra le bol d'eau chaude, qu'il versa sur la plaie. Celle-ci nettoyée, il ramassa sa hache et lâcha un peu de neige sur la tête chauffée à blanc. Les flocons grésillèrent et se volatilisèrent aussitôt.

— Je ne sais pas si tu m'entends, dit-il à son frère, mais serre les dents. Ça va faire mal.

Sans attendre, il lui prit le poignet, lui leva le bras pour exposer la blessure, puis posa la tête de sa hache sur la chair. Hámund grogna, mais resta immobile au contact du métal brûlant. Une odeur de viande grillée emplit l'air, et Geirmund se retint de vomir.

Après quelques secondes, il peina à retirer la hache collée à la peau de son frère. Heureusement, l'hémorragie semblait avoir cessé. Geirmund espérait que le sang n'avait pas été refoulé dans l'estomac et les côtes. Il ne pourrait rien y faire. Il déchira une bande de tissu, l'imbibant des dernières gouttes d'hydromel que contenait sa gourde, puis attacha cette compresse improvisée sous le bras de Hámund afin de maintenir la pression sur la blessure.

— Bon, maintenant, il faut que je trouve le moyen de t'évacuer, dit-il en se tournant vers les cadavres des loups.

Il choisit les deux plus gros spécimens, dont celui avec la patte tranchée, et les écorcha aussi vite que possible. En temps normal, il leur aurait fendu le ventre et les pattes pour aplatir la peau au maximum, mais, pour ce qu'il comptait faire, il avait besoin d'une fourrure d'un seul tenant, ce qui demandait du temps, de la concentration et de la force. Il commença par les pattes, procédant par des coupures minimales, puis détacha petit à petit la fourrure comme s'il ôtait des chausses trempées rétrécies par l'eau. Il devait parfois mobiliser toute sa force pour désolidariser la fourrure de la carcasse. L'effort, malgré le froid, le mettait en sueur, mais bientôt il se retrouva avec deux fourrures roulées. D'un coup de hache, il abattit deux jeunes bouleaux. Leurs troncs étaient épais comme son avant-bras, aussi les coupa-t-il en deux pour les ajuster à la taille de son frère. Il étendit ensuite les peaux à la suite l'une de l'autre pour faire passer les perches dedans. Elles étirèrent les fourrures, créant un traîneau à la fois solide, moelleux et isolé contre le froid de l'air et de la neige.

Geirmund installa son frère sur ce lit de fortune, puis l'y attacha ainsi que son arc et ses autres armes. Ils étaient prêts à partir.

Voyager de nuit était dangereux, mais Geirmund craignait encore plus de rester ici. À cause des loups, bien sûr, mais aussi de l'état de son frère. Hámund avait besoin de rentrer aussi vite que possible à Avaldsnes, où il pourrait recevoir les soins d'un guérisseur capable d'empêcher la gangrène de s'installer. Le moindre retard entraînerait une mort probable.

Geirmund abandonna les carcasses à la meute, si jamais elle revenait. Il savait que les loups se mangeaient parfois entre eux, mais, s'ils refusaient ce repas, ils pourraient se rabattre sur le cerf élaphe. Il coupa quelques portions de viande dans les cuissots de la bête pour avoir de quoi se nourrir lors du trajet mais laissa le reste sur place.

Il prit ensuite la corde avec laquelle il avait attaché les loups pour les écorcher, la noua aux deux perches, puis la passa sur son torse et ses épaules. De cette manière, son dos fournirait le plus gros de l'effort et il pourrait utiliser ses bras pour équilibrer le traîneau. Lorsqu'il voulut soulever la charge, le poids combiné de son frère, des fourrures et des perches lui coupa le souffle. Il trébucha avant même d'avoir fait un pas.

— Ô Thór, donne-moi la force nécessaire, murmura-t-il.

Il se redressa, et partit dans la nuit.

# Chapitre 2

Après deux jours et deux nuits, les muscles des épaules de Geirmund devinrent enfin insensibles à l'endroit où les cordes pénétraient dans sa chair comme des lames. Il ne sentait plus non plus ses pieds, entre le poids qui enfonçait ses talons dans le sol et la neige et la glace dans lesquelles ils baignaient. Quant à son dos, il craquait comme un vieux chêne prêt à s'écrouler au moindre coup de vent. L'écorce rugueuse des perches avait fini par percer ses gants, mettant ses paumes à vif. Sa poitrine le brûlait à chaque inspiration lorsque l'air glacial rencontrait les flammes de ses poumons.

C'était le matin du troisième jour. Pendant la nuit, il était enfin sorti des montagnes enneigées pour arriver dans la plaine. L'évolution était beaucoup plus facile ; à certains endroits, les longues herbes, détrempées par la pluie, lui permettaient même de faire glisser le traîneau sans effort.

Mais cela ne dura pas.

À mesure que la matinée s'écoulait, ce n'était plus contre la douleur qu'il luttait, mais contre un adversaire plus insidieux. Les muscles de ses bras et de ses jambes tremblaient d'épuisement et ses ligaments semblaient sur le point de rompre. La douleur avait été un ennemi direct, constant, contre lequel il pouvait mobiliser toute sa volonté. La fatigue, elle, se contentait de l'assiéger, attendant qu'il ait épuisé toutes ses réserves. Pour résister, il avait besoin de dormir plusieurs heures, mais il espérait atteindre Avaldsnes sans s'arrêter. Il ne s'accordait que de courtes pauses pour vérifier comment se portait Hámund, faire cuire la viande de cerf qu'il avait emportée, en avaler quelques bouchées et fermer brièvement les yeux sans se laisser aller au sommeil profond. Mais cela ne lui suffirait pas. Son corps réclamait un véritable répit.

Au loin, il aperçut un bosquet de noisetiers au bord d'une petite mare qui ferait parfaitement l'affaire. Une fois sous les arbres, il posa son frère sur le sol et s'écroula dans les feuilles humides et les éclats de coquilles, inspirant l'odeur doucereuse de la végétation en décomposition.

Avant de s'abandonner au sommeil, il s'occupa de son frère. Le visage de Hámund restait pâle, mais son front était moins brûlant, ce que Geirmund considéra comme un bon signe. Depuis qu'il avait perdu connaissance, son frère semblait flotter dans un sommeil troublé. Il lui arrivait de marmonner, voire de crier, mais ses paroles n'avaient aucun sens. Pour Geirmund, il valait mieux que Hámund reste inconscient tant que cela n'aggravait pas son état. La douleur serait difficilement supportable ; il n'avait donc pas tenté de le réveiller. Enfin, il se laissa glisser dans les bras de Morphée. Lorsqu'il rouvrit les yeux, il faisait nuit et il frissonnait de froid.

La douleur était de retour, mais il l'accueillit à bras ouverts car il avait retrouvé la force de l'affronter. Les dents serrées, il se leva et alla chercher du bois. Il allait faire un feu pour examiner son frère à la lumière des flammes, puis se réchaufferait avant d'attaquer la dernière étape de son périple. À son retour, à sa grande surprise, Hámund était conscient et le regardait.

— Tu te sens comment ?

— Ça gratte. Tes peaux de loup sont pleines de puces, répondit son frère avec un faible sourire. Et j'ai une sacrée envie de pisser et de chier, si tu veux tout savoir.

Geirmund éclata de rire et le détacha du traîneau avant de l'aider à se relever.

— Attention à ton bras. N'essaie pas de le lever.

— Je ne sais pas si j'y arriverais même si tu ne l'avais pas attaché.

Hámund, la démarche hésitante, sortit du cercle lumineux des flammes. Geirmund attendit quelques minutes, puis l'appela. Sans répondre, Hámund revint et se rallongea sur le traîneau avec un grognement de douleur. Geirmund lui offrit les derniers morceaux de viande qu'il avait cuits la veille. Ou l'avant-veille, peut-être.

— Où sommes-nous ? demanda Hámund.

Geirmund s'assit en face de lui, de l'autre côté du feu.

— J'espère arriver à la halle demain avant la nuit.

Son frère interrompit sa mastication.

— Tu m'as porté tout ce chemin ?

Geirmund jeta un nouveau bout de noisetier sur le feu, générant des étincelles et un panache de fumée à la bonne odeur de noisettes.

— Qu'est-ce que tu voulais que je fasse d'autre avec un tire-au-flanc comme toi ?

— Merci du compliment ! (Hámund éclata de rire, puis grimaça et mordit de nouveau dans sa viande.) J'ai bien peur de me sentir toujours aussi paresseux, cela dit.

Geirmund lisait la fierté et l'inquiétude dans le regard de son frère, et devinait sans mal ses pensées. Hámund n'avait pas la force de marcher mais refusait d'être un fardeau.

— Une dernière journée, ce ne sera rien.

— Pour toi, peut-être, mais pas pour moi. On voit bien que ce n'est pas toi qui te fais dévorer par les puces.

— Tu en avais déjà avant. Les tiennes et celles des loups ont eu amplement le temps de faire connaissance.

Hámund gloussa, puis grimaça de nouveau.

— Arrête de me faire rire.

— Une fois qu'on sera repartis, j'ai peur que tu n'en aies plus l'occasion. (Geirmund se leva, ramassa une brassée de feuilles humides et les lâcha sur le feu, qu'il piétina pour terminer de l'éteindre.) Tu es prêt ?

Hámund regarda le ciel étoilé, comme s'il cherchait à calculer l'heure exacte.

— Déjà ?

— Oui, je pense que ça vaut mieux, répondit Geirmund d'une voix plus lourde qu'il l'aurait souhaité. Tu as besoin des soins d'un guérisseur plus accompli que moi.

Hámund hocha lentement la tête.

— Tu as probablement raison.

Geirmund l'attacha au traîneau, mais, cette fois-ci, Hámund était conscient et poussa un grognement de douleur. Geirmund aurait voulu l'éviter, mais il n'avait pas le choix. Quant à Hámund, il ne prononça pas un mot, fermant la bouche et les yeux pour supporter la douleur. Lorsque son frère eut terminé, il lui demanda :

— Donne-moi mon épée.

— Pourquoi ?

— Pour que je puisse la tenir.

Comprenant ce que son frère avait en tête, Geirmund fit de son mieux pour le rassurer :

— Le destin n'en a pas fini avec toi. Et père non plus. Je suis sûr qu'il irait lui-même au Valhalla te chercher, et…

— S'il te plaît, mon frère, insista Hámund en ouvrant la main. Mon épée.

Geirmund ne savait pas si c'était nécessaire, mais il ne trouvait aucune raison valable de refuser à son frère l'honneur de mourir l'épée à la main, si jamais cela devait arriver avant qu'ils atteignent Avaldsnes. Tout en tirant l'arme de son fourreau, il se fit le serment de vaincre les Nornes et leurs ciseaux. L'épée avait une superbe lame en acier du pays des Francs. C'était leur père qui l'avait offerte à Hámund lorsque ce dernier s'était embarqué pour sa première traversée. Geirmund doutait que cette épée ait jamais goûté le sang d'un homme ou d'un animal. La poignée était recouverte d'une corde enroulée, et le pommeau gravé de cercles imbriqués en or et en argent. Quant à la lame, ses reliefs brillaient d'un éclat froid sous la lumière de la lune.

— Si tu la lâches, je ne retourne pas la chercher, l'avertit Geirmund d'une voix qu'il voulait sévère.

— Je sais.

Geirmund enfila la lame sous l'une des sangles pour la bloquer, puis posa la poignée dans la paume de son frère.

— Merci.

Hámund referma les doigts sur la poignée et la fit glisser jusqu'à son cœur. Geirmund hocha la tête, puis commença à se harnacher. Lorsqu'il souleva le traîneau, les cordes lui mordirent les épaules avec une férocité renouvelée. Il se demanda s'il pourrait toujours manier un aviron lorsque le jour où il pourrait prendre la mer en son nom propre arriverait enfin.

— Je crois que tu es plus léger, dit-il. Tu as bien fait d'aller faire tes besoins.

Hámund répondit par un petit rire qui se mua en gémissement, puis en grognements lorsque Geirmund commença à avancer.

Il fit de son mieux pour rester sur un terrain plat et s'engagea dans la plaine qui séparait l'Ålfjord, au nord, du Skjoldafjord, au sud. Mais il faisait toujours nuit, et les cahots étaient inévitables. À chaque nouveau choc, les grognements de Hámund semblaient s'amplifier. Geirmund se guidait grâce aux étoiles, mais, juste avant l'aube, le ciel se couvrit. Ils continuèrent sous la pluie et l'orage. Geirmund dérapait sur le terrain glissant et faisait parfois basculer le traîneau, mais Hámund ne faisait plus de bruit. Geirmund s'arrêta pour voir s'il allait bien. Il s'attendait à le trouver évanoui, mais ce n'était pas le cas.

— Tu peux me couvrir le visage ? lui demanda Hámund, les dents serrées.

Il avait les yeux fermés et les cils ornés de gouttelettes de pluie.

— Bien sûr, excuse-moi de ne pas y avoir pensé plus tôt. (Il tira la capuche aussi loin que possible.) Ça va comme ça ?

Hámund hocha imperceptiblement la tête, les doigts crispés sur son épée.

Geirmund soupira et reprit son joug. La pluie tombait, drue et froide, traversant son manteau, sa fourrure et sa veste de cuir au niveau des coutures. Enfin, ils arrivèrent sur des terres cultivées, sillonnées de routes. Au sud-est, des collines grisâtres et nues bouchaient l'horizon. Pour les éviter, il prit la direction du sud, près de la rive du Skjoldafjord. La pluie se calma petit à petit, et la brume descendit des sommets pour venir se poser sur l'eau. Une fois au bout du fjord, Geirmund suivit la rive d'un lac.

Les routes auraient dû faciliter sa progression, mais le mauvais temps les avait transformées en bourbier. La boue épaisse aspirait ses bottes et emprisonnait les perches. À bout de forces, il dut ralentir le rythme. Il avait l'impression que son cœur allait exploser. Ses jambes se dérobèrent sous lui à deux reprises, et il s'écroula dans la boue, entraînant son frère avec lui. La troisième fois, il resta par terre, sans savoir s'il parviendrait à se relever.

— Il n'y a pas de maison en vue ? demanda Hámund. Ou juste un endroit où s'abriter ?

— Pas encore, répondit Geirmund, la main sur la poitrine pour tenter de reprendre son souffle (Il lui semblait sentir une odeur de fumée, mais il n'en était pas sûr.) Et même… s'il y en avait une, je… je devrais quand même… aller chercher un guérisseur et… ça prendrait trop de temps.

Il se mit à genoux et parvint enfin à se relever.

— Je peux attendre le guérisseur, argua Hámund. Trouve un endroit où je serai au sec et laisse-moi.

— Pas question que je t'abandonne, répliqua Geirmund en reprenant sa marche en avant.

— Mais tu ne peux pas…

— J'ai dit « non ». Je ne veux pas… (Il avait essayé d'élever la voix, mais cet effort ne servit qu'à l'essouffler davantage.) Je ne te laisserai pas.

Il envisagea de quitter la route pour trouver un terrain plus favorable, mais les champs d'orge environnants venaient d'être moissonnés et semblaient encore plus impraticables que le chemin. Geirmund n'avait d'autre choix que d'avancer. La route boueuse était son seul horizon, même s'il devait tomber encore mille fois. Il perdit bientôt le sens de la distance, concentré uniquement sur ses pas, de plus en plus courts. Il ne voulait même pas penser au fait qu'il ne tarderait pas à s'écrouler définitivement et qu'ils ne rentreraient jamais chez eux. Il continuait d'avancer avec obstination.

Enfin, les nuages se levèrent et le soleil fit scintiller la végétation détrempée. Ils arrivèrent à la pointe septentrionale du Førresfjord, puis virèrent au sud-ouest et suivirent la rive en direction du détroit de Karmsund pour la dernière étape. Il faisait moins froid, mais Geirmund ne retrouvait pas ses forces pour autant. Pire, il était aveuglé par le soleil qui se reflétait dans les innombrables flaques sur la route.

— Tu entends ? demanda Hámund.

— Quoi ?

— Des chevaux.

Malgré son épuisement, Geirmund tendit l'oreille. Hámund avait raison. Des cavaliers approchaient, cachés par un virage de la route. Leurs voix portaient au loin, et il les entendait maudire la boue et la pluie.

— Ils font trop de bruit pour des hors-la-loi.

Là encore, Hámund voyait juste. Les bandits évitaient les routes, sauf pour y détrousser et assassiner les voyageurs. Sans que Geirmund ait eu le temps de décider s'il serait plus prudent de sortir de la route, les hommes apparurent, puis les hélèrent. Geirmund eut l'impression de reconnaître la voix rauque de Steinólfur. Était-il en train de délirer ? Les cavaliers se mirent au galop, et Geirmund distingua qu'il s'agissait bien de son ami, accompagné de son apprenti, Skjalgi, un jeune garçon à l'œil gauche barré d'une cicatrice. Ils chevauchaient en compagnie de quatre hommes d'Avaldsnes et il ne leur fallut que quelques minutes pour arriver jusqu'à eux. Geirmund faillit s'écrouler une nouvelle fois, terrassé par le soulagement.

— Halte ! ordonna Steinólfur en s'arrêtant à quelques pas de lui. Geirmund, c'est bien toi ?

— Oui, répondit Geirmund, pris d'un tremblement soudain.

— Qu'est-ce que tu transportes dans ce traîneau ? demanda Steinólfur en descendant de cheval. Où est Hámund ?

— Sur le traîneau, répondit ce dernier.

Skjalgi mit pied à terre à son tour et les deux hommes se précipitèrent pour prendre les perches des mains de Geirmund. Ils durent l'aider à les lâcher, car il ne parvenait pas à desserrer les doigts. Skjalgi supporta le poids du traîneau tandis que Steinólfur libérait Geirmund des cordes qui lui sciaient les épaules.

— Par les dieux ! murmura-t-il, que vous est-il arrivé ?

— Des loups, répondit Hámund.

— « Des loups » ? répéta Skjalgi en posant doucement le traîneau au sol. Où ça ?

— À un jour d'ici, expliqua Geirmund. Près d'Olund.

— « Olund » ? répéta Steinólfur en secouant la tête. Vous étiez censés partir chasser des écureuils. Votre père a envoyé des équipes à votre recherche, mais aucune n'est allée jusqu'à Olund.

— On ne voulait plus seulement des écureuils, expliqua Hámund.

— Steinólfur, écoute-moi, intervint Geirmund, qui avait enfin trouvé les mots pour exprimer ce qu'il voulait dire. Mon frère est gravement blessé sous le bras. Il a besoin d'un guérisseur.

Steinólfur regarda Hámund.

— Tu peux tenir à cheval ?

— Oui, sur une courte distance.

— Il faudra quelqu'un derrière lui pour le retenir de tomber, ajouta Geirmund.

L'un des hommes, un nommé Egil, prit la parole :

— Mon cheval peut porter le Hel-hide.

Geirmund ne cilla pas. Il détestait ce surnom mais savait que c'était une marque d'amitié, pas une insulte.

— Le cheval d'Egil est le plus fort, en effet, acquiesça Steinólfur. (Il lui fit signe d'approcher et demanda à Skjalgi de détacher le blessé de son traîneau, puis se tourna vers Geirmund.) Et toi ? Ton bras n'a pas l'air en bon état.

Geirmund regarda sa blessure. Il l'avait complètement oubliée ; le sang mêlé de boue avait séché sur sa manche à l'endroit où le loup avait percé le tissu et le cuir.

— Je ne m'en suis pas encore occupé.

— Je regarderai ça dès que ton frère sera en route, le rassura Steinólfur.

Le cheval d'Egil était un magnifique étalon à la robe et à la crinière dorées. Les hommes soulevèrent Hámund pour le poser sur la selle, devant Egil. Une fois le prince en place, Steinólfur reprit la parole :

— Skjalgi et moi vous suivrons bientôt avec Geirmund. Hámund doit arriver à la halle du roi Hjörr avant le coucher du soleil.

Les cavaliers hochèrent la tête et partirent au galop. Geirmund regarda son frère s'éloigner dans la pluie de boue soulevée par les sabots des chevaux.

— Je dois l'accompagner, dit-il. On doit…

— Tu ne vas nulle part tant que je n'aurai pas examiné ton bras. (Steinólfur l'aida à quitter la route et l'installa sous un gros frêne. Geirmund se laissa faire, trop épuisé pour résister.) Et ensuite tu m'expliqueras pourquoi tu n'as pas abandonné ton frère à la mort.

# Chapitre 3

Geirmund s'installa à califourchon sur une des racines du frêne, adossé au tronc de l'arbre. Ses branches nues montaient haut et s'étendaient loin, privées de leurs feuilles dorées. Au sol, celles-ci les entouraient, l'arbre et lui, telle une couronne tombée à terre. Sur sa gauche, le Førresfjord scintillait au soleil, ses côtes à une centaine de brasses de là, tandis qu'à sa droite les terres agricoles et les pâturages s'étendaient sur les basses collines.

Non loin de l'arbre, Steinólfur était en train d'allumer un feu. Le vieux guerrier se déplaçait avec une raideur qui trahissait les batailles passées et les cicatrices qu'elles lui avaient laissées. Souvent, Geirmund avait l'impression qu'il s'était passé plus de choses que la nature l'aurait souhaité durant les dix printemps qui les séparaient. Steinólfur avait déjà des poils blancs dans sa barbe brune et, si sa peau avait été de cuir, il n'aurait rien pu en faire. Il pouvait s'adresser à Geirmund aussi bien en tant qu'ami que comme conseiller, parfois dans la même phrase. Un jour, alors qu'il était ivre et perdu dans ses pensées, il avait fait allusion à une époque où il était à l'aviron. Avait-il un passé d'esclave ? Il était peu convenable d'interroger un homme sur ce qu'il avait avoué alors que la boisson lui avait fait perdre la raison et que sa langue ne lui appartenait plus. Geirmund gardait donc sa question pour lui.

— Tu ne sembles pas avoir de fièvre. (Steinólfur prit une pincée d'amadou noir dans sa bourse, ainsi qu'une pierre à feu.) Ça te fait souffrir ?

— Juste un peu, mentit Geirmund.

Soulagé de son fardeau fraternel, il remarqua une légère grosseur dans son bras, qui l'élançait quand il remuait et battait de manière lancinante quand il demeurait immobile. Mais il refusait de s'en plaindre auprès de Steinólfur. Il souhaitait d'abord retourner à Avaldsnes pour s'occuper de Hámund.

— Nous n'avons pas besoin de feu. Nous n'avons pas le temps.

— Ce n'est plus une question de temps.

Le vieux guerrier fit des étincelles avec la pierre à feu, puis souffla sur l'amadou embrasé en pinçant les lèvres jusqu'à ce que les flammes puissent vivre par elles-mêmes.

— Ton frère va trouver un guérisseur et s'en remettre. Ou pas. Le sort en jugera. Rien de ce que tu feras n'y changera quoi que ce soit, et il faut qu'on panse tes plaies.

Geirmund garda le silence, mais chuchota un appel intérieur aux Nornes, qui détermineraient l'issue de la guérison de son frère. Si ce n'était déjà fait…

— Voilà. (Satisfait, Steinólfur désigna le feu d'un coup de menton avant de glisser un regard à Geirmund.) Mais je sais que ce n'est pas pour ton frère que tu t'inquiètes. Tu crains que ton père soit furieux.

Geirmund fronça les sourcils.

— Je suis inquiet pour mon frère.

Steinólfur se leva en croisant les bras, attendant que Geirmund acquiesce.

— Mais je suis également préoccupé par mon père, avoua-t-il.

La chaleur du feu commençait à traverser ses vêtements, sur son côté gauche, le plus près des flammes, mais il était toujours trempé et glacé de l'autre côté. Un frisson aussi profond que le Ginnungagap lui parcourut l'échine.

— Quand mon père verra Hámund, poursuivit-il, il se lancera à ma recherche et me reprochera ce qui s'est passé.

Steinólfur s'approcha de lui en baissant les bras.

— Il le fera de toute façon, que tu sois là ou non.

Skjalgi revint alors chargé de deux outres d'eau fraîche tirée du fjord.

— Qui va te reprocher quelque chose ?

— Mon père.

— Qu'a-t-il contre toi ?

— Il a mis son nez dans des affaires qui ne le regardaient pas, répondit Steinólfur. À présent, lance quelques pierres dans le feu, mon garçon.

Skjalgi jeta un coup d'œil à Geirmund, qui lui sourit. Puis il alla chercher des pierres d'une taille convenable qu'il jeta dans les flammes, sur le bord du foyer, pour les faire chauffer.

— Bon, voyons voir ça, déclara Steinólfur.

Skjalgi et lui aidèrent Geirmund à ôter sa tunique de cuir par la tête, puis son gilet de laine, avec les plus grandes précautions. Geirmund grimaça quand les fibres textiles restèrent accrochées à ses plaies, mais ils finirent par détacher les deux vêtements sans rouvrir ses blessures. Sa cotte de lin se révéla plus difficile à enlever, en revanche. L'étoffe gorgée de sang ne faisait plus qu'un avec ses chairs meurtries. Pour l'amollir, Skjalgi tira les pierres brûlantes du feu et les jeta dans les outres, dont l'eau se mit à bouillir et à fumer. Il fit couler lentement le liquide brûlant sur le bras de Geirmund tandis que Steinólfur tentait tant bien que mal de décoller sa tunique. Les dents serrées, Geirmund poussa un grondement de douleur jusqu'à ce qu'ils parviennent enfin au bout de leur peine. Ils examinèrent ensuite ses plaies.

— Tout ça pour ça, déclara Steinólfur. Ce n'est qu'une égratignure.

Geirmund baissa les yeux sur son bras. Après avoir poussé un petit cri de surprise, il éclata de rire. C'était bien plus qu'une égratignure. Avec ses crocs, le loup avait laissé dans son bras une série de trous en arc de cercle et lui avait arraché des morceaux de peau. La chair autour de la morsure était noire de contusions suppurantes.

— Je suis sûr que tu en as vu d'autres.

— D'ordinaire, c'est moi qui les inflige, les blessures, fit remarquer Steinólfur. Même ce garçon en a commis de pires.

Skjalgi garda le silence, examinant les plaies de Geirmund d'un air stoïque : il n'avait manifestement jamais occasionné de telles blessures. Mais la profonde cicatrice tordue au-dessus de son œil prouvait qu'il en avait déjà vu, et des plus graves. L'arbre qui avait failli le tuer avait écrasé son père dans sa chute. Il était suffisamment âgé pour porter une lance, mais il n'avait pas encore de barbe. Contrairement à celle de Geirmund, elle finirait par pousser un jour.

Steinólfur donna un coup de coude à Skjalgi en soupirant, tentant de faire rire le garçon pour dissiper sa peur.

— Notre patient est le fils de Hjörr après tout. Ce qui signifie que nous sommes censés nous occuper de lui comme d'un chiot malade et que nous risquons de porter le chapeau s'il devait lui arriver quoi que ce soit.

— Sans doute, admit Skjalgi à voix basse.

— À présent, tonna Steinólfur en examinant la blessure de Geirmund, les sourcils froncés, j'imagine que tu préfères garder ton bras, hein ?

— Autant que possible, répondit Geirmund. Mon épée serait déçue, sinon.

— Tu crois ? Une épée a besoin de se nourrir, et je te parie qu'elle serait ravie de trouver un autre bras susceptible de mieux prendre soin d'elle.

— Comme le tien ? demanda Skjalgi avec un sourire.

Steinólfur haussa les épaules.

— Peut-être. Mais j'ai déjà une épée, et je ferai de mon mieux pour que Geirmund puisse conserver la sienne. (Il reprit un air sérieux.) Mais, comme ton frère, tu ferais bien d'aller voir un guérisseur à notre retour.

Geirmund acquiesça.

— Ça permettrait peut-être d'atténuer un peu la colère de mon père.

— Peut-être. (Steinólfur se tourna vers Skjalgi.) Retourne chercher de l'eau. Et essaie de trouver un peu de camomille.

Skjalgi sortit les pierres des outres et s'élança. Geirmund attendit que le garçon soit hors de portée de voix avant de reprendre la parole :

— Tu ne m'as pas gardé ici uniquement pour t'occuper de mon bras. Tu as quelque chose à me dire.

— En effet. (Steinólfur jeta de nouveau les pierres dans le feu.) Personne n'aurait pensé du mal de toi. Personne ne t'aurait reproché quoi que ce soit.

— À quel sujet ? demanda Geirmund d'un ton de défi, sachant très bien de quoi parlait Steinólfur.

Le vieux guerrier soupira en se frottant le front.

— Tout le monde meurt un jour. C'est la vie.

Geirmund se pencha vers lui, les joues rouges à cause du feu.

— C'est mon frère.

Steinólfur hocha la tête, poussant les pierres et les braises à l'aide d'un bâton.

— Les frères aussi meurent. Dans le Sud, d'où je viens…

— Nous sommes au Rogaland, ici. (Geirmund sentit sa gorge se serrer.) Tu n'es plus en Agr, et il serait sage que tu t'en souviennes avant d'ouvrir la bouche.

— Je t'ai prêté serment, Geirmund. Si je ne peux pas m'exprimer franchement avec toi, qui le pourra ?

Geirmund le regarda droit dans les yeux. Il n'y décela aucune malice, une qualité rare dans son entourage, surtout lorsqu'il était chez son père.

— Exprime-toi franchement, alors. Mais méfie-toi.

Steinólfur hésita, comme un homme sur le point de traverser un lac gelé.

— Il y a des années de ça, quand tu étais encore plus jeune que Skjalgi, je t'ai vu t'entraîner contre Hámund. Je vous ai observés un moment, et, ensuite, je suis directement allé voir Hjörr pour lui demander l'autorisation de te jurer fidélité.

Geirmund se remémora le jour où son père lui avait présenté Steinólfur. S'il avait fini depuis par apprécier la compagnie du vieux guerrier, celui-ci lui avait alors fortement déplu. Il était parti du principe que Steinólfur avait pour mission de l'espionner et de l'empêcher de faire des bêtises. Steinólfur avait d'ailleurs souvent semblé partager son ressentiment. Le fait qu'il se soit porté volontaire pour le rôle ne lui avait jamais effleuré l'esprit.

— Pourquoi ?

Steinólfur ricana.

— Ça, je me le demande. Tu avais les bras aussi fins que des arbrisseaux, et tu arrivais à peine à porter ton épée de bois d'entraînement. Mais bon. (Avec un sourire, Steinólfur remua son doigt en direction de Geirmund.) Tu m'effrayais. J'avais vu de la faim dans ton regard, de la rage, du genre de celle qui ne s'éteint jamais. Je savais que tu étais destiné à devenir roi. Je n'ai pas vu ça dans le regard de Hámund. Ni à l'époque, ni aujourd'hui. Raison pour laquelle je suis ton homme et non le sien. Ton destin est de devenir roi de…

— Ça suffit, l'interrompit Geirmund.

Il prit le temps de peser ses paroles suivantes. Le vieux guerrier l'avait à la fois empli de fierté et de honte. Tiraillé entre des sentiments contradictoires, il se mit à trembler, aussi bien de colère que de douleur.

— Je te remercie de m'avoir parlé franchement.

Steinólfur hocha la tête.

— À présent, à mon tour. Ne répète jamais de telles paroles. Ni à moi, ni à qui que ce soit d'autre. Hámund est plus que mon homme de confiance. C'est mon frère. (Geirmund prit un ton brusque et menaçant.) Ne t'avise jamais de me dire ce que tu vois en lui ou de m'expliquer ce qui lui manque. Tu ne connaîtras jamais les batailles que nous avons livrées, côte à côte, chez notre propre père.

Le vieux guerrier le regarda fixement. Steinólfur connaissait la façon dont les deux frères avaient commencé leur vie, dans la paille, avec les rats. Ce qui signifiait qu'il n'avait appris qu'une infime partie de l'histoire.

— Tu ne connais ni la faim ni la rage de mon frère, déclara Geirmund. Pas plus que les miennes.

Baissant les yeux, Steinólfur acquiesça, ayant manifestement compris qu'il était allé aussi loin que possible sans que les conséquences deviennent irréversibles.

Peu après, Skjalgi revint au pas de course, soufflant comme un bœuf, les joues aussi rouges que ses cheveux. Steinólfur lui prit les outres des mains. Le garçon les regarda tour à tour en triturant quelques tiges de camomille séchée, vestiges de l'été précédent. Il devinait que quelque chose s'était passé en son absence, mais était suffisamment malin pour éviter d'en parler. Steinólfur récupéra les pierres dans le feu et les jeta dans les outres avant de saisir le bras blessé de Geirmund.

— Essaie de ne pas crier, lui recommanda-t-il.

Refusant de pousser la moindre plainte malgré la douleur qui l'aveuglait, Geirmund serra les dents. Steinólfur versa de l'eau brûlante sur ses plaies, les nettoyant de son mieux avec un linge propre. Certaines se rouvrirent, exsudant du pus et du sang infects. Steinólfur les pressa jusqu'à ce que le sang devienne pur et noir, puis il fit bouillir la camomille pour en recouvrir les plaies avant de les panser.

— Je crois que ton bras va guérir, annonça le vieux guerrier quand il en eut terminé.

Geirmund sentit de la sueur lui couler sur le front quand il hocha la tête.

— Je te remercie.

— Je regrette de ne pas avoir apporté de bière ni d'hydromel, déplora Skjalgi. Pour apaiser la douleur.

— Tu n'aurais pas pu en porter suffisamment, lui fit remarquer Geirmund.

Ils l'aidèrent à enfiler ses tuniques par la tête, et, dès qu'il fut rhabillé, se remirent en route en direction d'Avaldsnes. Devant l'insistance de Steinólfur, Geirmund s'était hissé sur la monture de Skjalgi tandis que celui-ci pataugeait dans la boue à son côté. Ils conservèrent une allure permettant au garçon de les suivre d'un pas décontracté. La discussion entre Geirmund et Steinólfur avait laissé des traces. Ils progressèrent en silence, Skjalgi émettant à l'occasion quelques remarques sur le paysage ou le changement de saison. Finalement, le garçon demanda si l'un d'eux avait entendu parler d'un Danois du nom de Guthrum.

— J'ai déjà entendu mon père utiliser ce nom, se rappela Geirmund. C'est un jarl, il me semble.

— Pourquoi tu nous parles de lui ? s'étonna Steinólfur.

Skjalgi leva les yeux vers lui.

— J'ai entendu les hommes d'un navire de commerce y faire allusion.

— Et pourquoi tu l'évoques maintenant ? insista Geirmund.

— Sans raison. (Le garçon posa la main sur la tête de la hache qui pendait à son côté.) Il paraît que ce Guthrum rassemble des bateaux et des hommes sous la bannière du roi danois Bersi. Non seulement des Danois, mais aussi des Norvégiens. Peut-être même des Goths et des Svear.

— Dans quel but ? s'inquiéta Steinólfur.

— Pour se joindre à l'armée de Halfdan et conquérir les terres saxonnes.

— Quelles terres saxonnes ? voulut savoir Geirmund.

Skjalgi haussa les épaules.

— Toutes, j'imagine.

Geirmund jeta un coup d'œil à Steinólfur. Le vieux guerrier contemplait la route droit devant lui, s'efforçant de tenir sa langue, mais Geirmund lisait dans ses pensées. Steinólfur avait souvent évoqué les fils de Ragnar Loðbrok, faisant l'éloge de leurs victoires outre-mer. Insatisfaits de leurs raids estivaux, ils avaient commencé à s'approprier les couronnes et les royaumes des Saxons. Si Steinólfur n'avait pas prêté serment auprès de Geirmund, il aurait sans aucun doute pris la mer depuis longtemps pour se joindre aux batailles et remporter sa propre maison ainsi qu'un lopin de terre.

Geirmund baissa les yeux vers Skjalgi.

— Je devine de l'enthousiasme dans ta voix. Tu souhaites rejoindre ce Danois ?

Le garçon hésita, regardant derrière Geirmund et Steinólfur.

— J'aimerais bien, oui.

— Je ne t'en veux pas, le rassura Geirmund. À vrai dire, je partage ton enthousiasme.

— Alors, allons-y, suggéra Steinólfur d'une voix grave. Demande un navire à ton père.

— Tu sais bien qu'il n'acceptera jamais de me donner un bateau. Pas pour un raid, en tout cas.

— Pourquoi ? s'étonna Skjalgi.

Geirmund secoua la tête, se demandant comment lui dire la vérité sans paraître déloyal.

— Ça n'a rien à voir avec les raids, tu le sais très bien. (Steinólfur pivota sur sa selle pour regarder Geirmund dans les yeux.) Hjörr le sait aussi. Même s'il a choisi une autre voie, le sang de son père et de son grand-père coule dans ses veines. La question n'a rien de perfide. C'est ce qu'un cadet doit faire pour tracer son propre chemin.

Geirmund se retourna, regardant fixement la route devant lui. Il garda le silence un long moment. Steinólfur disait vrai, Geirmund ne pouvait le nier. Il était également vrai que Geirmund désirait depuis longtemps posséder son navire pour quitter le Rogaland et périr où son destin le déciderait. Mais il était incapable d'abandonner son frère.

— Je vais y réfléchir, finit-il par lâcher.

Steinólfur hocha la tête puis, au bout d'un moment, finit par ajouter :

— Eh bien, réfléchis-y. Mais demande-toi si tu sais ce que tu veux. Je crois que c'est le cas, et réfléchir davantage n'y changera rien. Il ne te reste plus qu'à passer à l'action.

Le reste du trajet, ils évitèrent le sujet, se contentant de manger du poisson fumé avant d'arriver en territoire connu. Tandis que le soleil se couchait devant eux, ils passèrent devant les fermes et les exploitations d'Avaldsnes. S'ils l'avaient souhaité, ils auraient pu s'abriter dans l'une d'elles pour la nuit, mais Geirmund désirait rejoindre son frère au plus vite. Ainsi, ils poursuivirent leur chemin dans l'obscurité jusqu'au Karmsund, uniquement éclairés par un fin croissant de lune et de lointains foyers.

Depuis Avaldsnes, ce détroit resserré s'étendait vers le sud sur près de vingt milles marins jusqu'à l'immense Boknafjord. À l'opposé, il s'ouvrait sur la Norvège, la route des baleines et les voies commerciales. La maison de Geirmund se trouvait sur l'autre rive du Karmsund, sur la longue île-bouclier de Karmøy, où la lignée des anciens rois remontait jusqu'aux dieux. Au-delà, les mers agitées obligeaient presque tous les navires voguant en direction du nord à emprunter le chenal du Karmsund. Les marées les encourageaient aussi à faire halte à Avaldsnes pour se ravitailler et procéder à d'éventuelles réparations. C'était de là que son père tirait sa force et sa richesse.

Atteignant la passe la plus étroite du Karmsund, ils passèrent sous cinq pierres antiques qui se dressaient en formation à une cinquantaine de brasses du rivage, toutes blanches, aussi fines que les côtes d'un squelette au clair de lune. Personne ne se rappelait qui les avait érigées ni s'il s'agissait de l'œuvre des géants ou des dieux, mais le pouvoir qu'elles détenaient se sentait clairement. Elles se dressaient non loin du lieu où Thór était censé avoir franchi le Karmsund, là où un bac transportait à présent les voyageurs en direction de l'île. L'avant-garde de Hámund avait dû être prévenue de la venue de Geirmund, car une embarcation les attendait.

En approchant de la rive opposée, Geirmund aperçut la lointaine silhouette noire des tumulus de ses ancêtres qui se découpait contre le ciel nocturne, au nord. Le plus grand d'entre eux était celui de Half, le père de son père. Une fois sur l'île, ils mirent cap au sud et longèrent la route un moment. De l'autre côté d'une petite crique, ils atteignirent enfin Avaldsnes.

Des torches brûlaient aux portes de la ville, qui s'ouvrirent dès qu'ils furent à portée. Les gardes avaient sans doute été prévenus de leur arrivée imminente. Elles se refermèrent aussitôt derrière eux. La rue principale était illuminée par des torches : on en avait planté une série le long de l'artère centrale qui courait vers l'est depuis la porte, traversait la ville et gravissait la colline jusqu'à son faîte, où la maison de son père dominait le Karmsund.

— On dirait qu'on nous attendait, constata Skjalgi. C'est une consolation.

Geirmund fut saisi d'une pointe d'appréhension, mais parvint à ricaner :

— Ou un avertissement.

— Il va falloir attendre de voir de quelle manière on va nous accueillir pour le savoir, répliqua sagement Steinólfur.

Ils suivirent les torches à travers la ville, apercevant des visages connus dans l'embrasure des portes et des fenêtres devant lesquelles ils passaient, la plupart d'entre eux bénissant Geirmund et son frère. Il régnait une odeur de feu de bois et de cuisine, et des éclats de rire étouffés, voire de la musique, s'échappaient de quelques maisons.

En approchant de la côte qui menait chez son père, Geirmund distingua du mouvement au-dessus d'eux, une ombre au milieu des menhirs que l'on avait érigés au sommet de cette colline bien longtemps avant qu'un de ses ancêtres ait eu l'idée d'y bâtir sa maison. Contrairement aux pierres sous lesquelles ils étaient passés à hauteur du Karmsund, celles-ci faisaient trois fois la taille d'un homme et penchaient les unes vers les autres, telles des griffes de dragon jaillissant du sol. Le long toit arqué de la maison de son père se dressait non loin au sommet de l'éminence, plus haut que les pierres, et pouvait à la fois constituer un signe de révérence et de défi à leur présence. Lorsque Geirmund et ses compagnons arrivèrent en haut de la colline, la silhouette au milieu des pierres surgit à la lueur du feu.

— Geirmund Hel-hide, le salua-t-elle en s'approchant tandis qu'ils mettaient pied à terre.

Geirmund connaissait cette voix. Il reconnut la ramure couverte de peaux de chèvre et de chat sur le front de la völva, et, bien qu'il ne puisse voir la femme dans l'obscurité, il devina son troublant regard bleu acier.

— Yrsa, mon père t'a appelée ?

— Non.

La voyante s'approcha, les anneaux d'argent aux orteils de ses pieds nus étincelant dans l'herbe, jusqu'à ce qu'elle se trouve suffisamment près pour que Geirmund aperçoive le sang sur sa robe de lin et son visage. Avec un peu de chance, c'était celui d'une offrande et non de son frère.

— J'étais déjà là au retour de Hámund, expliqua-t-elle, manifestement indifférente à la fraîcheur de l'air nocturne. Je savais qu'on aurait besoin de moi, alors j'attendais.

— Naturellement.

Les bras croisés, Steinólfur dévisagea la femme avec la même méfiance circonspecte qu'il éprouvait envers n'importe quel jeteur de sorts prétendant s'interposer entre les dieux et lui.

— Mais si tu savais que Hámund serait blessé pourquoi ne l'as-tu pas prévenu avant qu'il parte chasser ?

Quand la voyante sourit en un rictus glacial, le pauvre Skjalgi se recroquevilla derrière Steinólfur.

— Je savais simplement qu'on aurait besoin de moi, rétorqua-t-elle. J'ignorais pourquoi.

— Quand bien même, insista Steinólfur, sans se laisser décourager. Pour quelles raisons un roi pourrait-il bien avoir besoin d'une sorcière ?

— Je suis convaincu que mon père t'est reconnaissant, reprit Geirmund, espérant faire taire le vieux guerrier. (Geirmund se méfiait également des voyantes et des sorciers, dont les prophéties lui semblaient astucieusement vagues et intéressées, mais il n'avait aucun doute sur les pouvoirs d'Yrsa.) Comment va mon frère ?

— Il survivra, et il va s'en remettre.

Courageusement, Skjalgi fit un pas vers elle.

— Geirmund aussi est blessé. Tu vas t'occuper de lui ?

La völva se tourna vers l'intéressé et jeta un œil à son bras. Puis elle s'approcha de lui et riva ses yeux aux siens. Quel âge pouvait-elle avoir ? Par moments, elle lui paraissait plus vieille que sa mère ; à d'autres, plus jeune. Mais son regard n'avait pas d'âge.

— Inutile, répondit-elle.

Geirmund se demanda si cela signifiait qu'il guérirait, ou s'il était condamné et qu'on ne pouvait plus rien y faire. Steinólfur reprit la parole avant qu'il puisse demander des éclaircissements :

— Pourquoi ?

Yrsa continua à regarder Geirmund dans les yeux.

— Parce que son sort est lié à celui de son frère, expliqua-t-elle. Leurs existences vont s'entremêler encore de nombreuses années. Si l'un d'eux doit vivre, l'autre aussi.

Steinólfur pouffa.

— Et si l'un d'eux doit mourir ?

La voyante détourna son regard aiguisé de Geirmund pour le plonger dans celui du vieux guerrier, qui, malgré lui, recula d'un pas.

— Je vois de grandes choses accomplies avant leur mort, répondit-elle.

Steinólfur se racla la gorge et hocha la tête.

— Au moins, nous sommes d'accord sur ce point.

— Je te remercie, Yrsa, déclara Geirmund, pour ta présence.

Elle acquiesça avant de tourner les talons, mais, tandis qu'elle s'apprêtait à descendre de la butte, elle annonça :

— Un jour, Ægir t'engloutira, mais il te recrachera. Il est temps de prendre la route des baleines, Geirmund Hel-hide.

Elle s'éloigna ensuite dans les ténèbres.

Skjalgi était livide.

— Comment peut-elle être au courant ?

— Au courant de quoi ? demanda Steinólfur.

— Que tu as incité Geirmund à demander un navire.

— Ce n'est pas ce qu'elle a dit, si ? (D'une main ferme, Steinólfur prit le garçon par l'épaule et l'attira à lui.) Écoute-moi bien. Quand les augures s'expriment, ils comptent sur toi pour boucher les trous dans leurs prédictions, mais il ne faut pas que tu ajoutes du bois ou de la poix pour faciliter leur navigation. Une véritable voyante n'aura pas besoin de ton aide. Elle a dit ça parce qu'elle sait qu'il serait temps pour n'importe quel fils de roi de l'âge de Geirmund de prendre le commandement d'un navire. Rien d'anormal là-dedans. Tu comprends ?

Skjalgi acquiesça en fronçant les sourcils.

— Bien. (Steinólfur lâcha l'épaule du garçon.) À présent, va donner à boire et à manger aux chevaux.

Skjalgi hocha de nouveau la tête, avant de saisir les rênes des deux montures et de conduire ces dernières vers l'écurie.

— C'est vraiment ce que tu crois ? demanda Geirmund. Ses paroles ne cachent rien ?

Steinólfur grommela avant de lui répondre.

— Je crois tout ce que j'ai dit à ce garçon. Mais je crois aussi que cette femme m'effraie un peu, et je déteste ça.

— « Montre-moi un homme qui n'a jamais peur, et je te montrerai un imbécile. » Ce sont tes propres paroles, au cas où tu les aurais oubliées.

— J'ai toujours été un imbécile.

Geirmund esquissa un sourire. Puis il baissa les yeux sur son bras blessé.

— Peut-être, mais tu as toute ma gratitude. Et j'espère que tu ne te vexeras pas quand je demanderai à un guérisseur de jeter un coup d'œil à ton œuvre.

Steinólfur éclata de rire.

— Pas du tout. J'insiste.

Hochant la tête, Geirmund s'apprêta à entrer dans la maison pour affronter son père, mais le vieux guerrier le retint.

— Encore un mot de la part de l'imbécile, dit-il en regardant la porte de la maison, derrière Geirmund. Il se peut qu'il t'accable de reproches. Qu'il t'en veuille. Qu'il te houspille. N'y fais pas attention. Ce soir, couche-toi en sachant que tu as sauvé la vie de ton frère, et que cet acte est suffisamment honorable pour racheter toutes les erreurs qu'il te reprochera.

Geirmund prit une profonde inspiration, avant de hocher de nouveau la tête.

— Ce soir, couche-toi en sachant que tu nous as probablement sauvé la vie à tous les deux.

— Je compte bien qu'on me récompense d'un bracelet dès demain matin, déclara Steinólfur.

Ricanant, Geirmund les guida jusqu'à la porte. Avant de l'ouvrir, il redressa les épaules et le menton. Puis Steinólfur et lui pénétrèrent chez son père.

# Chapitre 4

La maison était bien chauffée et éclairée par de nombreuses lampes. Les restes d'un porc étaient encore accrochés à une broche au-dessus du feu, à l'extrémité du foyer. Les os et les derniers morceaux de viande brunis crépitaient, emplissant la pièce d'un délicieux fumet. Des chiens se mirent à aboyer. Des hommes et des femmes se levèrent de leurs bancs pour accueillir Geirmund, lui serrant les bras, les épaules et les mains. Étaient présents chez son père les membres de sa famille ainsi que son homme de serment, mais aussi des négociants, des marchands et des représentants envoyés par d'autres rois et d'autres régions. Tous exprimèrent leur soulagement et leur joie à la vue de Geirmund.

Il les salua pour éviter de les froisser, mais grimaça quand ils cognèrent son bras blessé ou s'y agrippèrent. En outre, il n'avait aucune envie de s'attarder avec eux sur le pas de la porte. Steinólfur sembla lire dans ses pensées.

— Ça suffit, maintenant, déclara-t-il au bout d'un moment aux personnes attroupées, jouant des coudes pour permettre à Geirmund d'avancer. Laissez-le entrer. Sa mère souhaite sans doute embrasser ses joues imberbes.

Geirmund remercia le vieux guerrier d'un hochement de tête avant d'échapper à son comité d'accueil, traversant la salle d'un bon pas. Il passa sous les lourdes poutres noircies par la fumée qui soutenaient sa haute charpente, et devant les tapisseries tissées que son père avait rapportées du Frakkland. Les visiteurs qui ne s'étaient pas senti le droit d'approcher Geirmund à la porte parce qu'ils ne le connaissaient pas suffisamment, ou parce que leur statut n'était pas assez élevé, se tenaient sur le côté, baissant les yeux sur son passage. Il les salua d'un signe de tête.

Une femme de son âge, ou peut-être un peu plus vieille, attira son attention. Vêtue pour le combat et armée d'un bouclier, la jeune skjaldmö arborait une cicatrice sur la joue gauche et le cou, ainsi que des tresses dorées auxquelles la lueur du feu donnait des reflets de bronze. C'était la première fois qu'il la voyait, mais elle se tenait auprès d'un homme que Geirmund connaissait. Il s'agissait de Styrbjorn, un jarl de Stavanger, plus au sud. Ils étaient tous deux accompagnés de Bragi Boddason, l'ancien scalde du Götaland. Ils saluèrent tous trois Geirmund sur son passage. Celui-ci reconnut dans le regard vert de la femme la curiosité que beaucoup éprouvaient lorsqu'ils rencontraient pour la première fois les fils de Hjörr Hel-hide.

Il lui rendit son salut, se demandant qui elle pouvait bien être, et poursuivit jusqu'au bout de la pièce, passant devant le grand siège de son père. Il contourna la cloison qui séparait la grand-salle des appartements privés des membres de sa famille.

Il trouva son frère dans la salle du conseil, où son père recevait généralement de petites délégations et s'entretenait avec ses conseillers. Couvert de fourrures, Hámund était étendu sur une paillasse. Geirmund supposa qu'on l'avait installé là et non dans son lit pour que les deux femmes læknar qui se tenaient à ses côtés puissent s'occuper de lui plus facilement. Il semblait plongé dans un profond sommeil, sa poitrine se soulevant aussi lentement et régulièrement que la marée. Son front luisait de sueur.

Hjörr et Ljufvina se tenaient aux pieds de leur fils, l'un à côté de l'autre. Ils tournaient le dos à Geirmund mais, comme si elle avait senti sa présence, sa mère jeta un coup d'œil par-dessus son épaule.

— Geirmund ! s'écria-t-elle en se précipitant vers lui. (Quand elle arriva à sa hauteur, elle l'étreignit énergiquement.) Que les dieux soient loués, tu es de retour.

Geirmund l'enlaça à son tour avant de lui demander :

— Comment va-t-il ?

— D'après Yrsa, il va s'en tirer, intervint son père. Mais il a de la fièvre. La læknir Thyra m'a dit qu'il avait beaucoup saigné. Nous avons abattu un porc et il a bu de son sang, comme elle nous l'avait suggéré. À présent, il se repose.

— Sa blessure ? demanda Geirmund. J'ai fait de mon mieux, mais…

— Nous l'avons pansée, l'interrompit Thyra en désignant son frère. (Il entrevit des bandages propres sous les fourrures.) Inga m'a aidée. Mais tu as fait du bon travail, Geirmund. Je suis convaincue qu'il va guérir et qu'il pourra de nouveau se servir pleinement de son bras.

Geirmund sentit un poids se dissiper à ces mots ; une pointe de peur dont il n'avait pas eu conscience et qui s'était progressivement enfoncée dans son cœur.

— Je te remercie.

— Et toi ? (Sa mère l'examina avant de soulever délicatement son bras.) Quand Hámund était réveillé, il m'a dit que tu avais aussi été blessé.

— C'est vrai. Steinólfur s'en est occupé.

— Steinólfur ? s'étonna Thyra. Ce vieil Egðir ? (Elle traversa la pièce comme si elle se rendait sur le champ de bataille.) Tu permets, Geirmund ?

Elle ne lui demandait pas vraiment sa permission. Elle le poussa dans le fauteuil de son père, à l'extrémité de la longue table, et lui saisit le bras. Elle vérifia le travail de Steinólfur.

— De la camomille ? (Ce n'était pas non plus une véritable question. Il devina toutefois une pointe d'approbation dans sa voix.) Inga, apporte-moi des linges propres. Ce bandage est dégoûtant.

Aux yeux de Geirmund, le bandage de Steinólfur n'avait rien de dégoûtant, mais il avait suffisamment de jugeote pour savoir qu'il valait mieux éviter de protester. La fille de Thyra déposa sur la table un panier chargé d'instruments nécessaires à la pratique de sa mère.

— Ce sera mieux comme ça, déclara la vieille læknir. Avec de nouveaux linges propres.

Elle appliqua un de ses baumes sur les plaies, une substance poisseuse qui lui brûla les chairs à vif, avant de lui bander de nouveau le bras.

— Ce n'est pas une petite blessure.

Se tenant à son côté, Ljufvina posa la main sur son épaule.

Levant les yeux vers elle, il remarqua que les siens étaient rougis à force d'avoir pleuré, ou à cause du manque de sommeil, ou bien les deux. En outre, à la lueur des lampes dans la pièce, il décela plus de mèches de cheveux blancs dans sa chevelure de jais qu'avant son départ à la chasse.

— Navré pour toute cette pagaille, s'excusa-t-il.

— C'est le moins qu'on puisse dire, rétorqua son père.

Il se tenait à quelques mètres, les bras dans le dos. Il semblait aussi las et usé que sa femme, son teint pâle contrastant avec le brun foncé de sa barbe, même si Geirmund n'éprouvait pas le même remords envers l'angoisse de son père. Il ne faisait aucun doute qu'elle était en grande partie réservée à son frère.

— Je regrette ce qui s'est passé, père, parvint-il néanmoins à articuler.

— Ce qui compte, à présent, c'est que vous soyez tous les deux là et que tu ailles bien, déclara sa mère d'un ton ferme, ses paroles faisant office de traité de paix.

Son père ne répondit que par un simple grognement.

Thyra termina de bander le bras de Geirmund. Sa mère la remercia et la reconduisit avec sa fille dans la salle principale, leur trouvant un banc et des couvertures pour la nuit. Elles resteraient au moins jusqu'à ce que Hámund n'ait plus de fièvre, et probablement plus longtemps, en fonction des désirs du roi et de la reine. Après leur départ, Geirmund resta assis en silence, le bras sur la table, attendant que son père prenne la parole.

— Ton frère dort, à présent. Mais il nous a raconté ce qui s'est passé.

— Les loups… (Geirmund hocha la tête d'un air absent, le regard rivé sur les nœuds de la table de bois.) Hámund s'est bien battu.

Un long moment s'écoula. Son père s'approcha de la table. D'instinct, Geirmund s'apprêta à se lever pour offrir au roi la place qui lui revenait. Mais l'amertume et la colère l'en empêchèrent. À sa grande surprise, son père se contenta de s'asseoir à côté de lui, épuisé. Le roi soupira, se frotta les yeux et le front, laissant à son fils le temps de préparer sa défense à l'aide des éléments que Steinólfur lui avait fournis.

— Hámund s'est bien battu, répéta son père. C'est tout ce que tu as à raconter ?

Avant que Geirmund ait pu répondre, le roi poursuivit :

— Si mon père était encore là, il t'expliquerait que les liens de parenté ne protègent pas contre l'envie et la traîtrise. (Il donna un coup de menton en direction de la grande salle.) Il ne fait aucun doute que certains, à côté, te prennent pour un imbécile d'avoir sauvé la vie de ton frère, surtout en risquant la tienne. Ils te trouvent honorable, certes, mais idiot.

— Et toi ? Qu'en penses-tu ?

Le roi plissa les yeux.

— Je n'ai jamais douté de ton honneur. Ce qui te manque, c'est la patience, la sagesse et la retenue. Tu es idiot et imprudent. Tu es allé affronter le danger dans les montagnes sans la moindre préparation.

Geirmund ne pouvait le nier, mais il refusait de l'admettre devant son père.

— Tes fils peuvent quand même aller chasser, mon roi…

— Tais-toi. Évite de nier ce qui semblerait évident à n'importe qui dans cette salle, y compris l'homme qui t'a prêté serment. Ce serait ton problème si tes idées stupides ne mettaient que toi en danger, mais tu as fait courir un grand risque à ton frère. (Il se redressa sur son siège et se pencha.) Tu as mis en danger la vie du prochain roi du Rogaland.

La brûlure due au baume de Thyra commençait à s'apaiser, faisant place à d'horribles démangeaisons. Geirmund laissa son bras sur la table, refusant de se gratter. Il demeura immobile devant son père.

— Et je l'ai sauvé également. J'ai toujours su ce qui comptait le plus à tes yeux, mon roi.

Son père s'appuya contre le dossier de son siège en poussant un bref soupir et secoua la tête.

— Tes paroles et tes actes sont la preuve que tu es né à la place qui te revient. En tant que père, ça me blesse de te dire ce genre de chose, mais, en tant que roi, c'est mon devoir. Tu n'as ni le tempérament ni la sagesse pour régner... Pourtant j'ai bien peur que tu sois incapable d'apprendre à suivre.

La mère de Geirmund réapparut, accompagnée de son fidèle chien, Svangr. Le grand chien d'élan accourut dans la pièce d'un bond puissant qui rappela à Geirmund les loups que son frère et lui avaient affrontés à peine quelques jours auparavant. Seule la dévotion dans son regard lorsqu'il levait les yeux vers sa maîtresse le différenciait des animaux sauvages.

— Eh bien, déclara la reine en regardant tour à tour son mari et son fils. J'ai comme l'impression que vous ne vous êtes pas encore réconciliés...

Le roi se tourna vers elle.

— À mon grand regret.

— J'aurais bien aimé que ce soit possible, répondit Geirmund.

Svangr traversa la salle jusqu'à Hámund, renifla son épaule, puis se coucha auprès de lui en poussant un gémissement aigu.

— Il va s'en tirer, le rassura sa maîtresse. Ne t'inquiète pas.

Le chien la dévisagea un moment avant de s'installer au pied du lit, tel un guerrier prenant son tour de garde. La reine lui adressa un sourire avant de reporter son attention sur le père de Geirmund.

— Styrbjorn attend, lui rappela-t-elle.

— Il est tard. Je ne peux pas lui parler demain ?

— Ça dépend si tu préfères le voir de bonne ou de mauvaise humeur. (La reine prit place sur le siège face à celui du roi, Geirmund entre eux.) Il attendra, s'il le faut. Mais il sait que Hámund et Geirmund sont tous deux tirés d'affaire, et il n'est pas encore minuit. À ses yeux, rien ne saurait empêcher votre entrevue.

Le père de Geirmund fronça les sourcils, mais il finit par hocher la tête.

— Très bien. (Il se tourna vers son fils.) Va. Envoie-moi Styrbjorn.

Lorsque Geirmund se leva, sa mère tenta de lui prendre la main en passant, mais il s'éloigna trop vite pour le lui permettre. Il regagna la salle principale. Il trouva Styrbjorn là où il l'avait croisé un peu plus tôt, assis sur un banc avec la skjaldmö, Bragi étant parti ailleurs. Tous deux levèrent les yeux à son approche ; Geirmund dissimula du mieux possible la colère qui couvait encore en lui afin de s'adresser au jarl avec le respect qui lui était dû.

— Mon père va te recevoir, annonça-t-il.

Styrbjorn vida d'un trait la bière qui restait dans sa corne et se leva. Il était grand, large d'épaules, mais avait passé la force de l'âge.

— Ton père a de la chance d'avoir encore ses deux fils, déclara-t-il.

Geirmund le soupçonna de vouloir sous-entendre quelque chose, peut-être même une insulte, mais, n'ayant aucune certitude, il préféra s'abstenir de répondre et se contenta de le saluer. Styrbjorn quitta la salle du conseil qu'il connaissait bien. Geirmund le suivit du regard, soudain gagné par la fatigue. Même endormi et fiévreux, Hámund était accepté là où lui ne le serait jamais.

— Tu es le cadet, déclara la skjaldmö. Geirmund Hel-hide. (Elle désigna la place qu'avait occupée Styrbjorn sur sa gauche.) Assieds-toi.

Malgré la fatigue, Geirmund était trop curieux à son sujet pour décliner sa proposition. Ils se retrouvèrent donc tous les deux face au feu destiné à la cuisine.

— Ça t'ennuie ? demanda-t-elle.

— Quoi donc ?

— Qu'on t'appelle « Hel-hide ».

Il n'avait pas la patience pour ce genre de question.

— C'est le nom que mon père nous a donné, à mon frère et à moi.

— Ça ne répond pas à ma question.

Geirmund se tourna vers elle. Elle avait quelques printemps de plus que lui. Elle sentait le feu de bois et la mer, et quelque chose dans son regard lui semblait familier. Une sorte d'affinité qui l'attirait.

— Qui es-tu ? voulut-il savoir.

Son sourire en coin lui indiqua qu'elle avait remarqué sa nouvelle esquive, et qu'elle le lui permettait.

— Je m'appelle Eivor.

— Ravi de te connaître. J'ignorais que Styrbjorn avait une fille.

— Je ne suis pas sa fille, même s'il m'a élevée comme telle ces onze dernières années.

— Tu as de la chance. Qui est ton père ?

Elle détourna soudain le regard, portant son attention sur l'autre extrémité de la salle, vers les portes. La question l'avait-elle froissée ?

— Pardonne-moi mon impudence. Je suis épuisé, et je n'ai pas toute ma tête. Ignore ma question.

— Mon père est mort. Ce n'est pas un secret. (Elle lui adressa un sourire fugace dépourvu de toute trace de joie.) Je suis sûre que certains ici le connaissaient, si tu veux tout savoir. Peut-être même cet Egðir avec qui tu es arrivé.

— Steinólfur ? Pourquoi le connaîtrait-il ?

Elle but une longue gorgée de bière.

— Parce que c'est Kjötve, roi des Egðir, qui a assassiné mon père. (Geirmund déglutit, les mots venant à lui manquer.) Kjötve est venu chez nous pour tuer notre invité, Styrbjorn. Ayant échoué, il a ôté la vie de mon père.

— Comment s'appelait-il ?

Eivor regarda sa corne de bière en fronçant les sourcils et secoua la tête.

— Aucune importance. Il est mort en lâche.

Cette description à la fois franche et insultante le laissa bouche bée.

— Tu parles sans crainte.

— Je dis la vérité. Il y a une différence entre avoir la langue bien pendue et être sincère. Je n'ai de la patience que pour l'un des deux.

Geirmund réfléchit un moment, pensant avoir découvert la raison pour laquelle elle lui semblait familière. Comme la sienne, la pierre runique de sa vie était déjà hantée, assiégée par les fantômes et gravée d'un passé auquel il lui était impossible d'échapper. Sa franchise l'inspira.

— Ça m'ennuie.

— Qu'est-ce qui t'ennuie ?

— Qu'on m'appelle « Hel-hide ».

Elle lui tendit sa corne de bière.

— Alors, je ne t'appellerai plus comme ça.

Geirmund accepta la corne.

— Tu peux m'expliquer avec la même franchise ce que tu fais là ?

Il savait que la maison de Styrbjorn, à Stavanger, se trouvait sur l'autre rive du Boknafjord, et que les terres de Styrbjorn comprenaient une bonne partie des confins sud du Rogaland, à la frontière avec Agðir. Le jarl se prenait peut-être même pour un roi du Rogaland, mais une telle revendication n'aurait eu aucun poids ni aucun pouvoir. Depuis toujours, le Rogaland appartenait à celui qui régnait sur le détroit du Karmsund, et c'était le père de Geirmund.

— Styrbjorn souhaite discuter de Harald, avoua-t-elle.

— Quel Harald ?

— Le roi de Sogn.

Geirmund hocha la tête. Le royaume de Sogn se trouvait au nord du Rogaland, de l'autre côté du Hordaland. On racontait qu'un problème d'honneur avait brouillé Harald de Sogn et Eirik, roi du Hordaland, ce qui avait provoqué des tensions à leur frontière.

— Pour quelle raison ?

— Styrbjorn se méfie de lui. Un trop grand nombre de guerriers s'en sont allés en Angleterre. Le Hordaland s'est affaibli. L'Agðir est faible. Styrbjorn est convaincu qu'il faut agir sans plus tarder, avant que l'ambition de Harald devienne trop démesurée pour pouvoir la contenir.

— N'est-ce pas au Gulating de régler ce problème ?

— C'est Harald qui est à la tête du Gulating.

Geirmund lui rendit sa corne de bière.

— Ainsi, c'est de guerre que tu me parles…

Elle haussa les épaules.

— Évidemment.

Son aisance sur le sujet était en harmonie avec sa tenue de guerrière, une broigne qui portait les stigmates d'une utilisation fréquente.

— On dirait que tu as participé à de nombreuses batailles.

Elle fit mine de l'examiner sous toutes les coutures : son visage, ses mains, la jointure de ses doigts et son bras blessé, comme si elle tentait d'évaluer son prix avant de l'acheter.

— Et, toi, on dirait que tu as participé à une ou deux batailles, mais que tu aimerais te joindre à d'autres.

— Toujours aussi franche…

— Et tes raids ? Ton père t'a certainement fourni un navire et des hommes, non ?

Geirmund garda le silence. Un silence suffisamment éloquent. Confuse, Eivor fronça les sourcils, avant de finir sa bière. S'ensuivit un long blanc. La chaleur du feu et le fumet des os de porc qui cuisaient doucement lui retournaient l'estomac. Il commença à avoir des vertiges à cause de la fatigue. C'était une étrangère ; la fille adoptive d'un des rivaux de son père. Mais quelque chose chez elle lui donnait l'impression qu'il pouvait lui faire confiance. Il avait envie d'y céder, si téméraire cela soit-il.

— Je n'ai pas de navire, finit-il par reconnaître. Je suis en âge de prendre la mer, mais mon père ne m'en a pas encore fourni.

Elle ne dit rien, préférant l'écouter.

Il se pencha, et quelque chose s'enfonça dans sa hanche. Portant la main à son côté pour en trouver la cause, il se rappela le croc de loup dans sa bourse.

— Les terres et le gibier ne sont pas assez nombreux pour nourrir tous les ventres, chuchota-t-il.

— Pardon ?

— Rien. On me prend simplement pour un imbécile parce que j'ai sauvé la vie de mon frère. Tu seras peut-être d'accord avec eux. Moi aussi. Mais, pour continuer à parler franchement, je dirai qu'il n'y a rien pour moi ici, à Avaldsnes.

— Alors, va autre part. Pourquoi n'as-tu pas de bateau ?

Geirmund contempla les flammes et les braises du feu.

— Mon père ne croit pas que les raids puissent déboucher sur un royaume durable. Il prétend qu'on ne peut pas bâtir un royaume uniquement sur de l'or et de l'argent dérobés. Raison pour laquelle il a renforcé le Rogaland et Avaldsnes grâce à des alliances et au commerce. Il a de nombreux accords avec le Frakkland, et il voit comment ça se passe là-bas, où ils bâtissent des royaumes sans faire le moindre raid.

Elle pouffa.

— Au Frakkland, ils appellent simplement ça la guerre.

— Je sais. (Il avait les larmes aux yeux, et cela commençait à le brûler. Il les ferma pour les protéger du feu dans le foyer et dans sa poitrine.) Aucune importance.

Au bout d'un moment, il entendit Eivor se lever. Il rouvrit les yeux. Elle le dévisageait, les traits adoucis par un sentiment de pitié.

— Styrbjorn et moi repartirons avec la marée, demain matin. Je suis fatiguée. Je vais donc aller chercher un endroit où dormir. Mais ça m'a plu de discuter avec toi, Geirmund. Il faut que tu saches que, même si je suis franche, je ne trahis jamais ce qu'on m'a dit en confidence.

— Je te remercie. (Geirmund la salua.) Notre conversation m'a également beaucoup plu, Eivor. Je demanderai aux dieux de vous accorder un voyage sans encombre, à toi et à Styrbjorn.

Hochant la tête, elle s'apprêta à partir, mais, après avoir hésité, se retourna.

— S'il n'y a vraiment rien ici pour toi, alors, réfléchis à ce que je t'ai dit. (Elle esquissa un léger sourire.) Va autre part.

Puis elle s'éloigna. Geirmund la suivit du regard jusqu'à ce qu'il la perde de vue au milieu de la foule, dans la pénombre.

Peu après, avant qu'il ait eu le courage de se lancer à la recherche d'un lit, Steinólfur et Skjalgi se dressèrent devant lui.

— Comment ça s'est passé ? demanda le vieux guerrier, rongeant les restes d'un os de porc calciné.

— Comme je m'y attendais, répondit-il. Mais je ne suis pas d'humeur à en parler.

— Comme tu voudras. Tu préfères qu'on te laisse tranquille ?

— Pas encore. (Il baissa d'un ton.) Il faut que tu réunisses des hommes.

Skjalgi ouvrit grand son œil valide, mais garda le silence. À son côté, Steinólfur cracha un morceau de viande et jeta son os, que Svangr ne tarderait pas à récupérer.

— Quel genre d'hommes ?

— Des hommes qui savent ramer et se battre. Des hommes qui accepteraient de quitter mon père et Avaldsnes contre la promesse d'une bonne quantité d'or et d'argent.

— Cela se trouve sans difficulté, répliqua Steinólfur. Mais tu ne veux certainement pas de parjures. Ce qu'il te faut, ce sont des hommes libres disposés à prêter serment devant toi.

— Tu peux en trouver ? demanda Geirmund, bien que Steinólfur lui ait fait comprendre depuis longtemps qu'il en était parfaitement capable, sur simple demande de sa part. Assez pour armer un navire ?

Steinólfur se tourna vers Skjalgi, dont l'œil grand ouvert et le sourire trahissaient à la fois de la peur et de l'excitation, comme s'il avait attendu ce moment une éternité.

— Ça risque de prendre du temps, lui fit remarquer le vieux guerrier. Mais je crois que c'est possible.

— Vas-y. Discrètement.

— Tu as un navire, alors ? s'enquit Skjalgi.

— Pas encore, répondit Geirmund. Mais ça ne saurait tarder.

# Chapitre 5

Le bras de Geirmund guérit bien, et l'épaule de Hámund aussi, bien que plus lentement.

L'hiver arriva avec ses tempêtes saisonnières qui empêchèrent la plupart des navires de quitter le port. Avec moins d'embarcations effectuant la navette sur la route des baleines, il y avait moins de voyageurs et d'invités à Avaldsnes. Une douce quiétude s'était donc installée dans la maison des Hjörr. Malgré tout, Steinólfur continuait à recruter des membres d'équipage prêts à s'engager par serment auprès de Geirmund et à prendre la mer l'été venu, si tant est que ce dernier trouve un navire.

Pour l'instant, ce n'était pas encore le cas.

Il avait rassemblé toutes ses richesses, mais elles n'étaient pas suffisantes pour en acquérir ou en faire construire un, quand bien même il aurait été en mesure de lancer la fabrication sans que son père en entende parler, ce qui était peu probable. À plusieurs reprises, il avait envisagé d'avoir recours à l'aide de sa mère. Elle avait de l'argent et de l'or, et il pensait qu'elle pourrait se montrer favorable à sa cause, mais, ne pouvant en être certain, il préférait éviter de le lui demander. Ne lui restait plus que Hámund, mais il était réticent à l'idée de lui parler de ses projets. Il expliquait à Steinólfur et à Skjalgi que c'était pour laisser le temps à son frère de se remettre pleinement, ce qui n'était pas faux. Mais ce qu'il refusait d'admettre, même en son for intérieur, c'était qu'il commençait à se méfier de son frère.

Cela avait débuté avec les peaux de loups.

Après les avoir nettoyés, Hámund les avait publiquement offertes à leur père dans la grand-salle, dédiant leur victoire sur les monstres au roi Hjörr. Le fait que Geirmund ait abattu plusieurs de ces loups et fourni les peaux n'avait jamais été cité dans le discours de Hámund, pas plus que ce dernier ne l'avait prévenu de son intention de les offrir à leur père. Agacé, Geirmund avait gardé le silence, mais, depuis ce jour, il avait un doute sur la loyauté de son frère.

Lorsque la tyrannie de l'hiver sur la mer et le vent finit par cesser, les navires purent reprendre la mer, et Avaldsnes reçut des nouvelles de Guthrum. Le Danois allait leur rendre visite pour leur demander de rejoindre la flotte de Bersi afin de conquérir l'Angleterre. Geirmund comprit qu'il allait lui falloir agir vite s'il désirait un navire. Il invita donc Hámund à aller pêcher avec lui. C'était la première fois qu'ils partaient ainsi ensemble depuis leur expédition fatidique.

Ils n'allèrent pas bien loin, à deux jours de marche de chez leur père, dans une petite baie de l'autre côté de l'île où les arbres se faisaient plus rares, et où les chevaliers gambettes piaillaient et se nourrissaient entre les rochers à l'aide de leur long bec. Ils s'y rendirent à cheval, aucun d'eux ne s'exprimant beaucoup sur le trajet, ni durant un certain temps après avoir atteint leur destination. La crique aux eaux bleu foncé était calme, abritée par plusieurs îlots qui brisaient les vagues. Bien que le poisson ait été abondant dans cette région, aucun ne mordit jusqu'à midi.

— On dirait qu'Ægir est contre nous, finit par lâcher Hámund.

Depuis sa blessure et sa longue période d'alitement, il était resté maigre, mais sa peau tannée avait retrouvé des couleurs.

— Mais peut-être pas les dieux, répliqua Geirmund. (Perplexe, son frère se tourna vers lui.) La mer offre d'autres possibilités. Des trésors nous tendent les bras. En Angleterre.

Hámund déposa sa canne à pêche. Un vent se mit soudain à souffler depuis le nord, chargé d'une odeur d'iode et d'histoires de terres où la glace et le froid ne se retiraient jamais.

— Qu'est-ce que tu veux dire ?

— Tu as entendu parler du Danois Guthrum ?

— Bien sûr. Tout le royaume le connaît. Et alors ?

Geirmund se tourna vers la mer, à l'ouest, au-delà des rochers, vers le large et l'océan.

— Et si, toi et moi, nous prenions la mer avec lui ?

Hámund se tourna vers son frère d'un air interrogateur. Puis il esquissa un sourire, comme s'il venait soudain de comprendre une plaisanterie. Voyant que son frère ne le lui rendait pas, il comprit que ce dernier était sérieux. Son sourire se fana.

— Il y a de l'honneur à aller chercher dans la flotte de Bersi, insista Geirmund. En Angleterre, nous mettrons notre nom en valeur, comme notre grand-père, Half. Les fils de Hjörr et Ljufvina rapporteront richesse et réputation à Avaldsnes !

Le vent du nord redoubla de force, poussant ses vagues contre ceux qui revenaient de la mer, dans la crique. Il arracha quelques cheveux des tresses de Hámund lorsque celui-ci leva les yeux vers le ciel, où un mur de nuages semblait vouloir s'écraser sur eux. Accroupi, ce dernier se mit à ranger ses lignes.

— On ferait bien d'y aller avant que la tempête s'abatte sur nous.

— Non, mon frère, écoute-moi. (Geirmund bondit par-dessus les rochers qui se trouvaient entre eux et se retrouva auprès de son frère.) Guthrum va venir chez nous. J'ai des hommes prêts à s'engager pour nous. Il ne me faut qu'un navire, et nous pourrons prendre la mer.

— Tu as des hommes ? (Hámund se figea, sa canne à pêche dans les mains.) De qui parles-tu ?

— Des hommes libres. Qui veulent ce que je peux leur offrir.

Hámund garda le silence jusqu'à ce qu'il ait terminé de ranger et d'enrouler ses lignes.

— Qu'as-tu à leur offrir ? demanda-t-il en se levant.

— La même chose qu'à toi. Ce que Guthrum et Bersi nous proposent. Les terres et les richesses des Saxons.

— Tu n'as même pas de bateau. (Hámund bouscula Geirmund et s'approcha de ses lignes, qu'il entreprit aussitôt de ranger, grimaçant légèrement à cause de son épaule un peu raide.) Je comprends pourquoi tu m'as demandé d'aller pêcher avec toi.

— Oui. J'ai besoin d'un navire. Et j'ai besoin de ton aide pour en demander un à notre père. Il t'écoutera.

— Alors tu veux prendre un de ses bateaux, et ses hommes ? Des hommes du Rogaland ?

— Comme je te l'ai dit, ce sont des hommes libres.

— Ils deviendront tes guerriers ?

— Oui.

Le vent faisait rage, à présent, autour d'eux. Les nuages filaient tellement vite qu'on ne voyait plus le soleil. Après avoir terminé de ranger le matériel de pêche, Hámund se dirigea vers les chevaux. Geirmund lui emboîta le pas.

— Ce seront les tiens aussi si tu m'accompagnes.

Sans quitter le ciel des yeux, Hámund rangea leur matériel dans des sacoches et libéra son cheval du pin trapu auquel il l'avait attaché. Il se mit en selle.

— Si on se dépêche, on peut peut-être échapper à la pluie. Mais cette tempête…

— Mon frère, l'interpella Geirmund en saisissant la bride de sa monture. Je sens que c'est ma destinée. Un appel du destin. Tu me promets que tu m'aideras ?

Hámund leva le menton.

— Je ferai ce que je peux.

— Je ne te demande rien de plus.

Il enfourcha son cheval, et tous deux rentrèrent à un rythme soutenu, fouettés par le vent, puis par la pluie, qui se mit à tomber au moment même où ils atteignaient les portes d'Avaldsnes.

Six jours plus tard, Guthrum arriva sur un drakkar danois.

Ils festoyèrent dans la grand-salle, le foyer flambant comme jamais. Vêtue de soie du Frakkland et ornée de bijoux d'or et d'argent, la mère de Geirmund tendit une corne d'hydromel d'abord à Hjörr, puis à Guthrum. Assis à côté du père de Geirmund, le Danois semblait être un souverain fort différent, les bras et les doigts couverts d'anneaux, de la fourrure sur les épaules, la tunique brodée et des pierres précieuses sur la ceinture. Sans doute une partie du butin de ses nombreux raids. Il donnait l'impression d'avoir une quarantaine de printemps, certaines années s'étant manifestement révélées plus dures que les autres à en juger d'après le nombre de ses cicatrices. Il mangeait et riait avec une passion égale à la rage avec laquelle Geirmund l'imaginait sur le champ de bataille.

— Les légendes sur la femme accueillante du Rogaland sont toutes exactes, déclara Guthrum. Ta beauté et ta grâce sont d'une grande renommée, reine Ljufvina. Même si je m'aperçois que ces histoires ne te rendent pas justice.

Sa mère inclina la tête.

— Je te remercie, jarl Guthrum.

Tous les hommes invités chez Hjörr se sentaient tenus d'exprimer leur admiration envers Ljufvina, quand bien même ils se méfiaient en secret de la couleur de sa peau, de la texture de ses cheveux et de la forme de ses yeux. Mais les compliments de Guthrum semblaient sincères.

— Si toutes les femmes du Bjarmaland sont aussi belles que toi, poursuivit le Danois, je me demande ce qu'attendent tes fils pour aller s'y marier.

La mère de Geirmund éclata de rire.

— Si tu flattes ainsi les femmes de toutes les maisons où tu te rends, je me demande comment il est possible que tu aies encore besoin de navires, jarl Guthrum.

Il esquissa un sourire.

— Vous connaissez donc la raison de ma venue ?

— Bien sûr, répondit le roi Hjörr d'un ton légèrement offensé. Mais nous aborderons ce sujet après le repas.

Le Danois désigna la grand-salle.

— Il me semble que les hommes et les femmes du Rogaland souhaiteraient entendre ce que je suis venu dire…

— Non, l'interrompit le roi. Nous en discuterons en privé.

Le Danois se cura les dents, avant d'incliner la tête.

— Comme tu voudras.

À l'allusion à la raison de la présence de Guthrum, Geirmund se tourna vers Hámund et lui adressa un léger signe de tête pour lui rappeler leur accord. Hámund jeta un rapide coup d'œil à leur père, avant de rendre son signe de tête à Geirmund.

Bragi, le scalde assis à côté de Geirmund, se pencha vers lui.

— Quand les briseurs d'anneaux s'expriment, ils modifient le temps des armes.

Geirmund se tourna vers le vieil homme dont la barbe était déjà blanche à son arrivée chez Hjörr, quatorze printemps auparavant. Son regard larmoyant et son sourire distrait auraient pu laisser entendre que l'âge lui avait engourdi l'esprit, mais Geirmund savait qu'il était plus rusé et malin que jamais, et qu'il voyait tout. Il aimait bien Bragi, et serait à tout jamais reconnaissant de sa venue à Avaldsnes.

— Et quel temps des armes prévois-tu ? lui demanda Geirmund.

— Je ne suis pas devin. Mais je pense autant à la guerre qu'aux cultures. L'hiver venu, ni roi ni esclave ne peuvent s'attendre à récolter autre chose que ce qu'ils ont semé durant l'été.

— Je n'en suis pas convaincu. (Geirmund prit une dernière bouchée de porc dans son assiette et sauça cette dernière avec un morceau de pain d'orge qui avait un goût de noisette et de forêt.) La guerre peut trouver un roi, qu'il soit invité ou non.

— C'est vrai. (Bragi but une gorgée de bière.) Les mauvaises herbes ne sont pas invitées non plus. Mais le fermier prudent sait comment les empêcher de détruire les récoltes.

— Et les inondations ? la famine ?

— Ah ! mais voilà que tu parles des dieux. Du destin.

— Et que peut-on faire contre le destin ?

— Le lâche est convaincu qu'il vivra éternellement s'il évite le combat, mais il ne peut y avoir de trêve avec la mort. (Bragi lui posa une main sur l'épaule.) Quand tu te retrouves face à ton destin, il n'y a qu'une chose à faire : l'accepter.

Geirmund éclata de rire. La nuit s'installait. Les invités d'Avaldsnes vidaient leurs tranchoirs aussi vite qu'ils étaient servis, et la bière et l'hydromel coulaient dans les gosiers et dans les barbes comme autant de chutes d'eau, mais le temps des discussions vint bientôt. Le roi se leva et guida ses convives de la grand-salle à celle du conseil, suivi de la mère de Geirmund, de Guthrum et de Hámund. Geirmund était sur le point de les accompagner quand Bragi le saisit par le bras.

—Quand j'avais ton âge, dit-il en regardant dans la direction où les autres étaient partis, j'étais impliqué dans ce genre de décisions.

Geirmund était encore jeune, et il tenait beaucoup à les rejoindre.

—Désires-tu que je demande à mon père de…

—Bah, non. (Bragi lui lâcha le bras.) À ton âge, je m'intéressais à ce genre de choses. Mais ce n'est plus le cas.

Geirmund fronça les sourcils.

—Alors, qu'est-ce que tu…

—Je veux que tu viennes me voir au tumulus de ton grand-père. Demain, au lever du soleil.

—Te voir ? (Il secoua la tête.) Je ne comprends pas.

—C'est pourtant simple. J'aimerais m'entretenir avec toi, mais pas maintenant. Je souhaiterais te donner quelque chose, mais pas ici. Je préférerais devant le tumulus de ton grand-père. Au lever du soleil.

Perplexe, Geirmund acquiesça.

—Très bien. Je… j'y serai.

—Parfait. (Il lui fit signe d'y aller.) À présent, va parler de la pluie et du beau temps.

Toujours aussi perplexe, Geirmund s'éloigna en fronçant les sourcils, mais, curieux, il se dirigea vers la salle du conseil. Il était prêt à protester si son père tentait de l'éconduire, mais cela se révéla inutile. À son arrivée, Guthrum, à l'autre bout de la table par rapport au roi, avait déjà pris la parole ; il se tut en le voyant entrer.

—Navré de t'interrompre.

— Aucune excuse n'est nécessaire, le rassura Guthrum. Je t'en prie, installe-toi. Mieux vaut que les deux fils entendent ce que j'ai à dire.

Geirmund prit place à côté de sa mère, face à son frère, puis son père demanda au Danois de poursuivre.

Guthrum tendit la main comme s'il désirait attraper sa corne de bière. Un geste automatique, car il n'y avait rien sur la table. Il se contenta donc de poser sa paume sur la nappe de lin.

— Il semblerait que la raison de ma visite ne soit un secret pour personne. Je souhaiterais vous parler d'Angleterre. Là-bas, en Northumbrie, avec une poignée de Vikings, les Danois ont remporté de grandes victoires sur les Saxons. Halfdan Ragnarsson a pris Jórvík, d'où il vient de conquérir l'Est-Anglie. Il s'occupera bientôt de la Mercie, puis du Wessex.

— Nous avons eu vent de leurs victoires, naturellement, lui apprit le père de Geirmund.

— La Mercie et le Wessex ne tomberont pas facilement, ajouta le Danois. Le Wessex est dirigé par un roi puissant, Æthelred. Raison pour laquelle mon roi, Bersi, rassemble une flotte, la plus vaste qu'on ait jamais vue, afin d'aller rejoindre les Danois de Jórvík. Ensemble, les forces de Bersi et de Halfdan conquerront l'ensemble des terres saxonnes, y compris le Wessex. (Il se tourna vers Hámund, puis Geirmund.) Les guerriers du Rogaland qui se joindront à nous gagneront une bonne réputation, des richesses et des terres.

C'étaient les richesses qui intéressaient Geirmund. Si Avaldsnes devait échoir à Hámund, alors il faudrait que lui-même se lance à la recherche d'autres terres et de champs s'il souhaitait avoir quelque chose à lui. Mais Guthrum exigerait davantage que sa simple épée. On attendrait d'un des fils de Hjörr qu'il apporte un navire avec suffisamment d'hommes d'équipage et de combattants. Geirmund n'avait cependant aucune envie de s'exprimer imprudemment et de donner à son père une bonne raison de l'évincer de la salle du conseil. Il préféra donc patienter.

— La Mercie et le Wessex sont puissants, et je sais que des fortunes récompenseront nos raids. (Le roi Hjörr désigna l'ensemble de la pièce.) Cette salle a été bâtie avec l'argent de nos raids au Kurland et au Finnland.

Guthrum se tourna vers Geirmund.

— Les exploits de Half et de sa compagnie sont réputés, ajouta Guthrum. La réputation de ton père est bien connue, même chez les Danois.

Geirmund se redressa sur son siège et haussa le menton, trahissant sa fierté.

— Ces exploits ont été accomplis il y a de nombreuses années, fit remarquer le roi. L'époque était différente. Tu parles aujourd'hui de bien plus que de simples raids et d'argent. Tu parles de couronnes. Tu sais aussi bien que moi que, si tous les royaumes saxons tombaient aux mains de Bersi et de Halfdan, les couronnes d'Angleterre se retrouveraient sur la tête de Danois. Et non sur celle de Vikings.

— Ça fait beaucoup de suppositions, roi Hjörr. (Guthrum décroisa les bras et leva les mains, l'or scintillant sur ses doigts.) Bersi et Halfdan sont des hommes d'honneur. Ils récompensent ceux qui vivent et honorent ceux qui meurent comme il convient au combat. Je te jure qu'il y aura des terres et de l'argent proportionnellement à ta contribution à la flotte de Bersi.

— Et si les Danois sont vaincus par les Saxons de Mercie et du Wessex ? s'inquiéta le roi. Il ne restera aux vaincus qu'à se chamailler la Northumbrie et les plaines d'Est-Anglie, non ?

— Tes doutes sont une insulte à tous les Danois. (Guthrum serra les dents, sans pour autant grimacer.) Nous vaincrons les Saxons.

— C'est possible. (Le père de Geirmund marqua une pause.) Voire probable. Mais le Rogaland n'enverra ni ses navires ni ses guerriers avec toi. On en a besoin, ici.

— Pour quoi ? (Guthrum prit ouvertement un air menaçant et un ton âpre.) Pour garder tes poissons et tes moutons ? ou peut-être pour garder tes quais, où tu arnaques les navires qui ont besoin de réparations ? (Il désigna le roi du doigt.) Ne va pas t'imaginer que personne n'a repéré tes combines.

Geirmund se demanda ce que son père allait lui répondre, mais ce fut Hámund qui se pencha vers le Danois.

— Ne va pas t'imaginer que personne n'a repéré ton manque de respect, jarl Guthrum. Et n'oublie pas que tu es ici l'invité de mon père.

— Je ne l'ai pas oublié. Mais c'est ton père qui a manqué de respect en premier aux Danois.

Si la soudaine hostilité de Guthrum mit le roi mal à l'aise, il n'en montra rien. Il garda la même sérénité, aussi bien dans sa voix que dans son attitude.

— On raconte que Harald de Sogn envisage de déclarer la guerre aux autres rois de Norvège. Raison pour laquelle je refuse de rejoindre la flotte de Bersi. Le Rogaland ne peut se passer de guerriers et de navires tant que nos terres seront menacées.

— Ah ! naturellement. Le roi Harald souhaite prendre Avaldsnes pour les mêmes raisons que celles qui ont donné leur puissance à ton père et ton grand-père. (Haussant les sourcils, il prit une voix plus douce, feignant d'être préoccupé par la question.) Mais qu'y peux-tu ? Si tes terres sont en danger, tu voudras certainement faire la guerre à Harald. Tu dois attaquer le premier, avant que ses forces soient trop puissantes, sinon, tu risques de déborder.

Styrbjorn avait peut-être proposé le même genre de stratégie, lors de sa visite, au début de l'hiver, mais Geirmund n'en avait pas entendu parler avant le soir où il s'était entretenu avec Eivor, et il savait que le roi Hjörr n'était pas du genre à déclencher une guerre. En écoutant Guthrum, il réfléchit à ce que Bragi avait dit dans la grand-salle à propos des champs et des mauvaises herbes, et se demanda si le Danois n'avait pas raison.

— Tu ne devrais pas attendre plus longtemps, déclara Guthrum.

La reine s'éclaircit la voix.

— Sans vouloir t'offenser, pourquoi écouterions-nous les conseils d'un Danois sur ce point ? Ce ne sont ni tes terres ni ton peuple, et Harald ne te concerne pas.

— Je suis danois, c'est vrai. (Guthrum se leva et se pencha, les deux poings sur la table.) Mais nous, les Danois, ne sommes pas devenus des chiffes molles. Nous côtoyons la guerre au quotidien. À la mort du roi Horik, de vieilles rancœurs et des ambitions anciennes sont remontées à la surface, et beaucoup de sang a été versé. (Il se mit à trembler en se remémorant le déchaînement de violence, sans chercher à le dissimuler.) Voilà quinze printemps que je ne connais que la guerre, et c'est la raison pour laquelle je vais en Angleterre. Quitte à faire la guerre, plutôt tuer des Saxons que des Danois. Quitte à me battre, autant que ce soit pour des terres et une paix que je tenterais de maintenir suffisamment longtemps pour pouvoir la léguer à mes enfants, puis à mes petits-enfants.

— Tes objectifs sont louables. (Le père de Geirmund se leva, aussi droit et digne qu'un menhir.) Je partage les mêmes souhaits. J'ai moi aussi envie de laisser à mes enfants et à mes petits-enfants un Rogaland fort et durable. Raison pour laquelle je n'enverrai ni hommes ni navires.

— Et si tu es vaincu par Harald ? demanda Guthrum. Que te restera-t-il à léguer à tes enfants ?

Geirmund s'attendit à ce que son père rejette l'éventualité d'une victoire de Harald, mais le roi garda le silence. Quel genre d'accord avait bien pu être passé entre Avaldsnes au nord et Stavanger au sud ? Il se tourna vers sa mère, qui regardait son père, attendant qu'il réponde. Comprenant que ce ne serait pas le cas, elle reporta son attention sur Guthrum.

— Je croyais m'être bien fait comprendre : Harald ne te concerne pas, pas plus que les autres Danois.

Guthrum secoua la tête.

— Tu rends un mauvais service à tes fils…

— C'est à moi de décider ce qui est bon pour mes fils ! rugit le roi, sa patience ayant des limites. Pas à un Danois sans terres qui ne pense qu'à la guerre.

Guthrum abattit l'un de ses poings sur la table. D'instinct, Geirmund se leva d'un bond, prêt à se battre. Hámund se leva aussi, ainsi que sa mère, la main sur la dague qu'elle portait à la ceinture. Mais, aussitôt, le Danois s'enfonça dans son siège, les paumes levées.

— Pardonnez ma colère, s'excusa-t-il, le visage encore écarlate, se mordant les joues et les lèvres. Je suis venu chercher une alliance, pas me créer de nouveaux ennemis.

— Nous ne sommes les ennemis d'aucun Danois, lui garantit Ljufvina. Et notre refus d'envoyer des hommes et des navires n'y change rien.

La bouche grande ouverte, Guthrum secoua la tête.

— Je regrette de vous annoncer que le roi Bersi ne sera peut-être pas du même avis, reine Ljufvina. Il prendra votre refus pour une insulte. J'espère que vous êtes prêts à en assumer les conséquences, que ce soit avec Harald au nord et Bersi au sud.

Geirmund vit Hámund se crisper et serrer les poings. Il sentit sa colère contre le Danois, mais fut surpris de constater qu'il ne la partageait pas. Visiblement, Guthrum ne leur avait pas menti. Le roi Bersi avait besoin de navires, et Guthrum obéissait simplement aux ordres que son roi lui avait donnés. Si le Rogaland lui avait confié la même mission, Geirmund était convaincu qu'il se serait exprimé peu ou prou de la même manière. Et son père ne lui rendrait effectivement pas service s'il l'empêchait de partir pour l'Angleterre.

— Tu abuses de mon hospitalité, jarl Guthrum. (Le roi avait recouvré son calme, mais c'était désormais celui d'une vipère prête à bondir.) Bersi est-il au courant que tu as menacé un roi de Norvège en son nom ?

Guthrum éclata de rire.

— Dis-moi, si tu croises un voyageur sur la route qui te prévient des dangers auxquels tu t'exposes en poursuivant ton chemin, te menace-t-il de ce même danger ? Non, parce qu'il y a une différence entre un avertissement et une menace. Mon roi ne m'aurait pas confié cette mission s'il ne me faisait pas suffisamment confiance pour m'exprimer en son nom. Mais je ne vais pas abuser plus longtemps de ton hospitalité, roi Hjörr. Tu m'as donné ta réponse, et je comprends que rien ne pourra te faire changer d'avis. Mes hommes dormiront sur mon navire, cette nuit, et j'en ferai autant. Nous reprendrons la mer dans la matinée.

—Dans quelle direction ? voulut savoir Hámund.

—Pourquoi ? sourit le Danois. Tu as peur que je mette le cap sur Sogn ? Tu te demandes si Harald va répondre à l'appel du roi Bersi ? (Il tira sur sa barbe d'un air exagérément songeur.) Réfléchissons. Si Harald envoie des guerriers en Angleterre avec les Danois, cela signifiera qu'il aura moins d'hommes pour combattre ici, au Rogaland. (Il marqua une pause.) Mais s'il envoie des guerriers en Angleterre il pourra peut-être gagner suffisamment d'argent saxon pour acheter les navires et les hommes dont il a besoin pour s'emparer de toute la Norvège.

—Hámund te pose cette question en raison des marées, intervint le roi. Et pour aucune autre raison. Tu iras où ton roi te l'ordonne.

Guthrum le salua d'un air un peu moqueur.

—Et c'est ce que je ferai. (Il se tourna vers Hámund.) Je vais mettre cap au sud, Hel-hide. Je suis allé à Agðir avant de venir ici, et, comme ton père, Kjötve redoute Harald de Sogn. Il me semble à présent inutile de poursuivre jusqu'au Hordaland avant que les Vikings aient retrouvé le courage de leurs pères. Je ne vois pas le fils de Half, ici.

Avant que qui que ce soit ait pu lui répondre, il tourna les talons et quitta la salle du conseil. Hámund se lança à sa poursuite, et, peu après, la voix du Danois résonna. Il donnait l'ordre à ses hommes de quitter les lieux. Ils obéirent certainement sur-le-champ, car, à son retour, Hámund secoua la tête pour signifier qu'ils étaient partis.

— Doit-on demander à des hommes de surveiller leur navire ? demanda Ljufvina.

Une main sur la table, le roi se pencha pour réfléchir un moment.

— Deux gardes, par précaution. Pas davantage. Une compagnie de guerriers pourrait l'irriter encore plus, et je doute qu'il commette la moindre bêtise.

— Tu t'en occupes, Hámund ? demanda la reine.

Son frère s'apprêta à ressortir de la pièce.

— Attends ! l'interpella Geirmund.

Il lui fallait le soutien de son frère.

Hámund s'immobilisa, attendant la suite. Puis il sembla comprendre les intentions de Geirmund.

— Non, ce n'est pas le bon moment, lui dit-il à voix basse.

— Tu m'as donné ta parole, lui rappela Geirmund.

La reine s'approcha d'eux.

— Ce n'est pas le bon moment pour quoi ?

— Pour rien, répondit Hámund, le regard rivé sur Geirmund, les sourcils froncés. N'est-ce pas, mon frère ?

Geirmund eut l'impression qu'une tempête faisait rage sous sa voûte crânienne, des vagues et des rafales de doute s'abattant sur lui, mais il savait précisément où il allait. Il insista donc :

— Je vais partir avec Guthrum, annonça-t-il d'une voix puissante. Je vais me joindre à la flotte de Bersi et aller en Angleterre.

Hámund ferma les yeux et baissa les épaules. Leurs parents se contentèrent de dévisager Geirmund. Puis le roi secoua la tête avant de se tourner vers Ljufvina, bouche bée d'incrédulité.

— Ai-je bien entendu ? demanda-t-il.

— Geirmund ! s'exclama la reine d'une voix lasse. Tu as trop bu. Je crois que nous ferions mieux d'en reparler demain.

— Non, protesta Geirmund, je n'ai pas trop bu. Et j'irai en Angleterre, où je prendrai les terres des Saxons pour…

— Tu n'iras nulle part, l'interrompit son père. Sauf dans ton lit, comme l'enfant que tu es.

— Père, je suis un homme qui réfléchit par lui-même, et je ne pense pas comme toi. (Geirmund étendit les bras.) Tu sais bien que je ne suis pas fait pour ça. Il n'y a rien pour moi ici. Tu n'as même pas assez confiance en moi pour me confier des missions d'importance. Tu ne me donnes aucune tâche, aucune responsabilité…

— Je ne te donne que les ordres que tu m'as montré pouvoir exécuter. Si tu en veux davantage, à toi de me prouver que…

— Mais je ne veux plus de tes ordres. Je n'ai plus rien à te prouver. Je cherche ma propre destinée.

— De quelle manière ? demanda sa mère.

— Avec un navire. J'ai des hommes qui m'ont prêté serment. Si tu me confies un bateau, je ne te demanderai rien d'autre. (Déglutissant, Geirmund jeta un coup d'œil à son frère, qui regardait désormais ses pieds.) Hámund me soutient. Peut-être décidera-t-il même de m'accompagner en Angleterre.

Les yeux écarquillés, leur père se tourna vers Hámund.

— C'est vrai ?

Hámund leva les yeux vers le roi, puis se tourna vers Geirmund, avant de baisser de nouveau la tête. Geirmund sentit son sang se glacer.

— Je soutenais Geirmund. Il mérite qu'on lui laisse une chance de suivre sa destinée. Je sais que nous avons besoin de guerriers et de navires au Rogaland, père, mais je pensais que nous pourrions lui laisser un bateau. (Il se tourna vers la reine.) Mais, maintenant que j'ai fait la connaissance de Guthrum, j'ai changé d'avis. Il t'a insulté, père, et il a menacé notre royaume. Je refuse de lui confier, à lui comme à n'importe quel autre Danois, quoi que ce soit qui appartienne au Rogaland, d'autant plus s'il s'agit de mon frère.

La reine hocha la tête en soupirant, comme si elle lui en était reconnaissante.

— Tu es sage, Hámund, reconnut le roi. Contrairement à ton frère. Geirmund, tu n'auras ni navire ni hommes. Le sujet est clos.

Ce n'était pas le cas, mais, l'espace d'un instant, Geirmund sembla trop sonné par la trahison de son frère pour protester. Il demeura figé, n'en croyant pas ses yeux. Puis il sentit la colère le gagner. Il comprit qu'elle allait le conduire à une violence terrible s'il restait trop longtemps dans cette pièce.

— Tu es un parjure, Hámund, lui lança-t-il avant de hausser le ton. Regarde-moi, espèce de lâche !

Tressaillant, Hámund leva les yeux vers lui.

— Après tout ce que nous avons vécu… (Geirmund brandit son doigt en direction de ses parents.) Après tout ce qu'ils nous ont fait, tout ce qu'ils t'ont fait, tu me tournes le dos et tu te ranges à leurs côtés ?

— Mon frère, je…

— Cesse de m'appeler ainsi. Tu n'es plus mon frère.

La reine sursauta.

— Geirmund, tu ne penses pas ce que…

— Si. (Geirmund s'en prit alors à elle.) Et tu n'as jamais été ma mère.

Sur ces paroles, le roi poussa un rugissement et s'élança vers lui, s'apprêtant à lui assener un coup de poing, mais Geirmund esquiva l'assaut sans difficulté. Il aurait pu le frapper à son tour, mais préféra reculer. Sa mère se mit à sangloter, tendant vers lui ses mains tremblantes. Son père la rejoignit. Hámund était demeuré immobile, mais la haine dans son regard dépassait de loin celle dont Geirmund avait fait preuve envers lui.

— Je comprends à présent que c'était inévitable, déclara Geirmund. Quel idiot j'ai été de croire le contraire. Le sort a fait de moi l'enfant d'un esclave. Puis le fils cadet d'un roi. À présent, à moi de découvrir ce qu'il fera de moi en Angleterre.

Imitant Guthrum, il quitta la salle du conseil sans attendre leur réaction.

# Chapitre 6

Entre chien et loup, juste avant le lever du soleil, Geirmund chevaucha vers le nord d'Avaldsnes, en direction du tumulus de son grand-père. Seules les étoiles les plus brillantes se distinguaient encore, telles les dernières braises du Muspelheim. Steinólfur et Skjalgi avaient insisté pour l'accompagner, mais ils attendraient à bonne distance du tumulus : il semblait que Bragi souhaitait s'entretenir seul à seul avec Geirmund.

Ils chevauchèrent tous les trois en silence. Après que Geirmund leur eut dépeint les événements de la soirée, ils n'avaient pas ajouté grand-chose. Il n'y avait rien à gagner à ressasser un passé qui ne faisait plus partie de la vie du jeune homme. Steinólfur semblait en réalité plus détendu que jamais, comme soulagé. Ce qu'il redoutait depuis si longtemps s'était finalement produit. C'était derrière lui désormais. Ce qui avait le plus étonné Geirmund, c'était la colère de Skjalgi contre la trahison de son frère. La nature accommodante du garçon le poussait à être la plupart du temps de bonne humeur et à pardonner rapidement, mais il avait maudit Hámund avec des termes que Geirmund n'avait encore jamais entendus dans sa bouche. Depuis, il s'était apaisé.

Steinólfur jeta un coup d'œil sur l'autre rive du Karmsund, vers les collines à l'est.

— Si tu as l'intention de prendre la mer avec Guthrum, il faudrait qu'on soit au quai avant que le soleil soit complètement levé.

— Nous n'avons pas de navire, lui rappela Geirmund. Guthrum est notre seule chance de gagner l'Angleterre.

— Alors, mieux vaut éviter que les Danois partent sans nous.

— Est-ce qu'une partie des hommes que tu as rassemblés acceptera de se joindre à nous ?

— Comme tu l'as fait remarquer, nous n'avons pas de bateau. Et, d'ici là, la nouvelle selon laquelle le roi désire que les guerriers du Rogaland restent à portée de main se sera propagée.

— Alors nous sommes seuls.

Steinólfur garda le silence un moment.

— Tu as une idée de ce que te veut Bragi ?

— Pas la moindre. Il m'a laissé entendre qu'il souhaitait me donner quelque chose.

— Bragi est bizarre, constata Skjalgi.

Steinólfur ricana.

— C'est un scalde. On n'en attend pas moins de lui.

Après la seconde halte, ils atteignirent la crête où étaient érigés les tumulus des rois précédents, visibles par tous les navires qui voguaient dans le chenal. Dans le lointain, un feu vacillait au pied de la tombe de Half. En l'apercevant, ils s'immobilisèrent tous les trois. Puis Geirmund abandonna ses compagnons et poursuivit son chemin jusqu'au foyer. Bragi était assis par terre, emmitouflé dans une fourrure d'ours devant un petit brasero. Le scalde avait disposé un plateau de hnefatafl sur une pierre plate devant lui. Les pièces du jeu étaient composées de pierres et d'os colorés. Il fit signe à Geirmund de prendre place face à lui.

— Je regrette, mais je n'aurai pas le temps de faire une partie, déplora ce dernier.

— Alors je m'efforcerai de te vaincre rapidement. Assieds-toi.

Geirmund mit pied à terre en soupirant. Une fois installé, il trouva l'herbe glacée, déjà gorgée de rosée.

— Quel camp désires-tu jouer ? demanda-t-il au scalde.

— Il serait normal que tu sois le roi.

Bragi lui adressa un clin d'œil.

— Tu m'as pris pour mon frère.

Geirmund joua le premier coup, une feinte pour faire croire à Bragi qu'il avait l'intention de faire fuir son roi dans l'un des angles inférieurs du plateau alors qu'il visait en réalité le coin supérieur droit.

— Je n'ai jamais dit que tu serais roi à Avaldsnes. (Bragi réagit, mais son coup était si hésitant que Geirmund se demanda si le scalde avait mordu à l'hameçon.) Peut-être deviendras-tu un jour roi des Saxons.

Geirmund leva les yeux du plateau de jeu.

— À qui as-tu parlé ?

— À personne. Je suis allé me coucher juste après notre conversation, hier soir. Mais tu vas accompagner Guthrum, non ?

Geirmund bougea son deuxième pion, puis son troisième. À chacun de ses coups, le scalde semblait déplacer ses guerriers comme s'il avait deviné la véritable stratégie de son adversaire. Alors qu'il devenait évident pour Geirmund qu'il allait perdre, il se remémora une question qu'il souhaitait lui poser depuis qu'il était enfant. L'occasion ne se représenterait pas de sitôt.

— Tu es devin, Bragi ?

Le regard du scalde scintilla de la même lueur que le brasero.

— Ni les dieux ni les Trois Fileuses ne s'adressent directement à moi, si c'est ce que tu entends par là. Je vis simplement depuis assez longtemps pour interpréter les signes climatiques.

— Assez longtemps pour interpréter les signes d'une partie de hnefatafl ?

— Je t'ai promis une partie courte. (Bragi mit un guerrier en position, bloquant soudain le roi de Geirmund sur deux côtés.) Si j'interprète correctement le ciel, ton père a refusé la proposition de Guthrum parce qu'il a peur de Harald.

Geirmund avait beau en vouloir à son père, il n'en aimait pas pour autant entendre que le roi avait peur, quand bien même c'était la vérité. Surtout dans la bouche d'un scalde qui allait le raconter à tout le monde. De frustration, il fit un déplacement aussi agressif qu'imprudent.

— Sans vouloir offenser ou déshonorer ton père, ajouta Bragi. Hjörr a raison de craindre Harald, et ce n'est pas le seul. C'est ce qu'il fait de cette peur qui déterminera le sort du Rogaland. (Le scalde déplaça ensuite un guerrier, fermant une troisième échappatoire au roi de Geirmund.) Mais je ne crois pas que ton sort soit lié à celui d'Avaldsnes. Tu pars avec les Danois ?

Geirmund déplaça l'une de ses pièces pour libérer un passage afin que son roi puisse battre en retraite.

— Oui.

— C'est ce que j'avais prévu. Raison pour laquelle je t'ai fait venir ici.

Bragi réfléchit avant de jouer son coup suivant. Il se tourna vers le tumulus. Une légère brume s'était levée, et un corbeau se mit à croasser non loin.

— Que dit ton père quand il parle de son père ?

— Pas grand-chose.

Bragi hocha lentement la tête.

— Ça ne me surprend guère. Ton père m'a même interdit de conter son histoire dans la maison qu'il a bâtie. (Il prit une profonde inspiration.) Mais, là, nous ne sommes pas chez lui.

— Je t'écoute.

— Half était plus jeune que toi lorsqu'il s'est lancé pour la première fois sur la route des baleines. On raconte qu'il a choisi son équipage uniquement parmi les hommes suffisamment forts pour soulever la meule d'un imposant moulin à bras, et que ses guerriers et lui avaient fait raccourcir leurs épées pour être contraints d'approcher leurs ennemis au plus près. Lorsque leur navire s'est retrouvé en pleine tempête, chacun d'eux s'est battu pour avoir l'honneur de se jeter par-dessus bord et sauver les autres.

— C'est vrai ?

Bragi esquissa un sourire.

— Il est vrai que Half et ses hommes étaient très courageux. (Il tira de sous sa peau d'ours un couteau rangé dans son fourreau de cuir.) On raconte aussi que Half et ses guerriers ne tuaient ni femmes ni enfants lors de leurs raids. Si un guerrier désirait ramener une femme, ton grand-père l'obligeait à l'épouser et à la couvrir de présents.

Quand Bragi dégaina le couteau, Geirmund fut surpris de constater qu'il comportait une fine lame de bronze. Hormis ce détail, il s'agissait d'une arme quelconque au manche de bois et au simple pommeau de cuivre.

— Half réalisa ses raids durant dix-huit printemps, gagnant quantité d'argent et se forgeant une redoutable réputation. Pendant cette période, c'est son beau-père, Åsmund, qui dirigea le Rogaland à sa place. Quand Half revint récupérer son trône, Åsmund l'accueillit chaleureusement et organisa un festin en son honneur et en celui de ses héros. Ils mangèrent et burent jusque tard dans la nuit, entonnant des chants et relatant des anecdotes. Puis, tandis que Half et ses hommes dormaient, Åsmund ferma les portes de l'extérieur et mit le feu à sa maison.

— Quoi ? Son beau-père…

— Oui, c'est Åsmund qui a assassiné ton grand-père. Seuls deux guerriers ont survécu à cette nuit sanglante : un homme du nom d'Utstein et un autre, Rok le Noir. Ils rassemblèrent une armée et tuèrent Åsmund, vengeant ainsi leur roi. Ils reprirent Avaldsnes pour le jeune Hjörr, le fils de Half.

Geirmund savait depuis longtemps que son grand-père était mort des suites d'une vaste trahison, mais il n'en avait jamais entendu les détails et n'avait jamais osé interroger son père à ce sujet. Cette histoire avait le pouvoir de modifier la façon dont un homme se voyait et voyait les autres. Sans doute la raison pour laquelle le roi ne l'avait jamais partagée. Geirmund regrettait que son père n'en ait pas discuté plus ouvertement, mais c'était trop tard désormais.

Bragi rengaina la lame et l'offrit à Geirmund.

— C'est mon présent.

— Oh ! (Geirmund l'accepta, mais eut du mal à dissimuler son embarras.) Je… t'en suis reconnaissant.

— Ne mens pas.

Geirmund baissa les yeux sur le plateau de jeu, où les guerriers du scalde avaient cerné son roi de trois côtés. Il comprit alors qu'il ne pouvait pas mentir au vieil homme. Il doutait que qui que ce soit en ait la capacité.

— C'est un bon couteau, se défendit-il.

— Pourtant, tu trouves qu'il s'agit d'un cadeau banal.

— Oui.

— Parce qu'il est banal. Il n'est pas en acier. Voilà de nombreuses années que je l'ai, et je l'ai aiguisé un nombre incalculable de fois. Je m'en suis servi pour couper ma viande, hier soir. Je te l'offre parce qu'il est banal.

— Je ne comprends pas.

— En quittant la maison de ton père, et partir il te faut, garde avec toi le souvenir de ton grand-père. Bien que je ne l'aie jamais connu, certains se souviennent encore de lui au Rogaland, et ils trouvent que tu lui ressembles beaucoup. (Bragi posa la main sur le bras de Geirmund, de l'autre côté du plateau de hnefatafl.) Avant de franchir une porte, assure-toi de savoir au préalable où sont assis tes ennemis. Un couteau banal est inutile contre une hache ou une épée sur un champ de bataille, mais il devient la plus redoutable des armes quand il est manié dans l'obscurité, ou, pire, par un proche dont tu aurais dû te méfier.

Commençant à comprendre, Geirmund serra le manche du couteau dans sa main.

— Je t'en suis reconnaissant, Bragi.

Le scalde libéra son bras et reporta son attention sur la partie.

— À moi de jouer.

— Oui, mais je crois que la victoire te tend les bras.

— Je n'ai pas encore gagné. Mais je vais arrêter là, laisser une porte de sortie à ton roi. Ça lui permettra d'aller accomplir son destin tout en évitant peut-être une vengeance. Je préfère me dire qu'aucun homme n'est mon ennemi.

Geirmund hocha la tête. Juste à ce moment-là, les premiers rayons du soleil poignirent à l'horizon, couronnant la colline du tumulus de Half d'un halo doré. Steinólfur devait se demander ce qui lui prenait autant de temps. Et Geirmund avait encore quelqu'un à voir avant d'embarquer sur le navire de Guthrum.

Se relevant, il enfonça le couteau du scalde sous sa ceinture.

— Je me suis souvent demandé à quoi mon existence aurait ressemblé si tu n'étais jamais venu chez mon père.

Bragi haussa les épaules.

— Je vais éviter de contrarier les Nornes, mais je suis fier de mon rôle dans ton histoire.

— Navré qu'il soit peu probable que nos chemins se croisent de nouveau.

— Ils ne se recroiseront pas. (Le scalde se leva lentement, souffrant du poids de sa fourrure.) Je vais moi aussi quitter le Rogaland. Très bientôt.

— Où comptes-tu te rendre ?

Le scalde se tourna vers l'est.

— J'ai l'impression que l'Arbre-Monde est quelque peu ébranlé, Geirmund. Les guerres que nous menons n'opposent plus seulement les Vikings aux Danois et aux Saxons, mais les dieux entre eux. J'irai retrouver les miens et mes terres, à Uppsala.

— Puissent les dieux te protéger tout au long de ton voyage.

— Je fais la même prière à ton égard.

Il adressa au vieil homme un nouveau hochement de tête avant de regagner sa monture.

— Encore un conseil, l'appela Bragi.

Geirmund se hissa sur sa selle.

— Je t'écoute.

— Prends garde aux hommes des mers. Hjörrleif, le père de Half, en a un jour pris un dans ses filets, et la créature lui a annoncé une prophétie qui, plus tard, lui sauva la vie.

Geirmund avait des tonnes de questions à lui poser, mais il manquait de temps.

— Adieu, Bragi Boddason.

Peu après, Geirmund rejoignit Steinólfur et Skjalgi, et ils prirent tous trois la direction d'Avaldsnes d'un pas enlevé.

Lorsqu'ils atteignirent la ville, le soleil était déjà presque entièrement levé. Geirmund distingua du mouvement dans le lointain, sur le quai où était amarré le navire de Guthrum.

Sur sa selle, Steinólfur se pencha vers Geirmund et lui chuchota :

— Tu envisages encore d'aller la voir ?

Geirmund acquiesça.

— Partez devant et prévenez Guthrum de mon arrivée.

Le vieux guerrier ouvrit la bouche comme s'il s'apprêtait à protester, mais, se ravisant, se contenta d'un hochement de tête.

— Dites-lui que je vous rejoins au plus vite.

— J'y veillerai. (Steinólfur se tourna ensuite vers Skjalgi.) Allez, viens, mon garçon.

Ils lancèrent leurs montures au trot sur la chaussée. À quelques foulées de là, Geirmund prit un chemin qui le guida à l'ouest, en direction d'un petit bosquet, au pied d'une colline herbeuse. À la lisière du petit bois, il mit pied à terre et mena son cheval par la bride entre les arbres, sentant son estomac se serrer à chacun de ses pas. Il craignit qu'il soit trop tôt pour ce genre de visite, mais l'odeur du feu de bois le rassura. Quelqu'un s'était réveillé pour l'alimenter.

La modeste demeure était nichée dans les collines, avec un toit pointu couvert de gazon. Geirmund guida sa monture jusqu'à l'écurie déserte dans le prolongement sud de la bâtisse. Alors qu'il attachait les rênes de son cheval à un piquet, Ágáða sortit, chargée d'un sac de graines pour ses poules. Sursautant de peur en l'apercevant, elle lâcha le sac, avant de porter la main à sa poitrine en poussant un soupir.

— Geirmund, vilain chenapan, chuchota-t-elle avec un sourire. Tu m'as fait peur.

— Désolé. (Il s'exprima sur le même ton qu'elle.) Est-ce que Loðhatt…

— Il dort. (Elle s'approcha de lui, repoussant sa longue tresse blonde par-dessus son épaule.) Mieux vaut éviter de le réveiller.

C'était la première fois que Geirmund revenait là depuis l'été précédent, avant la partie de chasse fatidique en compagnie de Hámund. Il était aussi troublé par sa longue absence que chaque fois qu'il envisageait d'aller la voir. Elle portait la même blouse que la dernière fois qu'il l'avait vue, sa teinte rouge passé désormais presque brune. La broche d'argent qu'il lui avait offerte scintillait toujours autant, pas du tout ternie. Les pattes-d'oie aux coins de son regard orageux semblaient plus prononcées.

Elle serra fermement une de ses mains dans les siennes et le guida à l'écart de la maison.

—Ça va ? J'ai entendu dire que tu avais été blessé.

—C'était le cas.

—J'ai fait une offrande à Óðinn, l'implorant pour que tu guérisses.

—Je suis guéri.

—Alors je lui ferai une nouvelle offrande pour le remercier. (Souriant, elle lâcha sa main.) Qu'est-ce qui t'amène ici de si bon matin ?

Geirmund se sentit gêné, comme chaque fois en sa présence. Il devenait soudain peu sûr de lui, se demandant même ce qu'il faisait là. Il le fallait, tout simplement.

—Je quitte Avaldsnes, Ágáða.

—Ah ? (Il la vit déglutir.) Où vas-tu ?

—Combattre les Saxons.

—Toi ? (Elle déglutit de nouveau.) Tu vas t'absenter un moment, alors…

—Oui. Je suis venu te faire mes adieux.

Hochant la tête, elle serra les bras autour d'elle.

—Quel honneur…

—Non, Ágáða. (Il s'approcha d'elle.) Tout l'honneur est pour moi.

Elle sentit les larmes lui monter aux yeux.

—Hámund t'accompagne ?

—Non. (Il ignorait quand elle avait vu ou eu des nouvelles de son frère pour la dernière fois, mais cela devait faire plusieurs années. Il n'avait ni le temps ni le désir de l'accabler en lui racontant toute la vérité.) Il va rester ici avec le roi Hjörr, se contenta-t-il donc d'ajouter.

—Et sa mère.

Geirmund hésita.

—Et la reine, oui.

—Comme il se doit. (Elle secoua la tête, clignant des yeux pour repousser ses larmes.) Quand pars-tu ?

—Aujourd'hui. Ce matin.

—Si tôt ?

—J'ai pris ma décision hier soir. (Encore un sujet qu'il n'avait aucune envie de détailler. Il préféra donc désigner l'écurie.) J'aimerais que tu prennes mon cheval.

—Pardon ? (Elle écarquilla les yeux.) Geirmund, je ne peux pas accepter…

—Si. Il s'appelle Garmr. Malgré son nom, il est très doux. Si tu n'en as pas l'utilité, tu pourras le vendre. Et, tiens. (Il tira de sa ceinture une petite bourse remplie de pièces d'argent et la lui mit dans les mains.) Prends ça.

Baissant les yeux, elle secoua la tête, tentant de lui rendre la bourse.

—Geirmund, je ne veux pas…

—Prends-la. Je t'en prie, prends-la. Je regrette de ne pouvoir faire davantage pour toi. Tu mérites bien plus pour tout ce que ma mère t'a fait subir.

—Elle n'a pas fait ça pour… (Elle recula, laissant l'argent dans les mains de Geirmund, et lissa sa blouse.) Il y a longtemps que c'est réglé. La reine a tout arrangé.

Mais certaines injustices et certaines blessures ne guérissaient jamais, quelle que soit la quantité d'argent ou d'or, quel que soit le prix que l'Althing leur accordait.

—Alors, accepte-les comme de simples présents, suggéra-t-il. L'argent et Garmr ne sont pas destinés à réparer des injustices, mais à honorer ma première mère et à lui montrer toute ma gratitude.

—Geirmund ! (Elle jeta un coup d'œil autour d'elle, comme pour s'assurer que personne ne l'avait entendu.) Ne dis pas des choses pareilles.

—Je dis juste ce que j'étais venu te dire. (Même si Geirmund venait seulement de s'en apercevoir.) Tu n'étais pas obligée de nous traiter comme tes fils, Ágáða. (Il désigna la maison.) Ça n'a pas été le cas de Loðhatt, et je ne lui en veux pas. Mais toi, si, et c'est pour cette raison que je me tiens devant toi comme je suis.

Tête baissée, elle garda le silence un long moment, comme si elle jaugeait chacune des paroles qu'elle allait prononcer.

—La fierté que j'éprouve en te voyant est celle d'une mère pour son enfant.

Geirmund sentit à son tour les larmes lui monter aux yeux. Il comprit alors qu'il était non seulement venu pour lui parler, mais aussi pour l'écouter.

—Je continuerai à te rendre fière, lui promit-il.

—Je le sais.

Il insista de nouveau pour lui confier la bourse d'argent. Cette fois, elle l'accepta.

—Puissent les dieux veiller sur toi.

—Et sur toi aussi, Ágáða.

Geirmund tourna les talons et regagna le sentier à travers bois, attendant que la demeure soit loin derrière pour s'élancer au pas de course. Son intention était certes de gagner le navire de Guthrum au plus vite, mais le martèlement de ses pas et de ses tempes l'aida aussi à vaincre les vagues de chagrin et de douleur qui menaçaient de le submerger. En outre, le vent lui séchait les yeux. Plus il courait vite, plus il s'éloignait de son passé. Tout ce qui comptait à ses yeux, désormais, c'était aller de l'avant.

Il atteignit le port dans les temps. Le navire de Guthrum était encore à quai, sur le point de prendre la mer. Ayant laissé leurs montures aux écuries non loin, Steinólfur et Skjalgi l'attendaient. Ils étaient chargés de lourds paquets contenant tout leur matériel, et le vieux guerrier était armé d'une épée que Geirmund connaissait bien.

Il s'approcha d'eux, le bruit de ses pas résonnant sur les planches.

— Hámund est venu ? demanda-t-il en regardant l'épée que portait le vieux guerrier.

— Oui, répondit Steinólfur. Il m'a demandé de te remettre ça.

Geirmund était convaincu que son frère la lui avait offerte car il avait honte de sa trahison, et cette même honte l'avait poussé à laisser l'arme à Steinólfur plutôt que de la lui remettre en mains propres.

— Il n'a rien dit ?

— Non. Il n'a pas laissé de message. Mais, si je puis m'exprimer en son nom, je crois qu'il voulait dire qu'il était conscient qu'elle te serait plus utile qu'à lui.

Si Hámund avait attendu pour la lui offrir, Geirmund aurait pu refuser le présent car aucune épée ne pouvait effacer sa trahison. Mais il ne pouvait décemment pas l'abandonner sur le quai. Il la convoitait depuis le jour où son père l'avait offerte à Hámund.

— C'est une lame de roi, ajouta Steinólfur.

— C'est une belle arme, fit remarquer Skjalgi.

Geirmund baissa les yeux sur le garçon.

— Je crois qu'il est temps que tu aies ta propre épée. (Il défit son arme de sa ceinture, une lame simple en acier de bonne facture, et la lui présenta.) Elle n'est pas aussi belle que celle de Hámund, mais elle m'a été bien utile, et elle te le sera tout autant si tu autorises Steinólfur à t'en enseigner le maniement.

Peu de guerriers pouvaient se permettre de posséder une épée avant leur premier raid ; Skjalgi l'accepta comme si elle était en or.

— Je te remercie, Geirmund.

Steinólfur esquissa un sourire en coin et adressa un hochement de tête approbateur à Geirmund.

— Hel-hide !

Geirmund se tourna vers le navire, sur le pont duquel se tenait Guthrum. Derrière lui, l'équipage mettait le mât en place.

— J'ai entendu dire que tu désirais naviguer avec moi ? demanda le Danois.

Geirmund s'approcha, sans pour autant monter à bord.

— En effet, jarl Guthrum.

— J'avoue que je suis surpris de te voir compte tenu de la façon dont ton père m'a traité.

— Je ne suis pas mon père. Et je ne suis pas venu présenter ses excuses.

— Bien. Personne ne devrait jamais présenter les excuses d'un autre. Chacun devrait pouvoir répondre de ses actes et de son honneur. (Il désigna Steinólfur et Skjalgi d'un signe de tête.) Mais tu viens à moi sans navire, avec juste un homme et un gamin.

— Nous avons des épées, se défendit Geirmund. Et je te jure qu'elles se battront pour toi.

— Tu sais manier cette lame ? demanda le jarl en désignant l'arme de Hámund.

— Je sais m'en servir, mais je n'ai encore tué personne avec. Est-ce suffisant ?

Guthrum haussa les épaules.

— Oui. Mais, avant de tuer qui que ce soit, tu prendras ton tour aux avirons. Ne te fais pas d'illusions, Hel-hide. Tu as beau être le petit-fils de Half, tu ne dirigeras aucun Danois avant d'avoir fait tes preuves.

— Je ne demande rien de plus. Mais ne te fais pas d'illusions, jarl Guthrum, un jour, même toi tu craindras les guerriers qui me suivront.

Éclatant de rire, le Danois leur fit signe de monter à bord.

— J'attends ce jour comme une pierre attend la mousse.

Geirmund bondit sur le bateau, suivi de Steinólfur et de Skjalgi. Tous trois trouvèrent une place où s'installer au milieu de l'équipage, sur le pont, vers la proue. Geirmund jeta un coup d'œil au reste du bâtiment. Il compta seize rangs de rameurs de chaque côté. La première compagnie de rameurs avait déjà pris place sur ses bancs-coffres, prête à se mettre en action dès que le capitaine du navire le déciderait. Le timonier se tenait derrière le gouvernail, entouré d'une dizaine d'hommes attendant de prendre la relève quand ils auraient atteint les mille coups d'aviron. La vigie prit son poste, à la proue du bateau. Peu après, Guthrum donna l'ordre de larguer les amarres.

À son poste au pied du mât, le capitaine brailla des ordres aux autres marins, qui, sur toute la longueur de l'embarcation, dénouèrent le gréement en peau de morse et poussèrent le navire loin du quai à l'aide de longues perches. Les rameurs plongèrent leurs avirons dans l'eau et le capitaine dirigea leur progression, engageant le bateau dans les courants du Karmsund, où l'eau clapotait contre la fine coque en planches.

Ils partirent vers le sud-ouest, contournant la péninsule où se dressait la maison du roi Hjörr. Quand ils passèrent en contrebas, Geirmund se sentit hors de sa portée pour la première fois de son existence. Il se sentit libre.

En guise d'offrande, Guthrum versa du vin coûteux dans l'eau et implora Rán pour qu'elle les protège durant leur voyage. Puis il traversa le pont du navire pour rejoindre Geirmund.

— Je ne me moquerai pas de toi si tu veux leur faire au revoir de la main.

— Oh que si ! le reprit Steinólfur en souriant au Danois. Et je me joindrai à toi.

Geirmund éclata de rire et s'abstint de leur répondre. Il n'esquissa aucun signe, mais fit ses adieux en silence, fermant une porte qu'il acceptait de ne plus jamais rouvrir. Avec Avaldsnes derrière lui et les rives du Karmsund à l'est et à l'ouest, il se sentit enfermé sur trois côtés, mais fixa son regard sur l'unique chemin resté ouvert. Peu après, le capitaine ordonna de hisser la voile pour profiter du vent du nord. Les rameurs rentrèrent leurs avirons, et le navire fila vers le sud.

# Deuxième partie

## La traversée

# Chapitre 7

La déesse Rán leur accorda une mer calme pendant la majeure partie du voyage jusqu'au Jutland, et le vent gonfla si souvent la voile du navire que Geirmund ne fut obligé de prendre qu'une poignée de tours aux avirons. Cela suffit pour lui écorcher les mains et lui froisser les muscles des bras, des épaules et du dos. Quand il s'en plaignit, Steinólfur lui fit remarquer qu'il ne connaissait rien des véritables colères et de la brutalité de l'océan, des tempêtes qui venaient directement chercher dans le navire le rameur à côté de vous, des vagues aussi hautes que des montagnes qui essoraient les bateaux comme s'il s'agissait de vieux chiffons.

Le navire de Guthrum s'appelait *L'Amoureux des vagues*, mais parfois aussi *Le Sauteur de vagues*, en fonction de l'humeur des hommes et des filles de Rán. L'équipage se montra relativement soupçonneux envers Geirmund. Il les surprenait parfois en train de lui lancer des regards méfiants. Ils lui adressaient rarement la parole, mais, avec le temps, il parvint à apprendre le nom de quelques-uns d'entre eux.

Le capitaine s'appelait Rek. Sa cicatrice sur le cuir chevelu longeait le haut de son front, comme si on avait tenté de lui ouvrir le sommet du crâne. Les jurons et les remontrances qu'il lançait à Geirmund chaque fois que ce dernier prenait son tour aux avirons, ou même quand il ne faisait absolument rien, trahissaient une haine inexpliquée. Le frère du capitaine était aussi à bord : un géant aux larges épaules qui semblait avoir moins mauvais caractère que Rek. Il s'appelait Eskil, était rameur, mais les autres semblaient s'en remettre à lui.

Contrairement à eux, qui détournaient le regard, Eskil hochait la tête quand Geirmund le surprenait à l'observer.

Lors de leur quatrième journée en mer, ils atteignirent Ribe, sur la côte ouest du Jutland, où était stationnée une flotte d'au moins deux cents navires. Les marées régulières s'enfonçaient dans les terres, inondant un rivage planté d'herbe et de roseaux, et creusant des canaux dans le sol de sable et de limon. Geirmund n'avait jamais rien vu de tel. Guthrum annonça qu'il faudrait encore au moins trois jours de navigation pour atteindre le Frisland, à l'extrémité de cette mer de boue.

À leur arrivée, ils demeurèrent en eau profonde, au large des côtes, jusqu'à ce qu'ils puissent s'aider de la marée vespérale pour se laisser porter en avant afin de jeter l'ancre au plus près de la terre ferme avec le reste de la flotte. Lorsque la marée se retira, *L'Amoureux des vagues* s'échoua comme une baleine sur la plage avec les autres bâtiments.

Ils débarquèrent à l'aide d'une planche qui ploya sous leur poids, avant de patauger au milieu d'agglomérats d'algues sur un sol sablonneux gorgé d'eau qui hébergeait des crabes et des crustacés fouisseurs. De fières cigognes blanches arpentaient la côte, se nourrissant de proies qu'elles extrayaient de la boue et jetaient en l'air avec leurs longs becs. Le vent était chargé d'une odeur de poisson et d'iode. La terre ferme semblait résister à leurs pas après ces longues journées passés sur la surface instable de la mer.

— Vous croyez qu'on va rester combien de temps ? demanda Skjalgi.

— Ça dépend si tous les jarls attendus sont là, répondit Steinólfur. Mais les Danois vont au moins attendre que les vents et les courants soient favorables.

Skjalgi jeta un coup d'œil par-dessus son épaule en direction des navires.

— La mer semble favorable, là.

— Pour voguer vers le sud, oui, intervint Geirmund. Mais, d'ici, on va aller vers l'ouest.

À la limite du rivage, le sable sous leurs pieds se fit plus sec, mouvant et clair, le vent le transformant en dunes. Ils quittèrent bientôt la plage pour un sol herbeux plus élevé, où le campement de la flotte s'étendait sur des centaines d'arpents, à perte de vue. Le bruit qui en provenait faisait penser à un interminable roulement de tonnerre.

— Ah ! voilà enfin du spectacle, se réjouit Skjalgi.

— Hel-hide ! (Guthrum se hissa sur la plaine à son tour et fit signe à Geirmund de le suivre.) Viens.

Geirmund acquiesça, mais, avant de lui emboîter le pas, demanda à Steinólfur de trouver un endroit où s'établir, près des hommes de Guthrum mais aussi loin du rivage que possible afin d'éviter de se réveiller dans l'eau si une tempête devait se lever durant la nuit. Il suivit ensuite Guthrum dans une large allée qui traversait le camp jusqu'à ce qui semblait être son centre. Ils passèrent devant des forgerons battant le fer près de forges improvisées, des tanneurs, des charpentiers, des couturiers, des tisseurs et des bouchers, ainsi que de nombreux feux de camp. Plus ils s'enfonçaient dans le cantonnement, plus celui-ci semblait vivant et plus l'odeur était nauséabonde. Il s'agissait d'une cité bien plus vaste qu'Avaldsnes.

Parmi les guerriers qu'ils croisaient se trouvaient quantité de skjaldmö. Geirmund scruta leurs visages, se demandant si Eivor était parmi elles. Les guerriers s'inclinaient tous sur le passage de Guthrum, tandis que la présence de Geirmund attirait les regards depuis les tentes qui bordaient cette artère improvisée. Guthrum le remarqua.

— C'est la première fois qu'ils voient quelqu'un d'aussi laid, expliqua-t-il.

— Ils n'ont jamais vu Rek alors ? s'étonna Geirmund.

Guthrum lâcha un unique éclat de rire, comme s'il avait soufflé dans une corne de bouc.

— À ta place, je tiendrais ma langue quand Rek est dans les parages. Tu seras dans sa compagnie pour le moment. (C'était ce que Geirmund avait redouté.) Je comprends pourquoi ils te regardent comme ça. Tu ne ressembles pas à un Viking.

— Il paraît.

— Hjörr est bien ton père ? (La brusquerie de la question empêcha Geirmund de lui répondre sur-le-champ. Il fut à deux doigts de se figer.) À moins que tu aies déjà été dans le ventre de ta mère quand elle a quitté le Bjarmaland ?

Cette fois, Geirmund s'immobilisa, prêt à dégainer sa nouvelle épée.

— Retire ce que tu viens de dire, jarl Guthrum. Immédiatement.

Le Danois se retourna, dressa les épaules et pencha la tête d'un côté.

— Vraiment ?

— Vraiment. Insulte-moi si tu veux, mais évite d'insulter ma mère.

Après un moment de tension, Guthrum hocha la tête.

— Très bien. Je retire ce que j'ai dit. Et ton père ?

— Il demeure mon père. (Geirmund se remit en route dans le campement qui dégageait des odeurs de bétail, où qu'il soit parqué.) Il est établi et accepté que mon frère et moi sommes nés un an après l'arrivée de ma mère à Avaldsnes, à laquelle nous ressemblons.

Le Danois sembla accepter sa réponse.

— Même après être parti de cette façon, tu le considères encore comme ton père ? Comme ton roi ?

Geirmund ne s'était pas posé la question – du moins, pas en ces termes.

— Franchement, je ne sais pas quoi te répondre.

— Il faut du courage pour faire ce que tu as fait. Venir à moi comme un voleur, sans navire, sans guerriers…

— Je ne suis pas venu mendier, se défendit Geirmund.

— Ce n'était pas une insulte. J'admire ton courage. Mais le courage et l'honneur sont deux choses distinctes. Même les traîtres et les parjures peuvent faire preuve de bravoure. Je me demande simplement à qui tu es fidèle.

— J'imagine que c'est logique. (Ayant repéré une grande tente dans le lointain, il supposa que c'était leur destination.) Mais je dirais que la fidélité et l'honneur sont parfois deux choses distinctes. Il arrive que l'honneur requière la fin d'une fidélité.

Le Danois fronça les sourcils comme s'il n'était pas certain d'adhérer à ces propos.

— Peut-être, finit-il par lâcher.

— Mais je t'ai juré fidélité, lui fit remarquer Geirmund. Sur mon honneur.

Guthrum le dévisagea un moment avant de hocher la tête. Il désigna l'allée qui menait à la grande tente.

— Tu es sur le point de rencontrer mon roi, Bersi. Attends qu'on te donne la parole avant de t'exprimer.

— D'accord, herra.

La tente était gardée par deux guerriers en broigne armés de lances, d'épées et de haches. Reconnaissant Guthrum, ils le saluèrent, mais se placèrent devant l'ouverture pour en barrer l'accès.

— Qui est votre compagnon, jarl Guthrum ? s'enquit l'un d'eux.

L'autre focalisait son attention sur Geirmund, prêt à dégainer.

— Il s'agit de Geirmund Hjörrsson, annonça Guthrum. L'un des fils du roi du Rogaland.

Les deux gardes se consultèrent du regard avant de les autoriser à entrer.

Geirmund emboîta le pas à Guthrum, et ils pénétrèrent dans une pièce sombre. En son centre, un feu flambait dans un foyer, sa fumée bleue s'élevant paresseusement jusqu'au plafond de la tente. Geirmund remarqua la présence de tapisseries et de tapis des lointains Serkland et Tyrkland, tandis que de grands paravents de bois richement sculptés séparaient la pièce centrale des autres, plus petites. Une demi-douzaine d'hommes étaient assis ou debout autour du feu, certains avec une corne de bière dorée. À en juger d'après leurs fourrures et leurs anneaux, c'étaient tous des jarls.

— Guthrum ! s'exclama l'un d'eux en traversant la pièce pour aller le saluer.

Imposant, les joues aussi rouges que sa barbe était rousse, on ne voyait que lui dans la tente. Il dominait Guthrum de sa présence, ainsi que la plupart des autres Danois. Ce n'était probablement pas un combattant vif ou agile, mais puissant et robuste. Geirmund le reconnut aussitôt : il s'agissait de Bersi.

— Je remercie Óðinn de t'avoir fait naviguer sans encombre. Combien de navires m'as-tu rapportés de Norvège ?

Guthrum baissa la tête.

— Aucun, malheureusement.

— « Aucun » ?

— Les Vikings sont accaparés par leurs propres problèmes. Dans toutes les maisons où je suis allé, on m'a parlé d'une guerre contre Harald de Sogn.

— Raison de plus pour se joindre à nous et chercher de nouvelles terres.

— C'est ce que je leur ai dit, mais impossible de les convaincre. À une exception près. (Il désigna Geirmund.) Voici l'un des fils de Hjörr Halfsson et de Ljufvina.

— Un des Hel-hide ? (Baissant les yeux sur Geirmund, Bersi se fendit d'un large sourire auquel il manquait deux dents.) Lequel ?

— Je suis Geirmund.

— Et combien d'hommes m'as-tu ramenés, Geirmund Hjörrsson ?

Hésitant, il se tourna vers Guthrum avant de répondre :

— Deux.

— Un et demi, rectifia Guthrum.

Le sourire de Bersi se dissipa dans sa barbe. Il plissa les yeux.

— J'ai défié mon père pour me joindre à vous, ajouta Geirmund. Raison pour laquelle je n'ai rien qui lui appartienne.

Les autres jarls se turent, aussi immobiles que des pins gris. Bersi toisa Geirmund de la tête aux pieds.

— Il t'a donné une belle épée, semblerait-il, finit par constater le roi.

Geirmund eut le bon sens de ne pas le reprendre.

— J'ai soif de sang saxon.

Bersi recouvra le sourire.

— Et elle aussi. Ton épée baignera dans le sang saxon, si c'est son souhait. (Il se tourna ensuite vers les autres jarls.) Guthrum étant de retour, nous allons enfin pouvoir étudier la traversée. (Il se dirigea vers un côté de la pièce et se hissa sur son siège, sur une petite estrade. Le fauteuil grinça sous son poids.) Halfdan traverse actuellement la Mercie en direction de la ville de Readingum, sur les bords du Thames, et nous nous en servirons pour y conduire nos navires. Si les dieux sont avec nous, Halfdan aura pris la ville avant notre arrivée. Mais nos bateaux seront vulnérables sur le fleuve. (Il fit appel à un jarl relativement âgé, avec des cheveux blancs et une grosse épée saxonne au côté.) Osbern, quelles sont les nouvelles de tes hommes au Thanet et à Lunden ?

Tandis que le jarl répondait, Guthrum se pencha vers Geirmund.

— Mes hommes se trouvent à l'angle sud-ouest du camp, lui apprit-il. Va les trouver. Mange, puis repose-toi.

Geirmund aurait souhaité rester pour en apprendre davantage sur ce qui les attendait, mais, après avoir acquiescé, il s'éclipsa de la tente.

Dehors, le soleil s'était couché et la nuit tombait sur le campement, désormais illuminé par les feux et les torches disséminés ici et là. Geirmund rebroussa chemin, prenant la direction de la mer, vers l'ouest, au milieu des festivités et de la frénésie des guerriers avides de guerres et de conquêtes.

Sur les bords du camp, la mer de boue était visible, émaillée de la silhouette noire des navires ensommeillés. Il dirigea alors ses pas vers le sud, errant entre les groupes de tentes. À la lueur des feux, il dévisageait les guerriers qu'il croisait, cherchant les hommes de Guthrum. Il finit par repérer Eskil, installé devant un petit feu de camp au milieu d'un cercle d'une vingtaine de Danois.

S'approchant du guerrier, il lui demanda s'il avait vu Steinólfur. Eskil leva les yeux vers lui, puis, hochant la tête, désigna sa droite sans prononcer la moindre parole. Après l'avoir remercié, Geirmund suivit ses instructions.

— Hel-hide ! retentit une voix quelque part autour du cercle.

Geirmund se retourna, reconnaissant cette voix.

— Oui, capitaine ?

Rek se leva, chancelant légèrement à cause de la bière qu'il avait ingurgitée.

— Dis-moi... les hommes du peuple de ta mère sont-ils des combattants ?

— Je n'en sais rien. Je ne suis jamais allé au Bjarmaland. Pourquoi cette question ?

Rek traversa le cercle de Danois, contournant le feu en direction de Geirmund.

— Je me demandais juste... quel genre d'homme tu étais. Parce qu'il est évident que tu n'es pas viking.

— Ça suffit, mon frère, intervint Eskil derrière Geirmund.

Mais Rek insista.

— Ça suffira quand je serai satisfait, mon frère.

— Satisfait de quoi ? demanda Geirmund, refusant de céder le moindre terrain.

Rek s'approcha et s'immobilisa juste devant lui, face à face, le regardant droit dans les yeux, l'haleine chargée de bière, le feu de camp derrière lui.

— Satisfait de ton courage, bâtard.

À cet instant, quelques Danois se levèrent, parés à toute éventualité. Mais Geirmund savait ce qui pouvait se passer. Cela lui était déjà arrivé. À de multiples reprises.

— Tu veux me tester ? demanda-t-il, les tempes battant de colère. Parce que je vais...

— Hé ! Rek ! (Steinólfur surgit dans le cercle, bras écartés.) Tu veux tester le mien, de courage ?

— Ça suffit. (D'un air agacé, Eskil pénétra à son tour dans le cercle.) Asseyez-vous. Tous autant que vous êtes, ordonna-t-il, foudroyant du regard les Danois autour du feu.

Ceux-ci regagnèrent leurs places à contrecœur. Geirmund se demanda comment un simple rameur pouvait détenir une telle autorité. Seuls Eskil, Rek, Steinólfur et lui-même restèrent immobiles, tandis que le même vent du nord qui avait poussé le navire de Guthrum jusqu'aux côtes du Jutland se levait sur le campement, faisant rougeoyer les braises et jaillir des étincelles.

Le capitaine désigna Geirmund du doigt.

— Tu es un oiseau de mauvais augure, Hel-hide ! lança-t-il, soutenu par des murmures d'approbation. Je vais me débarrasser de toi.

Steinólfur s'approcha, se postant devant Geirmund, bras croisés.

— Ce sera un oiseau de mauvais augure pour toi si tu continues à lui parler sur ce ton. Je pourrais me débarrasser de toi sans difficulté.

— Il n'est pas assez grand pour se défendre tout seul ? le railla Rek. Il se cache toujours derrière son…

— Ça suffit ! s'écria Eskil.

Rek tressaillit.

— Mon frère, je…

— Tu as trop bu, l'accusa Eskil. Je te suggère de regagner ta tente tant que tu es en mesure de la retrouver.

Quelques Danois éclatèrent de rire. Rek devint écarlate. Tremblant de rage, il lança un regard noir à Geirmund, mais finit par tourner les talons et s'éloigner du cercle pour s'enfoncer dans la nuit naissante. Eskil secoua la tête avant de regagner sa place, laissant Geirmund sentir le poids du regard des autres Danois sur lui.

Steinólfur jeta un coup d'œil autour de lui.

— Viens. Le garçon va se demander où on est passés.

D'un signe du menton, il désigna le chemin par lequel il était arrivé.

Mais Geirmund se sentait encore prêt à se battre, comme s'il était armé de lances et de flèches en quête d'une nouvelle cible. Se retournant, il lança un dernier regard à Eskil, qui contemplait le feu. Puis il chercha un nouvel opposant chez les Danois. Quand il comprit que personne n'accepterait d'en découdre avec lui, il poussa un juron et emboîta le pas de Steinólfur, qui le guida entre les tentes et les couchages en cuir vers un bosquet d'argousiers.

— Mieux vaut éviter Rek un moment, lui conseilla le vieux guerrier. Comme tous les hommes de la mer, il est à l'affût du moindre signe, et il finit toujours par en trouver un.

— Comment l'éviter ? demanda Geirmund. C'est notre capitaine.

— Sur *L'Amoureux des vagues*, oui, mais j'ai un peu discuté avec les Danois. Rek est un marin compétent, mais tout le monde sait que son frère est meilleur guerrier. En mer, Eskil préfère ramer avec l'équipage, mais, sur terre, c'est lui qui commande après Guthrum.

Ils arrivèrent devant un petit feu de camp autour duquel un Skjalgi aussi agité qu'inquiet faisait les cent pas.

— Qui commande après Guthrum ? demanda le garçon.

— Ça explique pas mal de choses, déclara Geirmund, se remémorant de quelle manière les autres rameurs s'en remettaient à Eskil, et comment son frère lui avait obéi quelques instants auparavant. Combien de guerriers Guthrum a-t-il rassemblés pour le roi danois ?

— On raconte qu'il est à la tête de quarante navires. (Steinólfur prit place près du feu et fit signe à Skjalgi d'en faire autant.) Installe-toi, mon garçon. Tu m'épuises.

Skjalgi cilla, mais obéit en silence. Geirmund se joignit à eux. Steinólfur leur tendit ensuite de quoi manger, quelques tranches de viande séchée et salée, du pain de seigle croustillant, du fromage à pâte dure et des fruits séchés qu'il avait tirés de leurs réserves de provisions. Durant leur repas, le vieux guerrier poursuivit :

— La plupart des navires de Guthrum se traînent autant que *L'Amoureux des vagues*. Mais certains vont très vite, avec une soixantaine d'avirons.

Geirmund estima le nombre de guerriers que tous ces bâtiments étaient susceptibles d'embarquer.

— Guthrum dispose donc d'une armée d'au moins deux mille hommes ?

— Effectivement, confirma Steinólfur. Pourquoi cette question ?

— J'essaie d'évaluer sa position vis-à-vis de Bersi et des autres jarls.

— Tu vérifies que nous avons prêté allégeance au bon Danois ?

Le vieux guerrier jeta une nouvelle bûche dans le foyer.

— Guthrum est le bon Danois, déclara Geirmund, bien qu'il soit encore incapable de déterminer ce qui lui donnait raison. (Tout ce qu'il savait, c'était que le sort l'avait jeté sur le navire de Guthrum.) On ferait bien de dormir, maintenant, tant qu'on en a la possibilité. J'imagine qu'on ne va pas tarder à reprendre la mer.

Ils déroulèrent leurs couchages en peau de morse, un pour Geirmund, et un autre que se partageaient Steinólfur et Skjalgi : chacun de ces húðföt était suffisamment grand pour deux adultes. Il n'y avait plus beaucoup de bois aux alentours du campement, mais Skjalgi jeta la dernière branche dans le feu avant de se glisser dans le sac avec le vieux guerrier.

— Retiens-toi de péter jusqu'à demain matin, mon garçon, ordonna Steinólfur, étendu sur le dos, les yeux clos, les mains croisées sur la poitrine.

Geirmund adressa un sourire à Skjalgi pour lui faire comprendre qu'il savait qui serait le plus coupable de ce méfait. Puis il se glissa dans le sien, même s'il eut du mal à s'endormir. Il contempla les étoiles, se remémorant ce que Bragi avait dit à propos de la guerre entre les hommes et les dieux. Il imagina les astres s'éteignant comme lorsqu'on mouchait des lanternes après la bataille finale, et la destinée d'Óðinn, de Thór et des autres Æsir et Vanir quittant le ciel, le transformant en un abîme géant, nouveau Ginnungagap dans lequel sombrerait tout le reste. Geirmund songea au néant jusqu'à ce qu'il soit aux portes du sommeil, instant que choisit Skjalgi pour chuchoter son nom. Cela le réveilla complètement.

— Qu'y a-t-il ?

— Pourquoi fait-on la guerre aux Saxons ? S'agit-il d'une vengeance ?

Geirmund soupira.

— On pourrait dire ça. Les Saxons ont massacré des fermiers et leurs familles. Les Danois tentaient simplement de s'installer et de vivre en paix.

— Pourquoi les Saxons ont-ils massacré des Danois ?

— Parce que les Danois avaient massacré des Saxons, grogna Steinólfur, réveillé par leur discussion. C'est une vengeance, mon garçon. Les deux camps n'arriveront jamais à se mettre d'accord sur qui a commencé. Tu peux y réfléchir toute la nuit si ça te dit, tant que tu te tais et que tu laisses les autres dormir.

Skjalgi garda le silence.

Geirmund ferma les yeux. Malgré le vent qui soufflait sur la côte, la peau de morse lui tenait chaud. Il passa une bonne nuit, même si son corps et ses rêves avaient gardé en mémoire le roulis du navire sur les vagues.

Le lendemain, et les deux jours qui suivirent, ils formèrent Skjalgi au maniement de sa nouvelle épée. S'il était maigre, le garçon avait des membres puissants, et il apprenait vite. Il frappait avec la rapidité d'un faucon. Pendant ce temps, ils demeurèrent tous les trois à l'écart des Danois ; ainsi, Geirmund évita une seconde confrontation avec Rek. À moins de demander à Guthrum de les affecter sur des navires différents, c'était reculer pour mieux sauter… mais il refusait à une telle requête. De toute façon, Geirmund n'eut pas beaucoup l'occasion de voir

Guthrum, qui passa la majeure partie de son temps avec Bersi et les autres jarls. Chaque jour, les vagues apportaient quelques derniers navires épars chargés de guerriers.

Lors de leur quatrième journée à Ribe, Geirmund fit un tour dans le campement pour voir s'il pouvait trouver des boucliers à vendre, aucun des trois n'en ayant apporté d'Avaldsnes. Il passa la matinée à se renseigner à droite et à gauche et à suivre des pistes infructueuses. Le camp était immense et chaotique, et ce ne fut qu'aux alentours de midi qu'il découvrit un Frison disposé à lui en vendre.

Ils avaient déjà bien servi, mais semblaient robustes, en bois de sapin. Le cuir cousu tout autour était tendu, les sangles de fer huilées et sans la moindre trace de rouille. Geirmund s'était attendu à payer le prix fort pour n'importe quel bouclier, mais le Frison ne paraissait pas avoir l'intention de se joindre à Bersi : il souhaitait seulement vendre son matériel avant le départ de la flotte. Geirmund parvint donc à en acquérir trois pour deux pièces d'argent.

De retour dans le secteur du jarl Guthrum, il passa devant plusieurs tentes où des femmes louaient leurs services pour moins d'une pièce d'argent. L'une d'elles lui fit signe, et, l'espace d'un instant, il fut tenté par sa chevelure blonde et par le rose de ses joues. Mais, en plus de ses trois boucliers, un sur le dos et un dans chaque main, il portait trop d'argent sur lui pour courir le risque de se faire détrousser. Il fit donc le choix le plus raisonnable et poursuivit son chemin.

Le lendemain, Steinólfur et lui indiquèrent à Skjalgi comment se tenir dans un mur de boucliers, mais ils n'allèrent pas bien loin dans leur cours car le bruit se mit à courir que la flotte n'allait pas tarder à appareiller. Ensuite, Guthrum réapparut parmi eux, dégageant une forte odeur d'hydromel. Il leur ordonna de faire leurs offrandes aux dieux et de charger ses navires pour l'invasion de l'Angleterre.

# Chapitre 8

Deux jours durant, la flotte profita d'une mer calme, mais, le troisième, une tempête s'abattit sans prévenir, en provenance du nord. Les vents violents et les vagues déchaînées dispersèrent les navires de Guthrum, chacun d'eux livrant sa propre bataille contre les éléments. Rek ordonna à l'équipage de *L'Amoureux des vagues* d'amener la voile pour éviter qu'elle se déchire, et chacun donna ses mille coups d'aviron.

Geirmund prit son tour sur le banc, puis sur le pont à écoper à l'aide d'un seau, puis de nouveaux aux avirons, jusqu'à ce que ses membres deviennent aussi inutiles que des roseaux détrempés et qu'ils n'y voient plus goutte à cause du vent, de la pluie et des projections d'eau de mer qui lui brûlaient les yeux. Sans soleil, ils n'avaient aucun point de repère, et la tempête semblait interminable. Geirmund finit par se laisser guider par le rythme des avirons, incapable de déterminer si des heures ou des jours s'étaient écoulés.

Robuste, *L'Amoureux des vagues* tenait le coup, aussi bien sur les crêtes que dans des creux si profonds qu'il y faisait aussi noir qu'en pleine nuit. Pourtant, de temps à autre, les vagues et les courants secouaient tellement le navire que l'on aurait dit que sa proue et sa poupe allaient dans des directions opposées, provoquant des torsions entre les planches de la coque, qui laissaient entrer l'eau. Lorsque Guthrum apprit que Steinólfur avait passé beaucoup de temps en mer et qu'il s'y connaissait en bateaux, il lui confia pour mission de colmater les fuites à l'aide de laine goudronnée. Skjalgi l'assista un moment, puis, quand le garçon eut assimilé la méthode, Steinólfur le laissa faire pour retourner aux avirons et à l'écope. Mais cela semblait cause perdue : dès que Skjalgi parvenait à combler une voie d'eau, deux autres s'ouvraient.

Tandis que Geirmund écopait avec Guthrum, rejetant à la mer l'eau qui entrait par paquets dans l'embarcation, Rek s'approcha d'eux tant bien que mal.

— Ægir et Rán veulent nous engloutir ! brailla-t-il. Ils veulent notre mort !

Guthrum éclata de rire.

— Ne fais pas attention à eux ! Óðinn est avec nous.

Rek se tourna vers Geirmund.

— Tu crois qu'Óðinn va accepter de sauver un navire avec un fils de Hel à son bord ?

Cette question sembla modifier la direction du vent. Geirmund vit le doute saper le courage de Guthrum, avant de se propager à l'ensemble de l'équipage.

— Je dis qu'il faut offrir le Hel-hide en offrande à Ægir ! proposa Rek. Remettons-le au jötunn !

— Non ! (Steinólfur quitta son banc et, malgré le tangage, se hissa sur le pont.) Il faudra d'abord me passer sur le corps, et je vous jure que j'emporterai des Danois avec moi ! (Il désigna Rek.) À commencer par le plus lâche.

L'altercation rameuta Eskil et Skjalgi. Pas besoin d'être devin pour savoir comment cela allait finir.

— Du calme, mon frère ! s'écria Eskil.

— Non ! (Les yeux exorbités, Rek se frappa la poitrine.) C'est moi qui donne les ordres ici.

— Il me semble que c'est le jarl qui donne les ordres ! rectifia Steinólfur, mais Geirmund put constater que l'équipage avait pris fait et cause pour Rek.

Guthrum se tourna vers Geirmund, de l'eau lui dégoulinant dans les yeux. Ce dernier savait ce qu'il lui restait à faire. Le jarl avait suffisamment peur, que ce soit de la tempête ou de ses hommes, pour ne rien refuser au capitaine du navire. Si cela devait mener à un affrontement, Steinólfur et Skjalgi mourraient, même s'ils parvenaient à éliminer quelques Danois. Les membres de l'équipage étaient dix fois plus nombreux qu'eux. Il lui fallait empêcher tout combat. Et, pour cela, il ne voyait qu'une seule solution.

—Adieu, mon ami, dit-il en bondissant par-dessus bord.

La mer l'emporta aussitôt. Lorsqu'il s'enfonça dans les vagues, le silence se fit. Le tumulte revint peu après, quand il remonta avec peine à la surface. Steinólfur l'appela de toutes ses forces et lui tendit la main, se penchant jusqu'à la taille par-dessus le plat-bord. Le vieux guerrier se serait même jeté à l'eau pour tenter de sauver Geirmund si Eskil ne l'avait pas retenu.

Les courants violents éloignèrent Geirmund de l'embarcation. Il faillit attraper un aviron dans un réflexe de survie, mais le manqua. L'aviron et le navire furent rapidement hors de portée.

Ce n'était pas le destin qu'il s'était imaginé en partant de chez son père.

Mais c'était son destin.

Le bateau de Guthrum se trouvait encore dans son champ de vision quand le poids de son armure et de ses vêtements l'entraîna vers le fond. Il sentit l'eau de mer lui entrer dans la bouche et le nez. Il suffoquait, mais n'avait pas la force d'affronter cette mer déchaînée. Cela n'aurait de toute façon rien changé : personne ne pouvait aller à l'encontre de ce que les Trois Fileuses avaient décidé.

*Lorsque la mort se présente à toi, il n'y a qu'une chose à faire. S'abandonner à elle.*

Il se sentit gagner par une sensation d'apaisement, acceptant ce qui avait été décrété. Il dégaina son couteau, la seule arme qu'il pouvait tenir pour mourir en guerrier. Puis il renonça au combat, prit une dernière inspiration et laissa la mer l'entraîner par le fond, dans le néant insondable du Ginnungagap. Dans les ténèbres où il n'y avait ni vagues ni tempête, et où la poigne de fer d'Ægir broyait tous ceux qui s'y aventuraient, qu'ils soient vikings, saxons ou danois.

Geirmund retint son souffle, son corps refusant d'instinct de renoncer à la vie. Bientôt, il n'aurait plus le choix. La pression de l'eau lui broyait le crâne et lui poignardait les oreilles. La brûlure dans ses poumons se propagea au reste de son corps, comme si chacun de ses muscles et de ses articulations était affamé. Quand il ouvrit les yeux, il distingua des étincelles dans les ténèbres glacées, telles les braises du Muspelheim.

L'une d'elles semblait immobile, un grain de lumière en dessous de lui qui grossissait et brillait de plus en plus. Rán venait le regarder se noyer et percevoir son offrande. Il ferma les yeux, mais la lueur persistait suffisamment pour lui donner l'impression de tout voir à travers un filtre rouge. Il se mit à trembler, ses os lui donnant le sentiment de rugir. Incapable de tenir son souffle plus longtemps, il ouvrit la bouche et inspira de l'eau. La mer gelée et le sel emplirent ses poumons d'un feu glacial. Il tenta de refuser le combat, mais, perdant la maîtrise de ses membres, se débattit contre l'œuvre divine. La lumière brilla jusqu'à lui brûler les yeux, l'éblouit, consuma ses pensées au point de lui vider l'esprit.

Puis il ne vit plus rien. Quand il rouvrit les yeux, il était étendu au milieu d'une gigantesque salle, son toit et ses murs trop lointains et trop sombres pour pouvoir les apprécier. Il semblait seul. Il avait mal partout, comme si chaque partie de son corps était contusionnée. Il se redressa lentement, s'efforçant de faire remonter ses souvenirs à la surface. Un instant auparavant, il se noyait, mais ses vêtements étaient à peine humides et son couteau avait retrouvé son fourreau, à sa ceinture.

Le lit où il se trouvait paraissait en acier, un creux en son centre suivant les contours de sa propre silhouette. Il n'avait jamais vu un lit pareil et n'en avait jamais entendu parler. Il avait du mal à comprendre qu'un forgeron ait pu destiner du si bon métal à un usage aussi futile. Les murs et le sol étaient en pierre noire polie taillée d'un seul bloc, comme si on l'avait découpée au cœur d'une montagne. Il n'aperçut ni lanterne ni torche, ni aucune autre source de lumière dans la salle pourtant légèrement éclairée. Il se mit à croire qu'il se trouvait chez un dieu, ou peut-être un jötunn.

Il était certainement mort, mais n'était pas au Valhalla. Il ne distinguait aucun autre guerrier, ne sentait pas les préparatifs d'un festin, n'entendait aucun bruit de combat. Il n'était pas mort au combat, ni d'une façon qui aurait satisfait Óðinn, avec un malheureux couteau à la main. Il envisagea alors la possibilité que cette salle puisse se trouver chez la déesse Hel. Il y faisait cependant assez froid pour le royaume des morts, mais, si c'était le cas, pourquoi n'y avait-il personne à part lui ? Peut-être alors avait-il coulé dans le royaume de Rán, mais ce lieu ne ressemblait en rien aux grottes de corail des histoires. Sans autre idée sur l'endroit où il se trouvait, il décida de se lancer à la recherche de son hôte.

Il trouva ses jambes et ses pieds plus stables qu'il l'aurait cru. La douleur dans ses os fragiles avait également commencé à se dissiper, mais il avait toujours été convaincu que les morts ne sentaient pas la douleur. Il s'imagina donc que cette sensation n'était qu'un souvenir lointain.

Scrutant les confins de la salle, il aperçut un passage dans le lointain. S'en approchant, il découvrit qu'il s'agissait d'une arche aussi étroite et élancée que la pointe d'une lance, haute comme trois guerriers et un peu plus large que ses bras écartés. L'ouverture donnait sur une galerie interminable qu'il longea en direction d'une lueur brillante, qui vacillait à son extrémité.

À un moment donné, la pierre polie fit place à des murs et à un plafond faits d'une sorte de cristal, ou de verre. Geirmund n'aurait jamais pensé que l'on puisse rassembler une telle quantité de ce précieux matériau au même endroit, ni qu'une entité autre qu'un dieu puisse la façonner de la sorte. Admirant la beauté de ce savoir-faire, il s'aperçut que le cristal était parfaitement limpide, et que ce qu'il avait d'abord pris pour une teinte sombre dans le verre se trouvait en réalité à l'extérieur. Il s'éloigna de la paroi, reculant au centre de la galerie, et leva les yeux, bouche bée.

Il était sous l'eau. Sous la mer. Rán l'avait emmené dans son royaume… ce qui signifiait qu'il n'était peut-être pas mort, après tout.

Geirmund scruta de nouveau l'abîme noir, derrière le mur de cristal. De gigantesques ombres paraissaient s'y mouvoir. Sur le fond de la mer, il distinguait presque la forme de ce qu'il imaginait être des menhirs, ou des troncs d'arbres brisés. Quelque part dans cette immensité, le serpent Jörmungandr attendait son heure pour se réveiller.

— Thór me protège, chuchota-t-il.

Ses paroles se répercutèrent bruyamment contre les parois de cristal.

Il détourna son attention de l'abîme et la reporta sur l'extrémité de la galerie, où brillait la lumière. Il s'en approcha avec d'autant plus de précautions maintenant qu'il commençait à croire qu'il ne s'était pas noyé, après tout. Il lui était donc toujours possible de mourir. Il avait laissé son épée sur le navire de Guthrum. Il ne portait pour toute arme que le couteau de bronze de Bragi. En arrivant au bout du couloir, il le dégaina avant de jeter un coup d'œil dans ce qui se révéla être une seconde salle.

Plus petite que la première, elle était faite de la même pierre, ses murs et son sol ornés de sculptures et de chemins incrustés d'argent. Un autel se dressait contre l'une des parois, baignant dans un halo de lumière qui semblait se déplacer, se balançant comme une tapisserie. À l'intérieur de ce halo, sur l'autel, se trouvait un bracelet doré étincelant. Attiré, Geirmund s'en approcha, avant de s'immobiliser à quelques pas de l'autel, préférant éviter de toucher le trésor d'un dieu.

— Tu peux le prendre si tu le souhaites.

Poussant un cri, Geirmund fit volte-face.

La voix lui avait semblé surgir de partout en même temps, forte et puissante. Quand il en chercha l'origine, il découvrit un homme dans un angle de la pièce, derrière lui. L'inconnu dépassait Geirmund de deux mains et brillait d'une lueur blafarde, comme s'il était illuminé par le clair de lune. Il portait une tunique de lin ou de soie d'excellente facture, avec des plaques d'armure et un casque en argent. Il s'agissait de toute évidence d'un dieu. Geirmund refusa de le saluer tant qu'il ignorait quelle divinité honorer.

—Es-tu Ægir ? demanda-t-il.

—On me connaît sous de nombreux noms, mais tu peux m'appeler Völund.

Geirmund avait déjà entendu des récits sur un homme du nom de Völund. Ce n'était pas un dieu, mais il leur était lié, ainsi qu'aux rois : il s'agissait d'un forgeron d'une grande ruse et d'un talent incroyable. Ses créations étaient convoitées de tous.

—Où suis-je ? demanda-t-il, le couteau de Bragi encore à la main, au niveau de sa hanche.

—Chez moi. Dans ma forge.

Geirmund leva les yeux vers le plafond.

—Nous sommes sous la mer ?

—Oui. Il y a bien longtemps, des montagnes de glace recouvraient une bonne partie des terres septentrionales, et cet endroit se trouvait sur la terre ferme. Tes ancêtres chassaient les puissants aurochs et rassemblaient leur nourriture dans les forêts qui poussaient là. Quand la glace s'est mise à fondre, la mer l'a remplacée. Elle a englouti ces forêts et ma forge. Et elle a obligé tes ancêtres à chercher de nouveaux endroits où s'installer.

Ce genre de glace et d'inondations n'existaient que dans les histoires. Búri, le père de Borr, lui-même père d'Óðinn, avait été extrait du givre par la vache Audhumla, tandis que la glace du Niflheim reculait. Les descendants de Búri avaient abattu le jötunn Ymir afin de créer la Terre à partir de sa dépouille.

—Comment suis-je arrivé ici ? demanda Geirmund.

—Tu te noyais. Alors je t'ai convoqué.

En le voyant s'approcher, Geirmund sentit un frisson lui parcourir l'échine. Il pouvait voir le mur à travers le forgeron.

Brandissant son couteau, il recula.

— Tu n'es pas un homme.

Völund secoua la tête.

— Non.

— Tu es vivant ?

— Je le fus jadis.

— Si tu n'es pas vivant, qu'es-tu ?

Le forgeron réfléchit un moment.

— Considère-moi comme… un souvenir.

— Un souvenir de qui ?

— Des dieux.

Geirmund commençait à ne plus rien comprendre. Était-il vraiment là, ou rêvait-il ?

— Je suis en vie ? demanda-t-il.

— Oui.

— Pourquoi ?

— Pourquoi tu es en vie ?

— Non. Pourquoi tu m'as sauvé ? De nombreux navires sont victimes de tempêtes, et leurs équipages se noient. (Il jeta un coup d'œil autour de lui.) Il semblerait que je sois le seul que tu aies admis chez toi. Alors… pourquoi m'as-tu sauvé, et pourquoi suis-je le seul ?

— À présent, je comprends ta question. (Völund se tourna vers l'autel.) Ce bracelet en est, en partie, la réponse.

Son couteau toujours brandi, Geirmund se tourna de nouveau vers l'autel et le bracelet, qui ne ressemblait à aucun de ceux qu'il avait déjà eu l'occasion de voir. Il avait été forgé en sept parties, chacune d'elles ornée d'une rune différente, brillant d'autant de couleurs.

— Ce bracelet à un nom, poursuivit Völund. Tes ancêtres l'appelaient Hnituðr.

Geirmund s'approcha de l'autel.

— Mes ancêtres ?

— Oui. (D'un geste de la main, Völund dissipa le halo de lumière.) Tu portes le sang de tes ancêtres, qui ont vécu sur ces terres avant qu'elles soient submergées par les mers. Je te connais. Je connaissais aussi ton ancêtre, celui que j'ai sauvé de la noyade.

Geirmund n'avait qu'un aïeul qui avait failli se noyer.

— Tu parles de Hjörrleif ? Le père du père de mon père ?

Völund acquiesça.

— Mais ça signifierait que… tu es l'homme des mers ! (Geirmund menaça le forgeron avec son couteau.) Il t'a attrapé dans ses filets !

— Il serait impossible de m'attraper avec un filet.

— Mais tu es l'homme des mers de la légende, non ? Tu as prédit le sort de Hjörrleif.

— Je lui ai décrit ses destinées les plus probables.

Geirmund baissa son arme.

— Qu'est-ce que ça signifie ? Nous n'avons tous qu'une seule destinée, à laquelle il nous est impossible d'échapper.

— Le destin n'est qu'une façon de désigner le résultat d'un choix et ses conséquences. C'est à ces dernières que nul ne peut échapper. Après avoir fait un choix. Chaque action est suivie d'une réaction. Dis-moi, tu crois qu'il est impossible d'échapper à ses choix ?

— Non. Je peux choisir la façon dont je souhaite mourir.

— Vraiment ? demanda Völund avec un sourire. Aurais-tu pu choisir de rester à terre plutôt que de tenter de franchir la mer ?

Geirmund réfléchit un moment.

— C'était une question d'honneur. J'ai juré de suivre Guthrum.

— Avais-tu le choix de prêter ce serment ?

— Non. C'était la seule façon de…

S'il n'avait pas prêté ce serment, Guthrum ne l'aurait pas accepté à bord de son navire, et, s'il n'avait pu le suivre, il serait resté coincé chez son père, à Avaldsnes. Pour chacun de ses choix, il n'avait eu qu'une seule possibilité, mais chacune de ces possibilités avait été déterminée par ses choix précédents, et ceux-ci par des choix antérieurs. S'il avait opté pour d'autres chemins, il serait devenu quelqu'un d'autre. Mais cela ne signifiait pas qu'il était impossible d'échapper à ces choix, ni qu'il lui aurait été impossible d'en faire d'autres. Il aurait simplement eu plus de mal à le faire.

— Les conséquences sont inévitables, poursuivit Völund. Les choix sont dans ton sang, et c'est dans ton sang que je vois ce qui t'attend.

— Tu es quelqu'un de sage, pour un forgeron, lui fit remarquer Geirmund. Que vois-tu ?

— La trahison et la défaite. (Völund s'exprimait comme s'il énumérait le produit d'une récolte quelconque.) Tu te rendras à l'ennemi, mais tu ne sauras pas qui est ton ennemi.

Geirmund prit un air moqueur.

— Tu me confonds avec mon père et mon frère. Jamais je ne me rendrai à l'ennemi.

— Tu t'es rendu à la mer.

Sur le point de contester, il s'aperçut que cela lui était impossible. Il en voulut au forgeron. Il s'était rendu à la mer, certes, mais cela ne signifiait pas qu'il se rendrait à un ennemi, quel qu'il soit.

— Tu n'es peut-être pas aussi sage que je le croyais.

— C'est la vérité. (Sous son casque d'argent, Völund conserva son calme.) Inutile de chercher à t'en convaincre.

Geirmund reporta son attention sur le bracelet.

— Pourquoi s'appelle-t-il Hnituðr ? Que prévois-tu d'en faire ?

— S'il s'appelle ainsi, c'est parce qu'il fait partie du destin de celui qui le porte. On ne peut lui échapper. Le choix de le prendre t'appartient.

Geirmund avait l'impression qu'il s'agissait d'un appât. Il se demanda si son destin était de le prendre ou non. De toute façon, même s'il avait le choix, qui pouvait refuser le travail de Völund le forgeron ?

Après avoir rengainé sa dague de bronze, il s'approcha de l'autel où se trouvait Hnituðr, scintillant, attendant qu'il prenne une décision. Mais Geirmund avait commencé à comprendre qu'il n'avait pas le choix. Il lui était impossible de le refuser. Le bracelet était un présent de roi, et, si c'étaient ses ancêtres qui l'avaient baptisé, alors Hnituðr lui revenait de droit.

Il tendit la main, et, quand il l'effleura, la lueur éblouissante l'aveugla de nouveau, réduisant son esprit en cendres.

# Chapitre 9

Lorsque Geirmund reprit ses esprits, il était étalé sur le ventre dans la boue. Il entendait le bruit du ressac et les cris des sternes. D'abord, il crut être revenu à Ribe. Avait-il jamais quitté ce rivage ? Sa rencontre avec Völund n'avait-elle été qu'un rêve, une vision ? Il ouvrit les yeux. Il n'était plus dans le Jutland, même s'il ignorait où il se trouvait.

Il se releva péniblement, les vêtements dégoulinants d'eau de mer, et se rendit compte qu'il serrait quelque chose. Baissant les yeux, il découvrit Hnituðr dans sa main.

*Je n'ai donc pas rêvé le palais sous les flots*, comprit-il. *Völund a dû m'envoyer ici.*

Les bancs de vase s'étendaient loin au nord et au sud, comme sur la côte de Ribe, sauf que la mer se trouvait de l'autre côté, à l'est. Cela signifiait qu'il s'était échoué quelque part sur les rivages de l'Angleterre. À l'ouest, au bout de centaines d'acres de paysage lisse et boueux, on distinguait les abords d'un marécage. Il s'agissait sans doute des Fens de l'Est-Anglie, ce qui voulait dire qu'il se trouvait dans le territoire conquis par les Danois, mais loin au nord de Lunde et du fleuve Thames où Bersi menait sa flotte.

Les navires ayant survécu à la tempête avaient certainement fait voile dans cette direction. Il ne restait plus à Geirmund qu'à trouver son chemin jusqu'à Readingum, le point de rendez-vous de l'armée de Halfdan et de la flotte de Bersi. Il savait que ce dernier avait l'intention de remonter le Thames dans les terres, ce qui signifiait que Readingum se situait quelque part au sud-ouest. Geirmund ignorait le temps que prendrait ce voyage, mais il n'avait pas le choix s'il voulait retrouver Steinólfur et Skjalgi.

*S'ils sont venus en Angleterre, c'est pour honorer leur serment envers moi*, songea Geirmund en revoyant le vieux guerrier, dans le bateau, tendant désespérément la main vers lui.

Il admira de nouveau le bracelet, la manière dont l'or semblait à la fois refléter la lumière du soleil, mais aussi briller de l'intérieur. Il décida de le cacher, car porter un tel trésor à la vue de tous attiserait la convoitise de ceux qui croiseraient sa route, qu'ils soient saxons, vikings ou danois, et il portait une dague de bronze pour toute défense. Il glissa donc le précieux bracelet dans sa ceinture, sous sa tunique, puis se tourna vers le sud-ouest et entama la traversée de la vasière.

L'air anglais était chaud et humide, et ses bottes s'engluaient dans la boue. Il parvenait à enjamber certains ruisseaux et certaines flaques, mais d'autres lui semblaient trop profonds ou hasardeux, et il perdait du temps et de l'énergie à les contourner. Ce n'était rien comparé aux marais qui l'attendaient, si on en croyait les récits sur les Fens. La traversée pouvait lui prendre des jours, même en connaissant les passages et les sentiers, ce qui n'était pas le cas.

*Je dois trouver un moyen de transport plus rapide, ou un guide pour trouver le meilleur itinéraire.*

Alors qu'il approchait de la lisière du marais, il aperçut une trouée dans les roseaux à quelque distance au nord, où un cours d'eau débouchait sur le banc de vase avant de s'écouler paresseusement vers la mer.

*La rivière me mènera certainement à un village ou à un bourg*, se dit-il. *Avec un peu de chance, j'y trouverai une embarcation à acheter avec l'argent qu'il me reste.*

Il dirigea ses pas dans cette direction. Une fois arrivé à l'embouchure, il constata que le cours d'eau était assez large, mais pourvu de hautes berges. Il pouvait donc remonter vers l'intérieur du pays en marchant sur la terre ferme.

Plus il progressait dans les Fens, plus l'air se faisait lourd et empli d'essaims de moustiques. Il était entouré d'un méandre de hautes herbes, de roseaux, de trembles et d'arbustes surnageant dans l'eau saumâtre, et plongé dans une fine brume aussi tenace que pesante. Tenaillé par la soif, Geirmund prit soin de ne boire que de l'eau courante. Même dans les torrents qui se jetaient dans la rivière, elle avait un goût vaseux.

Lorsque le soleil finit par descendre à l'ouest, Geirmund étudia les environs, à la recherche d'un endroit où dormir s'il ne trouvait pas de village avant la tombée du jour. Il possédait encore son allume-feu, mais il savait pertinemment que l'eau de mer avait détrempé son amadou, sans compter que le bois mort dans les parages était trop humide. Il lui faudrait également se nourrir, mais sa priorité actuelle était de sécher ses vêtements trempés. Sans bois sec, il passerait une nuit glaciale.

Le crépuscule approchait. Il avait du mal à estimer la distance parcourue depuis le matin, du fait des tours et détours que lui imposait le tracé de la rivière. Un voyage de six ou sept haltes sur une route droite pouvait prendre deux fois plus de temps dans les Fens. Quant aux moustiques et aux taons, il avait beau les chasser, sa peau le démangeait de partout.

*Ils vont me vider de mon sang si je reste immobile trop longtemps*, songea-t-il.

Il était surpris de n'avoir croisé personne le long de la rivière, Saxons comme Danois. Il n'avait pas l'impression que la contrée était inhabitée et qu'il était le premier à arpenter les lieux, mais les Fens semblaient plongés dans le calme inquiétant qui précède la tempête.

Lorsque le soleil toucha l'horizon où s'alignait une rangée de trembles, il sentit enfin une odeur de fumée. Hélas, c'était une odeur rance, celle du bois déjà consumé. La rivière qui s'était élargie était souillée de cendres et de mort. La première dépouille qu'il vit appartenait à un homme. Il flottait au milieu des roseaux, son corps gonflé et bleui couvert de mouches. Ses jambes rigides, bouffies, sortaient de sous une longue robe.

D'après ce qu'on lui avait raconté, c'était la tenue des devins et des prêtres chrétiens. Sa tête avait été fendue d'un coup d'épée ou de hache.

Plus loin, sur la berge, Geirmund découvrit un second cadavre, puis d'autres encore, tous vêtus de la même robe de prêtre, tous des hommes, tous taillés, tranchés ou éventrés. Il vit des membres épars, notamment la tête d'un jeune garçon qui devait avoir l'âge de Skjalgi.

Geirmund n'avait jamais vu un spectacle aussi morbide. La vieillesse, la maladie ou les accidents avaient déjà emporté des gens qu'il connaissait, mais il n'avait pas encore croisé la mort des pillages et des champs de bataille. Il avait quitté la demeure de son père en étant prêt à tuer des guerriers saxons, mais n'avait jamais pris de vie, ni vu quelqu'un mourir de manière aussi violente.

Il fut pris d'un haut-le-cœur face à l'odeur immonde qui assaillait ses narines. Ou peut-être était-ce l'horreur qui s'étalait sous ses yeux… Bouleversé, il manqua de foncer vers les hommes qui se trouvaient droit devant. Heureusement, il repéra leurs voix à temps et s'arrêta pour les écouter.

Geirmund reconnut du danois, sans distinguer leurs paroles. Comme il ne savait pas à quoi s'attendre, il avança discrètement, à couvert, afin de les épier. Il repéra alors une petite île boisée entourée par la rivière et les marais. C'était de là que provenaient les voix.

Une passerelle de bois traversait le cours d'eau, connectant l'île à la berge et aux Fens qui s'étendaient au-delà. Ne voyant aucun autre moyen d'approcher discrètement, Geirmund se résolut à annoncer sa venue sans rien savoir d'eux.

Quelque chose bougea dans les roseaux derrière lui. D'une volte-face, il se retrouva nez à nez avec un Danois sortant des marais, un panier à la main. Il était jeune, mais plus âgé que lui, et ses cheveux blonds étaient tressés sur son crâne. Il lâcha aussitôt son panier pour sortir sa hache, mais se détendit en voyant que l'intrus portait un simple couteau.

— Tu n'es pas un Saxon, commenta-t-il.

Geirmund opina du chef.

— Je viens du Rogaland.

— Un Viking ? (Il plissa les yeux.) Tu n'as pas une tête de Viking. Ni de Danois.

Geirmund soupira.

— Je suis un Viking. J'ai prêté serment au jarl Guthrum.

L'étranger regarda aux alentours, comme s'il cherchait la présence d'autres hommes dans les bois et les marais.

— Je suis seul, précisa Geirmund, et j'ai faim. Y a-t-il de la place pour moi autour de votre feu ?

L'étranger hocha la tête, puis recula d'un pas.

— Bien sûr. Tu peux prendre le panier, dit-il en pointant sa hache dessus. Je l'ai déjà porté sur une grande distance et mes bras sont fatigués.

Geirmund hésita un instant. Pour porter le panier, il allait devoir rengainer son couteau et le prendre à deux mains, ce qui le laissait sans défense. À l'évidence, le Danois y avait déjà pensé.

— Je m'appelle Fasti, dit l'étranger.

— Et moi Geirmund.

— Je vais t'emmener auprès d'Odmar. C'est lui qui dirige notre troupe.

Le soleil était descendu encore plus bas et l'obscurité tombait sur les marais. N'ayant guère le choix, Geirmund décida de faire confiance aux Danois plutôt que de passer la nuit à la belle étoile. S'ils lui voulaient du mal, ils pouvaient s'en prendre à lui maintenant qu'ils étaient au courant de sa présence, qu'il accompagne Fasti ou pas.

Il rangea son couteau et se pencha pour ramasser le panier, qui contenait plusieurs dizaines d'huîtres. Lorsqu'il souleva sa lourde charge, les coquilles s'entrechoquèrent bruyamment, laissant échapper un filet d'écume.

Fasti lui indiqua d'un geste une trouée dans les hautes herbes pour qu'il passe devant. Geirmund n'aimait pas l'idée d'avoir le Danois et sa hache derrière lui.

— Mène plutôt la marche, lui dit-il.

Ce fut au tour de Fasti d'hésiter.

— Je n'ai pas d'arme, poursuivit Geirmund en soulevant le panier. Je n'ai que ces huîtres et je préfère les garder pour le repas.

Fasti esquissa un sourire.

— D'accord, concéda-t-il. Allons manger.

Il partit dans la direction qu'il avait indiquée et Geirmund lui emboîta le pas.

De l'autre côté de la trouée, ils descendirent des marches de pierre brute enchâssées dans la rive, puis arrivèrent à la passerelle de bois que Geirmund avait repérée. Elle était aussi longue qu'un champ, et les planches étaient solidement arrimées. Elles ne résonnaient pas à chaque pas comme un pont ou un quai. Jetant un coup d'œil derrière lui, Fasti vit Geirmund examiner le bois.

— Les Saxons enfoncent de longs épieux dans le fond de la rivière, expliqua-t-il. Bien tassés, comme un carquois de flèches. Ensuite, ils bâtissent par-dessus. (Il tapa du pied.) C'est solide, tout en laissant passer la rivière à travers.

— Très ingénieux.

— Ils sont futés, c'est vrai. (Fasti leva sa hache.) Mais les Danois sont plus forts.

Ils atteignirent l'île de l'autre côté de la passerelle, au milieu d'un fouillis d'arbres et de buissons. Fasti le guida à travers les broussailles jusqu'à un sentier menant à une petite butte. Une fois en haut, Geirmund tomba sur un grand espace dégagé avec, en son centre, les ruines fumantes d'une demeure.

— Quel était cet endroit ? demanda-t-il.

— Les Saxons l'appelaient Ancarig. C'était un temple chrétien. Un petit, bâti en bois. (Fasti pointa le doigt en direction de l'ouest.) En amont se trouve Medeshamstede, où le temple est plus grand et fait de pierres.

Au vu des vestiges, d'autres bâtiments avaient également été incendiés. Intentionnellement ou pas, un verger avait subi le même sort. Fasti avança au milieu des décombres pour pénétrer dans ce qui restait du temple. S'engageant à sa suite, Geirmund découvrit une dizaine de Danois assis autour d'un feu, au milieu des ruines du bâtiment. Ils se tournèrent tous vers lui quand il entra, mais l'un d'eux en particulier attira son attention. C'était un guerrier imposant aux cheveux noirs, le front tatoué de stries bleues, une cognée accrochée à la ceinture.

— Fasti, qui est cet homme ? demanda-t-il.

— Je suis Geirmund Hjörrsson.

— Je ne t'ai pas posé la question, rétorqua l'homme.

— Je n'ai pas besoin qu'on parle pour moi. Es-tu Odmar ?

L'homme jeta un regard noir à Fasti avant d'acquiescer.

— Je l'ai trouvé en train de rôder de l'autre côté de la rivière, bredouilla le jeune Danois. Il prétend être un Viking.

Odmar s'esclaffa.

— Ce n'est pas un Viking. C'est un Gyrwas. Un Saxon des marais.

— Je viens du Rogaland, contra Geirmund. (Il lâcha au sol le lourd panier, et les huîtres s'entrechoquèrent.) J'étais à Ribe, dans le Jutland, et j'ai fait voile avec la flotte du roi Bersi.

— Oh ? fit Odmar en regardant de tous côtés. Et où est-elle ? Où sont les navires de Bersi ?

— À Lunden, je suppose. Une tempête m'a jeté par-dessus bord et j'ai échoué ici.

— Soit tu as une chance prodigieuse, soit les dieux veillent sur toi. Ou alors tu es un menteur. (Odmar pointa le panier du doigt.) Ce sont nos huîtres ?

Geirmund suivit son regard.

— Oui.

— Verse-les dans les braises, ordonna Odmar.

Geirmund hésita un instant, puis obéit et renversa le contenu du panier dans les charbons ardents, à la lisière des flammes. Au bout de quelques instants, les coquilles se mirent à chuinter et à siffler. Les Danois se regroupèrent pour les retirer du feu dès qu'elles s'ouvraient en déversant leur jus bouillant. Ils grimaçaient en léchant les sucs brûlants, utilisant leurs couteaux pour forcer les coquilles et accéder à la chair. Geirmund resta dans son coin jusqu'à ce qu'Odmar lui fasse signe de se joindre à eux.

Le jus au goût de saumure et de mer lui brûla la langue. La chair était riche et savoureuse. Il n'y eut bientôt plus aucune huître, mais Geirmund avait réussi à en manger six. Il jeta les coquilles sur la même pile que les Danois.

— J'ai mis toute la journée à les récolter, se désola Fasti en contemplant ce qui restait de son travail.

— Ne désespère pas, le consola Odmar en s'essuyant la bouche et la barbe avec sa manche. Tu pourras en récolter autant demain.

Quelques Danois s'esclaffèrent, puis Odmar se tourna vers Geirmund.

— Je persiste à dire que tu ne ressembles pas à un Viking.

— Depuis que je suis né, je n'ai jamais ressemblé à un Viking. Crois-tu être le premier homme assez perspicace pour le remarquer ?

Sa repartie déclencha de nouveaux rires, y compris de la part d'Odmar, qui haussa les épaules.

— Viens donc t'asseoir avec nous, Viking. L'odeur et la fumée de l'incendie tiennent les moustiques à distance.

— Je te remercie, Odmar.

Geirmund prit place autour du feu à côté d'eux, l'estomac plein et l'esprit un peu plus apaisé.

— Je vois que ton épée a dû rester sur le navire, constata Odmar, avant de se tourner vers ses guerriers. Nous sommes les hommes d'Ubba. Le jeune Fasti est de sa famille. Nous étions à Hagelisdun, où Ubba a tué Eadmund, le roi des Saxons des marais. Il marche désormais sur la Mercie, mais nous sommes restés dans les Fens pour garder les habitants à l'œil.

Geirmund songea aux corps qu'il avait vus dans la rivière et se demanda si les prêtres avaient été indociles. Il examina alors les alentours du temple incendié, et repéra qu'un des bâtiments secondaires avait échappé à la destruction. C'était une petite hutte de poteaux et de boue dressée près des vestiges du verger, silhouette solitaire dans la pénombre du marais. Elle était pourvue d'une seule fenêtre étroite, sans la moindre porte. C'était étrange, mais pas autant que le fait qu'elle soit toujours debout au milieu des cendres. La cabane avait été délibérément épargnée.

Il fit un signe de tête vers la hutte.

— Quel est cet endroit ? demanda-t-il.

— C'est une tombe, répondit Odmar.

Geirmund examina de nouveau le bâtiment.

— Les Saxons déposent leurs morts dans des tombes de bois ?

— Ce sont des morts-vivants, répondit Odmar.

Geirmund sentit son estomac se nouer.

— Un haugbui ?

Le Danois grimaça un sourire.

— Va voir par toi-même.

Les autres guerriers gardèrent le silence, se contentant d'observer Geirmund, qui se sentit encore plus mal à l'aise. À l'évidence, Odmar voulait lui jouer un tour, mais il n'arrivait pas à déterminer si le Danois était d'humeur malicieuse ou cruelle. Après un moment d'hésitation, il décida de satisfaire sa curiosité, sans se soucier d'Odmar. Il avança dans la pénombre jusqu'à la hutte, qui puait la merde et l'urine à dix pas. Cela apaisa quelque peu son angoisse : les morts n'avaient pas l'habitude de pisser ou de déféquer dans les contes de Bragi.

Alors qu'il avançait à pas lents vers le bâtiment, il repéra un tas d'excréments au pied de la fenêtre, ce qui suggérait que la tombe était en fait une prison. Il approcha de l'ouverture par le côté et, au moment où il se penchait pour regarder à l'intérieur, il entendit un bruit liquide et aperçut fugitivement la face pâle, hallucinée, d'un homme qui lui jetait quelque chose au visage. Il s'écarta d'un bond, esquivant de justesse une giclée de merde et de pisse qui s'étala au sol.

Les Danois près du feu éclatèrent de rire, et Geirmund sentit le rouge lui monter aux joues. Il commença par se maudire de sa sottise, puis finit par sourire de la farce qu'on lui avait joué. L'homme à l'intérieur de la hutte n'avait pas goûté la plaisanterie : il criait et maudissait en langue saxonne, que Geirmund comprenait plus ou moins.

— Fiche le camp, démon païen ! criait-il.

Geirmund examina la quantité de déchets que l'homme venait de jeter, estima qu'il y avait peu de risques qu'il en ait encore en réserve, et risqua donc un second coup d'œil.

Le Saxon portait la tenue des prêtres, mais sa robe était souillée, ses cheveux hirsutes, et sa barbe lui mangeait le visage. Voyant l'intrus, il se jeta contre la fenêtre, un cri aigu s'élevant de ses lèvres sèches et craquelées. Geirmund battit de nouveau en retraite.

— Laisse-le donc ! cria Odmar d'un ton hilare en lui faisant signe de revenir au temple.

Il jeta un dernier coup d'œil à l'étrange hutte sans porte, puis revint autour du feu. Les Danois se gaussèrent une nouvelle fois de lui, et Geirmund leva les mains en hochant la tête pour signifier qu'on l'avait bien eu.

— Tu es rapide, Viking, dit Odmar. Plusieurs de mes guerriers ont dû aller se tremper dans la rivière après avoir parlé à cet homme mort.

— Pourquoi dis-tu qu'il est mort ? demanda Geirmund.

— Je te l'ai dit : c'est une tombe.

Geirmund fronça les sourcils, perplexe, et Odmar donna une tape sur l'épaule de Fasti.

— Explique-lui.

Le jeune Danois s'éclaircit la gorge.

— Certains prêtres chrétiens se rendent dans une hutte comme celle-ci pour prier leurs dieux, puis on les enferme à l'intérieur. Ensuite, un autre prêtre récite une prière et le déclare mort.

— Les prêtres vont dans la hutte de leur plein gré ?

Fasti hocha la tête.

— Ils n'en sortent jamais ?

— Non, répondit Fasti. Leur dieu l'interdit.

Odmar s'esclaffa.

— Certains en sont sortis lorsque nous avons mis le feu à leur tombe.

Geirmund se demanda combien de huttes semblables il y avait parmi les bâtiments incendiés autour d'eux.

— Pourquoi l'avez-vous épargné ?

— Je voulais voir s'il était vraiment mort, répondit Odmar. Aucun homme ne peut mourir deux fois.

— Et les prêtres que j'ai vus dans la rivière ? demanda Geirmund. Sont-ils morts deux fois ?

— Ils ont quitté leurs tombes, précisa Odmar. Si c'est un galdur chrétien, peut-être que les prêtres perdent leur pouvoir quand ils en sortent. Après tout, on peut tuer les haugbui et les draugr. (Il se pencha vers Geirmund en montrant la hutte du doigt.) Il n'a ni eau ni nourriture. S'il meurt à l'intérieur, cela signifie qu'il n'était pas déjà mort et qu'il n'y a aucun pouvoir à l'œuvre.

Avec la tombée de la nuit, le marais s'était brusquement animé, les bruits des insectes et des grenouilles résonnant tout autour de l'île. Geirmund croisa le regard d'Odmar. Il y lut un mélange de peur et de haine.

— Qu'ont fait les prêtres pour mériter leur sort ? demanda-t-il.

— Quoi ?

— Tu as parlé de garder les prêtres à l'œil. Qu'ont-ils fait ?

Odmar se redressa.

— Ils ont refusé de nous donner leur argent.

— Ils n'avaient pas d'argent, rétorqua un Danois de l'autre côté du feu. Nous sommes venus ici pour…

— Tous les prêtres ont de l'argent ! s'emporta Odmar.

Fasti baissa les yeux.

— Pas ces prêtres morts.

Odmar se leva d'un bond, le regard féroce.

— Est-ce que l'un d'entre vous ose me défier ?

Il sortit sa cognée et la pointa vers le cercle de guerriers, passant lentement de l'un à l'autre.

— Parlez ! Qu'on en finisse ici et maintenant.

Comme aucun ne répondait, il se rassit. Les conversations ne reprirent pas ce soir-là : les guerriers se levèrent un à un pour aller dormir, enveloppés dans leur cape, et Geirmund s'installa à son tour. Il savait qu'il prenait un risque, mais, si les Danois lui voulaient du mal, ils auraient pu le tuer avant qu'il partage leur repas ou à n'importe quel autre moment. Il décida de profiter de la chaleur du feu.

Il s'endormit rapidement, mais, en plein cœur de la nuit, fut réveillé en sursaut par un gémissement lointain. Un instant, il resta allongé dans le noir, un frisson dans le dos, incapable de déterminer s'il s'agissait d'un animal, d'un homme ou d'un être hantant les marais. C'était un cri de souffrance et de douleur. Il pouvait s'agir du prêtre… L'homme était-il mort ? Il comprit qu'il ne pourrait plus fermer l'œil de la nuit.

Aucun des Danois n'avait été réveillé par le cri. Geirmund décida de se lever pour s'approcher discrètement de la hutte, et se posta à la fenêtre pour écouter d'éventuels signes de vie.

Il entendit des murmures dans une langue qu'il ne comprenait pas. Il fut saisi de la même angoisse qui l'avait étreint lorsqu'il s'était approché de la hutte pour la première fois, craignant que le prêtre prépare un sortilège ou une malédiction. Écoutant plus longuement, il comprit qu'il ne s'agissait pas d'un galdur, mais plutôt d'une prière adressée à son dieu.

Cela signifiait que l'homme était autant en vie que la veille, lorsqu'il lui avait lancé ses excréments par la fenêtre. Rassuré, Geirmund s'apprêtait à faire demi-tour lorsque sa manche racla contre le bois brut de la hutte.

Le prêtre cessa ses murmures et prit la parole d'une voix faible et enrouée :

— Il y a quelqu'un ? demanda-t-il en saxon.

— Oui, répondit Geirmund à voix basse, mais je ne te veux pas de mal.

Le prêtre gloussa, à mi-chemin entre le rire dément et le cri de désespoir.

— Peut-être devrais-tu me faire du mal. Peut-être devrais-tu mettre fin à mes souffrances, comme tu as mis fin à la vie de mes frères.

— Je n'ai rien fait de tel, rétorqua Geirmund. Je ne suis pas avec les Danois.

— Non ? Dans quel camp es-tu alors ? D'après ton accent, tu n'es pas saxon.

— Je suis avec… (Geirmund hésita) d'autres Danois.

Le prêtre s'esclaffa de nouveau.

— Je suis sûr qu'il existe bon nombre de démons, mais aucun d'eux ne sert Dieu.

Geirmund jeta un coup d'œil vers le camp des Danois pour vérifier qu'aucun guerrier ne s'était réveillé. Ils semblaient tous endormis.

— Es-tu en vie, prêtre ?

— Quelle drôle de question. Je suis en train de te parler, non ?

— Si je te le demande, c'est parce que les Danois ont vu un prêtre t'adresser des prières destinées aux morts lorsque tu es entré dans ta hutte.

— Ah ! voilà une façon de penser bien païenne. (Il grogna, puis Geirmund entendit des frottements. Lorsque le prêtre reprit la parole, il se tenait à la fenêtre.) Mon corps n'est pas mort lorsque je suis devenu anachorète. Lorsque j'ai pénétré dans ma cellule, j'ai renoncé au monde extérieur, abandonnant tous mes titres et richesses, ce qui est considéré comme une forme de mort.

*Les prêtres qui renoncent à la fortune et à la gloire n'ont pas d'argent à dérober*, songea Geirmund en secouant la tête. *Odmar l'aurait compris s'il avait pris le temps de leur poser la question.*

— Cela veut dire que tu peux mourir là-dedans, dit-il.

Le prêtre soupira.

— Oui, cela signifie que je peux encore mourir. Le plus vite possible, j'espère. J'ai demandé à Dieu de me libérer de mes tourments, mais, pour le moment, il m'a laissé ici. Peut-être dans un but que je ne perçois pas encore.

— Pourquoi ne mets-tu pas fin à tes jours ?

— C'est un péché aux yeux du Dieu que je prie, répondit le prêtre.

— Tu ne peux donc ni partir ni mettre fin à ton existence ? Ton dieu te déshonore.

— Pourquoi donc ?

— Il te refuse le droit de choisir ton destin.

— Voilà bien un raisonnement de païen.

Geirmund ne prierait jamais un tel dieu, mais il eut soudain pitié du prêtre.

— Ton dieu te permet-il d'accepter de l'eau d'un païen ?

Il y eut un moment de silence.

— Oui, répondit enfin le prêtre.

Geirmund entendit du mouvement, puis l'homme tendit son bras à travers la fenêtre, tenant une simple écuelle de bois à la main.

— Les autres démons te puniront-ils pour cela ? demanda-t-il.

Geirmund se contenta de prendre le récipient et de s'éloigner discrètement de la hutte et des Danois, traversant un coin du verger brûlé pour rejoindre la rivière de l'autre côté de l'île, loin des corps des autres prêtres. Les buissons épineux le lacéraient au passage alors qu'il titubait dans le noir, mais il finit par atteindre la rive et remplir l'écuelle de l'homme. Plus loin à l'ouest, il distingua des formes sombres sur l'eau. Les barques des Danois, probablement. Il se redressa et renifla l'écuelle, espérant que l'eau était potable à cet endroit de la rivière.

De retour à la hutte, il la tendit à travers la fenêtre, puis écouta l'homme en boire le contenu goulûment.

— Béni sois-tu, païen.

— Est-ce toi qui me bénis ou bien ton dieu ?

— Je demande à mon Dieu de te bénir, soupira le prêtre.

Geirmund haussa les épaules.

— J'accepte les faveurs de n'importe quel dieu. Ou forgeron.

Le prêtre s'esclaffa en serrant les dents.

— Je n'aurais pas dû accepter ton eau. Cela ne fera que ralentir ma mort. Néanmoins, elle fut un baume sur mes souffrances. Peut-être est-ce Dieu qui t'a envoyé.

— Aucun dieu ne m'a envoyé, prêtre. Je suis ici de mon propre choix.

— Dans ce cas, je te remercie pour ta bonté. Je m'appelle Torthred. Et toi ?

— Je suis Geirmund.

— Je suis content de t'avoir rencontré, Geirmund. Et maintenant je souhaite prier, puis dormir. J'ai tout de même une dernière chose à te dire. (Il s'approcha de la fenêtre, son visage et ses yeux à peine visibles dans l'obscurité.) Je pense que tu n'as rien à faire avec ces Danois. Ils n'hésiteront pas à te tuer sans la moindre raison.

Geirmund acquiesça.

— Moi aussi, j'ai une dernière chose à te dire. Si ton dieu souhaite que tu restes ici tout seul, à mourir de faim, alors que tu pourrais partir et continuer de lui faire des offrandes, il n'est qu'un sot.

Torthred ne le contredit pas. Il se contenta de sourire, lui adressa un signe de tête, puis replongea dans l'obscurité de sa hutte.

Geirmund se détourna et contempla les ruines du temple en songeant à Odmar et ses Danois, puis il prit la décision de ne pas retourner auprès d'eux. Il dirigea ses pas vers la rivière, suivant le même chemin que pour remplir l'écuelle du prêtre, puis remonta lentement la rive en direction des barques.

En prendre une était un jeu d'enfant. Geirmund la détacha rapidement et se prépara à la lancer dans le courant. C'est alors qu'il entendit des bruits de pas derrière lui… Il fit volte-face. Une silhouette avançait dans sa direction, sans doute une sentinelle chargée de surveiller les navires. Il faisait trop sombre pour distinguer ses traits.

— Qu'est-ce que tu fais ? demanda une voix, qu'il reconnut comme celle de Fasti.

— La corde était mal attachée, répondit Geirmund en dégainant discrètement son couteau, conscient qu'il n'aurait qu'un bref instant pour éviter la mort des mains du Danois ou d'Odmar. J'ai dû la rattacher.

— Menteur ! s'exclama Fasti, qui n'était plus qu'à un pas. Tu tentais de la voler.

Il inspira pour donner l'alarme, mais Geirmund s'élança et plongea son couteau jusqu'à la garde dans la gorge du guerrier, étouffant aussitôt son cri.

Fasti lui saisit les poignets. Ses yeux s'écarquillèrent, puis il gargouilla et cracha, couvrant d'un sang chaud et humide les mains de Geirmund, qui accompagna sa lente chute à terre. Il retira alors sa lame d'un coup sec, le cœur battant, et retourna à la barque pour s'éloigner au plus vite des Danois.

*Odmar n'est pas homme à laisser impunie ce genre d'insulte*, songea-t-il. *Il se lancera à ma poursuite sans tarder, et il semble bien connaître les Fens.*

Hélas, Geirmund n'avait pas de hache pour saboter les autres barques et se refusait à voler celle d'un homme mort. De toute façon, le vacarme réveillerait forcément les Danois.

Fasti tressautait encore faiblement dans l'herbe pendant que Geirmund faisait le tour des barques, rassemblant toutes les rames avant de les jeter dans sa propre embarcation.

*Odmar aura du mal à remonter le courant sans la moindre rame.*

Il lança alors sa barque dans le cours d'eau et sauta à l'intérieur.

# Chapitre 10

Le courant n'était pas fort, mais la barque, conçue par des Saxons et dotée de trois tolets sur chaque bord, était massive et lourde. Geirmund tituba jusqu'au banc de nage avant, traînant deux rames derrière lui. L'embarcation avait déjà dérivé en aval lorsqu'il put enfin plonger les deux lames de bois dans l'eau.

Pour prendre plus de vitesse, il se mit à ramer face à la poupe, dos à l'amont de la rivière, et regarda s'éloigner l'île où gisait Fasti, mort ou agonisant. Il dressa l'oreille pour repérer d'éventuels cris des Danois, scrutant les berges broussailleuses à la recherche du moindre mouvement. Le calme régnait près des barques d'Odmar. Bientôt, l'île fut cachée à sa vue par les Fens.

Il prit alors le temps de lâcher ses rames pour plonger ses mains et le couteau dans l'eau et en laver le sang. Lorsqu'il avait quitté le Rogaland, il pensait que le premier homme qu'il tuerait serait un Saxon sur le champ de bataille, pas un Danois dans un marais obscur. Après réflexion, il se dit qu'il n'y avait guère de différence. Les Trois Fileuses déterminaient la longueur de chaque fil de vie. Celui de Fasti avait atteint sa fin, qu'il meure des mains de Geirmund ou de toute autre cause.

*Le problème n'est pas qu'il soit mort,* songea-t-il, *mais de savoir si j'étais obligé de le tuer. Je l'aurais épargné si j'avais pu. Quitte à être un instrument du destin, je choisirai toujours la voie de l'honneur.*

Quelque chose bougea dans les roseaux, sur sa gauche. Il crut distinguer le visage pâle d'une femme, qui disparut aussitôt.

*Une vættr des rivières ?* s'alarma-t-il.

Il ne voulait pas que l'esprit le prenne pour un des Danois qui avaient souillé sa rivière de cadavres, mais n'avait que des pièces d'argent à lui offrir. Par sécurité, il en lâcha une dans le courant, puis se mit à ramer énergiquement pour s'éloigner.

Au bout d'un moment, l'aube chassa la nuit. Geirmund regarda le soleil se lever sur les Fens, pâle et lointain dans la brume qui recouvrait le marais. Juste après le point du jour, la rivière qu'il remontait en croisa une autre plus large, puis, non loin de ce confluent, il arriva à un deuxième village.

Il était plus grand qu'Ancarig, mais avait été incendié lui aussi, quoique moins récemment. Geirmund estima qu'il s'agissait de Medeshamstede, là où, d'après les dires de Fasti, s'élevait un temple de pierre. Alors qu'il remontait le courant sur toute la longueur du village, il constata que tous les bâtiments n'avaient pas été brûlés, ni tous les Saxons massacrés. Quelques huttes rondes étaient encore debout au milieu des arbres et des gens s'activaient sur la berge, lavant du linge, remplissant des cruches et des bassines ou mettant des barques à l'eau. Ils levèrent des yeux atones au passage de Geirmund, leurs regards vaincus ne montrant aucun signe d'intérêt ni de peur.

Il arriva bientôt à un ponton de bois bâti de la même manière qu'à Ancarig. À l'évidence, c'était là que les commerçants et les voyageurs s'arrêtaient pour visiter le village ou le temple chrétien. Geirmund décida d'y faire une brève halte pour acheter de la nourriture, s'il y en avait, et demander sa route pour atteindre Readingum. Il rama jusqu'au ponton, y attacha sa barque, puis rajusta la position du bracelet de Völund sous sa tunique.

Un sentier battu partait du ponton. Il le mena à travers un bois d'aulnes et de saules jusqu'à une large prairie, au bout de laquelle se dressaient les vestiges du temple de pierre. Son toit brûlé s'était effondré, mais ses murs noircis se tenaient encore droits et fermes sur les lourdes fondations du bâtiment.

Il y avait un campement près de l'entrée en forme d'arche. Geirmund y vit des prêtres qu'il reconnut à leurs robes, trois Saxons aux allures de guerriers et un jeune homme aux cheveux blonds. Un des prêtres travaillait un gros bloc de pierre blanche à l'aide d'un marteau et d'un burin, dont les coups réguliers résonnaient dans toute la prairie. Geirmund était trop loin pour distinguer ce qu'il gravait.

Un des prêtres poussa un cri d'alarme en voyant Geirmund approcher ; un autre s'avança, flanqué de deux Saxons armés de massues. Le prêtre leva les bras pour montrer ses mains vides, mais secoua de colère sa tête tonsurée.

— Non, non, non, s'exclama-t-il. Les Danois ont dérobé tout notre argent. Ils ont pillé le garde-manger. Ils ont pris la vie de l'abbé et de tous les moines, à l'exception de nous trois et de ce pauvre garçon. Et maintenant ils nous envoient un étrange émissaire dans l'un de leurs bateaux. Que veulent encore tes maîtres, Danois ?

— Je ne suis pas danois, répondit Geirmund.

— Que veux-tu ? répéta l'homme, plus fort.

— Deux choses. Tout d'abord, j'aimerais acheter à manger et à boire.

Le prêtre resta bouche bée.

— Tu… tu veux… (Il cligna des yeux, puis haussa la voix.) Regarde autour de toi, Danois ! Regarde ce qu'ont fait les tiens ! Et tu oses venir commercer et demander l'hospitalité ? Nous ne te vendrons rien !

— Vous n'avez rien à vendre ? demanda Geirmund. Ou vous ne voulez rien me vendre ?

— La réponse est la même. Tu es un païen et un démon, tu n'es pas le bienvenu ici. Va-t'en.

Geirmund était affamé, assoiffé, et épuisé d'avoir ramé.

— Je vois que vous avez beaucoup perdu, dit-il, mais vous pourriez perdre bien plus si vous continuez sur ce ton. (Les deux guerriers qui flanquaient le prêtre lui jetèrent des regards assassins ; Geirmund regretta de n'avoir qu'un couteau pour se défendre.) Je viens à vous en paix, pour commercer équitablement. Lorsque j'ai croisé l'un des vôtres qui était assoiffé, je lui ai donné à boire.

—Peu m'importe, rétorqua le prêtre en agitant son doigt sous le nez de Geirmund. La seule eau que tu recevras de moi sera celle du baptême. (Il réfléchit un instant.) Oui, c'est cela. (Il jeta un coup d'œil à son campement tout en hochant la tête.) Si tu renonces à tes dieux païens et que tu deviens chrétien, ici et maintenant, nous partagerons avec joie le peu que nous avons.

Geirmund ne savait pas si la proposition du prêtre était sérieuse ou s'il s'attendait à un refus de sa part, mais il se contenta d'éclater de rire, avant de demander :

—Que grave cet homme dans la pierre ?

Le prêtre se redressa.

—L'image de notre Seigneur Jésus-Christ et de ses suivants.

Geirmund regarda le temple incendié.

—Pourquoi honore-t-il ton Christ ainsi ? Ton dieu a échoué à protéger son propre temple et la vie de ses prêtres. Pourquoi lui adresser vos prières ?

L'homme s'empourpra aussitôt.

—Nous avons beau être peu nombreux, nous sommes sûrement capables de tuer un Danois désarmé pour la gloire de Dieu.

Geirmund ne croyait pas les prêtres en mesure de le tuer, mais les guerriers pouvaient tenter leur chance.

*Il serait stupide de rester ici plus longtemps alors qu'Odmar est peut-être à mes trousses*, songea-t-il.

Il baissa la tête, leva les mains et commença à reculer.

—Du calme, prêtre. Nul besoin de verser plus de sang.

L'homme ne répondit rien, mais le laissa partir. Geirmund quitta la prairie et traversa le bois qu'il avait emprunté à l'aller. Avant qu'il ait pu rejoindre la rivière, il entendit un bruissement de feuillages derrière lui. Il se retourna d'un bond, prêt à combattre… Ce n'était qu'un des prêtres, tenant un morceau de pain à la main.

—Il est dur comme de la pierre, dit l'homme, mais je te le donne si tu le veux. Je ne te demande même pas de devenir chrétien.

Geirmund scruta les bois, mais ne vit ni n'entendit personne. Il accepta le pain, si dur qu'il allait devoir le tremper dans de l'eau avant de pouvoir l'avaler.

— Pourquoi me donnes-tu cela ?

— Mon dieu m'ordonne de nourrir ceux qui ont faim.

— Pas le mien, mais je te remercie.

— Tu n'es clairement pas un Danois, lança l'étranger. Viens-tu de Finnland ? du Bjarmaland ?

— Ma mère venait du Bjarmaland, répondit Geirmund en scrutant l'homme, surpris de ses connaissances : c'était un petit gaillard aux cheveux bruns, les joues imberbes et un nez taillé à la serpe. Comment connais-tu le Bjarmaland ?

— Par mes lectures, entre autres. Tes traits correspondent à la description qui est faite de leur peuple, ainsi que des Finnois.

— Je ne suis pas finnois. Je viens du Rogaland.

— La Norvège ? (Son expression s'assombrit.) Pas un Danois, mais aussi malfaisant qu'eux, à ce qu'on dit.

— Pire encore, répondit Geirmund en esquissant un sourire.

— Je m'appelle John, dit le prêtre.

C'était un nom commun chez les Frakkars. En repensant aux marchands du Sud qu'il avait déjà croisés, Geirmund trouva des similitudes avec les traits et les manières de l'homme.

— Tu n'es pas un Saxon, dit-il.

— Si, répondit John, mais je viens de Francie. Je suis donc un Vieux Saxon. Comment t'appelles-tu ?

— Geirmund.

— Bienvenue à Medeshamstede, Geirmund de Rogaland.

— Personne n'est le bienvenu ici, rétorqua Geirmund. Même ton dieu semble avoir abandonné ce lieu.

John pencha légèrement la tête et se contenta de sourire, comme s'il savourait ces paroles.

— Dans la prairie, tu disais vouloir acheter à boire et à manger, mais aussi autre chose. De quoi s'agissait-il ?

— Je veux savoir comment me rendre à un endroit du nom de Readingum.

— Dans le Wessex ? (John fronça les sourcils.) C'est à près de cent lieues d'ici.

— Tu connais la route ?

John hocha la tête.

— Oui. Si tu suis cette rivière vers l'ouest pendant encore cinq lieues, tu arriveras à… (Il s'arrêta, puis regarda derrière lui.) Attends-moi ici. Je reviens sous peu.

Il partit en courant à travers les arbres, sans plus d'explications.

Geirmund le regarda s'éloigner, surpris. À l'évidence, il n'avait rien à craindre d'un vieux prêtre saxon nommé John, mais il n'avait pas le temps d'attendre un chrétien, même si ce dernier s'était montré amical. Il décida de repartir sans lui.

Quelques instants plus tard, alors que Geirmund montait dans sa barque volée, prêt à détacher l'amarre, John surgit des bois en courant, avec un sac de cuir dans les bras. Il appela Geirmund à grands gestes tout en dévalant le sentier, puis ses bottes résonnèrent sur le ponton de bois.

— Je t'avais demandé de m'attendre, lui reprocha-t-il, essoufflé. Je voyage dans cette direction, moi aussi. Je vais t'accompagner pour te montrer le chemin.

Surpris, Geirmund fit un signe de tête en direction du temple.

— Est-ce qu'ils te laisseront partir ?

— Me laisser partir ? répéta John, les sourcils froncés. Oh ! non, je ne fais pas partie des leurs. Je ne suis pas un moine.

— « Un moine » ?

— Oui. Les hommes de l'abbaye sont des moines. Ce sont des prêtres qui vivent et prient ensemble au même endroit, jusqu'à leur mort.

*Cela signifie que les prêtres d'Ancarig étaient des moines*, songea-t-il.

— Qu'es-tu dans ce cas ? demanda-t-il.

— Je suis un prêtre qui peut aller et venir là où Dieu l'envoie.

— Et où ton dieu t'envoie-t-il ?

— Bien souvent, c'est lorsque j'arrive quelque part que je comprends qu'il a guidé mes pas. C'est pour ça que mon sac est toujours prêt. (Il jeta ce dernier dans la barque.) Mais, dans le cas présent, je suis sûr qu'il m'envoie à ton côté.

*En entrant dans les Fens, j'ai souhaité trouver une embarcation et un guide et j'ai désormais les deux. Je pense que ce n'est pas son dieu qui l'envoie, mais le destin.*

— Monte à bord.

John le remercia d'un signe de tête, puis quitta le ponton pour rejoindre l'embarcation, trébuchant lorsqu'il s'installa sur le banc du milieu.

— Tu possèdes un nombre incroyable de rames, constata-t-il.

Geirmund écarta la barque du ponton pour s'engager dans le courant de la rivière.

— Un bateau ne va nulle part sans rames.

— C'est bien vrai, approuva John. (Il pencha la tête sur le côté.) Il y a cinq jours, une compagnie de Danois a quitté Medeshamstede dans plusieurs barques semblables à celle-ci. (Il regarda la pile de rames d'Odmar.) Je me demande s'ils peuvent encore aller quelque part.

Geirmund se mit à ramer vigoureusement.

— Espérons que non.

— Puis-je te demander où tu étais ce matin ?

— Ancarig.

— Un endroit saint, dit John. Comment vont les moines ?

— Encore plus mal qu'ici, répondit Geirmund. Tous morts, à l'exception d'un seul, enfermé dans une hutte. Un homme du nom de Torthred.

— Torthred ? J'ai entendu parler de lui. Un homme de Dieu, à ce qu'on dit. Je crois me souvenir qu'il a un frère, Tancred, et une sœur, Tova. Les aurais-tu vus ?

— Je n'ai pas vu d'autre prêtre, répondit Geirmund en songeant que, s'il avait aperçu sa sœur, il aurait gâché une belle pièce d'argent. Torthred était en vie quand je l'ai quitté, mais il n'en avait plus pour longtemps.

— C'était lui, le prêtre assoiffé dont tu parlais ?

Comme il ramait au milieu de la rivière, Geirmund sentait le soleil levant cogner sur son crâne.

— Oui. Et c'est aussi un fou. Il aurait pu quitter sa hutte pour devenir un prêtre libre, comme toi.

John garda le silence un instant, puis il soupira.

— Cette conquête des Danois est comme un crépuscule néfaste qui s'abat sur nous. Heureusement, de rares chandelles brûlent dans les ténèbres, repoussant quelque peu l'obscurité.

Geirmund ne savait pas s'il parlait de Torthred ou de lui-même, ou même s'il pensait être une de ces chandelles. Il préféra garder le silence.

— Que trouve-t-on à cinq haltes d'ici ? demanda-t-il.

— À cinq haltes ? Ah ! oui, fit John en pointant l'amont de la rivière, derrière Geirmund. Les Romains appelaient ce lieu Durobrivæ. C'était une petite ville fortifiée dotée d'une citadelle, mais il n'en reste pas grand-chose. Les pierres ont été pillées pour bâtir l'abbaye de Medeshamstede.

— Pourquoi allons-nous là-bas ?

— Parce que les Romains bâtissaient également des routes et que les Danois les utilisent. C'est à Durobrivæ que nous trouverons la voie Earninga qui mène au sud, vers Readingum.

— Je vois. Merci.

John leva les yeux au ciel, qui semblait à Geirmund de plus en plus bleu et pur depuis qu'il avait quitté le marais. Plus ils progressaient, plus les terres au nord et au sud de la rivière s'asséchaient, révélant une contrée de bruyère et de bois.

— C'est plutôt moi qui devrais te remercier, dit le prêtre.

— Pourquoi ?

— Parce que je souhaite voyager avec toi.

Surpris, Geirmund cessa de ramer un instant.

— Avec moi ? Même si je n'ai pas passé beaucoup de temps en Angleterre, je pense qu'il n'est pas commun qu'un prêtre veuille d'un païen comme compagnon de voyage.

John hocha la tête.

— C'est vrai. Néanmoins, ce pays est en train de changer. J'ai quitté la Northumbrie parce qu'elle était envahie de Danois et, le temps que j'arrive en Est-Anglie, elle avait déjà été conquise. J'ai bien peur que la Mercie ne tombe à son tour, puis il ne restera que le Wessex. Je commence à me dire que les prêtres qui voyagent sans païens se retrouveront bien seuls. (Il pencha la tête sur le côté.) En revanche, je ne souhaite pas voyager avec n'importe quel païen.

— Juste ceux qui n'ont pas d'épée, plaisanta Geirmund.

— Ah ! oui, à ce propos. (John farfouilla dans son sac.) Je pense que tu en auras plus l'utilité que moi.

Il sortit un scramasaxe d'un fourreau de cuir, une lame à mi-chemin entre le couteau et l'épée. Elle était dotée d'une simple poignée de bois surmontée d'un pommeau de fer.

— Cette lame n'est pas en acier franc, mais elle coupe bien.

*Plus je passe du temps en compagnie de cet homme, moins je le comprends*, songea Geirmund. *Serait-il fou ?*

— Tu offrirais une épée à ton ennemi ?

— Je n'avais pas l'impression que tu l'étais. (John reposa le scramasaxe sur ses cuisses.) Les Saxons et les Danois sont ennemis, mais cela ne signifie pas que John et Geirmund doivent l'être. Je ne considère aucun homme comme mon ennemi.

Ses paroles le frappèrent. John semblait bien plus jeune que son propre père, Hjörr, mais il avait la sagesse d'un vieil homme.

— Tu me rappelles un scalde de ma connaissance, remarqua-t-il. Bragi Boddason.

— Est-ce un ami à toi ?

Ce n'était pas le terme que Geirmund aurait choisi pour décrire Bragi, mais ce n'était pas faux pour autant.

— Un genre d'ami, oui.

— Et que te conseillerait de faire Bragi Boddason en cet instant ?

Geirmund donna quelques coups de rame en réfléchissant.

— Il me rappellerait que je n'ai pas d'épée et que tu m'en offres une. Il ajouterait que tu es sans doute fou, mais aussi que tu ne me veux aucun mal.

— C'est plutôt vrai, dit John avant de hocher la tête. Le scramasaxe est à toi.

Un petit faucon décolla des herbes non loin d'eux en poussant un cri rauque. Geirmund le regarda s'éloigner en s'imaginant observer le monde à travers ses yeux perçants.

— Si tu souhaites voyager avec moi, sache que j'ai l'intention d'aller combattre les Saxons.

— Je suis peut-être fou, Geirmund du Rogaland, mais je l'avais déjà compris. C'est pourquoi je n'ai pas l'intention de t'accompagner jusqu'à Readingum. À deux jours d'ici, au sud, se trouve le carrefour de Roisia, d'où tu prendras la voie Icknield vers le Wessex. Je continuerai plein sud, vers Lundenwic.

— Lunden ? Que comptes-tu trouver là-bas ?

— Un navire, je l'espère, pour me ramener à mon foyer en Saxonie. Sauf si Dieu a l'intention de m'envoyer ailleurs.

— J'imagine que tu le sauras en arrivant.

— Comme souvent, confirma John.

Ils suivirent les méandres de la rivière dont le cours partait de-ci de-là, en un lent va-et-vient, jusqu'à arriver en vue de Durobrivæ, qui était telle que le prêtre l'avait décrite. Depuis le cours d'eau on distinguait les murailles de la ville qui, autrefois imposantes, étaient désormais réduites à des murets de pâturages. Lorsque Geirmund passa le dernier virage de la rivière pour accoster la rive sud, il vit que le pont romain, lui, avait survécu. Ils tirèrent la barque au milieu des roseaux, puis l'abandonnèrent pour grimper sur la berge.

S'accordant une pause à l'ombre du pont, ils trempèrent et mâchonnèrent un peu du pain dur que John avait donné à Geirmund. Ensuite, ce dernier attacha le scramasaxe à sa ceinture, balança son sac à l'épaule et se mit en route avec son compagnon.

Sur leur droite, la voie franchissait la rivière par le pont et se poursuivait au nord jusqu'à Jorvik, d'après John. Au sud, la route passait sous une arche solitaire, blanche comme un os, vestige d'un portail, puis, elle traversait la ville abandonnée droit en son milieu.

— Avais-tu déjà vu l'ouvrage des Romains ? demanda John alors qu'ils pénétraient dans les ruines.

— Jamais, répondit doucement Geirmund.

Bien qu'aucun bâtiment ne soit intact, on devinait leurs fondations au milieu des buissons et des arbres qui avaient repris leurs droits. Elles semblaient former d'immenses runes au sol, évoquant une incroyable langue oubliée. Certaines demeures romaines étaient même plus grandes que celle de Hjörr, soutenues par des colonnes de pierre aussi larges que des chênes. La cité s'étendait sur au moins cinquante acres, alors que John l'avait qualifiée de petite. Même la route ne ressemblait à aucune voie qu'il avait empruntée : large de six brasses, elle était faite de roche concassée et soigneusement entassée. Les rares ornières étaient peu profondes. Alors que Geirmund progressait dans la ville, il sentait la présence silencieuse de ses bâtisseurs. Il se surprit à baisser la voix et à ralentir le pas, comme pour ne pas réveiller les morts qui sommeillaient ici.

Il leur fallut près d'une demi-halte pour atteindre l'extrémité sud des ruines. Au moment où ils franchissaient le portail de sortie, Geirmund poussa un profond soupir, soulagé de quitter enfin ce lieu oppressant.

— Si tu avais visité Rome, remarqua John en regardant derrière eux, tu te rendrais compte que ce n'est qu'une petite ville de province.

Geirmund se retint de le reprendre, car mentir n'était pas le genre de John.

— C'est un lieu hanté, dit-il à la place

— Penses-tu que les morts te veulent du mal ?

— Oui. Pas toi ?

— Non.

— Pourtant, tu m'as dit que les Danois utilisaient ces routes romaines, poursuivit Geirmund.

— C'est exact.

— Dans ce cas, on dirait que les morts romains te veulent du mal en facilitant l'avancée de tes ennemis.

John sourit en hochant la tête.

— C'est vrai. Ce n'est pas surprenant, d'ailleurs. Les Romains étaient des païens, eux aussi.

# Chapitre 11

Les Romains avaient tracé leur route le long de la lisière des grands Fens, sur un terrain plat envahi de broussailles et de bois. Pendant leur marche, Geirmund comprit qu'il avait eu de la chance en traversant les marais : il était passé au nord d'une vaste étendue désolée. S'il était parti au sud depuis la baie où il s'était échoué, il aurait erré pendant des jours dans un territoire de plus de quarante haltes de long. Il s'en rendit compte par lui-même en descendant vers le sud, avant que les Fens n'obliquent plus à l'ouest, hors de vue de la route.

À l'est, une plaine d'herbe verte s'étendait à perte de vue. C'était une contrée de bosquets épais, de douces collines et de grandes étendues pour la culture ou pour élever du bétail. Pourtant, il ne vit ni maison, ni domaine, ni champ, ni troupeau. C'était ce genre de terres que Geirmund était venu chercher en Angleterre et elles semblaient s'offrir à lui, vierges et libres.

— Cette contrée appartient-elle à quelqu'un ? demanda-t-il.

— Toutes les terres appartiennent à quelqu'un, répondit John. Nous sommes à l'ouest de l'Ouse et de la Cam, ce qui signifie que nous sommes en Mercie. À ce que je sache, aucun ealdorman ne règne ici, ce qui signifie que ces terres appartiennent au roi Burgred.

— Un ealdorman ?

— Une sorte de jarl. Cependant, comme nous ne sommes pas loin de la frontière avec l'Est-Anglie, des Danois les ont peut-être déjà revendiquées.

Plusieurs haltes après la cité romaine, ils distinguèrent à travers les arbres l'éclat d'une étendue d'eau qui se révéla être un grand lac. John déclara qu'il s'agissait de Witlesig, d'après le nom d'un village situé sur la rive opposée. La région était pleine d'étangs profonds remplis de poisson et de gibier d'eau.

Ils marchèrent pendant trois haltes entières avant de voir la fin du lac étincelant de Witlesig. Trois haltes plus loin encore, des champs apparurent à la lisière d'une forêt, à l'ouest. Geirmund distingua alors un village droit devant, au bord d'un marais. Aucune fumée ne s'élevait des cheminées et on n'entendait pas le moindre son. Les lieux semblaient aussi déserts que les ruines romaines.

— Connais-tu cet endroit ? demanda-t-il au prêtre.

— Pas avec certitude. J'ai étudié la route avant de quitter la Northumbrie et il s'agit peut-être de Salters Stream.

— Ça a l'air abandonné.

— C'est peut-être le cas. (Il s'arrêta au milieu de la voie et se tourna vers Geirmund.) Si nous croisons des Danois, je suis ton prisonnier. Si nous tombons sur des Saxons ou des Angles du milieu, nous sommes des messagers en route vers Lundenwic.

Geirmund opina du chef et ils reprirent leur route vers le village.

Une fois sur place, ils constatèrent que les lieux étaient effectivement vides, à l'exception de quelques poulets picorant dans la poussière. C'était un petit hameau constitué de quelques huttes rassemblées autour d'une modeste halle, ainsi que d'ateliers, d'étables et autres dépendances. Le village était intact, ce qui suggérait qu'il n'était pas abandonné depuis longtemps et que les Danois ne l'avaient pas détruit.

— Les villageois ne peuvent quand même pas être cachés dans les Fens ou dans les bois, réfléchit Geirmund. Ils ont tout emporté, y compris les chariots et les charrettes.

— Ils sont sans doute partis vers l'ouest, au fin fond de la Mercie. Comme les Danois approchaient, cet endroit n'était plus sûr. (Le prêtre regarda autour de lui.) En revanche, il nous sera bien utile. Nous ne trouverons pas mieux pour passer la nuit.

Geirmund approuva ; ils se dirigèrent vers la halle, qui était sans doute l'endroit le plus confortable. L'air était sec à l'intérieur de la bâtisse, qui faisait à peu près la taille du navire de Guthrum. Il ne restait que quelques vieux bancs. En inspectant les cendres dans l'âtre, Geirmund comprit que quelqu'un avait préféré brûler le mobilier plutôt que d'aller chercher du bois sec dans la forêt toute proche.

— Nous ne sommes pas les premiers voyageurs à passer ici.

Contrairement à la halle d'Avaldsnes, où l'on entrait au milieu du bâtiment, la porte se trouvait à une extrémité. John se dirigea vers le fond, où le mur arborait une marque sombre : quelque chose y avait été accroché pendant si longtemps que le bois avait changé de couleur, épousant la forme d'une croix identique à celle que le prêtre portait autour du cou, en plus grande.

— Était-ce un temple chrétien ? demanda Geirmund.

— Non, mais les gens de ce village étaient de bons croyants. Je pense qu'ils le sont toujours, vu qu'ils ont emporté leur croix.

Pour leur repas, Geirmund sortit et attrapa l'un des poulets avant de lui tordre le cou. Après l'avoir rapidement déplumé, il le lava à l'eau d'un proche torrent, puis le fit rôtir sur un feu avec le bois qu'il avait ramassé. À la nuit tombante, une odeur de chair grillée mêlée d'une touche de plumes carbonisées emplit la halle. Peu de temps après, une averse vint marteler le toit de la bâtisse et le tonnerre gronda au loin. Geirmund fut soulagé de s'être arrêté là pour la nuit, dans une salle chaude et sèche. Il mangea son poulet et en suça les os, envahi d'un sentiment de satisfaction. Salters Stream était un endroit humble, mais les bâtisses étaient solides et la terre riche. C'était exactement ce qu'il avait recherché, et voilà qu'il en trouvait un abandonné.

— Avec quelques bons guerriers et leurs familles, je pourrais occuper ces lieux et les tenir.

— Face à une armée de Danois ?

— Contre les bandits et les voleurs, une fois la guerre remportée.

Le feu dans l'âtre projetait ses lueurs rougeâtres sur les poutres et les murs de la halle, tandis que l'averse continuait de tomber dans la nuit noire.

— C'est un endroit prospère, approuva John en regardant autour de lui. Tu n'es pas le seul à le penser. Avant que cette terre appartienne aux Merciens, les Bretons y étaient installés et, avant leurs tribus, il y avait les Romains, qui avaient eux-mêmes conquis le peuple qui résidait ici. Vague après vague se brisant sur ces rivages.

— Ainsi vont les choses. La terre, c'est la guerre.

— Est-ce vraiment nécessaire ?

— Oui, si toutes les terres appartiennent à quelqu'un.

— Je ne suis pas d'accord. Si toutes les contrées se soumettaient au vrai Dieu dans le baptême et la foi chrétienne, il pourrait y avoir la paix entre les royaumes.

Geirmund ricana.

— Qui dit paix dit convoitise. Aucun dieu ni aucune déesse, quelle que soit sa puissance, ne peut nier la nature envieuse de l'homme.

— Bien sûr, tu as raison. C'est à nous de nier les tentations de notre nature déchue et de nous soumettre à la volonté de Dieu.

— Les chrétiens ne sont donc que les thralls de leur dieu.

Le prêtre pencha la tête, visiblement amusé.

— Si tel est le cas, c'est un bien curieux esclavage, car je n'ai encore jamais rencontré de thrall ayant choisi son sort de plein gré.

Geirmund sentit ses paupières s'alourdir.

— Assez parlé de dieux pour ce soir.

— Très bien.

Alors que Geirmund s'assoupissait, il entendit le prêtre prier à voix basse, mais cela ne l'empêcha pas de s'endormir, pas plus que la tempête. C'est l'arrêt brutal de l'averse qui le réveilla, juste avant l'aube. Comme il n'arrivait pas à se rendormir, il quitta la halle et se rendit au torrent. Là-bas, il se dévêtit de son armure et de ses vêtements, en prenant garde à ne pas perdre le bracelet de

Völund, et se lava dans l'eau fraîche. Les frondaisons des arbres qui l'entouraient continuaient de déverser des gouttes de pluie tandis que les oiseaux sortaient de leurs abris pour chanter.

De retour à la halle, Geirmund trouva le poulailler et récupéra quelques œufs qu'il savait exempts de tout poussin, n'ayant entendu aucun coq dans les parages. Il repéra un seau abandonné dans un coin, le lava et le remplit au torrent, puis utilisa des pierres du feu pour faire chauffer l'eau et cuire les œufs dans leur coquille. John se réveilla une fois qu'il eut terminé et s'assit à côté de lui pour manger sa part, croquant la coquille à pleines dents, le regard vague. Geirmund, lui, pela ses œufs. Une fois rassasiés et leur soif étanchée au torrent, ils reprirent leur voyage vers le sud, le long de la route.

Bien que la tempête soit terminée, de lourds nuages occupaient les cieux. La pluie menaçait à tout moment, mais il n'y eut que quelques ondées au fil de la journée. Une route de terre battue se serait transformée en bourbier durant la nuit, rendant toute progression difficile ou impossible, mais l'idée des Romains d'utiliser de la pierre concassée permettait à l'eau de s'écouler et laissait la route ferme et praticable.

Les paysages qu'ils croisèrent étaient sensiblement les mêmes que la veille : des forêts et des plaines, bien que des champs soient labourés à quelques endroits. Ils tombèrent également sur des villages et des hameaux, certains tout aussi abandonnés que Salters Stream, d'autres pillés par des voyageurs de passage ou des bandits en quête de butin.

Vers le milieu de la matinée, après avoir marché pendant quatre haltes, la route obliqua légèrement vers l'est, en direction d'une trouée entre deux collines visible à l'horizon. Geirmund sentit une odeur de fumée.

— Y a-t-il un village là-bas ?

— Oui, un endroit nommé Godmundceastre, mais il se trouve encore à bonne distance.

Ils décidèrent d'avancer plus prudemment, surtout en passant à côté des bosquets d'arbres qui poussaient près de la route, derrière lesquels des bandits pouvaient aisément se dissimuler. Bientôt, ils ne sentirent plus seulement la fumée, mais ils la virent dépasser de la cime des arbres. Des dizaines de feux de camp brûlaient sur les terres entre les deux collines. Ils ne semblaient pas provenir d'un village ou d'une ville.

— Des Danois, déclara Geirmund.

— Je pense que tu as raison, mais nous sommes toujours en Mercie, où règne le roi Burgred.

— Si ce sont des Danois, Burgred ne règne plus ici. Nous sommes au Daneland.

Le prêtre pâlit, mais il hocha la tête.

— Dans ce cas, allons au Daneland. À partir de maintenant, je suis ton thrall.

Geirmund crut bon d'être honnête avec le prêtre.

— Lorsque les Danois me regardent, ils ne voient pas l'un des leurs. Ils ne voient pas non plus un Viking. S'ils se méfient, cela peut mal tourner pour nous. Surtout pour toi.

— Dans ce cas, je prierai Dieu pour que les Danois t'acceptent.

Geirmund soupira.

— Je t'aurai prévenu, prêtre.

Ils marchèrent pendant encore une demi-halte, mais à un rythme moins soutenu que le matin, comme si leurs pieds hésitaient à fouler la route que les Danois avaient empruntée avant eux. S'il avait été seul, Geirmund aurait pu dissiper tout soupçon et convaincre les soldats de sa bonne foi, mais la présence du prêtre, thrall ou pas, risquait de semer le doute et le rendrait moins convaincant. Il commença à réfléchir à ce qu'il pourrait dire pour sa défense, se demandant même s'il devait prétendre que John était le thrall de Guthrum et que le prêtre était important aux yeux du jarl.

— Oh, mon père! fit une voix dans les bois, à l'ouest.

Geirmund se tourna dans cette direction, l'épée au poing, et vit un guerrier saxon avancer à travers les arbres, l'air morose, mal engoncé dans son armure trempée, une lance à la main.

— Bonjour ! répondit John d'un air enjoué à la vue de l'étranger.

Geirmund ne sut dire si le prêtre cherchait à mettre l'homme à l'aise ou s'il était vraiment ravi de voir un compatriote.

— Comment ça va ? demanda John.

— J'aimerais être chez moi au sec plutôt qu'ici, répondit le guerrier en arrivant au bord de la route, tandis que Geirmund, l'épée au poing, restait sur le qui-vive. Qu'est-ce qui vous amène ici, mon père ? demanda l'étranger.

— Oh ! je ne suis qu'un simple homme de Dieu en route pour Lundenwic.

Le guerrier secoua la tête.

— Je vous conseille de changer de plan. Les Danois se trouvent au sud. Ils ont fortifié la zone autour de Huntsman's Hill.

— Oui, nous avions remarqué, dit John en suivant la route des yeux. Il semble que de nombreux Danois se soient installés en Mercie.

— Nous sommes en paix, expliqua le guerrier. Le roi Burgred et le roi Halfdan ont accepté une trêve. Les Danois peuvent traverser la Mercie à condition de ne causer aucun trouble.

— « Aucun trouble » ? répéta Geirmund. Ce n'est pas ce que diraient les moines d'Ancarig et de Medeshamstede.

Le guerrier se tourna vers lui, posant les yeux sur son scramasaxe.

— Qui es-tu ?

— C'est un garde qui voyage avec moi, répondit John. Je l'ai embauché pour me protéger. Et il a raison… Nous venons de Medeshamstede, où les Danois ont massacré les moines et brûlé l'abbaye il y a quelques jours à peine.

Le Saxon regarda derrière lui, vers les profondeurs du bois.

— Nous avons entendu parler de troupes en mouvement dans les Fens. Notre frontière avec l'Est-Anglie n'est pas toujours ouverte aux Danois. Des erreurs ont pu être commises.

— C'est le cas, confirma John. Des erreurs sanglantes.

— Certaines erreurs peuvent même détrôner un roi, ajouta Geirmund.

Il se doutait bien que Halfdan aurait fait passer son armée par la Mercie avec ou sans accord, mais l'or et l'argent l'avaient convaincu d'accepter cette trêve, même temporaire. Les Danois n'allaient pas quitter les lieux maintenant qu'ils y avaient posé le pied. Burgred n'avait fait que retarder l'inévitable.

— Aucun accord n'est éternel, ajouta-t-il.

— C'est bien pour cela que nous sommes là, rétorqua l'homme. Nous surveillons les Danois.

*Si tous les Saxons se comportent ainsi, l'Angleterre ne tardera pas à tomber*, songea Geirmund. *Cet homme ne comprend même pas qu'on lui a demandé de surveiller ses futurs bourreaux.*

John semblait être arrivé aux mêmes conclusions, car il fronçait les sourcils.

— Et ces Danois que tu surveilles, que font-ils à Huntsman's Hill ?

— Ils avancent, expliqua le Saxon. Ils sortent des Fens, transitent par le camp puis repartent vers le sud.

— Où se rendent-ils ? demanda Geirmund, même s'il connaissait déjà la réponse.

*Les Danois vont à Readingum*, songea-t-il. *Je me demande si les Saxons en sont conscients.*

— Ils prennent la voie d'Icknield en direction du Wessex.

— Cela t'inquiète-t-il ? demanda John.

L'homme haussa les épaules.

— Tant qu'ils n'obliquent pas vers le nord ou traversent la voie d'Earninga, cela ne me concerne pas.

— J'espère que les choses en resteront là, pour ton bien comme pour celui du roi Burgred, approuva John avant de montrer les feux de camp, au loin. S'il y a une trêve, pourquoi ne pouvons-nous pas emprunter cette route ?

— Oh ! vous le pouvez, mon père, mais je vous le déconseille. Sauf si vous faites confiance aux païens.

John regarda Geirmund.

— Je fais confiance à certains païens.

— Faites comme bon vous semble, mon père. (Le guerrier quitta la route.) Puisse le Seigneur vous protéger dans vos voyages.

— Puisse-t-Il faire de même pour toi, répondit le prêtre. Puisse-t-Il protéger toute la Mercie.

Le Saxon disparut dans les bois, sans doute pour rejoindre la cachette depuis laquelle ses hommes et lui surveillaient la route. Geirmund rengaina son scramasaxe.

— Je comprends mieux que les royaumes saxons s'effondrent s'ils sont protégés par des guerriers comme celui-là.

— La plupart des guerriers saxons sont des fermiers, expliqua le prêtre. Quand on leur ordonne de combattre, ils rejoignent le fyrd de leur ealdorman, mais ils préfèrent s'occuper de leur bétail et de leurs récoltes.

— Pourquoi ton dieu protégerait-il ces gens de leur propre stupidité ?

John reprit la route vers le sud.

— Si tu vois un enfant mettre sa main au feu, ne te précipites-tu pas pour l'en empêcher ?

— Bien sûr que si. Prétends-tu que Burgred n'est qu'un enfant ?

— Non, je dis simplement que nous sommes tous les enfants de Dieu.

La foi du prêtre ne manquait pas d'amuser Geirmund. Il s'imagina le Valhalla rempli de gamins pleurnichards réclamant à Óðinn du lait au lieu d'hydromel et ne put s'empêcher de s'esclaffer.

*Óðinn ne veut pas d'enfants au Valhalla et Thór n'accordera aucune force à ceux qui n'ont mérité ni son respect ni ses faveurs.*

— Tu dois me prendre pour un fou, dit John, d'avancer ainsi en plein Daneland.

— J'ai su que tu étais fou au moment où tu m'as donné une épée.

— Et pourtant tu ne l'as pas encore utilisée pour me tuer. On dirait que mon Dieu m'a protégé, ne crois-tu pas ?

— C'est le destin qui t'a souri.

Le prêtre pencha la tête sur le côté.

— Peut-être que mon dieu et ton destin ne font qu'un. Je vais y réfléchir.

*Je vois mal en quoi c'est comparable*, songea Geirmund.

Plus ils approchaient de Huntsman's Hill, plus il s'inquiétait que leur ruse soit découverte. On entendait les bruits lointains du campement : voix fortes, braiments d'animaux, arbres coupés, tintements de fer. Le prêtre restait imperturbable. Fou ou pas, John avançait comme si son dieu avait supprimé toute trace de peur en lui.

Ils virent les premiers Danois peu de temps après, postés à un pont romain traversant une large rivière que John identifia comme étant l'Ouse. Geirmund distinguait désormais le campement de l'autre côté du pont, dans une baie formée par un coude de la rivière. L'emplacement permettait d'éviter de lourds travaux de fortifications, car il était entouré par les flots au sud, au nord et à l'ouest. Les Danois n'avaient qu'à tenir le pont pour protéger le flanc est. Cela leur permettait aussi de contrôler la route et ses voyageurs, obligeant Geirmund à s'approcher.

— Je suis Geirmund Hjörrsson, déclara-t-il. J'ai prêté serment au jarl Guthrum.

Un des gardes s'avança. Il était armé de deux haches et, derrière lui, se tenaient une dizaine d'hommes pareillement armés, ainsi que deux archers.

— Le jarl Guthrum n'est pas là, répondit le Danois en regardant John. Tu n'es pas danois. D'où viens-tu ?

— Je suis un Viking du Rogaland. J'ai été emporté par les flots lors d'une tempête et j'ai échoué au nord d'ici. Je compte rejoindre le jarl Guthrum à Readingum, je lui apporte un précieux thrall.

— Un prêtre ? s'esclaffa le Danois avant de se tourner vers ses hommes, qui éclatèrent de rire. En quoi un prêtre serait-il utile au jarl Guthrum ?

Comme Geirmund se creusait la tête pour trouver une réponse, John prit la parole :

— Je sais lire et écrire la langue des Saxons, expliqua-t-il en courbant la tête. Je peux lire des messages qui ne sont pas destinés aux yeux des Danois.

Geirmund n'aurait pas vu cela comme un talent, mais le Danois sembla réfléchir à la question.

— Venez avec moi, dit-il enfin.

Les gardes du pont s'écartèrent pour les laisser passer, et leur chef les guida à travers le campement jusqu'à une grande tente ouverte, où plusieurs guerriers attablés étaient en train de manger et de boire. Deux d'entre eux, assis sur de belles chaises, avaient des traits similaires et les mêmes yeux bleu pâle, bien que l'un porte une barbe grise. Geirmund en conclut qu'ils étaient père et fils.

Son guide s'arrêta à quelques pas de la tente et attendit que le plus âgé des deux hommes lui fasse signe d'avancer.

— De quoi s'agit-il ? demanda ce dernier en examinant Geirmund et John.

— Cet homme affirme être un Viking ayant prêté serment à Guthrum, expliqua le garde. Il dit aussi que le prêtre est son thrall.

— Ah bon ? lança le plus jeune en se levant. Il ne ressemble guère à un Viking.

— J'en suis pourtant un, répondit Geirmund. Je suis Geirmund Hjörrsson et je peux parler en mon nom.

Il leur raconta alors ce qui lui était arrivé dans les mêmes termes qu'à Odmar. Quand il eut terminé, les guerriers de la tente gardèrent le silence.

— Je vous demande donc de bien vouloir me laisser passer afin d'aller rejoindre le jarl Guthrum, conclut-il.

L'homme plus âgé traversa la tente pour se poster devant Geirmund.

—Je suis le jarl Sidroc et voici mon fils, Sidroc. Je connais le roi Hjörr de Rogaland, et tu es assez laid pour être un des fils dont parlent les récits. Cependant, je dois m'en assurer.

—Que puis-je dire ou faire pour vous en convaincre ?

—Rien pour le moment, répondit le vieux jarl. Je prends la route pour Readingum demain, en compagnie de guerriers destinés à Halfdan. Guthrum se trouve là-bas. Tu nous accompagneras et, une fois à Readingum, nous saurons la vérité. Si tu as été franc avec moi, tout ira bien pour toi. Si tu m'as menti, tout ira mal.

La situation convenait parfaitement à Geirmund. Guthrum confirmerait sa version des faits. Il comptait déjà se rendre à Readingum et, grâce à Sidroc, il n'avait plus besoin d'y aller seul. Malheureusement, John n'avait pas prévu de se rendre à Readingum ni de suivre les Danois au combat. Le prêtre n'était pas en sécurité en compagnie des guerriers de Halfdan ; Geirmund ignorait ce que Guthrum ferait de lui une fois qu'ils seraient arrivés à destination.

—Qu'en est-il du thrall ? demanda-t-il.

—Le prêtre est destiné à Guthrum, c'est cela ?

—Oui.

—Dans ce cas, tu le lui amèneras. C'est toi qui te charges de lui.

Cela signifiait que Geirmund serait responsable des actes de John, mais pas de ce qu'on pouvait lui faire subir.

—Ai-je votre parole qu'aucun mal ne lui sera fait pendant notre voyage à Readingum ?

—Ta propriété sera respectée, concéda le jarl Sidroc, comme le serait celle d'un Danois. Tu es libre de parcourir le camp.

Geirmund inclina la tête.

—Vous êtes sage et juste.

Le vieux jarl lui fit signe de partir et retourna s'asseoir. Le jeune Sidroc observa Geirmund un instant de plus avant de rejoindre son père, puis le garde du pont s'éloigna sans un mot pour rejoindre son poste. Geirmund quitta la tente, cherchant un endroit où John et lui pourraient s'entretenir sans être entendus ni éveiller les soupçons. Il finit par trouver un recoin près de la rivière.

— Je suis navré, prêtre.

— Pourquoi ?

— Tu comptais te rendre à Lundenwic.

— C'est vrai. Et maintenant je vais à Readingum.

— J'ai peur de t'avoir mis en danger.

Le prêtre secoua la tête.

— C'est moi qui ai ignoré tes avertissements, c'est donc moi qui me suis mis en danger.

— Quand bien même, le danger reste le danger.

— Et Dieu est bon, avança John en souriant. Dis-toi que c'est le destin, si tu préfères, mais sache que mon Dieu n'a pas cessé de me guider depuis que j'ai jeté mon sac dans ta barque. Demain, nous marchons vers Readingum, Geirmund de Rogaland, quelles qu'en soient les conséquences.

# Troisième partie

## La grande armée païenne

# Chapitre 12

Sidroc l'Ancien avait tenu parole. Les Danois avaient marché deux jours durant, et, pendant leur progression, le jarl et son fils avaient traité Geirmund comme l'un de leurs trois cents guerriers, tandis que John avait été toléré, voire simplement ignoré. On ne l'avait traité ni bien ni mal. Geirmund savait cependant qu'il ne s'agissait que d'une trêve provisoire et que le prêtre était encore en danger.

La voie Earninga les avait progressivement éloignés des tourbières et des plaines, et leur avait fait gagner de l'altitude. Le deuxième jour, à un carrefour, les Danois avaient bifurqué vers l'ouest, sur la voie Icknield. Cette route suivait un chemin de crête le long d'une chaîne de falaises de calcaire, montant et descendant dans des vallons boisés. Il s'agissait de bonnes terres, vertes et fertiles, d'autant qu'elles semblaient peu peuplées par les Saxons. L'un des ealdormen ou un des rois finirait certainement par les revendiquer.

Au lever du soleil le troisième jour, avant même que le brouillard se soit levé, Sidroc l'Ancien convoqua Geirmund et John à sa tente. Le jarl ne s'était plus entretenu avec eux depuis le jour où ils s'étaient rencontrés à Huntsman's Hill.

— Qu'est-ce qu'il nous veut, à ton avis ? demanda le prêtre tandis qu'ils se frayaient un passage entre les arbres et les Danois qui se réveillaient.

— Je n'en ai pas la moindre idée, reconnut Geirmund. Mais ça m'inquiète.

— Nous ne sommes plus qu'à une journée de marche de Readingum. Peut-être qu'il souhaite restreindre nos libertés sur la dernière partie du trajet, jusqu'à ce qu'on nous ait remis à Guthrum.

— Peut-être…

Lorsqu'ils atteignirent la tente du jarl, ce dernier les attendait avec son fils et plusieurs Danois, tous bien réveillés et armés. L'ambiance semblait tendue. Sans vraiment savoir pourquoi, Geirmund sentit soudain que le prêtre et lui étaient en danger. Sidroc l'Ancien brandit un morceau de parchemin, et Geirmund vit qu'il n'était pas vierge. Le jarl s'approcha du prêtre.

— Tu sais lire et écrire, hein ? lui demanda-t-il.

John baissa la tête.

— Oui.

— Alors, lis ça et dis-moi ce qu'il y a écrit.

Sidroc lui tendit le rouleau.

Hésitant, John jeta un coup d'œil à Geirmund avant d'accepter.

— Comme tu voudras, jarl Sidroc. (Il étudia le texte un moment, puis il écarquilla les yeux.) C'est un message destiné au roi Burgred. Il a été envoyé par quelqu'un du Wessex pour tenir le roi de Mercie informé de ce qui se passe là-bas.

Le jarl se mit à faire les cent pas.

— Continue.

John s'éclaircit la voix.

— Ça dit que les Danois ont établi leur campement à Readingum et que leurs fortifications sont robustes. Le roi Æthelred du Wessex et son frère Ælfred y ont tenté un assaut, mais Halfdan a reçu le renfort de nouveaux combattants par le Thames. Les Saxons ayant perdu de nombreux hommes, ils ont battu en retraite. Parmi les morts se trouve un ealdorman du Bearrocscire, un Æthelwulf qui avait récemment vaincu une compagnie de Danois lors d'une escarmouche, à Englefield.

— Autre chose ? demanda le jeune Sidroc.

Il arborait l'air narquois de celui qui connaissait déjà la réponse.

— Ce n'est pas tout, convint John. Æthelred et Ælfred sont désormais à Wælingford. Ils espèrent attirer les Danois hors de leurs fortifications pour une bataille en terrain découvert, à Ashdown. (John rendit le parchemin au jarl Sidroc.) C'est tout.

Le jarl dévisagea le prêtre un moment, récupéra le document et adressa un signe de tête à ses hommes. Au signal, les guerriers quittèrent la tente. Geirmund se retrouva seul avec John, le jarl et son fils. L'atmosphère se détendit.

— Tu connaissais déjà le contenu du message, déclara Geirmund.

L'intéressé acquiesça, tandis que son fils montrait toujours son sourire narquois.

— Mon père n'est pas un imbécile.

John soupira.

— Certainement pas.

— J'ai profité de l'occasion pour te mettre à l'épreuve, prêtre, reconnut le jarl. Je voulais savoir si tu me dirais la vérité.

— Et si ça n'avait pas été le cas ? demanda John.

— Tu serais mort. (Sidroc l'Ancien lui avait répondu comme si cela allait de soi.) Ou en train de mourir à petit feu. Mais, à présent, je vais devoir te garder en lieu sûr. Tu resteras derrière avec les chariots.

— « Derrière » ? demanda Geirmund.

— On marche. (Il brandit de nouveau le parchemin.) Ce message a été rédigé il y a plusieurs jours. La bataille est peut-être déjà terminée, mais il se peut aussi qu'elle ait lieu aujourd'hui. Si c'est le cas, il faut que nous y soyons. La marche sera longue et soutenue. Si Æthelred a renforcé Wælingford, il nous sera impossible de franchir le fleuve là-bas. Nous devrons le faire plus au sud, à Moulsford. Si c'est bloqué, il nous faudra aller encore plus au sud, à Garinges, puis reprendre vers le nord jusqu'à Ashdown. Je vous suggère de manger un morceau au plus vite, tant que vous en avez la possibilité.

Geirmund et John le saluèrent avant de quitter sa tente pour se lancer à la recherche d'un feu où l'on faisait la cuisine. On leur remit à chacun un bol de porridge au saindoux. Ils s'installèrent pour manger à l'écart des autres Danois. Geirmund demanda au prêtre comment il s'était douté qu'il valait mieux éviter de cacher le contenu du message.

— Tu savais que quelqu'un avait déjà lu le parchemin ?

— Non.

— Tu as envisagé de mentir ?

Le prêtre sembla réfléchir à la question, comme s'il en ignorait la réponse.

— Peut-être un moment. Mais j'ai avant tout pensé à mon dieu, qui me demande d'être sincère, et aussi à ce qu'un mensonge signifierait pour toi, qui t'es porté garant pour moi. J'ai donc préféré rester honnête avec les Danois.

Secouant la tête, Geirmund avala une cuillerée de porridge.

— Que sais-tu de ce roi du Wessex et de son frère, Ælfred ?

— J'ai entendu dire que c'étaient des érudits.

— Ce qui ne fait pas d'eux des hommes malins.

— Mais on raconte aussi qu'ils sont malins. Et qu'il s'agit de guerriers pieux et redoutables, qui combattent pour le Christ.

— S'ils sont malins, ils ne peuvent pas être chrétiens. (Geirmund ricana en son for intérieur.) Es-tu un guerrier du Christ ? Tu sais te battre, prêtre ?

— Hélas, j'ai passé mon temps à apprendre à me servir d'une plume plutôt que d'une épée.

— Peux-tu alors demander à ta plume de nous écrire la victoire ?

— Oui, même si tu perds, mais uniquement quand la bataille sera terminée.

Geirmund manqua de s'étrangler.

— Ta plume peut modifier le passé ?

— Seulement ce qu'on dit du passé, ce qui revient plus ou moins au même.

En terminant son porridge, Geirmund songea aux différences entre un récit de bataille saxon et le même récit du point de vue des Danois, et il comprit ce que voulait dire le prêtre. Quand les guerriers les plus âgés mouraient au combat et qu'il n'y avait plus personne pour s'en souvenir, le récit des batailles pouvait devenir source de nombreuses disputes. Il était arrivé que des querelles sanguinaires éclatent pour cette raison, car les histoires sont susceptibles de faire et de détruire la réputation et l'honneur.

— Tu sais te battre ? demanda le prêtre.

— J'ai appris à me battre, rectifia Geirmund. Mais je n'ai jamais pris part à la moindre bataille.

— Ça t'effraie ?

— Je connais quelqu'un qui dirait que seuls les imbéciles n'ont peur de rien.

— Encore ce scalde ? Bragi Boddason ?

— Non, un homme du nom de Steinólfur. Avec un peu de chance, nous le retrouverons sur le champ de bataille, aujourd'hui. (Il adressa un sourire au prêtre.) J'essaierai de l'empêcher de te tuer !

— Je t'en serai reconnaissant.

— Ne crains rien, prêtre. Tu seras en lieu sûr avec les chariots.

— Ça ne m'empêchera pas de prier, en tout cas.

Les Danois aussi priaient. Tout le camp sachant désormais qu'ils allaient marcher sur Ashdown, les guerriers faisaient des offrandes à Thór, Týr et Óðinn, implorant la faveur des dieux et leur demandant de la force pour la bataille à venir. Sidroc l'Ancien sacrifia un cheval devant ses hommes. À cette vue, John sembla bouleversé comme jamais. Il se signa, dessinant une croix de son front à sa taille, avant d'embrasser celle qu'il portait autour de son cou et de la serrer dans son poing.

— Tu as oublié que tu voyageais avec des païens, prêtre ? demanda Geirmund.

— Je ne l'ai pas oublié. Je crois que je ne l'ai jamais vraiment su.

Il semblait presque trembler en s'exprimant, ce que Geirmund aurait peut-être considéré auparavant comme un signe de lâcheté chrétienne. Côtoyant désormais le prêtre depuis plusieurs jours, il savait que ce dernier n'avait rien d'un lâche. Il ne comprenait pas l'origine de son désarroi, et éprouva une certaine pitié pour lui en lui faisant ses adieux.

Le jarl Sidroc guida ses Danois à un rythme soutenu. Ils progressaient rapidement le long de la crête. Quelques heures plus tard, Geirmund aperçut un cours d'eau en contrebas. Il coulait vers eux depuis le nord-ouest, sillonné par de nombreuses embarcations. Non loin, la voie Icknield suivait un moment la berge du fleuve, mais elle bifurqua brusquement vers le sud pour longer les collines qui le dominaient. Geirmund supposa que la ville fortifiée qu'il distinguait était Wælingford, où Æthelred s'était replié.

De nombreux navires y mouillaient, et il ne faisait aucun doute que les Saxons voyaient les Danois du jarl Sidroc marcher vers le sud. Les attaqueraient-ils ? Pour cela, il fallait que plusieurs centaines d'hommes quittent la sécurité de la cité fortifiée. Des hommes que les Saxons n'avaient pas, ou ne voulaient pas gaspiller, car personne ne tenta de les arrêter. Ils poursuivirent leur progression.

Dans l'après-midi, ils atteignirent Moulsford, qui n'était pas défendue. Sur l'autre rive du fleuve, à une lieue de là peut-être, Geirmund discerna deux armées face à face au sommet de deux collines opposées. Les combattants formaient des espèces de bosquets. Aucune des deux armées, séparées par une vallée, ne souhaitait visiblement renoncer à l'avantage du terrain en traversant pour charger l'ennemi sur la colline d'en face. Elles étaient trop éloignées pour pouvoir en distinguer les couleurs ou déterminer qui étaient les Saxons et qui étaient les Danois, mais Geirmund supposa que les plus proches, sur la colline nord, devaient être les Saxons de Wælingford, tandis que les Danois de Halfdan devaient occuper celle du sud, en provenance de Readingum. Depuis leurs postes d'observation privilégiés, les deux camps avaient dû voir l'arrivée des combattants du jarl Sidroc. Chacune des deux armées paraissait compter des milliers de lames. Dans une telle bataille, trois cents épées pouvaient parfaitement changer la donne.

Moulsford se trouvait suffisamment près des Saxons pour obliger le jarl Sidroc à contourner le côté est de leur colline. Halfdan et Æthelred ne manqueraient pas de le remarquer ni de réagir, même si l'on pouvait se demander de quelle manière.

Alors que l'eau leur arrivait aux genoux, Sidroc ordonna à ses hommes de franchir le fleuve à gué, sur un lit de pierres qui s'étendait sur près de cinquante brasses de long. Geirmund traversa le gué sans quitter les Saxons des yeux, l'eau glacée pénétrant dans ses bottes. Lorsqu'il atteignit l'autre rive, il comprit que les Saxons avaient apparemment décidé de diviser leurs forces.

Une fracture s'opéra dans le « bosquet » de guerriers, et la moitié est des troupes franchit la colline en direction du jarl Sidroc, dévalant la pente comme s'il y avait eu un glissement de terrain. Ils étaient à vue d'œil trois fois plus que les hommes de Sidroc. La moitié ouest de l'armée saxonne resta en retrait, défendant son promontoire.

Malgré le déséquilibre des forces en présence, Sidroc ordonna à ses guerriers de se mettre en position et de marcher vers l'ennemi. Geirmund n'ayant pas de bouclier pour aller se placer dans les premiers rangs, il se retrouva à l'arrière, avec les combattants aussi mal équipés que lui, ou mal formés, voire timorés. Mais la réputation et les récompenses ne se gagnaient pas en évitant le combat, et Geirmund espérait qu'il pourrait se joindre à la mêlée.

Loin au sud, les Danois de Halfdan divisèrent également leurs forces afin de les faire correspondre à celles des Saxons. L'aile est chargea vers le bas de la colline, empressée, semblait-il, de se joindre aux guerriers de Sidroc, tandis que l'autre moitié demeurait sur la butte pour maintenir sa force d'opposition sur le sommet nord.

Le jarl Sidroc ordonna à ses guerriers d'accélérer le pas sur la lande et dans les broussailles, et de contourner un gros épineux. Geirmund s'élança, sa vision s'obscurcissant sur les bords, comme s'il courait dans un tunnel. Ils s'intercalèrent entre le bouclier danois et la lance saxonne, puis l'Ancien ordonna à ses guerriers de charger. Geirmund dégaina son scramasaxe en poussant un rugissement. Sa peur monta en flèche, mais il la maîtrisa, la transformant en rage. Du feu dans les veines.

Quand les premières lignes finirent par se télescoper, Geirmund se trouvait trop loin derrière pour voir l'impact, mais il l'entendit, tel un roulement de tonnerre d'un bout à l'autre de la formation, bouclier contre bouclier, bouclier contre lance, lance contre armure et chairs. Il s'apprêta à combattre et à tuer tous ceux qui ouvriraient une brèche dans le mur de boucliers, mais personne ne vint : ni les défenses danoises ni le front saxon n'avaient cédé à cette première charge.

Compte tenu de la taille de l'armée saxonne, Geirmund était convaincu que les Danois de Sidroc allaient vite se retrouver submergés, mais il s'aperçut rapidement qu'ils ne faisaient face qu'à une partie des forces saxonnes. Loin à l'ouest, l'ennemi avait formé un second front, créant un coin pour empêcher les Danois de se réunir. Tandis que les hommes de Sidroc pressaient contre une aile saxonne, l'autre serait certainement prête à recevoir la charge des combattants de Halfdan. L'ordre fut donné par corne de repousser l'ennemi, sans doute pour refermer le coin et piéger les Saxons entre les hommes de Sidroc et de Halfdan.

Malgré leurs efforts, les Danois échouèrent à gagner du terrain, le tintement de leurs armes et le bruit sourd de leurs boucliers formant un orage incessant.

Quelques guerriers parmi les plus proches des combats traînèrent bientôt les blessés et les morts à l'écart, ceux qui étaient tombés quand les épées et les lances ennemies avaient trouvé une faille entre les boucliers. Ils les emmenaient juste assez loin pour les empêcher de se faire piétiner. Ils déposaient leur corps sur la lande et retournaient au combat. Geirmund ne se battait pas encore. Il rengaina donc son arme et se précipita vers le front pour voir de quelle manière il pouvait aider les blessés.

Le premier guerrier qu'il atteignit toussa vigoureusement en crachant du sang dans les airs, les mains plaquées sur sa gorge, juste au-dessus de son sternum. Il perdait beaucoup de sang, mais Geirmund savait que le gros de l'hémorragie se déversait dans ses poumons. L'homme se hissa sur un coude, lui tournant le dos, et toussa de nouveau, aspergeant le sol d'écarlate. Il avait les yeux écarquillés de terreur, et Geirmund remarqua qu'il avait laissé tomber son épée.

Il était déjà mort, même s'il ne le savait pas encore. Geirmund n'ayant rien d'autre à faire que de rester auprès de lui jusqu'à la fin, il attrapa la lame du guerrier et la lui mit de force dans sa paume glissante et ensanglantée. Puis il lui plaqua la main contre la poitrine et l'étreignit tandis qu'il se débattait, se noyant à cause de son propre sang. Geirmund ferma les yeux, se remémorant sa propre noyade, et le tint fermement jusqu'à ce qu'il s'immobilise.

Il s'écoula un long moment avant que Geirmund le lâche et roule sur le dos. Puis il remarqua la présence de Sidroc le Jeune, non loin. Il l'observait. Le fils du jarl était encore debout, mais plié en deux, une main blessée pressée contre son flanc.

— Si tu as besoin d'une épée, prends la sienne, lui suggéra-t-il. C'est ce que Keld aurait voulu. Tu pourras toujours la lui rendre à son enterrement.

Geirmund acquiesça. À contrecœur, il arracha l'épée des mains inertes du mort. Il en essuya la poignée ensanglantée dans l'herbe. Levant les yeux, il vit que les Danois de Sidroc reculaient. Il se redressa.

La ligne de front ne s'était pas encore brisée, mais elle semblait fragile. Les Saxons étaient parvenus à contenir les Danois et profitaient désormais de leur avantage, les repoussant vers l'est, d'où ils venaient, en direction du fleuve. Dans ce chaos, Geirmund n'était pas en mesure de voir ce qu'il était advenu des forces de Halfdan ni de celles des Saxons. Il se contenta donc de dégainer son scramasaxe d'une main, de brandir l'épée de Keld de l'autre et de se préparer à faire face à l'ennemi.

— Contenez-les ! entendit-il brailler le jarl Sidroc. Ne cédez pas de terrain !

Mais les Danois reculaient, et on apercevait les rayons du soleil dans les trous béants entre leurs boucliers.

Quand ils atteignirent le gros épineux, les Saxons finirent par enfoncer la ligne de front de Sidroc. Certains boucliers tombèrent, d'autres s'ouvrirent comme des portes à la volée, laissant l'ennemi franchir leurs lignes en hurlant.

Geirmund prit son courage à deux mains et se jeta sur le Saxon le plus proche, abattant ses lames avec fureur. Le guerrier para son premier coup avec son bouclier, mais il chancela sous sa force, et Geirmund le frappa de nouveau. Cette fois, le Saxon le para avec son épée, repoussant son bras sur le côté. Au même instant, Geirmund se jeta sur lui, repoussa le bouclier d'un coup d'épaule et lui enfonça son scramasaxe de revers dans le cou.

Avant même que sa victime touche le sol, un autre Saxon chargea Geirmund comme un bœuf, le frappant à la poitrine avec la protubérance centrale de son bouclier. Geirmund tituba avant de s'écrouler lourdement sur le dos, le souffle coupé, tandis que l'homme s'approchait de lui en brandissant une hache.

Geirmund roula sur le côté, esquiva la lame, qui s'enfonça dans le sol, puis donna un coup d'épée à l'aveuglette à hauteur des jambes de son assaillant. Il manqua sa cible, mais le Saxon bondit hors de portée, lui donnant le temps de se relever. Geirmund s'élança ensuite sur son adversaire, le frappant haut pour lui faire lever son bouclier. Il se baissa alors et lui assena un coup bas avec son scramasaxe. L'une des jambes du Saxon céda. Geirmund profita de ce déséquilibre pour abattre son épée sur sa gorge. Il ne parvint pas à le décapiter entièrement, mais déclencha un déluge de sang.

Geirmund pivota pour faire face à son adversaire suivant, mais découvrit que les Danois de Sidroc battaient en retraite dans le plus grand désordre, fuyant vers le fleuve. Il aperçut fugitivement les Danois de Halfdan et ceux de la colline sud. Ils faisaient désormais tous face aux assauts des Saxons.

Il n'avait aucune envie de fuir, mais n'avait pas le choix. Les Saxons avaient pris l'avantage sur ce front, et, s'ils continuaient à résister, les Danois mourraient jusqu'au dernier. Le jarl Sidroc avait fait allusion à un autre gué plus au sud qui leur permettrait de contourner l'ennemi, rejoindre les troupes de Halfdan et rester dans la bataille.

Geirmund rengaina son scramasaxe, serra dans sa main l'épée de Keld et s'élança vers le fleuve avec les autres Danois.

Les Saxons les poursuivirent, les fauchant dès qu'ils en rattrapaient un. Une pluie de lances et de flèches s'abattit dans l'eau autour de Geirmund tandis qu'il traversait tant bien que mal le cours d'eau, traînant des pieds pour résister au courant. Une fois sur l'autre rive, il se retourna. Il aperçut des dizaines de Danois à demi immergés dans le gué, des taches rouges grossissant autour d'eux.

La plupart des guerriers de Sidroc qui étaient parvenus à franchir le gué s'élancèrent sur la piste en direction du sud, mais certains prirent au nord, vers Wælingford et une mort assurée.

— Arrêtez ! leur hurla Geirmund. Arrêtez, bande d'idiots ! Allons rejoindre Halfdan !

Quelques-uns l'entendirent, mais ce ne fut pas le cas de la plupart. Geirmund les laissa à leur sort.

Les Saxons les pourchassèrent sur près de deux lieues, et les Danois qui se retournèrent pour se battre furent tous tués. Geirmund sentit la rage du combat se dissiper en lui. Elle faisait progressivement place à de la peur. Il se sentit rapidement affaibli, épuisé par la marche du jour, le combat et la fuite. Mais, tandis que le soleil poignait au sommet des collines, à l'ouest, il continuait à courir. Quand il parvint enfin au pont de Garinges, il s'aperçut que ce dernier était défendu par des Saxons, et que d'autres Saxons affrontaient des Danois sur la rive d'en face.

— Nous allons devoir nous battre pour passer ! s'écria Geirmund à l'intention des guerriers les plus proches, en tout et pour tout huit Danois.

Ensemble, ils s'élancèrent vers le pont.

Les Saxons étaient prêts à les recevoir. Geirmund tenta de toutes ses forces de se frayer un passage, mais, avant qu'il ait pu parcourir trois brasses, un Saxon l'assomma et le fit basculer par-dessus le garde-fou du pont, dans le fleuve qui coulait en dessous.

# Chapitre 13

Quand Geirmund reprit connaissance, il flottait à demi dans l'eau glaciale et la nuit commençait à tomber. Grelottant, il jeta un coup d'œil autour de lui. Il découvrit qu'il était étendu sur la rive du fleuve, prisonnier des branches basses noueuses d'un arbre. Il perçut des bruits de combat dans le lointain, le tintement des armes, les hurlements des guerriers, qu'il s'agisse de cris de guerre ou de douleur.

Puis il se souvint de la bataille, de la retraite des Danois et de l'attaque du pont. Mais pas de ce qui s'était passé ensuite. Il avait dû chuter dans le fleuve. Sur quelle distance avait-il dérivé ?

Lorsqu'il se retourna pour poser les pieds sur le lit du cours d'eau, la désorientation lui provoqua des vertiges et des haut-le-cœur. Il crut qu'il allait vomir, mais se détendit dans l'eau et se laissa porter, les yeux clos, jusqu'à ce que la nausée se dissipe. De douloureux élancements à hauteur de la tempe lui rappelèrent qu'il était blessé.

Il comprit alors qu'il n'était pas en état de regagner Readingum à pied. Il doutait même de pouvoir faire plus de deux pas, et était certain de ne pas pouvoir se défendre s'il tombait sur des Saxons. Le fleuve semblait sa seule issue ; puisqu'il l'avait charrié jusque-là, il pouvait bien le porter jusqu'à destination, dans la mesure du possible.

Il se libéra des branches puis se laissa entraîner par le courant, qui l'attirait vers l'aval. S'efforçant d'abord de flotter les pieds en avant afin d'éviter les rochers et d'éventuels obstacles, il comprit vite qu'il était amplement à la merci du fleuve. Son corps l'entraînait vers le fond, comme en pleine mer. Quand il buvait la tasse, il hoquetait et toussait, mais le cours d'eau était suffisamment paisible et peu profond pour qu'il parvienne à garder la tête hors de l'eau, à l'exception de ses oreilles. Il n'entendait donc rien d'autre que le clapotis de l'eau.

La nuit tomba, et l'onde se fit d'encre. L'eau était glaciale, et il commençait à être gagné par le sommeil. À la frontière entre la réalité et le monde des songes, il perdit toute notion du temps et de l'espace. Il leva les yeux vers le ciel et aperçut les étoiles, ainsi qu'un premier quartier de lune. Il vit Steinólfur qui le regardait depuis le pont du navire, et les troncs sur la berge devinrent les piliers des arbres noyés autour de chez Völund. Puis la lune disparut, et Geirmund se demanda si elle s'était déjà couchée, si un nuage lui passait devant, ou si elle s'était simplement éteinte.

Il percutait de nombreux obstacles dans l'obscurité, dont certains inamovibles et douloureux. D'autres étaient des cadavres flottants, aussi bien saxons que danois, emportés comme lui par le courant. Le fleuve ne faisait pas la distinction entre les vivants et les morts.

Les étoiles finirent par se dissiper, remplacées par les premiers rayons du soleil. Comment était-il possible qu'il s'agisse déjà d'une nouvelle journée ? Il entendit des voix non loin, ainsi que des éclaboussures, le tout étouffé par l'eau qu'il avait dans les oreilles.

Puis il sentit qu'on le saisissait par le bras gauche et qu'on lui sortait complètement la tête de l'eau.

— Celui-ci est en vie, déclara une voix. Mais plus pour longtemps, apparemment.

— Danois ou saxon ?

Il y eut un moment de réflexion.

— Je n'en sais rien.

Geirmund entendit de nouvelles éclaboussures et se sentit entraîné à contre-courant. Ouvrant les yeux, il distingua vaguement la silhouette de deux hommes au-dessus de lui.

— Ce n'est pas un Danois, assura l'un d'eux.

— On ne dirait pas un Saxon non plus.

— Il a un couteau saxon.

— Qu'est-ce qu'on fait ?

— Comme pour les autres. On prend ce qui peut nous être utile et on laisse le corps au fleuve.

Ils étaient danois. Geirmund ouvrit la bouche.

— Viking, lâcha-t-il.

— Tu as entendu ça ?

— Je ne sais pas, il…

— Pas saxon, murmura Geirmund aussi fort qu'il le put. Je suis viking. Geirmund. J'ai prêté allégeance à… Guthrum.

Il y eut un moment d'hésitation.

— Mieux vaut l'emmener à la tente, décida l'un d'eux. Pour découvrir de qui il s'agit.

— D'accord. Tu prends ce côté ?

Geirmund sentit qu'on le soulevait. Sa tête lui faisait atrocement mal. Il avait l'impression d'avoir des braises et des étincelles dans les yeux. La douleur l'étreignait, comme si un forgeron se servait de sa tête comme enclume. Il ferma les yeux de toutes ses forces, et, quand il les rouvrit, il crut distinguer la présence d'un campement. Puis il se retrouva à l'intérieur d'une tente.

— Étends-le là, déclara une nouvelle voix.

Geirmund eut l'impression que le monde basculait. Il sentit le sol ferme contre son dos au lieu de la douceur de l'eau.

— Je vais prévenir le jarl Guthrum, annonça une autre voix.

L'une des ombres s'éloigna.

— Il va survivre ? demanda une autre.

Geirmund sentit qu'on lui effleurait la tempe, ce qui raviva sa douleur cuisante.

— Je n'ai pas l'impression que son crâne soit fendu. Je vais panser ses blessures, mais, oui, il devrait survivre.

Ces paroles suffirent à Geirmund pour qu'il lâche prise. Fermant les yeux, il sombra dans le néant.

À son réveil, la lumière impitoyable du jour l'aveugla. Portant ses mains à son visage, il s'aperçut qu'on lui avait bandé la tête.

— C'est bien toi, déclara une voix familière. Qu'est-ce que tu fais là ? (Geirmund leva les yeux, les plissa, et vit Guthrum au-dessus de lui.) La dernière fois que je t'ai vu, tu sautais à l'eau en pleine mer. Et voilà que tu resurgis d'une rivière ? Comment est-ce possible ?

— C'est une… (Geirmund avait l'impression d'avoir du sable dans la gorge, et sa voix résonna sous sa voûte crânienne.) C'est une longue histoire…

— Tu ne devrais pas être en vie.

Le jarl toisa Geirmund de la même manière que lorsqu'il s'était présenté sur son bateau, mais avec un air encore plus méfiant et soupçonneux. Voire de la peur.

— Tu devrais être mort, Hel-hide. Alors il faut que je te pose la question. Qui es-tu ?

Bien qu'ils ne soient plus en mer, Geirmund faisait face au même danger. L'esprit en lambeaux, il chercha les mots pour s'expliquer. Il sentait battre ses tempes sous les bandages qui lui serraient le crâne, et il n'avait qu'une envie : se rendormir. Il lui fallait montrer à Guthrum ce dont il était capable. Il lui fallait gagner sa confiance.

— C'est…

Il fouilla dans sa tunique et en tira le bracelet de Völund, qu'il tendit à Guthrum.

Le Danois garda le silence, mais il accepta le bracelet et l'étudia attentivement.

— C'est un présent, poursuivit Geirmund.

— Un joli présent, reconnut Guthrum. Première fois que je vois un bracelet comme celui-là. (Il le fit tourner dans sa main, sa lueur dorée se reflétant sur son visage.) J'accepte ce présent, Geirmund Hel-hide, et je suis impatient d'écouter comment tu te l'es approprié.

— Je…

À aucun moment Geirmund n'avait envisagé d'offrir ce bracelet à Guthrum. Il avait simplement voulu dire qu'il s'agissait d'un présent que lui avait fait Völund. Mais, maintenant que le Danois croyait qu'il le lui avait offert, Geirmund ne trouvait rien pour remédier à la situation sans provoquer ni confusion ni déshonneur.

— Je…

— Repose-toi, à présent, lui conseilla Guthrum. Guéris. Je préviendrai ton homme de ton retour.

Cela signifiait au moins que Steinólfur était encore en vie. Lorsque Guthrum quitta la tente, Geirmund se demanda comment récupérer son bracelet, s'il le fallait vraiment, et s'il en avait réellement envie. D'une manière ou d'une autre, ce « présent » semblait avoir poussé Guthrum à changer d'avis à son sujet. Peut-être était-ce le destin qui l'avait incité à le montrer au Danois.

Il eut du mal à approfondir sa réflexion. Son esprit s'effilochait. Il ferma de nouveau les yeux. À son réveil, il se sentit en meilleure forme. Le soleil s'était couché, Steinólfur et Skjalgi étaient agenouillés par terre à ses côtés.

— Ton séjour au Valhalla t'a-t-il plu ? demanda le vieux guerrier. À moins que ç'ait été chez Hel ?

— Ni l'un ni l'autre. (À la vue de ses amis, Geirmund sentit des larmes d'épuisement, de soulagement et de joie lui monter aux yeux.) Je suis content de vous revoir, tous les deux.

Steinólfur posa la main sur son épaule.

— Moi aussi, je suis content de te… (Sa voix se cassa, mais il grogna pour la remettre en place. Il réfléchit un moment.) Content de te revoir, Geirmund Hjörrsson.

Skjalgi lui attrapa la main et la serra de toutes ses forces dans les siennes.

— Je n'en crois pas mes yeux…

— J'ai cru que Guthrum nous mentait. (Steinólfur secoua la tête et essuya un de ses yeux avec son gros pouce.) Ou qu'il se trompait, au moins.

— Comment es-tu parvenu jusqu'ici ? voulut savoir Skjalgi.

— Je… je ne crois pas encore être en mesure de vous raconter cette histoire, admit Geirmund. Pas correctement, en tout cas. J'ai le crâne en feu. Je ne sais même pas si je peux m'asseoir.

— Reste allongé. Tu as pris un sacré coup. (Le vieux guerrier désigna la tempe droite de Geirmund.) C'est un peu moins enflé, mais pendant un ou deux jours on aurait dit qu'il te poussait une deuxième tête.

— Un jour ou deux ? Depuis combien de temps suis-je ici ?

Skjalgi serra de nouveau la main de Geirmund dans les siennes, avant de la lâcher.

— Ils t'ont tiré du fleuve il y a quatre jours.

— Pardon ? (Geirmund tenta de réveiller quelques souvenirs, mais tout n'était qu'obscurité et brouillard entre la bataille d'Ashdown et le moment présent.) Quatre jours ?

— Tu as repris connaissance par intermittence, expliqua Steinólfur. Par chance, ta tête de mule a refusé de céder. Remarque, ça nous aurait permis de déterminer s'il y avait vraiment un cerveau là-dedans ! Je parie que ce n'est pas le cas. Sinon, pourquoi te serais-tu jeté à la mer ?

— Tu sais pourquoi, rétorqua Geirmund. Il y aurait eu une bagarre, et aucun de nous ne serait là aujourd'hui pour en parler.

— Admettons. Mais j'ai l'impression que tu ne sais pas trop ce que signifie le fait de t'avoir prêté serment…

— Je sais parfaitement ce que ça signifie pour toi. Raison pour laquelle je n'ai pas demandé ta permission avant de sauter.

Steinólfur paraissait lui en vouloir énormément, mais cela ressemblait à la colère effrayée d'un parent envers un enfant téméraire. Geirmund se demanda si le vieux guerrier voulait le morigéner ou le prendre dans ses bras.

Skjalgi intervint :

— Peu importe la raison pour laquelle tu as sauté. Remercions les dieux de ton retour.

Bien que Völund n'ait jamais prétendu être un dieu, la gratitude du garçon ne lui parut pas déplacée.

— Que s'est-il passé, ces quatre derniers jours ? demanda-t-il. Comment s'est finie la bataille ?

Le garçon se tourna vers Steinólfur, qui serra les dents.

— En fin de compte, les Saxons ont conservé la maîtrise du champ de bataille. Les Danois en ont abattu un grand nombre mais ils ont également subi des pertes importantes. (Il s'interrompit un moment.) Bersi est mort.

— Quoi ? (Geirmund eut du mal à le croire. Le roi danois lui avait semblé être un puissant guerrier tout juste au début de sa guerre.) Comment est-il tombé ?

— Il a conduit une charge, expliqua le vieux guerrier. Mais la bataille était confuse. L'un des jarls de Halfdan est arrivé trop tard sur le champ de bataille.

— Sidroc.

— Oui. Comment le sais-tu ?

— J'ai combattu à son côté, révéla Geirmund.

Steinólfur sembla perplexe, mais poursuivit :

— Nous n'y étions pas, mais, d'après ce qu'on raconte, Halfdan a divisé son armée. Les jarls ont tenté de rallier Sidroc, tandis que Halfdan et Bersi prenaient la tête de la seconde partie des troupes. Ils pensaient que les Saxons allaient vite reculer, car ils les avaient facilement vaincus quelques jours auparavant.

— Où étiez-vous ?

— Ici. Il fallait qu'un des jarls reste en retrait pour défendre les navires et le camp. Cette mission est revenue à Guthrum et à ses hommes. La plupart des jarls qui sont allés au combat sont tombés.

— Qui ?

— Sidroc l'Ancien, et aussi son fils. Osbern, qui était à Ribe. Le jarl Fræna. Et d'autres. Ce fut une journée atroce.

Le récit de Steinólfur laissa Geirmund sans voix. Le jarl Sidroc et son fils avaient affronté la mort avec courage et honneur. Geirmund en était convaincu. Leur apparition sur le champ de bataille avait modifié le cours des combats. Mais leurs guerriers n'auraient pas pu en changer l'issue. Les Trois Fileuses et les dieux en avaient décidé ainsi. Il espérait simplement que le prêtre était parvenu à se mettre à l'abri.

— Et maintenant ? demanda Geirmund.

— « Maintenant » ? répéta Steinólfur. Tu te reposes. Et nous attendons. Des navires de la flotte éparpillée de Bersi sont encore en train de remonter le fleuve, apportant de nouveaux combattants. La bataille est loin d'être perdue. J'ai entendu dire que nous n'allions pas tarder à attaquer à nouveau les Saxons. Il va falloir que tu sois prêt à te battre.

Geirmund voulut hocher la tête, mais elle le faisait atrocement souffrir. Il avait du mal à garder les yeux ouverts.

— Dors, lui conseilla Steinólfur.

Geirmund s'assoupit, se réveilla, mangea et se rendormit. Il se reposa une bonne semaine, regagnant chaque jour une partie de ses forces, jusqu'à ce qu'il soit en mesure de quitter la tente et d'aller se présenter devant Guthrum. En traversant le campement, il s'aperçut que celui-ci était plus petit qu'à Ribe, mais bien plus grand qu'à Huntsman's Hill. Comme ce dernier, il avait été installé sur une vaste plaine à la jonction de deux rivières. Ces cours d'eau, encombrés par des dizaines de navires, protégeaient le camp au nord et au sud, et on avait érigé un mur de terre et de bois à l'ouest. Quand Geirmund pénétra dans la tente de Guthrum, il vit scintiller le bracelet de Völund sur le bras du Danois.

— Geirmund Hel-hide. Ravi que tu sois de nouveau sur pied.

— J'en suis moi aussi ravi, reconnut Geirmund en le saluant.

Steinólfur et Skjalgi étaient également présents dans la tente, tandis qu'Eskil se tenait auprès du jarl.

— Le moment est venu de répondre à la question que je me pose depuis un long moment désormais : comment es-tu arrivé ici ?

Geirmund avait déjà raconté son histoire à Steinólfur et à Skjalgi, quelques jours auparavant, dès qu'il avait suffisamment recouvré l'esprit. Il fit donc le même récit à Guthrum, lui expliquant avec précision tout ce qui s'était passé. L'honneur de Geirmund et la preuve que constituait le bracelet lui donnaient peu de raisons de mentir, et il n'accepterait pas qu'on le traite de menteur ou de fou.

Guthrum ne fit ni l'un ni l'autre, pas plus qu'Eskil. Le jarl ôta le bracelet et l'examina de nouveau, comme s'il n'était plus fait du même matériau ou n'avait plus la même qualité.

— Hnituðr… Fabriqué par Völund le forgeron ?

— Oui, jarl Guthrum.

Il n'avait pas encore trouvé le moyen de récupérer le bracelet, et Steinólfur lui avait fait comprendre qu'il serait stupide d'essayer. Ce présent lui avait permis d'entrer dans les petits papiers de Guthrum, il aurait été idiot de tout perdre.

— Si tu n'étais pas un véritable Hel-hide auparavant, déclara Guthrum, tu l'es à présent. Revenu des eaux comme s'il s'agissait du royaume des morts. Et j'ai entendu dire que tu t'étais battu à Ashdown ?

— En effet. Mais je n'ai tué que deux Saxons avant de battre en retraite de l'autre côté du fleuve.

— Alors tu as fait bien plus que de nombreux Danois effrayés présents sur place, d'après ce que j'ai cru comprendre. On raconte que les Saxons se sont battus comme des loups.

À côté du roi, Eskil fronça les sourcils mais garda le silence.

— Ils se sont bien battus, confirma Geirmund. Les Saxons…

— Nous ne subirons plus de telles défaites. (Geirmund devina une lueur de colère dans le regard du jarl lorsqu'il remit le bracelet sur son bras.) Es-tu prêt à te battre pour moi, Hel-hide ?

— Oui. Mais j'ai une question.

— Je t'écoute.

— Qu'est devenue mon épée ? Elle était rangée sur *L'Amoureux des vagues*, mais Steinólfur m'a dit qu'elle avait disparu durant le trajet.

Le roi se tourna vers Eskil, qui hocha la tête.

— Je sais où elle est. C'est mon frère qui l'a. Il s'en est emparé quand tu t'es jeté à la mer.

— Voilà. (Guthrum reporta son attention sur Geirmund.) Tu as ta réponse.

Geirmund n'avait jamais apprécié Rek. Il avait désormais une raison supplémentaire de le détester.

— Alors ton frère est un voleur.

Eskil s'approcha de lui d'un pas menaçant.

— Attention à ce que tu dis, Hel-hide. Mon frère te croyait mort, comme nous tous.

— Mais ce n'est pas le cas. Cette épée m'appartient. Rek doit…

— Ça suffit. (Agacé, Guthrum fronça les sourcils.) Tu sais où se trouve ton épée. Si tu souhaites la récupérer, va la chercher. Je ne veux plus en entendre parler.

Geirmund se tourna vers Eskil, déterminé à faire ce que Guthrum venait de dire.

— Où est ton frère ?

— Rek est avec le reste de notre compagnie. Près des navires, sur la rive sud. Mais, Hel-hide, tu…

— Jarl Guthrum, déclara Geirmund, sache que mon serment tient toujours.

Guthrum acquiesça.

— Bienvenue à mon service.

— Puis-je prendre congé ?

Avant de répondre, Guthrum se tourna vers Eskil.

— Oui, mais sois attentif à préserver la paix, Hel-hide. Dans ce camp se trouvent des Danois, des Vikings, des Jutes, des Frisons… Ici, nous sommes tous alliés contre les Saxons, et ce quels que soient nos désaccords passés.

Geirmund le salua. Puis, accompagné de Steinólfur et de Skjalgi, il quitta la tente. Ils n'avaient pas fait plus de quelques pas quand Geirmund entendit Eskil l'appeler. Il fit comme s'il n'avait pas entendu, poursuivant son chemin vers la rive sud. Mais le Danois le rattrapa.

— Hel-hide, qu'as-tu l'intention de faire ?

— Je compte bien récupérer mon épée. (Geirmund regardait droit devant lui.) Exactement comme le jarl Guthrum me l'a suggéré.

— Et si Rek refuse de te la rendre ?

— Pourquoi refuserait-il ? demanda Steinólfur. Elle appartient à Geirmund.

— Je ne comprends pas toujours les raisons de mon frère, répondit Eskil. Mais je le connais.

Sans en dire davantage, il les accompagna et traversa le camp avec eux. Lorsqu'ils atteignirent le cercle de tentes de la compagnie de Rek, Eskil s'élança devant Geirmund en appelant son frère. Rek approcha, entouré de Danois que Geirmund reconnut pour avoir ramé à leurs côtés. Tous écarquillèrent les yeux, incapables de prononcer la moindre parole. Le regard de Rek trahissait plus de haine que d'incrédulité.

— Le Hel-hide est de retour parmi nous, déclara Eskil en les scrutant tour à tour. Le jarl Guthrum lui a souhaité la bienvenue. Et nous devrions tous en faire autant.

Geirmund savait que ces paroles ne seraient pas les dernières à son sujet, mais, pour le moment, il se tourna vers Rek.

— J'ai entendu dire que tu avais mon épée…

Rek se frotta le menton avec l'arête de son pouce.

— C'est exact.

— Je suis venu la récupérer.

Le Danois secoua la tête.

— Non. Tu l'as abandonnée.

— « Abandonnée » ? (Geirmund sentit son sang se mettre à bouillir.) Seul un homme faible sans honneur ferait une telle déclaration…

— Tu m'accuses de ne pas avoir d'honneur ? Toi, le maudit Hel-hide qui a failli faire couler mon navire ? (Il s'approcha de son frère.) On doit m'autoriser à répondre à cette injure.

— Non, lui interdit Eskil. La paix règne sur le campement. Personne ne tuera personne entre le mur et les rivières.

— Alors réglons ça au premier sang, proposa Rek. Rien que tous les deux. Le temps de donner une leçon d'honneur à cette petite merde.

Geirmund haussa le ton pour que tout le monde l'entende.

— Et si tu perds ?

Rek le foudroya du regard, avant de se tourner vers les guerriers qui l'entouraient.

— Je te rendrai l'épée.

Eskil baissa les yeux sur son frère comme pour réfléchir à sa requête, puis se tourna vers Geirmund.

— Si j'autorise ce combat, considéreras-tu que le problème de la propriété de ton épée est réglé, quelle qu'en soit l'issue ?

Geirmund n'était pas convaincu de devoir se battre pour récupérer son épée, mais le désaccord à son sujet était devenu une affaire d'honneur entre Rek et lui. Un affrontement semblait donc inévitable.

— Oui, répondit-il.

— Parfait. (Eskil fit signe aux guerriers qui les entouraient.) Le carré !

Les Danois obéirent. Ils formèrent les limites d'un mur à quatre côtés, neuf ou dix hommes par côté. Geirmund se rendit dans un des angles du champ de bataille en formation, suivi de Steinólfur et de Skjalgi.

Le vieux guerrier se pencha vers lui.

— Tu as suffisamment récupéré pour te battre ?

— Oui, répondit Geirmund, bien qu'il n'en soit pas si sûr. (Il ôta le bandage taché de sang qui lui couvrait la tête et le jeta par terre, tentant d'ignorer les douleurs qui se manifestèrent subitement.) Skjalgi… va me chercher un bouclier et une épée.

Le garçon acquiesça avant de s'élancer au milieu des hommes qui se rassemblaient. Geirmund sentit l'air frais sur son cuir chevelu. Le ciel était couvert d'un voile gris en lambeaux. Il entendait le cours d'eau non loin et, par-dessus la tête des Danois, il aperçut une longue rangée de proues : celles des nombreux navires échoués sur la rive.

— Geirmund, chuchota Steinólfur. Peut-être qu'un peu de patience te serait utile dans un moment comme celui-ci.

— Comment ça ?

Geirmund observa Rek s'armer d'un bouclier et de l'épée qui lui appartenait.

Le Danois avait l'intention de se servir de la lame contre son propriétaire légitime. Une insulte supplémentaire que Geirmund ne tarderait pas à punir.

— Ce combat peut attendre que tu sois entièrement guéri, poursuivit Steinólfur. Il n'y aurait aucun déshonneur à demander un peu de temps pour que tu…

— Non. (Geirmund ne supporterait pas l'idée de regagner sa tente tandis que Rek brandissait ouvertement son épée au milieu des autres guerriers.) Je vais régler ça au plus vite.

Steinólfur semblait toujours aussi inquiet, mais il cessa de protester. Ensuite, Skjalgi revint avec la lame que Geirmund lui avait offerte à Avaldsnes, ainsi qu'un des boucliers achetés à Ribe. Geirmund s'empara des deux avant de se tourner vers son adversaire. Eskil se positionna au centre du carré.

— Ce combat s'achèvera lorsque la première goutte de sang touchera le sol, annonça le Danois. Si l'un des concurrents poursuit le combat, il devra renoncer à son argent, à sa liberté ou à sa vie, comme le jugera le jarl Guthrum. (Eskil les regarda tour à tour.) Vous êtes prêts, tous les deux ?

— Oui, répondit Rek.

Geirmund hocha la tête, mais il eut l'impression que sa vision était décalée par rapport au mouvement.

— Allez-y.

Eskil recula jusqu'au mur formé par les hommes derrière lui.

Rek se rua sur Geirmund à une vitesse incroyable, hurlant et grondant. Geirmund eut tout juste le temps de brandir son bouclier pour dévier les violents coups d'épée répétés du Danois. Il ressentait chacun des impacts dans l'ensemble de son squelette, et sa tête se mit à tourner de douleur. Il se demanda si Rek était réellement à ce point plus rapide que lui, ou s'il était encore trop affaibli pour se battre et aurait dû suivre les préconisations de Steinólfur. Cela n'avait de toute façon plus d'importance désormais. Il esquiva l'assaut de Rek, et, clignant des yeux, tenta de stabiliser sa vision et son esprit.

Quand le Danois chargea de nouveau, Geirmund était mieux préparé. Avec son bouclier, il repoussa le coup de Rek sur le côté, puis tenta de frapper à son tour. Mais le Danois brandit son bouclier, para l'attaque et poussa Geirmund en arrière.

Ce dernier tituba, manquant de perdre l'équilibre. La douleur dans son crâne commençait à l'aveugler. Il comprit qu'il n'allait pas remporter ce combat, mais se rendre n'était pas une option. Il laissa tomber son bouclier et se jeta sur Rek, tenant son épée à deux mains.

Son attaque soudaine prit Rek au dépourvu ; le Danois se ressaisit rapidement et, après que Geirmund eut désespérément frappé dans le vide, Rek utilisa son déséquilibre contre lui et le fit chuter.

Il tomba lourdement. Sa vue se brouilla totalement. Le genou de Rek s'écrasa sur sa poitrine. Le Danois lui entailla alors la joue à l'aide de son épée.

— Premier sang, dit-il. Mais sache que j'aurais pu te tuer.

Geirmund sentit le poids sur sa poitrine se dissiper, lui permettant de respirer de nouveau. Rek s'éloigna. Geirmund demeura étendu par terre jusqu'à ce que Steinólfur et Skjalgi viennent le rejoindre. Ils l'aidèrent à se relever et à regagner sa tente, à l'autre bout du camp, où il s'effondra d'épuisement, de douleur et de honte.

# Chapitre 14

Sa défaite coûta à Geirmund plus que sa fierté et son épée. Elle retarda sa guérison, et il dut de nouveau s'aliter pendant plusieurs jours. Steinólfur lui apprit ensuite que les Danois allaient affronter les Saxons à un endroit du nom de Basing.

À cette nouvelle, Geirmund se redressa.

— Nous devons les accompagner…

— Toi, tu dois rester où tu es, l'interrompit le vieux guerrier en le forçant à se recoucher. Cette fois-ci, tu vas m'écouter.

— Mais je dois…

— Il y aura d'autres batailles. Si tu veux y participer, attends d'avoir recouvré tes forces.

Geirmund grinça des dents, ce qui réveilla la douleur dans son crâne.

— Le lâche pense pouvoir vivre éternellement en évitant l'affrontement.

— Et le sage sait choisir ses combats.

— J'ai l'impression d'entendre mon père.

— Ton père a ses défauts, mais il n'est pas idiot. Les blessures sont le lot de tous les guerriers, tout comme la convalescence.

Geirmund ferma les yeux. Pour cette fois, il acceptait que Steinólfur ait le dessus : il savait au fond de lui qu'il n'était pas encore prêt à tirer l'épée, même s'il refusait de l'admettre à voix haute.

— Où est Skjalgi ? demanda-t-il.

— Avec une femme.

Geirmund, surpris, se dressa une nouvelle fois.

— Quoi ?

— Ce n'est pas ce que tu penses, le rassura son ami. Elle s'appelle Birna et c'est une skjaldmö, l'une des meilleures guerrières du jarl Osbern. Elle m'a dit que Skjalgi lui rappelle son frère, mort depuis plusieurs étés. Elle m'aide à le former ; je pense qu'il tomberait amoureux d'elle si elle ne le terrorisait pas tant.

Geirmund rencontra Birna le lendemain de l'arrivée de Halfdan, de Guthrum et des autres jarls. Elle avait une demi-douzaine d'étés de plus que lui. Grande et forte, les cheveux roux emmêlés, les yeux verts et un nez un peu tordu, signe d'une fracture mal remise. Ils regardaient Steinólfur enseigner à Skjalgi le maniement de la lance. Le guerrier montrait à son apprenti l'efficacité d'une prise haute pour attaquer par-dessus un bouclier et, à l'inverse, celle d'une prise basse pour la défense, en se servant du sol comme ancrage du manche.

— Tu avais juré fidélité à Osbern, remarqua Geirmund. Pour qui combats-tu désormais ?

— La plupart des guerriers du jarl Osbern se sont ralliés à Halfdan. Enfin, ceux qui sont encore en vie.

— Dans ce cas, pourquoi ne t'es-tu pas jointe à eux ?

— Le roi ne nous connaît pas. On nous a ordonné de rester en arrière avec quelques autres pour garder le campement et les navires. Et pour protéger les blessés et les malades, ajouta-t-elle en le regardant de la tête aux pieds.

Geirmund se toucha le torse.

— Maintenant que je sais que tu es là, je n'en dormirai que mieux.

Elle haussa un sourcil et leva un coin de sa bouche.

— Tu te moques de moi ? D'après ce que j'ai entendu sur ton combat contre Rek, tu as bien besoin de protection.

Elle dit cela sur un ton de plaisanterie, et Geirmund ne s'en offusqua donc pas malgré sa honte.

— Quand tu en auras fini avec Skjalgi, c'est peut-être moi que tu devrais entraîner.

— Pourquoi attendre ? (Elle ramassa l'épée et le bouclier que Skjalgi avait posés près d'eux et les lui tendit.) Je te ménagerai.

Il prit les armes dans un éclat de rire, mais retrouva vite son sérieux. Birna était une adversaire agile et redoutable, ce qui n'avait rien de surprenant vu sa réputation. Elle était à la fois rapide et brutale, ne dépensant aucune énergie superflue en feintes ou frappes inutiles. Geirmund ignorait si elle se retenait, mais il ne put que convenir qu'elle le dominait sans le moindre mal… et il n'était pas certain de pouvoir prendre sa blessure comme excuse.

— Maintenant que je sais que tu es là, je n'en dormirai que mieux, répéta-t-il en s'asseyant lourdement, le souffle court.

— Et moi j'attendrai que tu sois guéri, dit Birna en s'installant à son côté, hors d'haleine elle aussi.

— J'ai eu un bon maître, déclara Geirmund en désignant Steinólfur d'un signe de tête.

— Oui, ton guerrier est très bon. Il oublie sa fierté lorsqu'il combat.

— Comment cela ? Steinólfur a plus d'honneur que…

— Je ne parle pas d'honneur, mais de fierté. Ce n'est pas la même chose.

— Que veux-tu dire par là ?

— Un guerrier qui a de l'honneur agira toujours avec honneur même quand seuls les dieux en sont témoins. (Elle sortit une pierre à aiguiser d'un petit sac accroché à sa ceinture et se mit au travail sur sa lame, ébréchée par leur affrontement.) L'honneur, même sans témoin, est une vertu qui ouvre les portes du Valhalla.

— Et la fierté ?

— La fierté, elle, a besoin d'un public, répondit-elle, et ses mots chantaient au rythme de son travail. C'est un honneur que le guerrier veut exposer à la face du monde, mais elle ne fait que l'affaiblir. Certains guerriers combattent avec leur fierté comme s'il s'agissait d'une arme capable de leur apporter la victoire. Mais, le plus souvent, la fierté dans la bataille est un fardeau qui pousse à l'inconscience. Et cela, Steinólfur le sait.

Geirmund hocha la tête.

— Il voulait que je repousse mon combat avec Rek.

— Peut-être aurais-tu mieux fait de l'écouter. (Elle inspecta le tranchant de sa lame sur toute sa longueur.) La fierté est un travers très courant. Halfdan lui-même cherche à redorer la sienne après sa défaite à Ashdown, et je pense que les Saxons le savent. C'est pour cela qu'ils l'ont poussé à la bataille.

— Où se trouve Basing ?

— À une journée d'ici, au sud.

— « Au sud » ? Mais Wælingford se trouve au nord. Les Saxons ont dû faire un grand détour pour nous éviter.

— C'est ce qu'il semblerait, en effet.

Pour Geirmund, c'était une erreur stratégique, car les Saxons s'étaient ainsi éloignés de la sécurité de leur forteresse. Si le combat de Basing tournait en leur défaveur, leur retraite serait coupée par le campement des Danois. Mais, si le roi du Wessex et son frère étaient aussi intelligents que l'affirmait John, ils devaient avoir une bonne raison d'agir de la sorte. Cela avait de quoi le faire réfléchir.

Il pensa à ce qu'il avait vu de loin : les défenses de Wælingford, ses nombreux navires, son pont sur le Thames. Après être tombé à l'eau à Garinges, il avait été emporté par le courant et, en passant devant Wælingford, s'était rendu compte que les Saxons pouvaient facilement emprunter le fleuve pour attaquer le campement. Le gros des Danois se trouvait à une journée de marche de là, dans la direction opposée.

— Tu penses que les Saxons ont volontairement attiré Halfdan ? demanda-t-il.

— Peut-être. Il ne fait aucun doute qu'ils l'ont provoqué en apparaissant comme ils l'ont fait, si près d'ici. Qu'y a-t-il ? s'enquit-elle en voyant Geirmund se lever.

— Nous devrions nous préparer à une attaque.

— Quoi ? Où donc ?

— Ici, dit-il en montrant le fleuve. Je pense que les Saxons vont essayer d'envahir le campement par bateau.

— Tu en es sûr ?

— Non, mais j'ai vu nombre d'embarcations à Wælingford et je crois que nous ferions mieux de nous préparer.

— De quelle manière ?

Ils n'avaient ni pont ni protection spécifique. Geirmund se remémora alors les quais faits de pieux en bois qu'il avait vus dans les terres marécageuses.

— Je connais un moyen.

L'homme en charge du campement était un dénommé Afkarr, un guerrier compétent mais dénué d'ambition qui avait servi sous les ordres du jarl Osbern. Il se montra réticent, mais il avait confiance en Birna. Après avoir entendu les arguments de Geirmund, il choisit la voie de la prudence.

— Comment dresser un mur sur le fleuve ? demanda le Danois.

— Les bateaux des Saxons ont un fort tirant d'eau, expliqua Geirmund. J'en ai déjà manœuvré un. Il nous suffira de bloquer la largeur du chenal avec les pieux.

Afkarr semblait ne pas tout comprendre, mais, pressé par Birna, il secoua la tête et ordonna à tous ses hommes de se mettre au travail sous les ordres de Geirmund.

Ce dernier ne tarda pas à trouver l'endroit idéal, au point où la rivière se rétrécissait, suffisamment loin du camp pour assurer sa sécurité, et assez proche pour réagir rapidement en cas d'attaque. L'eau était très profonde près de la rive opposée, mais de ce côté le courant lézardait sur un banc de sable et de roches qui affleuraient légèrement.

Geirmund demanda à un groupe de couper de jeunes arbres et de les tailler en pointe. Depuis les ponts des deux navires à l'ancre, d'autres frappaient sur les pieux pour les enfoncer dans le lit du fleuve, puis les reliaient à l'aide de cordes et de lanières de cuir pour renforcer leur solidité. Geirmund avait la tête qui tournait et se sentait faible, mais il travaillait aussi dur que les autres, impassible.

Ériger les défenses occupa le reste de la journée. Le mur de pieux ressemblait à une haie de ronces épaisse et impénétrable.

Il bloquait entièrement le chenal central, et aboutait la rive nord à pic en laissant la rive sud libre. Les navires saxons descendant le courant n'auraient qu'un seul endroit où passer. S'ils tentaient de contourner les pieux, ils s'échoueraient, immobiles et vulnérables. Le mur ne faisait pas office de barrage mais rendait le fleuve impraticable à la navigation, sauf pour les bâtiments danois, légers et maniables, que le manque de profondeur ne gênait en rien.

Lorsque le soleil se coucha, Geirmund, épuisé mais satisfait, alla observer son œuvre avec Steinólfur, Skjalgi et Birna.

— Soit tu as sauvé le campement, dit le vieux guerrier, soit tu nous as fait trimer toute une journée pour rien.

— Les Danois s'ennuyaient, riposta Geirmund. Il fallait leur occuper les mains.

Birna acquiesça d'un signe de tête.

— Même si les Saxons n'attaquent pas, ce mur est une bonne chose.

— Espérons que Guthrum et Halfdan seront du même avis, soupira Steinólfur.

— Espérons surtout que sa solidité ne sera pas mise à l'épreuve, conclut Skjalgi.

Les Danois postèrent des sentinelles et retournèrent au campement pour un repas arrosé de vin saxon, luxe qu'Afkarr leur accorda en récompense de leurs efforts. Détendus autour de leurs feux, ils racontaient des histoires et, pour la première fois depuis son départ d'Avaldsnes, Geirmund se sentait le bienvenu parmi eux. Même ceux qui avaient rechigné à participer à la construction des défenses semblaient satisfaits du travail accompli et, à l'instar de Birna, pensaient que ce ne pouvait être que bénéfique.

Bientôt, Geirmund, qui sentait ses yeux se fermer, souhaita une bonne nuit à ses amis et se dirigea vers sa tente, dans laquelle il s'écroula, à bout de forces. Lorsqu'il entendit des cors sonner au loin, il avait l'impression de n'avoir dormi que quelques secondes. Il se précipita dehors, tout engourdi de sommeil. Tout le camp était en train de se réveiller.

— Une attaque ! cria-t-il. Au fleuve !

Les Danois se précipitèrent, armés de lances et de haches, d'arcs et d'épées, prêts à la bataille. Quatre ou cinq bateaux étaient déjà échoués contre les pieux. On entendait les cris d'alerte des équipages saxons. Une dizaine d'autres arrivaient derrière eux, mais ils semblaient avoir ralenti, désarçonnés par les appels de cor leur annonçant un péril inconnu.

— Flèches ! ordonna Afkarr.

Sous la lueur blafarde de la lune, les archers lâchèrent une volée sur les premiers Saxons, qui tombèrent dans l'eau en hurlant. Les archers ennemis tentèrent de riposter, mais, dans le chaos ambiant, les flèches ne trouvèrent pas de cibles. Les Danois attaquèrent les bateaux les plus proches avec leurs lances, poussant quelques-uns de leurs ennemis à sauter à l'eau. Ceux qui tentèrent de se glisser entre les pieux se retrouvèrent pris au piège du mur et criblés de flèches. Les autres, qui espéraient s'échapper à la nage jusqu'à la rive, furent accueillis par des haches et des épées.

Les Danois allumèrent ensuite des torches pour révéler leur nombre. Dans la lueur des flammes, les attaquants, apercevant le mur de pieux et les cadavres de leurs compatriotes, comprirent que leur plan avait échoué. Devaient-ils insister ou battre en retraite ? Geirmund, même s'il avait un peu le tournis, se prépara à les recevoir.

Les Saxons mirent leurs avirons à l'eau et repartirent à contre-courant. La bataille était terminée, et les Danois ne déploraient aucune perte. Afkarr envoya des archers après les navires pour accélérer leur départ et s'assurer qu'ils ne feraient pas demi-tour pour une seconde tentative, puis s'approcha de Geirmund.

— Tu avais raison, Hel-hide. Grâce à ton mur, tu viens peut-être de sauver notre camp. Je le ferai savoir au roi Halfdan.

De retour aux tentes dans les premières lueurs de l'aube, au milieu du chant des oiseaux, de nombreux Danois le complimentèrent. Beaucoup d'entre eux, qui avaient juré allégeance au jarl Osbern, comme Birna et Afkarr, se trouvaient désormais loin de chez eux et dépourvus de chef loyal pour les récompenser. Il y avait Aslef, un homme de l'âge de Geirmund mais à l'allure plus avenante. Muli, un guerrier plus âgé, dont le fils unique était mort en affrontant les Northumbriens quelques années plus tôt. Thorgrim, un colosse au tempérament entier, et enfin Rafn et Vetr, compagnons de longue date, le premier un géant devant son nom à sa chevelure noire, le second un guerrier mince et musclé aux cheveux presque blancs et à la peau pâle. Geirmund découvrit qu'il s'entendait bien avec tous ces hommes.

Deux jours plus tard, Halfdan revint, victorieux. Il avait écrasé les armées d'Æthelred et d'Ælfred, mais avait laissé beaucoup d'hommes sur le champ de bataille de Basing. Peu de temps après son retour, il demanda à Guthrum de convoquer Geirmund à un conseil.

— Tu t'es fait un nom, remarqua le jarl tandis qu'ils cheminaient. Es-tu prêt pour la suite ?

— Comment cela ?

— Tu vas bientôt apprendre qu'avoir une réputation a un coût.

— C'est-à-dire ?

— Le roi... (Guthrum regarda autour de lui pour s'assurer que personne ne les écoutait.) La défaite d'Ashdown a entamé le pouvoir et le prestige du roi. Les jarls qui sont venus avec Bersi sont furieux, et Halfdan est en train de perdre le contrôle de cette armée.

— Tu es venu toi-même avec Bersi, répliqua Geirmund. Tu es en colère ?

— Je suis... mécontent. Tout comme l'était Halfdan lorsqu'il a appris que le camp avait été attaqué en son absence.

— Mais nous avons repoussé les Saxons...

— Tu les as vaincus, en effet, et ta réputation a grandi en conséquence. (Guthrum baissa la voix, car ils approchaient de la tente du roi.) Avance avec circonspection, Hel-hide. Le roi et les autres jarls comprennent parfaitement l'ampleur du désastre que tu as permis d'éviter. Tu as gagné leur respect, mais d'autres considèrent cela comme un nouvel échec de Halfdan. Un échec dont tu es la personnification, surtout aux yeux du roi.

Leur échange s'arrêta là, et ils entrèrent dans la tente. Guthrum rejoignit les autres jarls, et Geirmund avança jusqu'au trône, tête baissée.

— Nous nous rencontrons enfin, déclara le roi, un Danois brun aux yeux bleus comme l'acier du Frakkland. Tu es le fils du roi Hjörr Halfsson du Rogaland. Selon Afkarr, sans toi, j'aurais perdu ce camp et tous mes navires. On dit même que tu t'es noyé et que tu es revenu du Helheim. J'ai beaucoup entendu parler de toi, Geirmund Hel-hide.

À la manière dont le roi le prononça, son surnom sonnait plus comme un compliment que comme une insulte.

— Ce n'est pas à moi de tisser mes propres louanges, déclara Geirmund.

Le roi se leva et s'approcha de lui.

— Mais tu as bien fait ériger ce mur de pieux sur le fleuve, n'est-ce pas ? Est-il vrai que tu as deviné que les Saxons attaqueraient par le Thames ?

— C'est exact.

— Comment l'as-tu su ?

Geirmund sentit le danger de cette question. Il fit de son mieux pour expliquer son raisonnement sans suggérer que Halfdan était tombé dans un piège du roi du Wessex. Selon ce qu'il avait appris, les Saxons s'étaient battus avec vigueur et la lutte avait été rude. Plus qu'une simple diversion, cela avait été un véritable deuxième front.

— Le mérite en revient à Birna et à Afkarr, qui ont cru en moi. Et le mur n'aurait pas vu le jour sans les efforts de tous les Danois du camp.

— Peut-être, mais rien de tout cela n'aurait pu s'accomplir sans toi. Cela te vaudra une récompense, ainsi que ma gratitude.

Geirmund inclina la tête.

— Je te remercie, roi Halfdan.

— Et tu recevras des guerriers, ajouta Guthrum en sortant des rangs. Le commandement d'une compagnie. Plusieurs Danois ont demandé à servir sous tes ordres.

Geirmund ne s'attendait pas à être promu à un tel poste aussi tôt. Son expérience du combat était limitée, et sa défaite face à Rek devait être connue du roi et de Guthrum.

— Lesquels ?

Le roi croisa les bras.

— Une grande partie d'entre eux étaient les guerriers du jarl Obsern. Ils ont bâti le mur à tes côtés.

— C'est un grand honneur.

Guthrum se plaça à côté de Halfdan, le bracelet de Völund étincelant à son bras.

— Lorsque nous sommes partis d'Avaldsnes, je t'avais annoncé que tu ne commanderais pas de Danois tant que tu n'aurais pas fait tes preuves. C'est désormais chose accomplie.

Geirmund, une nouvelle fois, inclina la tête.

— Je vous en remercie, jarl Guthrum, roi Halfdan.

— Va rassembler tes guerriers, ordonna le roi. J'aurai peut-être une mission à te confier bientôt.

Avec un dernier salut, Geirmund sortit de la tente, abasourdi mais pressé d'apprendre la nouvelle à Steinólfur. Le vieux guerrier, assisté de Birna, enseignait le maniement de la hache à Skjalgi. Il leur raconta son entrevue, et aucun des trois ne sembla surpris.

— Tu es le sujet de bien des conversations, lui apprit Steinólfur. Comment aurait-il pu en être autrement, après ton retour digne d'un draugr ?

— Et tu as encore amélioré ta réputation en sauvant le campement, ajouta Birna. Moi aussi, j'ai demandé à Halfdan la permission de te rejoindre.

— Toi ? s'exclama Geirmund, surpris. Mais tu serais bien plus qualifiée pour diriger les guerriers d'Osbern que…

— C'est vrai. Et je le ferai un jour, si tel est mon destin. Pour l'heure, je préfère me battre pour toi.

— Pourquoi ?

La skjaldmö fronça les sourcils, comme si la réponse était évidente.

— Parce que Halfdan n'a pas encore jugé bon de m'accorder cet honneur. Pour l'instant, Guthrum et lui t'accordent leurs faveurs. En me battant avec toi, je goûte à un peu de cet honneur et je me fais connaître. Sans compter que cela me donne une chance de ne pas recevoir l'ordre de rester en arrière pour garder le camp pendant que le reste de l'armée part pour la bataille.

— Je vois, répondit Geirmund avec un sourire. Si tu veux te battre pour moi, ce n'est pas parce que tu as confiance en moi.

— N'oublie pas ce que je t'ai dit à propos de la fierté, Hel-hide, répondit-elle en lui assenant une claque dans le dos. Tu m'as un peu impressionnée. Contente-toi de cela et montre-toi bon chef. Sinon, j'irai chercher honneurs et richesses ailleurs.

— Nous devrions rassembler tes guerriers, comme l'a suggéré Halfdan, conseilla Steinólfur.

Geirmund était du même avis, et ils déplacèrent leurs tentes jusqu'à l'endroit où la plupart des hommes du jarl Osbern s'étaient installés. Ils y furent rejoints par plusieurs autres guerriers, tous affiliés à des jarls morts à Ashdown et désireux de se battre pour Geirmund. Il les connaissait presque tous de vue, après la journée passée à ériger le mur de pieux. Il était heureux de voir Aslef, Muli, Thorgrim, Rafn et Vetr parmi eux. En tout, il disposait désormais d'une troupe d'une vingtaine de guerriers. C'était un honneur dont il rêvait depuis longtemps, mais d'un seul coup la responsabilité lui parut très lourde. Un peu plus tard, tandis qu'ils partageaient leur repas du soir, il se leva pour s'adresser à eux.

— Je suis le fils de Hjörr Halfsson, déclara-t-il. Les exploits de mon grand-père sont connus des Vikings comme des Danois.

Nous sommes vingt-trois réunis ce soir, c'est-à-dire autant que ceux qui ont prêté allégeance à Half lorsqu'il a pris la mer pour la première fois. Je vois dans cette coïncidence la marque du destin, et bien que, contrairement à mon grand-père, je n'aie pas de navire, si vous allez au combat avec moi vous en retirerez de l'honneur, des richesses et des terres. Un jour, nous aurons une flotte à notre disposition. (Geirmund regarda chacun de ses guerriers dans les yeux et pensa à ce que Bragi lui avait appris sur son grand-père.) Je ne vous demanderai pas de ne prêter serment qu'à moi seul. Comme Half et ses héros, chacun d'entre vous jurera de se battre pour tous, non sur mon épée, mais sur la sienne. Quant à moi, je ferai le même serment de me battre pour chacun d'entre vous. Mais, avant cela, écoutez-moi bien. Sous mes ordres, vous ne vous en prendrez qu'aux guerriers qui lèvent leurs armes contre nous. Si vous vous sentez capables de suivre cette règle, alors votre épée est la bienvenue. Sinon, vous êtes libres de partir dès maintenant. (Il se tut un instant, mais personne ne bougea.) Dans ce cas, prêtons serment.

Il montra l'exemple, jurant de les mener dans l'honneur, d'arracher la gloire et l'or à leurs ennemis, de ne jamais fuir dans la bataille, de se battre jusqu'à la mort pour chacun des membres de sa troupe et de les venger s'ils étaient tués. Ces paroles franchirent les lèvres de chacun des Danois présents dans le cercle, les unissant par le même serment, qu'ils scellèrent en buvant ensemble.

Au cours des jours suivants, Geirmund prit le temps de discuter avec chacun de ses hommes pour apprendre leur nom, leur passé et découvrir leurs capacités. Tous assuraient briller au combat, mais certains avaient une arme de prédilection.

Aslef, par exemple, se vantait de sa précision à l'arc. Thorgrim et Muli avaient une préférence pour la cognée et le scramasaxe. Rafn avait toujours deux épées sur lui, la première une arme à deux mains classique, la seconde une étrange lame à simple tranchant qui venait de Miklagard, très loin à l'est. Vetr se battait bien avec sa lance, qu'il avait surnommée Dauðavindur car avec elle, disait-il, la mort s'abattait comme le vent.

Certains avaient survécu à de nombreuses batailles, comme le prouvaient leurs cicatrices, tandis que d'autres n'avaient pas plus d'expérience que Geirmund. Il demanda donc aux vétérans comme Steinólfur, Birna et Muli de les entraîner à l'utilisation des différentes armes et du mur de boucliers. Lorsque Halfdan et Guthrum vinrent les voir, ils semblèrent satisfaits du résultat.

— Tu n'as pas tardé à mettre les choses en ordre, le complimenta le jarl. C'est bien.

— Ce sont de bons guerriers.

— C'est ce que nous allons voir, lança le roi. Je t'avais annoncé que j'avais une mission pour toi. La voici.

Geirmund hocha la tête.

— Ordonne et nous obéirons.

— Si nous voulons vaincre le Wessex, expliqua Halfdan, nous devons contrôler la voie Icknield et le Thames. Je veux que tu prennes Wælingford.

# Chapitre 15

Geirmund ne comprenait pas ce que le roi attendait de lui.
— Tu marches sur Wælingford ?

— Non, répondit Halfdan en secouant la tête. Tu y vas seul avec ta troupe.

Geirmund, pas certain de saisir ce qu'on attendait de lui, hésita à répondre.

— Wælingford est une place forte. Il me faudrait une armée pour la prendre, mais je n'ai que vingt-trois guerriers…

Le roi leva la main pour l'interrompre.

— Les Saxons du Bearrocscire ont subi de lourdes pertes. Leur ealdorman est mort, et Æthelred et Ælfred sont partis vers le sud, où ils sont plus forts et peuvent mobiliser des soldats frais pour remplacer ceux qui sont tombés.

— Je vois. Combien d'hommes ont-ils laissés pour garder le fort ?

— Peu, répondit Halfdan en fronçant les sourcils.

Geirmund n'aurait jamais cru qu'Æthelred laisserait un bastion de cette importance si mal gardé.

— Mais plus de vingt-trois.

— Peut-être. Peut-être pas.

Geirmund glissa un regard à Guthrum, qui se tenait derrière le roi sans exprimer le moindre avis.

— Tu connais Wælingford, reprit Halfdan. Tu savais qu'ils nous attaqueraient par bateaux…

— J'ai aperçu le fort de loin, rien de plus.

— Peu importe, Geirmund Hel-hide, insista le roi, dont le visage et la voix s'étaient durcis. Je t'ai donné cette mission et c'est à toi de l'accomplir. N'es-tu pas le Geirmund Hel-hide qui a érigé un mur fluvial et repoussé une attaque saxonne ? Dois-je en conclure que j'ai eu tort de t'accorder ce commandement ?

Geirmund comprit qu'il n'avait d'autre choix que d'obéir, même si la tâche semblait impossible.

— Non, tu n'as pas eu tort. Wælingford tombera. J'ai cependant une requête à formuler.

— Laquelle ?

— Tout l'argent que nous trouverons sera pour nous. Si le fort est presque vide, comme tu l'affirmes, le butin sera maigre. Cela laissera tout de même une petite récompense à mes guerriers.

Guthrum sourit à ces mots – contrairement au roi, qui garda un long silence.

— Très bien, finit-il par répondre. Tes hommes et toi partirez aux premières lueurs du jour. Que les dieux soient avec vous.

Guthrum hésita un instant, comme s'il voulait ajouter quelque chose, mais partit sans rien dire. Steinólfur, en revanche, ne mâcha pas ses mots lorsque Geirmund expliqua à ses hommes la mission qui leur avait été assignée.

— C'est perdu d'avance. Il veut donc ta mort ?

— C'est probable, confirma Birna.

— Guthrum m'avait prévenu que ma réputation aurait un coût.

— Ta vie ? reprit Steinólfur. C'est tout de même cher payé.

— Si tel est mon destin…

Vetr et Rafn étaient présents eux aussi. Le guerrier aux cheveux blancs prit la parole d'une voix claquante comme un coup de fouet.

— Halfdan ne peut pas te tuer. Tu as sauvé son camp, et tout le monde le sait. Mais ta réputation menace la sienne, alors il a trouvé un moyen plus subtil de se débarrasser de toi en tirant profit de ton aura grandissante.

— Qu'allons-nous faire ? demanda Skjalgi d'une voix douce.

La défaite semblait inéluctable, mais Geirmund n'avait pas oublié l'avenir que Völund lui avait prédit : il était censé rendre les armes face à l'ennemi. Il était bien résolu à défier ce destin.

— Nous n'avons pas le choix. Nous devons faire tomber Wælingford.

— Et comment comptes-tu t'y prendre ? intervint Birna. Nous ne sommes pas assez nombreux.

Rafn désigna le fleuve d'un signe de tête.

— Nous avons les bateaux des Saxons. Nous pourrions revêtir les vêtements de leurs cadavres.

— Tu suggères la ruse, remarqua Steinólfur sans que Geirmund devine si le vieux guerrier approuvait ou pas cette tactique.

— Cela nous permettra peut-être de franchir leurs défenses.

— Mais s'ils sont cinquante, ou cent, nous ne serons toujours que vingt-trois. Cela n'augmentera pas nos chances de succès, contra Geirmund.

— Tu as un meilleur plan ? demanda Vetr.

Geirmund réfléchit à tout ce qu'il avait appris sur les Saxons et aux faiblesses qu'il pouvait exploiter pour les attaquer.

— Les guerriers saxons sont avant tout des fermiers, finit-il par répondre. Pour la plupart, ils préféreraient se trouver chez eux plutôt que nous combattre. Je pense que nous devrions les autoriser à partir.

— Comment cela ? s'étonna Steinólfur. Ce n'est pas nous qui les en empêchons, à ce qu'il me semble.

— Ce que je veux dire, c'est que nous devrions leur donner une bonne raison de s'en aller. Æthelred est parti vers le sud. Il a abandonné Wælingford alors qu'une horde de Danois se trouve à ses portes. J'imagine que les hommes qu'il y a laissés ne sont pas ravis d'être là, surtout après l'échec qu'ils ont essuyé contre nos pieux. S'ils se croient perdus, il est possible qu'ils partent sans résister.

— Et pourquoi se croiraient-ils perdus ? insista Rafn. Vingt-trois guerriers, c'est loin d'être une armée.

— Le nombre importe peu. Il suffit de les pousser à croire que leur Christ les a abandonnés.

— Comment ? demanda Steinólfur.

— En utilisant leur peur de nos rites païens.

Ses guerriers semblaient dubitatifs, mais ils obéirent à ses ordres et construisirent trois grandes croix qu'ils arrimèrent, tels des mâts, aux bateaux saxons. Geirmund leur dit ensuite d'attacher trois cadavres aux croix et de les asperger d'huile. Plutôt que d'attendre l'aube, ils partirent aussitôt, sous le soleil couchant.

Ils prirent six bateaux au total, les trois équipés des croix et trois autres pour le reste de la troupe, et quittèrent Readingum pour ramer jusqu'à Moulsford, où la puanteur de la mort flottait toujours depuis Ashdown. Le gros des guerriers débarqua pour terminer le périple à pied ; Geirmund resta seul dans son bateau en compagnie du cadavre crucifié au-dessus de sa tête, blafard et déjà picoré par les corbeaux. Rafn et Thorgrim dirigeaient les deux autres embarcations. Ils s'étaient portés volontaires car les bateaux saxons étaient épuisants à manœuvrer, et Wælingford se trouvait encore à cinq haltes vers le nord.

Il faisait nuit noire lorsqu'ils arrivèrent à la place forte. Les Saxons avaient forcément posté des guetteurs sur le mur, aussi, dès que les trois embarcations arrivèrent en vue de la ville, Geirmund mit le feu au cadavre sur la croix. Rafn et Thorgrim firent de même, et la lueur des flammes embrasa les ténèbres. Aussitôt, des cris d'alerte résonnèrent sur les murailles. Il imaginait la terreur que ce spectacle pouvait causer au beau milieu de la nuit.

Ils approchèrent de la rive avant que les flammes consument le bois de leur bateau, puis les relièrent à l'aide d'une corde et les abandonnèrent sous les fortifications. C'était le signal qu'attendait la troupe, cachée dans les bois plus au sud. Les cors danois résonnèrent dans le silence, de l'est à l'ouest, comme si une vaste armée apparue de nulle part attendait son heure, tapie dans l'obscurité.

Geirmund s'approcha à pas de loup des portes de la ville. Lorsque les cors se turent, il s'adressa aux guetteurs.

— Je suis Geirmund Hjörrsson ! Je vous ai vaincus sur le fleuve et je suis venu prendre ce fort ! Nous sommes bien plus nombreux que vous, et elle sera bientôt à moi. Votre roi vous a abandonnés ! Votre dieu vous a abandonnés ! (Il se tut pendant quelques secondes, pour laisser le temps à la peur de s'installer parmi les soldats ennemis.) Mais je suis prêt à me montrer magnanime ! Je vous laisse jusqu'à l'aube pour évacuer Wælingford. Vous n'avez aucune raison de mourir ici, retournez auprès des vôtres ! Repartez en paix dans vos fermes. Si vous nous laissez l'argent et les armes, je vous fais le serment que vous pourrez partir indemnes. (Nouvelle pause.) Mais si vous êtes encore là au lever du soleil, je ne montrerai aucune pitié. Nous vous brûlerons vifs jusqu'au dernier en sacrifice à nos dieux !

Il scruta les nombreuses ombres qu'il devinait sur les murs, puis s'en alla, suivi de Rafn et de Thorgrim, pour s'évanouir dans l'obscurité et rejoindre sa troupe.

— Bien joué, le complimenta Rafn.

Ses vêtements et ses cheveux noirs se fondaient dans la nuit ; on ne voyait que son visage, pâle comme celui d'un spectre.

— Si la peur ne les fait pas fuir, ajouta Thorgrim, c'est qu'ils méritent de conserver cet endroit maudit.

— Ils céderont.

— Et nous allons vraiment les laisser partir en paix ?

— Oui, s'ils respectent mes conditions. Je leur ai donné ma parole.

Rafn hocha la tête, mais, dans l'obscurité, Geirmund ne put savoir s'il s'agissait d'un signe d'approbation.

Ils n'allumèrent aucun feu pour cacher leur véritable nombre. Quelques heures plus tard, lorsque le soleil se leva, ils quittèrent le bois dans la brume matinale et traversèrent les champs et les pâtures qui les séparaient de Wælingford.

— Les portes sont ouvertes ! s'écria Skjalgi en désignant la ville du doigt.

— Il semble que tu as vu juste, Hel-hide, déclara Thorgrim. Les Saxons sont partis.

Cela paraissait être le cas, en effet, mais les Danois entrèrent tout de même avec prudence, armes à la main, prêts à se défendre d'un piège.

Leurs craintes s'avérèrent infondées. De toute évidence, la ville était déserte depuis belle lurette. La terre des enclos où était gardé le bétail était sèche et la forge froide. En revanche, lorsqu'ils arrivèrent aux fortifications secondaires près du pont, ils trouvèrent des feux encore fumants, apparemment abandonnés en hâte. Les guerriers saxons avaient laissé leur argent sur place, ainsi que leurs haches et leurs épées. Les Danois trouvèrent quatorze lames en tout, sans compter un monceau de lances, de fourches et d'autres armes improvisées gisant à même le sol. Les Saxons n'auraient pas été en mesure de se défendre si Halfdan avait attaqué la ville en force.

— Æthelred les a vraiment abandonnés, constata Rafn.

Tous étaient abasourdis d'avoir remporté un succès si facile. Geirmund s'adressa à eux d'une voix forte :

— Wælingford est à nous ! cria-t-il en levant son scramasaxe, déclenchant les cris de joie de ses guerriers. Rassemblez tout l'or et l'argent de la ville pour que nous le partagions. Tout ce que vous pourrez trouver d'autre est à vous.

Avec un dernier vivat, les Danois se séparèrent pour explorer les rues. Quant à Geirmund, il s'assit sur une souche devant l'un des feux et regarda le soleil se lever derrière les toits et les murailles de la ville. Skjalgi partit en maraude avec les autres, mais Steinólfur et Birna s'installèrent à côté de lui.

— Après ce haut fait, les guerriers se bousculeront pour te rejoindre, déclara son ami.

— Je n'en tire aucun honneur, répondit Geirmund en rangeant son scramasaxe au fourreau sans avoir à le nettoyer ou à l'aiguiser. Cette victoire était trop facile.

Birna leva les yeux au ciel.

— Tu laisses une nouvelle fois ta fierté prendre le dessus, Hel-hide. L'honneur doit-il toujours être conquis de haute lutte ?

— Non, mais il doit se mériter.

— Regarde autour de toi, reprit Steinólfur en écartant les mains. Ce succès, tu ne l'as pas volé. Cela fait deux fois que tu mènes les Danois à la victoire grâce à ta ruse et sans qu'un seul des nôtres soit blessé. Mais, si tu préfères un véritable combat, je suis sûr que nous pouvons courir après les Saxons pour les inviter à revenir.

— Tu as raison. Je dois mettre Guthrum et Halfdan au courant de la prise de Wælingford.

— Je m'en charge, proposa Birna. Je veux voir la tête que fera Halfdan en apprenant la nouvelle.

Geirmund hocha la tête.

— Va, mais annonce-la à Guthrum avant de voir le roi. C'est à lui que j'ai juré fidélité, et, s'il y a quelque honneur à récolter dans ce que nous venons de faire, il a droit à sa part.

La guerrière hocha la tête et partit. Steinólfur en profita pour se rapprocher de Geirmund.

— Sais-tu que tes succès dépassent déjà ceux de ton père ? Jamais il n'a pris de ville ou de fort.

— Jamais il n'y a été obligé.

— Tu pourrais t'installer ici. L'endroit est bon. Les murs sont solides, la ville est bordée d'un fleuve pour le commerce. Elle me fait penser à Avaldsnes, dit le vieux guerrier en regardant autour de lui. Mais j'imagine que Guthrum ou Halfdan la revendiqueront, et que les Saxons voudront la reprendre. Même si les Danois te la cèdent, tu devras lutter pour la conserver.

— Crois-tu qu'il existe des contrées où les choses se passent différemment ?

— Où l'on n'a pas à se battre pour garder ce qui est à soi, tu veux dire ? (Il se frotta la barbe avec vigueur.) Peut-être, mais je pense qu'où que tu sois il est toujours prudent d'être prêt à tout.

— Penses-tu que mon père et ma mère sont prêts ?

Steinólfur lâcha sa barbe et posa la main sur son genou.

— Je n'en sais rien.

Geirmund n'avait pas la réponse à cette question non plus, et aucune envie de s'appesantir dessus. Il partit à son tour explorer Wælingford. Comme l'avait dit Steinólfur, la ville était bien conçue. Les deux rues qui se croisaient en son centre étaient bordées d'ateliers et d'entrepôts. À part des stocks de grains, quelques outils et des meubles, les Saxons n'avaient rien laissé de valeur. L'un des guerriers trouva un petit tas d'argent non taillé, enterré dans le coin d'une étable près de la forge. La cerise sur le gâteau.

Geirmund chargea Steinólfur de diviser le butin en parts égales. Beaucoup de guerriers choisirent aussi de nouvelles armes parmi celles que les Saxons avaient abandonnées. Geirmund s'appropria une hache et une vieille épée du Langbardaland, à la poignée aussi étroite que son pommeau. De cette manière, Skjalgi put garder l'épée qu'il lui avait donnée.

Vers le milieu de l'après-midi, Halfdan et Guthrum arrivèrent avec une troupe d'une centaine d'hommes. Geirmund les accueillit à la porte sud. Guthrum et Birna arboraient de larges sourires, mais le roi était d'humeur sombre et observait les alentours avec suspicion.

— Le fort est conquis, déclara Geirmund. Comme tu me l'avais ordonné.

— Comment t'y es-tu pris ?

— Par la ruse, répondit Guthrum en dépassant le roi pour franchir les portes.

Sans un mot, Halfdan suivit le jarl, et Birna s'approcha de Geirmund, qui avait emboîté le pas aux deux hommes.

— Il m'a traité de menteuse, murmura-t-elle. Il refusait de venir, mais Guthrum a insisté.

Tout sourires, Geirmund fit visiter la ville à ses illustres hôtes. Il leur montra notamment le pont et les défenses, que le roi et le jarl n'avaient jusqu'ici vus que de loin. Plus il découvrait Wælingford, plus il prenait la mesure de son importance. Les Danois pouvaient l'occuper sans affaiblir Readingum.

De même, le fleuve et la voie Icknield facilitaient le commerce et le déplacement des guerriers. Grâce à ce bastion, les Danois pourraient dominer la région sans risque d'en être délogés.

—Y avait-il de l'argent ? finit par demander le roi.

Geirmund se demanda si Halfdan allait revenir sur sa parole.

—Oui. Je l'ai déjà réparti entre mes guerriers.

—Si tu te le rappelles, intervint Guthrum, tu as promis à Geirmund que tout ce qu'il trouverait serait…

—Je n'ai pas oublié, coupa le roi. Cet argent est sa récompense pour ce qu'il a fait aujourd'hui.

Geirmund inclina la tête. Le message était clair : le roi ne lui donnerait rien d'autre. Guthrum désigna les défenses secondaires d'un geste de la main.

—Je vais laisser mes guerriers ici et je leur enverrai des renforts. Nous devons empêcher les Saxons de reprendre la ville. D'ici, je pourrai pousser vers le nord et les richesses d'Æbbe's Dun…

—Non, trancha Halfdan. Tu tiendras Wælingford, mais tu n'enverras aucun guerrier vers le nord tant qu'Æthelred n'aura pas été vaincu. Nous ne pouvons pas nous permettre de perdre ne serait-ce qu'un seul homme pour un autre objectif que notre quête de la couronne saxonne. Le Wessex doit tomber avant tout le reste.

—Pourtant, tu n'as pas hésité à envoyer Geirmund et sa troupe prendre Wælingford, rétorqua Guthrum.

Les yeux bleus de Halfdan se transformèrent en glace.

—Parce que j'étais sûr de leur réussite. Les dieux m'avaient envoyé un signe.

Guthrum garda le silence, puis acquiesça d'un signe de tête. Halfdan déclara qu'il retournait à Readingum et partit aussitôt avec vingt guerriers, laissant Guthrum et le reste du contingent occuper la ville. Le jarl entraîna Geirmund jusqu'au pont pour lui parler en privé. Ils s'arrêtèrent au milieu de la structure, écoutant le flot du Thames sous leurs pieds. Le vent était froid et le ciel menaçant.

—Æbbe's Dun est une très riche abbaye saxonne, expliqua le jarl dont le regard était tourné en amont, vers le nord. La ville accueille un marché important. Si Halfdan m'a ordonné de rester ici, ce n'est pas parce qu'il a peur de perdre des guerriers, mais parce qu'il ne veut pas que je m'enrichisse davantage. (Il se tourna vers Geirmund, puis vers la ville.) Le roi ne s'attendait pas à ce que tu réussisses. Moi non plus, d'ailleurs.

—Le roi souhaitait mon échec. Il voulait ma mort.

—Ne te flatte pas outre mesure. Cette mission n'avait rien à voir avec toi. N'oublie pas que tu m'as prêté serment.

Geirmund tourna le regard vers l'aval.

—Il cherchait à t'affaiblir ?

—Comme tu te bats pour moi, quand ta réputation grandit cela se répercute sur la mienne. (Il regarda Hnituðr à son bras.) Il sait ce que l'on dit de toi et il a vu les preuves de ses propres yeux. Il sait que c'est mon guerrier qui est revenu de Helheim pour sauver le camp et la flotte, que sa maladresse avait exposés. Et dire que j'ai failli te rejeter à Avaldsnes ! dit-il avec un petit rire. Tu ne m'apportais aucun avantage, ni argent, ni bateaux, ni guerriers. Mais tu me plaisais et je t'ai accepté. Avec le recul, je crois que c'était le destin qui le voulait. Ce n'est pas ton avis ?

—Si.

Guthrum lui montra la ville.

—Ton exploit a fait de moi le rival de Halfdan, ce qu'il ne peut ignorer. La rumeur s'est répandue trop vite. En partie à cause de moi.

—Mes victoires sont tes victoires.

—Je le sais et je suis heureux que tu le saches encore toi aussi. Tu respectes tes serments. C'est une qualité que j'admire et pour laquelle je te récompenserai. Tu es un homme d'honneur, Geirmund Hel-hide, déclara-t-il avec un nouveau sourire. Connais-tu le surnom que le reste de l'armée donne à ta troupe ?

—Non, lequel ?

—Les Hel-hides. Tout le monde dit que toi et tes guerriers défiez la mort.

— Personne ne peut défier la mort.

Guthrum lui tendit la main.

— Et pourtant tu es là devant moi. Mais ne te repose surtout pas sur tes lauriers. La prise de Wælingford te vaudra une haine encore plus tenace de la part du roi et, pour l'instant, ma protection a ses limites. N'importe quel guerrier peut tomber au combat, et nous pouvons nous attendre à de nombreuses batailles.

— Quand cela ?

— Bientôt. Æthelred et Ælfred se sont retranchés dans un endroit du nom de Bedwyn, au sud-ouest de Readingum. Halfdan et les jarls veulent les y attaquer. Ils ont envoyé des messagers en amont du Thames et en Est-Anglie pour faire venir des renforts.

— Ma troupe sera prête.

— Je n'en doute pas. Je n'en attends pas moins des Hel-hides.

Geirmund entendait la fierté dans la voix du jarl. Finalement, ce surnom lui plaisait bien.

# Chapitre 16

Les semaines suivantes, Geirmund et ses guerriers établirent leurs quartiers à Wælingford et, de là, se livrèrent à des rapines dans les campagnes alentour en quête de nourriture et d'argent. Ils rencontrèrent si peu de résistance dans les fermes et les villages que Geirmund en vint à se demander si certains de ces fermiers saxons n'étaient pas les mêmes qui avaient fui Wælingford à la première occasion. Si tel était le cas, ils devaient persister à fuir, car, dans la plupart de leurs raids, les Danois ne trouvèrent que des maisons, des églises et des écuries désertées par leurs habitants, partis se réfugier dans les collines et les forêts. Les pilleurs étaient libres de se servir. Pour les rares Saxons qui refusaient de se terrer, les guerriers de Geirmund respectaient leur serment et ne tuaient que ceux qui levaient leurs armes contre eux.

— Pourquoi as-tu édicté cette règle ? lui demanda un jour Skjalgi tandis qu'ils revenaient d'une incursion dans un hameau à l'est de Wælingford. D'après les Danois, il ne s'agit pas d'une pratique courante.

— Pour deux raisons, répondit Geirmund. La première, c'est que mon grand-père et ses guerriers s'imposaient eux-mêmes cette discipline. On ne trouve ni honneur ni renommée à occire les démunis.

— Et la seconde ?

— Quand nous aurons vaincu le Wessex il nous incombera d'administrer le royaume, et nous aurons toujours besoin de fermiers pour cultiver la terre. Ce sera difficile si nous provoquons la mort ou l'hostilité de tous les Saxons sur notre passage. Mieux vaut leur montrer qu'une coexistence pacifique est possible.

Skjalgi hocha la tête. Geirmund l'observa un moment avant d'oser aborder une question que le garçon avait souvent éludée jusqu'à présent.

— Ton père se livrait-il au pillage ?

Skjalgi fixa son regard sur l'étroit chemin devant eux, creusé d'ornières et envahi par les herbes.

— Non. Il répétait qu'il ne savait pas manier l'épée et que sa hache n'était destinée qu'à couper des arbres.

Geirmund en avait connu d'autres de cette trempe, et de nombreux habitants du Rogaland ne partaient même jamais en expédition. Son père se serait trouvé beaucoup de points communs avec celui de Skjalgi.

— On dit de lui que c'était un homme honnête et honorable, déclara Geirmund. Un homme travailleur, aussi fort qu'un bœuf.

Skjalgi se mura dans un long silence. Pourtant, il semblait agité, les yeux en perpétuel mouvement, comme tourmenté par une pensée. Geirmund s'abstint de le questionner, laissant le garçon reprendre la parole de lui-même quelques instants plus tard.

— Il est mort au pied d'un arbre sans arme à la main. Pas même sa hache.

Geirmund prit le temps de peser ses mots avec soin.

— Il est vrai qu'Óðinn est difficile à satisfaire. Il peut se montrer dur et implacable, et nous n'irons pas tous au Valhalla. Nombre d'hommes et de femmes de valeur n'y accéderont pas. Ils ne sont pas pour autant indignes de notre respect.

Skjalgi détourna le regard, les larmes aux yeux.

— Tu es devenu un vrai guerrier, poursuivit Geirmund. Un jeune homme vaillant et honorable. Ton père serait fier de toi. Mais, où qu'il soit, il ne saurait être plus fier que moi, ou que Steinólfur.

Le garçon renifla puis acquiesça, les mâchoires serrées, les yeux rivés sur la route.

— Merci.

De retour à la forteresse, Guthrum convoqua Geirmund pour l'informer que leurs troupes marcheraient sur Bedwyn dans trois jours, délai qu'ils consacrèrent à la préparation de leur départ. Au troisième matin, ils laissèrent quatre-vingts Danois pour tenir Wælingford et partirent vers le sud jusqu'à Garinges, où ils retrouvèrent les Danois de Readingum commandés par Halfdan et les autres jarls.

De là, les deux armées réunies marchèrent d'un pas soutenu vers le sud-ouest en empruntant un vieux chemin de crête. Par ce sentier surélevé, ils traversèrent un paysage de lande marécageuse sous une pluie battante, entourés d'épaisses forêts de bouleaux et d'aulnes que l'averse voilait de brume.

La tempête s'éloigna enfin vers le milieu de l'après-midi, et les Danois parvinrent au sommet d'une haute butte au sol calcaire qui dominait la campagne d'est en ouest. Un nouveau chemin de crête s'offrait à eux, qu'ils suivirent vers l'ouest jusqu'à apercevoir le campement de l'armée saxonne, établi sur le point culminant du relief. Æthelred n'y avait fait ériger aucun mur ; il leur serait donc impossible de battre en retraite et, comme à Ashdown, la bataille aurait lieu à terrain découvert.

De là-haut, ils bénéficiaient d'une vue imprenable sur les environs. Au sud, les nuages noirs effaçaient champs, pâtures, collines et vallons derrière un rideau de pluie tandis que de vastes forêts s'étendaient derrière eux, à l'est, et devant eux, à l'ouest. Geirmund et sa compagnie patientèrent pendant que Halfdan s'entretenait avec les jarls afin d'élaborer un plan d'attaque tant qu'il faisait encore jour. Guthrum revint de ce conseil la mine contrariée.

— Halfdan m'ordonne de prendre l'ennemi de flanc.

— Il divise nos forces ? s'étonna Geirmund aux côtés d'Eskil et d'autres généraux. Que feront Halfdan et les autres jarls ?

— Ils chargeront l'armée d'Æthelred par l'est. À ce moment-là, nous devrons attaquer par le nord.

— « Par le nord » ? répéta Eskil. Mais alors, nous allons charger en pente.

— En effet, confirma Guthrum en secouant la tête d'un air désapprobateur. Je crains de revivre l'échec d'Ashdown. Malheureusement, nous n'avons pas le choix.

Il ordonna à ses guerriers de descendre au pied du monticule et, alors que Halfdan menait ses troupes vers l'ennemi sur la crête, Guthrum fit avancer les siennes en bas. Geirmund progressait péniblement sur le sol détrempé tout en veillant à rester au plus près du jarl avec sa compagnie, guettant le moindre mouvement du côté des Saxons, en haut de la butte.

Très vite, dès que les Danois révélèrent leur manœuvre, les Saxons employèrent la tactique qui les avait bien servis précédemment : ils scindèrent leurs forces pour riposter sur les deux fronts. Désormais, outre la difficulté de charger en pente, Guthrum et ses guerriers se heurteraient également à un mur de boucliers à la place du flanc ennemi.

Geirmund se demanda malgré lui s'il s'agissait d'une nouvelle tentative de Halfdan pour se débarrasser de son rival, en plus des guerriers Hel-hides. Était-ce là la trahison que Völund lui avait prophétisée ? Il savait uniquement que ce jour ne serait pas celui de sa reddition.

Lorsqu'il reçut l'ordre d'obliquer vers le sud pour remonter la pente, le souvenir de la charge d'Ashdown s'imposa à l'esprit de Geirmund. Il revit le champ de bataille, les hommes du jarl Sidroc ; il les entendit mourir comme s'ils étaient de nouveau là, autour de lui. Il se rappela le guerrier Keld, étouffé dans son propre sang entre ses bras. Son cœur se mit à cogner dans sa poitrine, non par peur de l'inconnu cette fois, mais parce qu'il savait exactement ce qui l'attendait.

— Pas de quartier ! vociféra Guthrum. Poussez l'ennemi ! Faites-le reculer jusqu'au sommet où nous pourrons le massacrer !

Quand le front saxon fut assez près, le jarl danois sonna la charge ; il en prit lui-même la tête en brandissant son épée dans un rugissement terrible. Galvanisé par ce spectacle, Geirmund oublia sa peur et s'élança en première ligne avec ses Hel-hides.

Une volée de flèches partit de la crête et s'abattit sur les Danois, mais ils ne faiblirent pas. Si certains tombèrent, transpercés, la plupart s'abritèrent sous leurs boucliers. Guthrum ne leva même pas le sien pour se protéger de la grêle mortelle. Aucun trait ne le toucha.

À une dizaine de pas, les Danois mirent leurs boucliers devant eux, aussitôt imités par les Saxons en face. À cinq pas, les armées échangèrent quelques coups de lances puis se percutèrent de plein fouet. Malgré l'herbe glissante sous ses pieds et son bras endolori par le choc, Geirmund parvint à rester droit et se ramassa pour pousser l'ennemi de toutes ses forces.

Derrière lui, les deux lignes suivantes protégèrent la première sous leurs boucliers, emmurant Geirmund dans l'ombre et le fracas du métal sur le bois. À la moindre occasion, il plongeait son épée dans les interstices de leur rempart mobile avec l'espoir de sentir la pointe entamer la chair tendre. Son propre bouclier se faisait marteler sans merci. Steinólfur se tenait à sa gauche, flanqué de Thorgrim, puis Birna. Au-delà, Geirmund ne distinguait aucun visage.

Guthrum exhorta ses hommes à repousser les Saxons, mais, avec la pente, ses guerriers pouvaient à peine tenir leur position, encore moins forcer leurs adversaires à reculer. Ils étaient coincés sur le versant de cette colline. Quelques instants plus tard, Geirmund entendit des boucliers éclater et sentit une odeur de sang.

Malheureusement, cette bataille se terminerait peut-être comme Guthrum l'avait prédit : un second Ashdown. Cependant, contrairement à Sidroc, son jarl ne sonna pas la retraite. Geirmund se tenait assez près du Danois pour voir son visage s'empourprer un peu plus à chaque instant, de colère et de frustration. Soudain, Guthrum poussa un hurlement formidable et jeta son bouclier à terre. Il s'élança par la brèche qu'il venait d'ouvrir dans la ligne danoise, passa en force entre deux boucliers saxons et se précipita seul derrière leur front.

Cet acte audacieux laissa Geirmund trop pantois pour tenter lui-même une percée. Toutefois, il remarqua alors que le bouclier de son adversaire offrait une résistance moindre, peut-être seulement sous le coup de la surprise, peut-être rien qu'un instant.

— Hel-hides ! Poussez ! cria-t-il.

Aussitôt, ils enfoncèrent la ligne, qui céda, quoique en partie seulement. Les Saxons devant Geirmund, Steinólfur et Thorgrim reculèrent en pleine confusion ; certains tombèrent à la renverse. Geirmund les piétina sans vergogne pour rejoindre son jarl. Ce dernier se frayait un chemin à coups de hache et d'épée au milieu des Saxons, dont les armes semblaient incapables de le toucher.

— Brisez leur ligne de défense ! lança Geirmund derrière lui à Thorgrim et Steinólfur.

Puis il se retourna et prit le front ennemi à revers, frappant de tous côtés avec son épée du Langbardaland et son scramasaxe. Certains Saxons s'effondrèrent en sang avec leur bouclier, d'autres laissèrent tomber le leur pour riposter ; dans les deux cas, leur rempart s'en trouva affaibli et les Danois finirent par en venir à bout.

Le combat se réduisit alors à une suite d'affrontements individuels. Flanqué de ses Hel-hides, Geirmund expédia promptement trois Saxons. À son côté, Birna en abattit deux d'un coup tandis que Vetr tournoyait telle une tornade avec sa lance. Armé de son épée et de son bouclier, Skjalgi combattait dos à dos avec Steinólfur. Geirmund sentait que le cours de la bataille venait de basculer en leur faveur. Après ce premier assaut, nombre de Saxons reculèrent et coururent se réfugier dans les hauteurs, sans doute auprès du cœur de leur armée.

— Restez en position ! leur intima quelqu'un.

Geirmund aperçut alors le général ennemi.

Coiffé d'un heaume en or rutilant et vêtu d'une armure lourde, l'homme se dressait au milieu d'une dizaine de guerriers qui l'entouraient de près, n'attaquant que les Danois qui les approchaient.

Guthrum l'avait repéré aussi. Une pile de cadavres s'entassait à ses pieds lorsqu'il pointa son épée vers le Saxon.

— Æthelred !

Geirmund reporta son attention sur le roi adverse.

— Tous vers Guthrum ! cria-t-il, avant de se ruer pour prendre part à la mêlée alors que de nouveaux Saxons accouraient auprès de leur souverain.

Le jarl les atteignit en premier, seul. Geirmund craignit de le voir immédiatement terrassé, mais, par miracle, aucun Saxon ne parvint à le frapper tandis qu'il se taillait un passage dans leurs rangs, vers leur roi.

Quand Geirmund arriva à son tour, il sentit aussitôt une lame lui entailler la cuisse. Sa jambe tint bon, et il continua le combat. Il porta à son adversaire le plus proche un coup qui lui ouvrit le côté du visage, manquant sa gorge ; le guerrier s'écroula en se tenant les mâchoires, certain sans doute d'avoir reçu une blessure mortelle.

Geirmund leva les yeux juste à temps pour voir Guthrum envoyer une lance qui se planta dans les côtes d'Æthelred, le précipitant à terre. Un cri d'horreur s'éleva parmi ses guerriers. Tous affluèrent autour de lui pour lui faire un rempart de leurs corps et, pendant que certains se retournaient pour défendre leur roi au péril de leur vie, les autres l'évacuèrent.

Guthrum les regarda partir en hurlant, mais fit face à ses guerriers.

— Tous au sommet ! Tous vers Halfdan !

Les Danois rugirent en réponse puis coururent vers la crête, prenant l'armée saxonne de flanc comme on le leur avait ordonné. Cet assaut éclair, et peut-être la nouvelle de la chute d'Æthelred, eut tôt fait de rompre la principale ligne de défense adverse. Les cors ennemis sonnèrent la retraite ; les Saxons prirent la fuite, abandonnant la colline aux Danois.

Un cri de victoire éclata parmi les guerriers. Geirmund se joignit à eux, levant ses armes vers le ciel vespéral. Si le jour n'avait pas autant décliné, Halfdan leur aurait ordonné de poursuivre les Saxons pour en éliminer le plus possible, mais les Danois connaissaient trop mal la région pour continuer le combat de nuit.

Aussi fut-il décidé de dresser le camp sur place et de soigner les blessés. Geirmund erra dans la faible clarté du crépuscule parmi les hommes tombés au combat, à la recherche de ses guerriers et d'autres Danois encore vivants, qu'il tentait alors d'aider de son mieux. Certains ne quitteraient jamais cette butte ; on ne pouvait qu'honorer leur courage et hâter leur passage vers le Valhalla en abrégeant leurs souffrances s'ils le souhaitaient. Geirmund fit preuve de la même clémence à l'égard de nombreux Saxons.

Le soleil s'était déjà couché lorsqu'il trouva Rek. Le malheureux gisait au milieu de ses entrailles, éventré par une maudite lame saxonne, incapable de bouger quoi que ce fût, mis à part la tête et le cou. Geirmund se laissa tomber à côté de lui, les genoux dans son sang.

— Je ne souffre pas, lui assura le Danois. Ce fils de chien m'a tranché le dos avant de m'ouvrir en deux. Mais je crois… je crois sentir la vie me quitter. Mon cœur… semble ralentir.

Geirmund remarqua que le guerrier était désarmé. Regardant autour de lui, il repéra non loin son épée, celle que Hámund lui avait offerte et que Rek avait remportée. Il la récupéra et la plaça entre les mains du mourant, refermant ses doigts atones sur la poignée. Dès qu'il la lâcha, cependant, le Danois la laissa échapper.

Geirmund la remit entre ses mains et, cette fois, resserra son étreinte.

— Je vais t'aider à la tenir.

Rek ferma les yeux, répandant quelques larmes.

— Je te remercie. Tu n'en auras sans doute pas pour très longtemps.

— Nous avons remporté la bataille, lui annonça Geirmund. Cette nuit, tu iras au…

— Je vais rester avec lui, l'interrompit une ombre qui s'approchait sans bruit, et, l'instant d'après, Geirmund reconnut Eskil. Tu peux y aller, Hel-hide.

Ce dernier acquiesça, mais se pencha une dernière fois sur Rek avant de partir.

— Puisses-tu entrer dans le palais d'Óðinn cette nuit.

Il se releva, et laissa les frères affronter la mort et le chagrin.

De retour au campement, il se mit en quête de ses compagnons. Il prit Steinólfur et Skjalgi dans ses bras en les trouvant tous deux vivants. Le garçon avait une profonde coupure à la main et le vieux guerrier avait écopé de quelques entailles, mais rien d'inquiétant.

Se souvenant subitement de sa propre blessure, Geirmund examina sa cuisse ; il découvrit une entaille laissée par la pointe d'une épée ou d'une lance. Il saignait encore, mais très peu, et la plaie était superficielle. Ignorant les protestations de Steinólfur, il refusa de la panser avant d'avoir comptabilisé ses vingt-trois guerriers.

Il en retrouva vingt cette nuit-là, dont quatre morts ou mourant, et dénicha les trois restants le lendemain matin, sans vie. En tout et pour tout, les Hel-hides avaient perdu sept de leurs camarades, dont Muli, que Geirmund regretta de ne pas avoir mieux connu.

Avant de lever le camp, les Danois érigèrent des bûchers funéraires sur la colline pour les guerriers tombés au combat. Geirmund descendit avec les autres au pied du monticule afin de couper et de ramasser du bois. Malgré le bandage serré autour de sa cuisse, l'effort le fit saigner de nouveau ; il passa pourtant la matinée à monter et descendre le coteau. Quand vint le moment d'incinérer Rek, Geirmund se tint au côté d'Eskil pour contempler les flammes, enveloppé dans la fumée.

Pendant un temps, tous deux restèrent silencieux. Puis le Danois se tourna vers Geirmund, les yeux vides d'expression.

—J'ai vu ce que tu as fait.

Geirmund détourna le regard pour le plonger au cœur du brasier.

—Je n'ai rien fait.

—Si. Je t'ai vu. Tu aurais pu prendre cette épée, mais tu l'as mise entre les mains de mon frère.

L'idée de la récupérer ne lui avait même pas effleuré l'esprit.

—Cette épée lui appartenait.

Eskil hocha la tête. Puis il reporta son attention sur le bûcher et soupira.

—Trop de guerriers ont péri ici, et tout cela par la faute de Halfdan.

Geirmund comprenait la colère du Danois, mais se demanda si Halfdan était réellement responsable de la mort de Rek, de Muli et de tous les autres, ou si les Trois Fileuses en avaient décidé ainsi. Il garda cette question pour lui, cependant, tandis qu'il rendait hommage à chacun des guerriers que sa compagnie avait perdus.

Quand les Danois revinrent à Readingum, tous s'y arrêtèrent pour boire de la bière et ripailler à la mémoire de leurs défunts amis, qui partageaient à présent l'hydromel d'Óðinn et festoyaient au Valhalla. Leur absence notable dans les tentes vides et autour des feux affectait le moral des troupes. Il restait trop peu de Danois dans le camp, bien moins qu'à l'arrivée de Geirmund malgré les deux dernières victoires de Halfdan. Cela ne présageait rien de bon pour leur conquête du Wessex.

—Muli a maintenant retrouvé son fils, murmura Birna, le regard perdu dans sa bière. J'y vois une mince consolation.

—Avez-vous vu Guthrum au combat ? demanda Aslef, son beau visage désormais défiguré par une balafre qui courait de son nez à sa joue, juste sous son œil tuméfié. Je n'avais jamais rien vu de tel. C'est à lui que nous devons notre victoire.

— Il s'est battu comme si aucune arme ne pouvait le toucher, renchérit Thorgrim, et aucune ne l'a atteint.

Geirmund en avait été témoin. Lorsqu'il croisa le regard de Steinólfur, les deux hommes échangèrent la même idée silencieuse : le bracelet de Völund était peut-être davantage qu'une parure en or. Geirmund ne savait qu'en penser. Il était certain qu'aucun pouvoir ne pouvait s'opposer au destin tissé par les Trois Fileuses, pas même la puissance des dieux dont le sort était aussi scellé, et encore moins les talents de forgeron de Völund. Guthrum avait survécu car tel était son destin ; s'il devait sa survie au pouvoir de Hnituðr, c'était également la volonté du destin qu'il en fût le détenteur.

— Guthrum sera couronné roi, prophétisa Thorgrim.

— Tu crois ? demanda Aslef.

— Il a tué Æthelred, souligna Birna. Beaucoup de jarls préféreront le suivre lui plutôt que Halfdan.

— As-tu vu Æthelred mourir ? s'enquit Aslef.

— S'il n'est pas déjà mort, ce n'est qu'une question de temps, répondit Geirmund. La lance de Guthrum lui a transpercé le ventre.

— Je suivrais volontiers le roi Guthrum, affirma Rafn, obtenant un hochement de tête approbateur de la part de Vetr, juste à côté de lui.

Au même instant, Eskil s'approcha de leur cercle, l'épée de Geirmund dans les mains. L'ensemble de la compagnie se tourna vers lui. Lorsqu'il prit la parole, il parla assez haut pour être entendu de tous :

— Je ne parle pas au nom de mon frère. Je ne m'excuserai pas pour lui, encore moins maintenant qu'il est au Valhalla. Mais je parlerai en mon nom. L'épée de mon frère m'est revenue et, je l'affirme, Geirmund Hel-hide, pour ton honneur et ton courage, cette épée n'appartient qu'à toi seul.

Le Danois traversa alors leur cercle pour lui présenter l'épée. Geirmund hésita un moment. Puis il se leva et prit l'arme en inclinant la tête avec respect.

— J'accepte ce présent, mais pas parce que je l'estime me revenir de plein droit. Cette épée appartenait à Rek. Je l'accepte à présent par égard pour ta générosité, Eskil, et, avec elle, je pourfendrai beaucoup de Saxons en mémoire de ton frère.

Les autres l'acclamèrent et levèrent cornes et chopes de bière pour saluer sa déclaration. Eskil lui rendit son signe de tête, puis partit rejoindre sa propre compagnie, qui déplorait aussi la mort de plusieurs membres.

Geirmund se rassit et contempla l'épée. En soi, il n'en avait pas été séparé longtemps, mais il eut la sensation de retrouver une vieille connaissance. Il étudia ses motifs circulaires dorés, qu'Eskil avait nettoyés et astiqués. Il la tira de son fourreau, puis la pointa vers le feu afin d'admirer le reflet des flammes sur sa longue lame de métal.

— Une épée qui a connu tant d'épreuves mérite un nom, suggéra Steinólfur.

— Je me faisais la même réflexion, approuva Geirmund.

— Comment vas-tu l'appeler ? s'enquit Skjalgi.

Il réfléchit un moment.

— Les deux fois où j'ai reçu cette épée, elle était le cadeau d'un frère. Je l'appellerai donc Bróðirgjöfr, en l'honneur de mon frère et de celui d'Eskil.

— Ce n'est pas un nom qui terrifiera tes adversaires, commenta Thorgrim, mais c'est un bon nom.

Les autres guerriers Hel-hides semblèrent du même avis. Après cela, ils continuèrent à boire et trinquer jusque tard dans la nuit et, au matin, ils apprirent que plusieurs jarls avaient rejeté Halfdan pour faire de Guthrum leur nouveau roi, comme Thorgrim l'avait prédit. Quand Guthrum partit de Readingum pour Wælingford, il emmena le gros de son armée, désormais plus grande que celle de Halfdan, ne laissant qu'une poignée de guerriers afin de surveiller ses navires. En chemin, il vint trouver Geirmund pour faire route un moment à son côté.

— Je vois que tu portes de nouveau ton épée, énonça le roi.

— Je vois que tu ne portes plus Hnituðr, repartit Geirmund, notant l'absence du bracelet à son bras.

— Si, mais sous ma manche.

— Pourquoi le cacher ?

Guthrum baissa la voix.

— Tu as certainement entendu les rumeurs.

— Je me fie à ce que j'ai vu, pas à ce que j'entends. Et je sais ce que j'ai vu.

Le Danois fronça les sourcils, puis se toucha le bras, probablement là où se trouvait le bracelet.

— Je sais quel présent tu m'as fait, même si tu l'ignorais toi-même quand tu me l'as offert. J'ai vu aussi comment tu t'es battu hier, et j'entends te récompenser richement, Geirmund Hel-hide. Le moment venu, tu seras fait jarl.

Geirmund cligna des yeux, pris de court. Jarl, il se verrait accorder une partie des terres conquises par Guthrum, peut-être celles qu'il avait pu lui-même traverser et admirer dans le Wessex et la Mercie.

— Je te suis reconnaissant de ton geste, mon roi.

— Oh ! mais je n'ai acquis ce titre que très récemment, lui rappela Guthrum. Je suis maintenant l'égal de Halfdan, ce qui peut faire de moi aussi bien son allié que son ennemi. Pour l'heure, nous sommes en paix, car une guerre entre nous porterait préjudice à tout le monde.

Là encore, Geirmund prit conscience des périls qu'induisaient un grand pouvoir et une grande richesse.

— En attendant que mon autorité s'affirme, poursuivit Guthrum, je ne tiens pas à ce que l'on attribue à un bracelet l'obtention de ma souveraineté. Je dois être digne de ma couronne, et elle doit m'appartenir pleinement.

— Elle t'appartient, lui certifia Geirmund, avec ou sans bracelet. Mais je comprends. Je veillerai à ne plus en parler et je m'assurerai que mes guerriers suivent mon exemple.

Le roi hocha la tête en signe de gratitude.

— En parlant de tes guerriers, d'autres ont manifesté le souhait de te prêter serment.

La nouvelle surprit Geirmund.

— Je viens pourtant de perdre sept de mes hommes. La dernière bataille a prouvé que ni moi ni mes Hel-hides ne défions la mort, en fin de compte.

— Ils savent surtout que tu t'es battu à mon côté, que tu étais là quand j'ai tué Æthelred. Ils sont convaincus de récolter gloire et fortune en se battant pour toi.

Geirmund n'hésita qu'un instant.

— Je les accepterai.

— Le contraire serait insensé. Embrasse ta réputation grandissante, fils de Hjörr, et ta renommée dépassera les frontières du Rogaland pour résonner dans toute la Norvège.

# Chapitre 17

Un mois après la bataille de Bedwyn, on apprit à Wælingford qu'Æthelred avait péri et que son frère, Ælfred, avait hérité de sa couronne. Cette nouvelle enchanta les Danois, qui y virent le signe que la faction saxonne était aux abois. Ils s'employèrent aussitôt à préparer leur assaut final sur le Wessex. En suivant les rivières, les pistes et les voies romaines, les troupes d'incursion de Guthrum s'étaient aventurées toujours plus loin dans les terres au sud de Readingum et avaient découvert un lieu nommé Searesbyrig, non loin du village de Wiltun, qui se situait à moins d'une journée de marche du fief d'Ælfred à Wintanceastre.

D'après les membres de l'expédition, Searesbyrig était certainement jadis une puissante forteresse. Elle était juchée sur un tertre de plus de deux cents toises de large dont les versants abrupts faisaient presque cinquante toises de haut. Une profonde tranchée au pied de la colline complétait ses défenses, avec un second fossé intérieur pour protéger un grand palais. Le sommet portait également les traces de fortifications antérieures, sans doute romaines ou bretonnes, même si les Saxons avaient eu la bêtise d'abandonner cette place forte sans songer à tirer parti de ses formidables atouts.

Guthrum et Halfdan décidèrent de joindre leurs forces pour s'emparer de Searesbyrig, qui offrait à leurs guerriers un lieu de choix pour installer un nouveau camp aux portes d'Ælfred. Toutefois, ils devaient mettre au point une stratégie solide et frapper vite s'ils ne voulaient pas que l'ennemi devine leurs intentions.

Plusieurs semaines s'écoulèrent avant le grand départ. Ils quittèrent Wælingford et Readingum à la pleine lune pour marcher vers le sud de nuit, faisant étape dans les ruines d'une cité romaine fort semblable à celle que Geirmund avait traversée avec le prêtre John. Les Saxons l'appelaient Calleva ; les Danois s'y arrêtèrent pour se reposer pendant la journée, cachés au milieu de ses vestiges.

Les guerriers de Geirmund établirent leur campement hors de ses murs délabrés, au fond d'une vaste cavité large de près de quarante toises et construite en pierre. Les arbres qui avaient envahi les lieux masquaient sa véritable taille, la faisant peut-être paraître plus vaste qu'elle ne l'était. Geirmund peinait à imaginer un toit assez grand pour couvrir un tel édifice et en conclut que, à l'origine, l'endroit était sans doute à ciel ouvert. De hautes marches se succédaient du fond de la cuvette jusqu'à ses bords, comme taillées pour les pieds d'un immense jötunn.

Skjalgi contempla les lieux avec de grands yeux ébahis.

— Que croyez-vous que les Romains faisaient ici ?

— Ils organisaient des combats, répondit Rafn. Les gens payaient pour y assister.

— Comment le sais-tu ? l'interrogea Steinólfur.

— Vetr et moi avons mené des raids jusqu'au sud du Frakkland. Ce genre d'édifice y est très courant. Il paraît qu'au Langbardaland ils sont encore plus grands. Gigantesques.

— Plus grand encore ?! s'étonna Skjalgi. Mais quelle taille faisaient les Romains ?

Rafn éclata de rire.

— Plus petits que les Danois.

— Et que les Norvégiens, ajouta Steinólfur.

— Ces marches sont des gradins, Skjalgi, lui expliqua Rafn, pas des escaliers.

— Et pourtant, où sont les Romains aujourd'hui ? fit remarquer Birna. Ils sont morts et enterrés, parce qu'ils étaient mortels, tout comme nous.

— Les véritables combats devaient se dérouler loin de chez eux, émit Vetr, sinon pourquoi auraient-ils bâti un endroit dans le seul but de payer pour en voir ?

La question ramena les pensées de Geirmund à la bataille à venir. Il en allait certainement de même pour sa compagnie, car tous devinrent d'un coup silencieux et maussades. Comme pour s'accorder à leur humeur, une bruine glacée se mit à tomber dans un lent grondement de tonnerre. La tempête ne leur laissa que peu de repos et ralentit la progression de leur armée la nuit venue, occultant la voie romaine qu'ils suivaient vers le sud-ouest pour rejoindre Searesbyrig.

Peu après minuit, les nuages se dispersèrent enfin, mais l'air et leurs vêtements demeurèrent froids et humides. Geirmund en vint à se réjouir de la cadence soutenue de leur marche, qui lui réchauffait le corps. La pluie avait grossi les ruisseaux et les marécages qu'ils rencontrèrent. Fort heureusement, la voie romaine leur permit de garder les pieds au sec une bonne partie du trajet, ne glissant en terrain inondé qu'en trois points, où ils passèrent à gué sans encombre.

L'aube venue, les Danois n'avaient pas encore atteint leur seconde étape, un tertre fortifié semblable à Searesbyrig et entouré d'une tranchée. Quoique moins massif et escarpé, il ferait un lieu de repos idéal pour la journée, aussi pressèrent-ils le pas afin de le gagner avant que le soleil révèle leur présence aux Saxons.

Ifs, bouleaux et frênes formaient un dôme épais au sommet de cette butte où régnait une touffeur moite. Enveloppé de cet air lourd, Geirmund fut plongé dans un profond sommeil peuplé d'étranges rêves de vagues océaniques qui se muaient en vagues de bruyère, de tempêtes qui déversaient une pluie de sang et de bracelets en or.

À la troisième nuit de marche, ils atteignirent enfin Searesbyrig. Arrivés bien avant l'aurore, ils purent s'accorder un moment de repos avant de s'atteler à la consolidation des fortifications. Allongé par terre au milieu de ses guerriers,

Geirmund se perdit dans la contemplation des étoiles. Parfois, ces petites lumières lui semblaient très proches, comme si elles le connaissaient et l'observaient ; d'autres fois, elles lui paraissaient au contraire froides et distantes, indifférentes à son sort. Cette nuit-là, il eut la sensation qu'elles ne lui prêtaient pas davantage attention que la mer à un grain de sable. Son bref sommeil ne fut guère réparateur. Puis le lever du soleil révéla l'ennemi.

L'armée saxonne s'était rassemblée à une lieue à l'ouest, au sommet d'une colline dominant le village de Wiltun. Plusieurs commandants et jarls se réunirent avec Guthrum et Halfdan aux portes de Searesbyrig pour discuter de la stratégie à adopter.

— Ælfred doit avoir deviné nos intentions, avança Guthrum. Peut-être est-il plus malin que son frère.

— Qu'il reste donc sur sa petite colline, lâcha Halfdan. Ce tertre nous donne l'avantage. Nous fortifierons la ville et ils ne nous en délogeront jamais.

— Ils nous attendaient ! s'emporta Guthrum en désignant l'armée saxonne. Ælfred aura certainement fait vider tous les greniers à céréales et toutes les étables des environs. Nos réserves nous permettront de tenir un temps, mais il nous faudra très vite trouver de nouvelles provisions, et nous ne pouvons pas compter sur le pillage pour nous en procurer.

— Que suggères-tu ? lui demanda l'autre roi.

— Nous pensions trouver Ælfred cloîtré derrière ses remparts, à Wintanceastre. Mais il est ici, et nous avons peut-être là l'occasion d'en finir une bonne fois pour toutes. Je propose de l'attaquer dès aujourd'hui.

Halfdan croisa les bras.

— Ce n'est pas la stratégie que nous avions...

— Notre stratégie reposait sur l'effet de surprise, l'interrompit Guthrum. C'est un échec, et nous sommes à présent cantonnés au cœur du Wessex. Tu peux être certain que, chaque jour passé ici à attendre, les rangs ennemis grossiront jusqu'à ne nous laisser aucun espoir de victoire. Il nous faut attaquer sur-le-champ.

(Il se tourna vers ses jarls et ses commandants.) Mes guerriers sont prêts. Qu'en est-il des tiens, roi Halfdan ?

La question sembla avoir l'effet escompté, car Halfdan décroisa les bras et bomba le torse.

— Mes guerriers sont toujours prêts.

— Parfait, conclut Guthrum. Alors envoyons-les abattre des Saxons plutôt que des arbres.

Halfdan consulta ses jarls et ses généraux du regard, puis acquiesça.

Sitôt la fin du conseil, les seigneurs et les commandants ordonnèrent à leurs guerriers de prendre leurs armes, et les troupes se mirent aussitôt en marche. Quittant les hauteurs de Searesbyrig, ils franchirent à gué une rivière à la lisière de Wiltun, avant de traverser le village dépeuplé jusqu'à la colline où Ælfred avait rassemblé son armée.

Là encore, les Danois se retrouvaient face au même défi qui avait manqué de causer leur perte près de Bedwyn : charger en pente. Cette fois, néanmoins, ils avaient l'avantage du nombre. Guthrum et Halfdan divisèrent de nouveau leurs forces pour permettre au premier d'attaquer par le nord, et au second par l'est. Geirmund et ses guerriers suivirent leur roi de près lorsqu'il mena la charge, mais les Saxons n'envoyèrent aucune vague de soldats à leur rencontre. Loin de scinder leurs troupes comme à la bataille précédente, ils renforcèrent leur position au sommet de la colline, déterminés à ne pas en bouger avant que le dernier guerrier fût tombé.

Dès que les Danois arrivèrent à portée de leurs archers, un déluge de flèches s'abattit autour d'eux, formant une succession de fourrés qui ralentirent leur progression. Geirmund et ses guerriers levèrent leurs boucliers pour se protéger, mais un trait avait transpercé le mollet de Rafn. Vetr accourut auprès de son compagnon, qu'il abrita sous son propre bouclier.

— Peux-tu marcher ? lui cria Geirmund.

Rafn saisit le fût de la flèche et l'arracha de sa jambe. La jetant dans la foulée, il se tourna vers son commandant et hocha la tête en signe de confirmation.

— Mur de boucliers ! tonna Geirmund, et ses guerriers resserrèrent aussitôt les rangs autour de lui pour former un front impénétrable, que les flèches martelèrent telle une pluie de grêlons. Voilà notre Valhalla ! hurla-t-il en riant. Un palais d'Óðinn avec des lances pour chevrons et des boucliers pour toit !

Il donna ensuite l'ordre à sa compagnie d'avancer d'un pas, puis le répéta inlassablement pour chaque poussée suivante vers le sommet de la colline. Ils se murent ainsi comme un seul homme vers l'ennemi, un pas après l'autre, sans jamais faillir.

À la mi-journée, Geirmund perdit Guthrum de vue, mais son roi ne craindrait rien tant que le destin le laisserait porter Hnituðr. Enfin, les carquois saxons épuisèrent leurs réserves de flèches ; la pluie de projectiles se calma, et vint le moment de reprendre la charge pour de bon.

— Êtes-vous avec moi ? lança Geirmund à ses guerriers. Aujourd'hui, nous prenons le Wessex !

Ils hurlèrent et s'élancèrent vers le faîte du monticule. À peine arrivés au sommet, ils découvrirent que l'ennemi battait déjà en retraite vers l'ouest, fuyant l'assaut de Halfdan par l'est. Toutefois, les Saxons ne laissèrent pas la peur transformer leur repli en débandade. Leur ligne de défense ne céda pas, même lorsque les Danois tentèrent sans relâche de l'enfoncer à coups de haches et d'épées.

— On dirait que ces démons du Wessex ont finalement trouvé leur courage ! clama soudain Guthrum à côté de Geirmund.

— Doit-on les laisser filer ? s'enquit ce dernier en désignant l'armée saxonne au bas de la colline. Mes guerriers pourraient les contourner pour bloquer...

— Nous allons les laisser filer, mais il ne s'agit pas non plus de leur faciliter la tâche.

Geirmund fronça les sourcils, décontenancé.

— Mon roi, nous les tenons. Nous pourrions mettre fin au règne d'Ælfred et de ses...

— Ælfred souhaite négocier la paix.

Là encore, Geirmund resta interdit et secoua la tête.

— Comment le sais-tu ?

— Je lui ai parlé, lui révéla Guthrum avec un grand sourire, avant d'écarter les bras pour s'examiner. Pas une égratignure. Les Saxons auraient sûrement tourné les talons rien qu'en me voyant derrière leurs rangs.

Geirmund ne répondit rien, saisi d'un mélange de stupéfaction, de peur et de jalousie. Guthrum semblait devenu invincible, et le destin s'était servi de lui pour lui conférer ce pouvoir.

— Je m'arrangerai pour qu'Ælfred paie chèrement le prix de sa paix, poursuivit son roi alors que la bataille faisait rage devant eux. Tu seras un homme riche, Geirmund Hel-hide.

Les Danois attendirent le milieu de l'après-midi avant de laisser les Saxons partir enfin, puis Guthrum et Halfdan ordonnèrent à leurs guerriers de rentrer à Searesbyrig. Geirmund n'avait perdu aucun guerrier dans l'affrontement, même si leur compagnie comptait quelques blessés en plus de Rafn. Après avoir pourvu à leurs besoins, il se mit en quête de Guthrum, l'esprit toujours en ébullition.

Il trouva le roi en compagnie de Halfdan et de ses jarls, occupés à discuter des conditions et des compensations qu'ils exigeraient d'Ælfred afin de garantir la sécurité du Wessex. Quand Guthrum remarqua sa présence, il s'écarta du groupe pour s'entretenir avec lui en privé.

— Tu sembles préoccupé.

— Je ne comprends pas pourquoi nous négocions la paix avec les Saxons, avoua Geirmund. Ælfred est un nouveau roi. Il a compris qu'il ne pouvait pas nous vaincre, il essaie donc de gagner du temps pour reformer son armée et rallier ses forces.

— Naturellement. Ælfred n'est pas un imbécile. Je le pense même très rusé.

— Mais nous sommes venus nous emparer du Wessex, insista Geirmund. Dans le palais de mon père, c'est ce que tu as dit. Et, maintenant que le Wessex est à notre merci, tu voudrais y renoncer ?

Guthrum soupira, puis posa la main sur son épaule.

— Écoute-moi, Hel-hide. Quand tu regardes les guerriers présents dans ce camp, les miens, ceux de Halfdan, les tiens, que vois-tu ?

Geirmund hésita, ne sachant trop quelle réponse le roi attendait.

— Je vois des Danois.

— Moi je vois une armée trop peu nombreuse. Certes, nous aurions pu nous emparer du Wessex aujourd'hui, mais combien de temps l'aurions-nous conservé ? Si, pour l'instant, les Saxons ne se soucient que de leurs propres comtés et champs, cela ne saurait durer. Ils finiront par s'unir contre nous, et nous n'aurons pas la capacité d'y faire face. Comprends-tu ?

Geirmund n'avait pas songé à cette éventualité.

— Je crois que oui.

— Je vois aussi des guerriers épuisés. Ils sont blessés. Ils veulent de l'argent en récompense de leurs faits d'armes et du sang versé. En vérité, beaucoup d'entre eux préféreraient labourer un champ que brandir une épée, et moi aussi. (Il lui lâcha l'épaule.) Le Wessex nous appartiendra, je te le promets, mais seulement quand nous aurons la certitude de pouvoir y régner sans partage. En attendant, nous patienterons, nous consoliderons notre armée et nous ferons payer aux Saxons le coût de son entretien. Tu dois…

— Roi Guthrum ! l'appela quelqu'un depuis la tente. Ælfred a dépêché un émissaire. Il s'est présenté à l'entrée du camp.

— Amenez-le ! répondit Guthrum, avant de se tourner vers Geirmund. Reste près de moi. Ne dis rien et tends l'oreille. Tu verras.

Mettant de côté ses réserves, Geirmund suivit le souverain sous la tente. Halfdan lui jeta un regard torve, de même que plusieurs jarls, se demandant sans doute pourquoi Guthrum avait convié son général Hel-hide à leur conseil. Néanmoins, personne ne s'opposa à sa présence.

Quelques instants plus tard, deux Danois firent entrer un homme que Geirmund connaissait bien. Avant de pouvoir se reprendre, il lâcha :

— Prêtre ! Je me demandais si tu étais vivant.

Tous les présents se tournèrent vers Geirmund. Certains parurent étonnés qu'il connaisse l'envoyé d'Ælfred, d'autres perplexes, et d'autres encore, à l'instar de Guthrum, amusés. Quant au prêtre, il devait être tout aussi étonné de voir Geirmund, mais la nervosité l'emportait, comme en témoignait la façon dont il agrippait sa croix en balayant frénétiquement la tente du regard. Le roi fit face à Geirmund et hocha la tête vers John.

— Tu connais cet émissaire ?

— Tout à fait, répondit Geirmund.

Halfdan dévisagea le prêtre d'un air soupçonneux.

— Peut-on lui faire confiance ?

— Oui. Je lui confierais ma vie.

Un murmure de surprise accueillit sa déclaration. Le prêtre hocha la tête à son adresse en signe de gratitude et de soulagement.

— Je suis ravi de l'entendre, approuva Guthrum. Nous t'écoutons, prêtre.

John se racla la gorge.

— Euh... oui. Le roi Ælfred du Wessex invite le roi Guthrum et le roi Halfdan à venir le retrouver après-demain, à midi, dans le village de Wiltun, afin d'y négocier la paix. Chacune des parties ne pourra compter plus de douze personnes.

— Et pourquoi pas demain ? l'interrogea Guthrum.

John lança un bref coup d'œil à Geirmund avant de répondre :

— Demain, comme chaque semaine, le roi Ælfred se consacrera au culte et à la prière. Il ne tient pas à voir ce jour saint profané par des questions de guerre.

Un silence s'ensuivit, puis les Danois éclatèrent de rire. Le prêtre rougit.

—Dis à Ælfred que nous le rencontrerons demain, décréta Halfdan. Son dieu peut attendre…

—Roi Halfdan, intervint Guthrum. Avec tout mon respect, je pense que c'est nous qui pouvons attendre. Nous sommes bien installés, ici. Cependant, Ælfred doit comprendre que nous ne patientons pas par respect pour son dieu, mais parce que nous savons qu'il réfléchira avec plus de clarté au prix de la paix si nous le laissons prier.

John exhala un long soupir, tel un soufflet qui se vide.

—Vous êtes sage de le reconnaître, roi Guthrum.

Geirmund observa Halfdan pour voir s'il allait prendre ombrage de l'intervention de Guthrum. Le Danois écarquilla ses yeux bleus, tremblant de rage. Puis, sans un mot, il tourna les talons et quitta la tente d'un pas raide, immédiatement suivi par ses jarls. Le roi Guthrum les regarda partir, l'air impassible, puis reporta son attention sur le prêtre.

—Y a-t-il autre chose ?

—Non, c'est tout.

—Dans ce cas, tu peux disposer, conclut Guthrum en le congédiant d'un geste.

Alors que John s'apprêtait à sortir de la tente, Geirmund s'avança et, Halfdan et ses jarls partis, trouva le courage de prendre la parole :

—Puis-je raccompagner le prêtre à la limite du campement ?

Le roi haussa un sourcil, surpris, ou peut-être intrigué par sa requête, mais il acquiesça.

—Vas-y.

—Merci, dit Geirmund en inclinant la tête.

Puis il se tourna vers John et lui indiqua la direction à prendre. Une fois dehors, il lui sourit.

—Je suis content de te voir, prêtre.

John essuya les grosses gouttes de sueur qui perlaient à son front avec la manche de sa robe de bure.

— Moi de même. Tu ne me croiras pas, mais j'ai réellement prié pour te trouver ici, dans l'espoir de voir au moins un visage amical parmi les Danois.

— Je te crois sans mal. Toutefois, je ne vois toujours aucune raison de prier quand tout est déjà décidé par le destin.

Ils traversèrent le large plateau de Searesbyrig tandis que le soleil déclinait à l'horizon ; de ce point surélevé, Geirmund pouvait contempler de tous côtés la vaste campagne du Wessex, verte, dorée, fertile. Une terre qui aurait dû devenir danoise ce jour-là.

— Une fois les conditions de la paix fixées, poursuivit John, le roi Ælfred se demande si les rois Guthrum et Halfdan les respecteront.

Geirmund opina du chef.

— Guthrum, c'est certain, et je pense que Halfdan aussi. Après tout, il a bien respecté la trêve conclue avec la Mercie.

— Pour l'instant, nuança John. Guthrum a tout l'air d'un grand guerrier. On raconte qu'aucune arme ne peut le toucher. Le roi Ælfred se demandait s'il tenait son pouvoir d'une relique païenne, ou de démons païens.

Geirmund ne lui offrit aucune réponse et demanda à la place :

— Quelles conditions Ælfred exigera-t-il de Guthrum ?

John porta à son tour le regard vers la plaine baignée dans la lumière du couchant.

— Il exigera que l'ensemble des Danois quittent le Wessex. Pour cela, il paiera le prix en or et en argent. Il pourrait également suggérer que Guthrum et Halfdan se fassent baptiser.

— « Baptiser » ? Pour devenir chrétiens ? s'exclama Geirmund avant de rire aux éclats. C'est illusoire.

John sourit, puis haussa les épaules.

— Les voies de Dieu sont impénétrables, ses desseins insondables.

— Il en va de même pour tous les dieux. Mais avant de partir, dis-moi : que t'est-il arrivé après que nos routes se sont séparées ?

Le prêtre observa un bref silence.

— J'ai suivi l'ordre du jarl Sidroc et accompagné les chariots. À un moment, des Danois ont couru vers nous, en pleine déroute, poursuivis par des Saxons. Ils se sont battus. Les Saxons les ont tous tués, puis ils m'ont conduit à leur camp. Après la bataille, Ælfred est venu me chercher, certain que mon bref séjour parmi vous, païens, pourrait lui être utile, ainsi qu'à Dieu. (Il s'autorisa un bref sourire.) Et toi ?

— Je commande désormais une compagnie de guerriers. Nous avons prouvé notre valeur dans de nombreux combats. Cependant, je me dois de t'avouer que j'ai tué beaucoup de guerriers saxons.

— J'ai moi-même tué quelques Danois, répondit le prêtre.

— Tu as livré bataille ?

— Non, pas de bataille, précisa-t-il avant de baisser les yeux. Quand j'accompagnais les chariots et que j'ai vu les Danois se ruer vers nous, je pensais qu'ils tenteraient de me tuer ou de me faire prisonnier. J'ai… défendu ma liberté.

Geirmund se sentit en proie à des émotions contradictoires, que le prêtre éprouvait certainement lui aussi à l'évocation de ses défunts compatriotes : la mort de ces Danois le chagrinait, mais il se réjouissait en même temps que John ait survécu.

— Tu as décidément plus de force que je ne le soupçonnais, prêtre. Bien plus.

John leva les mains en signe d'humilité.

— Je ne prétends pas m'illustrer au combat, car je suis un piètre soldat. Mais, si je dois en être un, je serai un soldat du Christ.

Ils arrivèrent à la sortie du campement, où Geirmund fit ses adieux au prêtre, avant de retourner auprès de sa compagnie. Ses guerriers partageaient sa confusion et sa frustration concernant l'issue de la dernière bataille. Il s'appliqua à leur expliquer la stratégie du roi Guthrum, et, malgré leurs réserves, la plupart parurent accueillir favorablement l'idée d'obtenir de l'argent et un moment de répit pour en profiter.

Quand les rois se rendirent à Wiltun le surlendemain, ils emmenèrent chacun une poignée de jarls, et rentrèrent le soir venu, l'air très satisfaits. Ælfred avait accepté de leur payer une importante somme d'or et d'argent ; en échange, aucun Danois ne franchirait la rivière que les Saxons appelaient Avon et, dans l'année, ils abandonneraient totalement le Wessex. Guthrum et Halfdan prévoyaient de retirer leurs troupes de Readingum et Wælingford, pour ensuite descendre le Thames en bateau jusqu'à Lunden.

Avant de quitter Searesbyrig, Geirmund contempla le Wessex depuis le sommet du tertre en compagnie de Steinólfur et Birna.

— Guthrum est en passe de devenir un roi puissant, déclara le vieux guerrier. D'aucuns diraient qu'il le doit à tes Hel-hides et à toi.

— Espérons dans ce cas qu'il sera un bon roi, ajouta Birna.

— Il sera tel que le destin l'aura voulu, énonça Geirmund. Seules les Trois Fileuses savent ce que l'avenir nous réserve. Quant à moi, je suis convaincu que mon destin me ramènera ici, et je jure que, tant que je vivrai, le Wessex me reviendra.

# Quatrième partie

## Jorvik

# Chapitre 18

Geirmund n'avait encore jamais vu d'endroit comme Lunden. Ce n'était pas une ville, mais deux, qui se côtoyaient sur la rive nord du Thames, chacune étalant ses faubourgs sur les terres environnantes. La première devant laquelle passa la flotte de Guthrum était un village saxon dépourvu d'enceinte appelé Lundenwic. Depuis le fleuve, Geirmund observa ses basses habitations en bois et ses grands palais. Une foule de navires se pressaient devant les quais, chargés de voyageurs, de commerçants et de marchandises, telles des abeilles autour de leur ruche.

À côté de Geirmund, Guthrum désigna le village et dit :

— Au nord du fleuve s'étend la Mercie, où une paix a été conclue, du moins une trêve.

— J'ai parcouru la Mercie, commenta Geirmund. De ce que j'en ai vu, nous pourrions aisément l'envahir.

— Peut-être, mais il revient à Ivarr et Ubba d'en décider. C'est à eux que le roi de Mercie paie son tribut.

— « Ubba » ?

— Le frère de Halfdan.

Geirmund avait déjà entendu le nom de ce Danois. Il repensa aussitôt à Fasti, le cousin d'Ubba et, par la force des choses, probablement celui de Halfdan. Il sentait encore la chaleur de son sang sur sa main, entendait ses coups de pied dans l'herbe tandis que lui fuyait Ancarig dans son canot.

— Ubba sera-t-il à Lunden ?

— Non, répondit Guthrum. Ces temps-ci, on le trouve souvent dans le Nord à combattre les Pictes, ou à l'ouest à mener des raids en Irland.

Geirmund acquiesça, soulagé, tout en veillant à demeurer impassible.

Ils laissèrent Lundenwic derrière eux pour accoster un peu plus loin, à la ville danoise fortifiée de Lunden. Geirmund reconnut là encore l'empreinte des Romains, une énième cité dédaignée par les Saxons, donc parfaite pour les Danois, avec ses remparts en pierre de trois toises de haut déjà prêts à les défendre. Aisément deux fois plus grande que Lundenwic, la ville accueillait aussi deux fois plus d'activité sur son quai, les marchands ayant manifestement compris qui détenait l'argent désormais.

Avec leurs deux armées conjointes, Guthrum et Halfdan avaient amené assez de navires pour créer une ville flottante capable de rivaliser avec celles qui se dressaient sur la rive. Bien qu'une grande partie du camp ait fait la route depuis Readingum à pied, le déchargement des navires leur prit plusieurs jours.

Les murs d'enceinte comptaient six grandes portes et entouraient une zone de plus de cent vingt hectares. L'essentiel de l'armée de Guthrum, y compris la compagnie de Geirmund, prit ses quartiers au milieu des ruines romaines nichées entre la porte orientale de Lunden et celle qui s'ouvrait sur la voie Earninga, sur laquelle Geirmund avait fait chemin avec John.

Guthrum prévoyant de passer l'hiver sur place, Geirmund et ses guerriers s'attelèrent à la construction des toits et des murs qui leur faisaient défaut, donnant peu à peu à l'ancienne cité romaine une touche danoise. Quelques semaines après leur arrivée, l'intendant de la ville, un Danois prénommé Tryggr, vint admirer le travail accompli.

C'était un homme mûr, sans doute de l'âge de Steinólfur, avec des cheveux grisonnants et une peau burinée qui évoquait des années de soleil, de vent, de sel et d'embruns.

— C'est du bel ouvrage, les complimenta-t-il en se promenant dans le quartier de Guthrum.

— Ton approbation me remplit de joie, dit le roi.

Plusieurs jarls et généraux de Guthrum les suivaient, dont Geirmund, qui ne comprenait pas en quoi l'aval de Tryggr importait. Égal de Halfdan, Guthrum était d'un rang nettement supérieur à celui de l'intendant. Toutefois, les deux souverains étaient aussi des rois sans terre invités dans la ville de Lunden. D'où, peut-être, la déférence de Guthrum.

Tryggr se retourna et désigna d'un signe de tête les hommes derrière le souverain.

— Tes guerriers t'ont bien servi.

Alors qu'il parcourait du regard les visages des jarls et des commandants, il s'arrêta sur celui de Geirmund. D'abord déconcerté, il plissa ensuite les yeux, la mine assombrie.

— Des récits de leurs prouesses sont parvenus jusqu'ici, ajouta-t-il.

— Je ne saurais demander d'hommes plus forts ni plus courageux, opina Guthrum. Et maintenant, jarl Tryggr, je t'invite à me suivre dans ma demeure. Nous devons discuter de certaines questions.

L'intendant dévisagea encore Geirmund, puis se détourna pour accompagner le roi. D'où venait l'apparente animosité du Danois à son égard ? Geirmund avait l'habitude des regards torves et méfiants, mais il avait cru déceler une lueur particulière dans les yeux de Tryggr. Restait à espérer que ce n'était pas un mauvais présage.

Lorsqu'il ne participait pas à la construction, Geirmund explorait la ville en emportant une bourse pleine d'argent pour en profiter ; le roi Guthrum avait tenu parole et l'avait richement récompensé. Lunden attirait le monde à elle. Il vit des marchands et des produits venus de tous horizons, de terres si lointaines qu'il entendait leur langue et leur nom pour la première fois. Il dégusta un vin du Spanland et s'acheta une broigne du Frakkland. Il goûta de l'huile d'olives récoltées au Langbardaland et au Grikkland, et des épices importées d'Affrika et d'Indialand. Il caressa des soies du Tyrkland, du Persidialand et de contrées encore plus à l'est ; des tissus si doux et raffinés qu'il avait besoin de ses yeux pour s'assurer de les tenir tant il les sentait à peine entre ses doigts. Son argent pesé, les commerçants lui rendaient parfois l'excédant en pièces du Serkland frappées de runes, dont la forme incurvée lui rappelait des tiges de vigne. Il passa la nuit avec une Frisonne et apprit à jouer aux dés ainsi qu'à d'autres jeux inconnus en compagnie d'hommes de toutes les couleurs de peau. Contrairement aux Danois, les voyageurs et les commerçants ne jetaient pas à Geirmund des regards surpris ou suspicieux quand ils le rencontraient pour la première fois ; certains devinaient même qu'il venait du Finnland ou du Bjarmaland. À Lunden venait le monde, et les plus fins négociants repartaient le navire vide, mais la bourse pleine.

Ainsi, les semaines s'écoulèrent comme les heures et les jours s'étaient écoulés sur le champ de bataille et, très vite, ces semaines devinrent des mois. Les guerriers se remirent de leurs blessures, mais Geirmund ne tenait pas à voir ses Hel-hides s'amollir, car le Wessex les attendait toujours. Afin de les garder prêts au combat, il exigeait d'eux un entraînement quotidien dans la cour de leur lieu de résidence principal.

Un jour, il s'assit avec Birna et Aslef pour regarder Rafn et Vetr s'entraîner. Les deux hommes, rapides et agiles, l'un armé d'une lance, l'autre de deux épées, évoquaient à Geirmund une colombe et un corbeau s'affrontant en plein vol. Leur piste d'entraînement était un sol coloré, composé de petits fragments de carreaux assemblés pour dessiner un motif complexe de lignes enchevêtrées. Au centre du cercle, un homme se tenait de face, vêtu d'une tunique blanche, la tête ornée d'une couronne de feuilles. Geirmund songea qu'il avait l'air d'un être bien mortel, non d'un dieu.

— Je passerais volontiers le reste de ma vie ici, confessa Aslef.

La plaie en travers de son visage s'était refermée, lui laissant une cicatrice qui l'avait presque, quoique pas tout à fait, défiguré.

— C'est un endroit agréable, convint Birna en regardant autour d'eux, avant de lui donner un coup de coude. Cela dit, je finirais par me lasser de la compagnie.

— Je parlais de la ville. Lunden.

Geirmund comprenait ce qu'il voulait dire : une part de lui aspirait à cette vie, mais il ne se voyait pas rester désœuvré si longtemps.

— Peut-être l'apprécieras-tu moins une fois tout ton argent dépensé, émit-il.

Aslef le lui concéda d'un hochement de tête.

— Ce n'est pas faux.

— Je finirais par m'ennuyer, renchérit Birna. À vrai dire, je m'ennuie déjà, mais j'essaie de profiter de la paix avant la reprise de la guerre.

— Je suis déjà las de la guerre, avoua Aslef. Je me battrai s'il le faut, pour l'honneur ou pour les miens, mais je préférerais me poser.

— Quoi, pour être fermier ? lui demanda Birna.

— Je ne sais pas. Je me vois bien avoir une femme et des enfants, en tout cas.

La guerrière se tourna vers Geirmund.

— Et toi ?

— J'aimerais avoir une femme un jour, et des enfants.

— Eh bien ! ne comptez pas sur moi, les prévint-elle en riant. Vous n'êtes encore que de petits louveteaux à mes yeux.

Geirmund sourit et reprit :

— J'aimerais aussi une terre qui m'appartient, mais pas une ferme. Mon frère héritera d'un royaume, j'entends en avoir autant.

— Tu voudrais devenir roi ? s'enquit Aslef, quelque peu surpris.

— Je n'éprouve pas le besoin d'en porter le titre.

Birna esquissa un sourire en coin.

— Mais tu aimerais qu'on te considère comme tel.

— Tout ce que je désire, c'est être digne de l'honneur et de la réputation de mes ancêtres. Avoir la certitude de mériter ma place à leurs côtés au Valhalla.

La skjaldmö lui donna une tape amicale dans le dos.

— Alors tu es sur la bonne voie, mon ami, affirma-t-elle, puis elle se leva.

— Où vas-tu ? lui demanda Aslef.

— Me trouver un loup, répondit-elle en s'éloignant, avant de leur jeter un coup d'œil par-dessus son épaule. Un vrai grand loup !

— Ce loup ne serait-il pas par hasard un Danois armé de deux cognées ? lança-t-il, mais elle ne lui répondit pas.

Les deux hommes s'esclaffèrent, puis plongèrent dans un silence que seuls les bruits de lutte de Rafn et Vetr vinrent troubler. Enfin, Aslef reprit la parole :

— Mon père voulait être roi.

— Où est-il à présent ? demanda Geirmund en se tournant vers lui.

— Au Valhalla, j'espère. Il est mort en se battant pour une couronne au Jutland.

Geirmund hocha lentement la tête en signe de respect.

— Quand j'ai rencontré Guthrum, il a dit que les Danois avaient vécu beaucoup de guerres.

— Il a raison. Je suis venu à l'ouest pour échapper aux ennemis de mon père. Pour fuir la guerre. (Il leva les yeux vers le carré de ciel visible au-dessus de la cour.) Peut-être resterai-je ici, à Lunden. Si tu acceptes de m'affranchir.

— « T'affranchir » ? Voilà une requête considérable.

— Je sais. Mais je ne suis pas un parjure. Je combattrai pour toi tant que je serai sous serment, ou je mourrai.

— Tu es un guerrier, Aslef, et jamais je ne retiendrai un guerrier contre son destin ou sa volonté. Cependant, reste avec nous pour l'instant. Quand Guthrum ordonnera notre départ, alors tu décideras si tu veux nous accompagner ou rester ici.

L'homme inclina la tête.

— Comme il te siéra.

— De quoi parlez-vous ? demanda Rafn, pantelant.

Vetr et lui venaient de terminer leur combat et se tenaient au milieu de la cour, hors d'haleine.

— Du destin, répondit Geirmund.

— Bah ! fit Rafn. Il est aussi utile de parler du destin que du temps qu'il fera.

Vetr essuya son front et son visage luisants de sueur.

— Allons-y, Rafn. J'ai besoin de me laver.

— Moi aussi.

Les deux guerriers partirent en quête de l'un des bains publics romains que l'on pouvait trouver à Lunden. Si nombre de ces grands bassins demeuraient vides et secs, certains Danois et autres marchands avaient trouvé le moyen d'en remplir et chauffer quelques-uns, non sans demander une ou deux pièces en échange d'un bain pour s'enrichir.

— Nous n'avons que de la bière à boire ici, se plaignit Aslef. J'ai envie d'hydromel. Veux-tu m'accompagner ?

— Volontiers, accepta Geirmund.

Ils quittèrent la cour par un portail voûté, puis empruntèrent plusieurs passages étroits jusqu'à une large route pavée. Là, ils prirent vers le sud en direction des quais et des rues marchandes. À l'ouest, au-dessus des ruines et des toits de bois ou de tuiles romaines, Geirmund apercevait les hauts vestiges d'une autre fosse de pierre encore plus grande que celle où ils avaient campé à Calleva. Un marchand du Langbardaland lui avait appris que les Romains appelaient autrefois ce type d'édifice un « colisée ».

— À ton avis, quand Guthrum ordonnera-t-il notre départ ? l'interrogea Aslef.

— Je l'ignore. Mais je l'ai entendu parler de troubles en Northumbrie. Il se peut que nous allions vers le nord jusqu'à un campement situé à Turcesige, sur le fleuve Trent.

Un fort tumulte un peu plus loin sur la route attira l'attention de Geirmund : un chariot s'était apparemment renversé et bloquait le passage. Une foule de marchands et de Danois vociféraient, poings levés, et des bœufs beuglaient tandis que quelques hommes s'efforçaient de dégager la voie.

Les deux compagnons s'arrêtèrent. D'un signe de tête, Geirmund désigna à Aslef une ruelle adjacente qui leur permettrait de contourner toute cette agitation. Ce chemin de terre les emmenait dans un coin de la ville où les bâtiments étaient plus serrés et les ombres plus hautes. Ils ne marchaient que depuis quelques minutes quand deux Danois surgirent devant eux, la main ostensiblement posée sur leur arme.

— Écartez-vous, leur intima Aslef. Vous vous tenez devant Geirmund Hel-hide, général du roi Guthrum.

— Nous savons très bien qui c'est, rétorqua l'un des Danois, doté d'un anneau dans le nez et de lignes noires sinueuses autour du cou évoquant un serpent. Voilà un bon moment qu'on l'observe et qu'on l'attend.

En jetant un coup d'œil derrière lui, Geirmund remarqua que deux autres guerriers leur barraient à présent la route de ce côté, arme à la main. Aslef et lui portaient toujours leurs armes, mais, n'ayant aucune raison de revêtir leur armure en ville, ils étaient vulnérables.

— Vous savez donc qui je suis, lança-t-il en s'adressant au chef de la bande. Et toi, qui es-tu ?

— Krok, répondit le Danois au serpent. Je suis l'un des commandants de Halfdan, il me nommera bientôt jarl.

— Pourquoi Halfdan accorderait-il un tel honneur à un moins que rien de ton espèce ? se moqua Aslef. Je n'avais encore jamais entendu ton nom.

Le Danois tira son épée et la pointa vers Geirmund.

— Pour avoir tué le Viking qui a assassiné Fasti, le cousin d'Ubba.

Avant que Geirmund pût répondre, les quatre hommes attaquèrent.

Rompu au combat, Aslef pivota aussitôt pour se coller dos à dos avec Geirmund. Bien que dépassés par leur nombre, ils réussirent à repousser leurs adversaires grâce à une riposte féroce, mais ce répit ne durerait qu'un temps. Ils devaient à tout prix regagner l'artère principale, où Geirmund comptait sur la présence de témoins pour couper court à l'embuscade et leur permettre de s'échapper pour de bon.

— File vers le nord, souffla-t-il à Aslef.

Puis il fit mine de s'élancer vers le sud dans un rugissement terrible, brandissant son épée et sa hache. Il parvint non seulement à faire reculer ses ennemis, mais à surprendre ceux d'Aslef en même temps. Il pivota alors et se rua au côté de son compagnon sur les Danois qui bloquaient le nord de la venelle. Encore trop abasourdis pour les arrêter, les deux guerriers se ressaisirent suffisamment pour lever leurs armes. Geirmund fondit sur celui de gauche, qui tenta de lui assener un coup de hache. Esquivant l'attaque, il envoya son coude dans la figure de son assaillant, lequel tituba en arrière tandis que Krok et son guerrier se précipitaient à leur poursuite.

— Cours ! cria Geirmund.

Aslef venait de se libérer en tailladant le bras armé de son adversaire. Ensemble, ils remontèrent le passage, bifurquèrent vers l'ouest dans une autre ruelle, puis de nouveau pour déboucher sur la grande rue. Un autre homme de Krok les attendait de pied ferme. Aslef lui rentra dans le ventre et l'envoya valdinguer tel un sanglier projetant un chien de chasse. Malheureusement, l'homme eut le temps de poignarder Aslef avant de s'étaler de tout son long sur les pavés romains.

Certains passants remarquèrent la rixe et les pointèrent du doigt au moment où Krok et ses guerriers arrivaient, les joues rouges, les lèvres retroussées. Prenant la mesure de la situation, les guerriers ennemis s'arrêtèrent, hésitants. Un combat en public risquait de leur attirer autant d'alliés que de témoins gênants.

Aslef trébucha. Geirmund le rattrapa, passant son bras sous le sien pour le soutenir.

— Oserais-tu t'en prendre à un blessé ? demanda-t-il à Krok d'une voix forte.

Le chef des assaillants considéra un instant la foule, à présent plus attentive à leur confrontation, puis rengaina son arme. Ses guerriers l'imitèrent.

—Je promets de te tuer, Hel-hide, siffla-t-il.

—Et je promets de te faire payer le prix du sang pour ton crime, répliqua Geirmund, avant de tourner les talons pour s'éloigner promptement. Tiens bon, murmura-t-il à Aslef.

—Je ferai de mon mieux.

Ensemble, les deux hommes regagnèrent péniblement le quartier de Guthrum, où Geirmund demanda de l'aide. Lorsqu'ils entrèrent dans la cour carrelée, des Hel-hides et autres guerriers accoururent à leur rencontre. Thorgrim était là avec Birna ; tous deux s'empressèrent d'étendre Aslef sur le sol chauffé par le soleil.

—Que s'est-il passé ? demanda Thorgrim.

—Une embuscade, répondit Geirmund. L'un des hommes a poignardé Aslef.

—Où ? l'interrogea Birna en examinant le torse et le ventre du blessé. La plaie est profonde ?

—Très profonde, gémit Aslef en indiquant la blessure avec une grimace. Au flanc.

Thorgrim adressa à Geirmund un regard inquiet, puis exigea des poireaux et des oignons, dont il prépara un bouillon tandis que Geirmund et Birna retiraient la tunique du blessé. Aussi petite et fine que la lame qui l'avait causée, la plaie laissait pourtant échapper un flot de sang noir lent et régulier. Son bouillon prêt, Thorgrim le fit boire à Aslef, puis tous attendirent pendant que Birna s'efforçait de comprimer la blessure.

Le roi Guthrum arriva alors, ayant eu vent de leur agression. Il prit Geirmund à part.

—Je suppose que tu étais la cible de l'attaque ?

—En effet.

—Qui menait l'embuscade ?

—Il disait s'appeler Krok. Un guerrier de Halfdan, mais je ne le connais pas.

— Moi si, lui apprit Guthrum, et son visage s'assombrit. Halfdan répondra de ce crime.

Il jeta un dernier coup d'œil à Aslef, puis quitta la cour à grands pas.

Peu après, Thorgrim s'agenouilla près du guerrier et renifla le sang qui coulait de sa blessure, guettant l'odeur des oignons.

— Eh bien ? Suis-je condamné ?

Thorgrim leva les yeux vers Geirmund et Birna.

— La lame t'a perforé l'estomac, murmura-t-il. Je suis navré, Aslef.

Le Danois blessé se tut. Puis soupira.

— Je savais que je finirais ainsi. Je croyais pouvoir m'en préserver à Lunden, mais le sort m'a rattrapé. (Il regarda Geirmund.) Mon père est mort d'une blessure au ventre. Je ne veux pas agoniser comme lui pendant des semaines en empestant la mort.

— Tais-toi, lui intima Thorgrim en lui touchant le torse. Les dieux peuvent encore t'épargner. Pour l'heure, mieux vaut t'installer dans un endroit plus confortable.

Ils lui trouvèrent une pièce au calme dans la cour et lui constituèrent un lit de paille et de fourrure. À la vue d'Aslef étendu sur ce matelas, Geirmund repensa à son frère allongé sur un lit similaire dans le palais de leur père et, comme alors, se sentit responsable du malheur de son guerrier. Il avait assassiné Fasti, et il était injuste qu'Aslef le paie de sa vie.

Il se tint un moment à son chevet, rongé par la honte, puis Birna lui saisit le bras pour l'entraîner dans la cour. Rafn et Vetr étaient revenus, accompagnés de Steinólfur et Skjalgi. Tous se réunirent autour de Birna, bouillants de vengeance.

— Où peut-on trouver ces Danois ? demanda-t-elle, les dents serrées. Je les ouvrirai en deux de la verge à la gorge.

— Guthrum est allé s'entretenir avec Halfdan, répondit Geirmund. Nous en saurons davantage à son retour. En attendant, affûtez vos lames.

De nombreux guerriers de sa compagnie se relayèrent au chevet d'Aslef; certains lui parlaient, d'autres lui racontaient des anecdotes, d'autres encore restaient simplement assis près de lui quand il dormait, gémissant et en sueur. Au crépuscule, il fut pris d'une violente fièvre. Guthrum revint enfin et attira de nouveau Geirmund à l'écart. Le roi semblait fatigué. Les yeux abattus, il lui demanda d'un ton grave :

— Est-ce que c'est vrai ?

Geirmund comprit de quoi il était question.

— Oui, c'est vrai. Mais, si je n'avais pas tué Fasti, c'est moi qui serais mort. Telle est la vérité, et tel sera mon discours devant l'Althing...

— « Devant l'Althing » ? l'interrompit Guthrum avec un rire jaune. Où te crois-tu donc, Hel-hide ? Nous sommes à Lunden, et nous sommes en guerre. Il n'y a pas d'Althing ici.

— Mais la vérité...

— La vérité importe peu. Tout ce qui compte, c'est que Tryggr est un ami d'Ubba, et qu'il a entendu parler d'un horrible Viking prénommé Geirmund coupable du meurtre d'un cousin d'Ubba. Ce même Viking a débarqué à Lunden en compagnie de Halfdan, lequel vient lui aussi d'apprendre la nouvelle. Il s'agit d'une querelle de sang désormais.

— Je peux payer le wergild...

— Cela ne leur suffira pas.

— Alors la mort d'Aslef devrait payer le prix du sang ! s'emporta Geirmund. Ses jours sont comptés, et je...

— Tu es le Hel-hide, grogna Guthrum, agacé. Halfdan ne t'a pas oublié. Ne comprends-tu pas ? Voilà le prix de la réputation, et ce ne sera pas la dernière fois qu'un autre le paiera pour toi.

— Dans ce cas, laisse-moi affronter Tryggr et Halfdan. Un duel pour...

— N'y compte pas. À leurs yeux, tu es indigne d'un tel honneur.

— Alors que dois-je faire ?

— Quitter Lunden.

— Quoi ?

— Ils n'auront de cesse de te traquer jusqu'à ta mort.

Incrédule, Geirmund se mit à balbutier :

— Tu… tu les laisserais faire de moi un hors-la-loi ? une bête de la forêt ?

— Moi !? s'offensa Guthrum avant de pointer vers lui un doigt accusateur. Tu ne peux t'en prendre qu'à toi-même ! Ce n'est pas moi qui ai tué ce garçon, et il n'est pas question que je parte en guerre contre Ubba et Halfdan pour toi ! (Il marqua une pause pour se calmer.) Sais-tu qu'il a exigé que je te livre dès ce soir ? Je l'ai convaincu de patienter jusqu'à demain, mais je ne peux rien faire de plus pour te protéger.

— Je n'abandonnerai pas Aslef aux portes de la mort. C'est à cause de moi s'il…

— Et combien d'autres guerriers de ta compagnie veux-tu voir mourir ? Si tu restes à Lunden, tu mourras, et il est presque certain que tu emporteras plusieurs de tes guerriers dans la tombe. Mais tu peux aussi partir, seul, et leur épargner le devoir de se battre pour toi.

Geirmund eut soudain la sensation que les antiques murs de la ville menaçaient de l'ensevelir. On lui demandait de choisir entre son honneur et la vie de ses guerriers et amis.

— Où dois-je aller ?

— Va retrouver ton peuple et ta famille. Tu seras toujours en danger parmi les Danois, alors réfugie-toi au nord. Tiens, prends ceci. (Il lui donna une petite bourse d'argent.) Je ne marcherai pas toujours au côté de Halfdan. Quand tu apprendras que nos armées se sont séparées, viens à moi, et je t'accueillerai de nouveau. Ensemble, nous prendrons le Wessex.

Geirmund inclina la tête.

— Je te remercie. Je vais empaqueter mes affaires.

— Hâte-toi. Tu devras être déjà loin avant l'aube. (Il lui empoigna le bras dans un geste fraternel.) Ne baisse jamais ta garde. Krok a juré de te tuer pour Halfdan et Ubba, et j'entends te récupérer en un seul morceau.

Le guerrier inclina la tête derechef et Guthrum lui lâcha le bras.

— Va, lui ordonna-t-il. Il fera bientôt nuit.

Geirmund lui fit ses adieux et se rendit dans la pièce où il séjournait. Malgré ses efforts pour rester discret, à peine eut-il enfilé sa broigne que Steinólfur se campa dans l'embrasure de la porte avec un air renfrogné, Skjalgi et Birna derrière lui.

— Certains pourraient croire que tu nous quittes, énonça le vieux guerrier, mais pas moi. Tu nous as déjà abandonnés une fois et je sais que tu n'aurais pas la bêtise de commettre de nouveau cette erreur. N'est-ce pas ce que j'ai dit ? lança-t-il par-dessus son épaule.

Birna confirma d'un hochement de tête.

— En effet, mais il semblerait que tu te sois fourvoyé.

Steinólfur entra dans la pièce et croisa les bras en fustigeant Geirmund du regard.

— Eh bien ? Comptes-tu faire de moi un menteur ?

Geirmund soupira et secoua la tête.

— Je pars, annonça-t-il, avant d'ajouter en voyant le vieux guerrier s'empourprer de colère et d'incrédulité : Je dois partir. Une querelle de sang a éclaté entre Halfdan, Ubba et moi.

— « Une querelle de sang » ? répéta Birna. À quel sujet ?

— Après que la mer m'a rejeté sur le rivage, et avant Ashdown, j'ai tué l'un des cousins d'Ubba. Je serais mort autrement. Malheureusement, il n'y avait aucun témoin, et il n'y a aucun Althing pour me juger.

— Mais pourquoi pars-tu ? insista Skjalgi, moins fâché que déconcerté.

Geirmund lui répondit en s'avançant vers Steinólfur, qu'il regarda droit dans les yeux.

— Parce qu'Aslef a déjà payé le prix de mes décisions, et je refuse de voir mes autres guerriers connaître le même sort. Halfdan viendra me chercher demain matin. S'il me trouve ici, nous nous affronterons. Je ne laisserai personne d'autre mourir pour moi.

Birna s'esclaffa.

—N'était-ce pas précisément l'objet de notre serment ?

—J'ai tué cet homme avant que vous me prêtiez serment, argua-t-il. Il ne vous engage donc pas dans le cas présent.

—Alors nous partons avec toi, décréta Steinólfur, dont la voix s'était adoucie maintenant qu'il semblait comprendre le dilemme de Geirmund. Le petit et moi. Nous t'avions déjà prêté serment.

—Je ne peux y consentir. Le guerrier de Halfdan s'est juré de me tuer. Si vous m'accompagnez, la querelle de sang vous touchera…

—J'en suis conscient, l'interrompit-il en décroisant les bras. Me prends-tu pour un imbécile ?

—Seulement pour vouloir m'accompagner, répliqua Geirmund avec un sourire.

Le vieux guerrier ricana.

—C'est toi l'imbécile si tu pars sans moi. D'ailleurs, je te suivrai quand même.

—Moi aussi, enchérit Birna.

Les deux hommes se tournèrent vers elle de concert, Geirmund quelque peu étonné par sa loyauté.

—Pourquoi souhaites-tu venir ?

—Parce que je t'ai prêté serment. Mais aussi parce que je veux venger Aslef, et que le moyen le plus sûr d'y parvenir est de rester près de toi si son meurtrier prévoit en effet de te poursuivre. Et puis j'en ai assez de Lunden.

Geirmund passa en revue les différents choix qui se présentaient à lui, et se rendit compte qu'il en avait très peu. Fidèle à sa parole, Steinólfur n'hésiterait pas à le suivre avec Skjalgi, tout comme Birna ; il était donc vain d'essayer de leur fausser compagnie.

—Fort bien. Mais que faites-vous d'Aslef ? Il n'est pas encore…

—Aslef comprendrait, le coupa Birna. Tu le sais. Et je sais pour ma part que Thorgrim voudra rester auprès de lui jusqu'à la fin. Il commanderait aussi les Hel-hides jusqu'à notre retour si tu le lui demandais.

Geirmund s'approcha de la porte.

— Alors je vais lui demander…

— Laisse-moi m'en charger, dit-elle. Il nous faut agir vite et discrètement. Et puis… j'ai des adieux à lui faire.

— Qu'en est-il de Rafn et Vetr ? s'enquit Steinólfur.

Tous se tournèrent vers Geirmund pour la réponse.

— Offrez-leur le choix, mais n'en parlez à personne d'autre.

Birna acquiesça, puis partit remplir sa mission. Skjalgi en profita pour entrer dans la pièce tandis que Geirmund préparait son paquetage.

— Vous devriez rassembler vos affaires. (Il leva les yeux en s'apercevant que ni le vieux guerrier ni le garçon ne bougeaient.) Vous aviez autre chose à dire ?

— Tu étais prêt à nous laisser, lui reprocha Steinólfur en secouant la tête, et Geirmund comprit qu'il ne lui pardonnerait pas de sitôt. Je ne parle pas des autres, mais de nous. (Il jeta un coup d'œil à Skjalgi.) Tu étais prêt à nous abandonner.

— Je n'avais pas le choix…

— Bien sûr que si, l'interrompit-il en le pointant du doigt. C'est la deuxième fois que tu nous tournes le dos. S'il y en a une troisième, je saurai le peu de valeur que tu accordes à mon serment, et j'en serai affranchi. M'as-tu bien compris ?

Geirmund marqua une pause pour témoigner à la question de Steinólfur le respect qu'elle méritait. Il devait en coûter beaucoup à un homme d'honneur tel que lui de parler de rompre son serment.

— Je ne te tournerai plus jamais le dos.

— Parfait, opina le vieux guerrier. Nous allons récupérer nos affaires.

— Je vous attends ici.

Quelques instants plus tard, Birna revint accompagnée de Rafn et Vetr, qui avaient décidé de se joindre à leur petite troupe de guerre.

— Et Thorgrim ? demanda Geirmund à la skjaldmö.

— Il s'assurera que les Hel-hides gardent leurs lances affûtées. Aslef dort pour le moment, mais, si jamais il se réveille, Thorgrim lui expliquera tout.

— Alors il est temps de partir, conclut Geirmund.

Ainsi, dès le retour de Steinólfur et Skjalgi, ils se mirent en route.

# Chapitre 19

Geirmund s'attendait à croiser beaucoup de Danois sur la voie Earninga, car il avait pu constater leur présence quand il voyageait avec John. En outre, la route passait trop près de la frontière ouest de l'Est-Anglie, gouvernée par Ubba. Aussi sa petite troupe de cinq Hel-hides et lui renoncèrent-ils à ce chemin familier au profit d'une autre voie romaine qui partait du nord-ouest de Lunden, appelée Wæcelinga, dans l'espoir de rencontrer moins d'ennemis en s'enfonçant dans la Mercie.

Si le croissant de lune leur prodiguait assez de clarté pour voir la route de pierraille, il ne leur permettait pas de discerner les potentielles menaces qui les guettaient dans l'ombre des arbres. Pendant plusieurs haltes, ils traversèrent les terres agricoles qui nourrissaient les villages disséminés le long du Thames, dont les grandes demeures et petites maisons n'étaient pour eux que de lointaines sources de lumière et de fumée. Très vite, des bois envahirent ces champs et pâturages, pour finalement céder la place à une forêt profonde. Geirmund ne craignait pas de tomber sur des bandits à cette heure de la nuit ; non seulement ces derniers n'imaginaient sans doute pas trouver des voyageurs à détrousser, mais ils renonceraient aussi sûrement à s'en prendre à un groupe si lourdement armé. Toutefois, il veilla à garder les yeux grands ouverts et l'oreille aux aguets.

Aux environs de minuit, ils arrivèrent sur une lande marécageuse peuplée de forêts de chênes et de bouleaux, et de bosquets de noisetiers et de charmes. À partir de là, la route devenait trop sombre sous le dôme feuillu des arbres pour voyager sereinement.

Estimant qu'ils avaient mis assez de distance entre Halfdan et eux, Geirmund ordonna une halte pour la nuit.

Ils gagnèrent un bouquet de trois grands chênes à l'écart de la route et s'installèrent entre les racines sinueuses, de l'autre côté des larges troncs, afin de dormir à l'abri des regards. Ils se relayaient pour monter la garde. Malgré tout, Geirmund se réveilla en sursaut bien avant l'aube, alerté par des bruits dans la lumière bleue du petit matin. Il frissonna, et ses os craquèrent comme les branches au-dessus de sa tête tandis que sa troupe reprenait la route avant les premières lueurs dorées du jour.

Ils ne tardèrent pas à retrouver la plaine, et le soleil daigna enfin se lever, dardant ses rayons sur les vestiges d'une nouvelle cité romaine sur leur route. En dépit de leur taille impressionnante, les ruines antiques n'impressionnaient plus autant Geirmund : il ne les imaginait plus hantées par les morts, même si elles semblaient encore inquiéter l'un des membres de sa troupe.

Skjalgi ne cessait de jeter des regards apeurés autour de lui tandis qu'ils parcouraient les rues silencieuses, passant devant des temples et un colisée, avant de traverser une vaste place large de cinquante toises.

— Au moins, les morts se tiennent tranquilles, murmura le garçon.

— Les Romains ne sont pas des morts-vivants, lui expliqua Geirmund. Ils sont morts, un point c'est tout. Tu n'as pas besoin d'avoir peur, Skjalgi. Ils sont venus en Angleterre, ont conquis ses terres, puis ils les ont perdues. Aujourd'hui, elles sont entre les mains des Saxons, mais elles seront bientôt à nous.

Son discours parut rassurer un peu le garçon.

Ils eurent tôt fait de laisser derrière eux l'antique cité, et, à la mi-journée, ils arrivèrent aux abords d'un village saxon. Après quelques champs et fermes, ils approchèrent des premières maisons. Plus loin, Geirmund aperçut un carrefour au cœur du village. Plusieurs bâtiments s'y dressaient en rangs serrés, dont ce qui ressemblait à une boulangerie au fournil éteint, une taverne, ainsi que de nombreux étals vides. Il ne repéra que peu de Saxons dans les rues, comme si tous les habitants s'étaient claquemurés.

Soudain, un homme leur barra la route. Doté d'une armure en cuir et d'une épée, il les arrêta d'un geste.

— La Mercie est en paix, déclara-t-il avant de regarder la troupe qui suivait Geirmund. Que venez-vous faire ici ?

— Nous nous rendons au nord, répondit Geirmund en repérant encore trois hommes armés non loin, dont l'un équipé d'un arc et d'un carquois à la hanche. Nous n'avons pas l'intention de nous attarder ici ni de troubler la paix. Nous souhaitons simplement passer.

— D'où venez-vous ? Lunden ?

Geirmund entendit Steinólfur glousser dans son dos.

— Ce porc saxon ne manque pas d'audace.

— Que t'importe d'où nous venons ? demanda Geirmund en réponse.

Le Saxon haussa les épaules.

— C'est mon devoir de contrôler les va-et-vient. Les voyageurs sont souvent source de problèmes.

Geirmund le vit alors se renfrogner et remarqua des contusions récentes sur son cou, ainsi qu'un peu de sang séché à la commissure de ses lèvres.

— Nous ne sommes pas les premiers Danois que tu croises aujourd'hui, avança-t-il.

— Quoi ? balbutia l'homme, avant de déglutir en fronçant les sourcils. Je ne…

— Non, ne te retourne pas, lui intima Geirmund alors que le Saxon s'apprêtait à jeter un coup d'œil derrière lui. Ne me quitte pas du regard, fais comme si nous discutions de vos récoltes. Trahis-moi et je te promets que tu mourras aussitôt, quoi qu'il advienne ensuite.

— Seigneur ! murmura l'homme, avant de fermer les yeux en soufflant lentement, les lèvres serrées. Soyez tous maudits, démons païens.

— Leur chef a-t-il un anneau dans le nez ? l'interrogea Geirmund. Un homme prénommé Krok ?

— Je ne lui ai pas demandé son nom. Mais, oui, il avait un anneau dans le nez, comme un bœuf.

Les guerriers de Geirmund se mirent à parler tout bas, mais se gardèrent de sortir leurs armes ou de réagir d'une quelconque manière. Krok et ses Danois les attendaient certainement plus loin pour leur tendre une embuscade, il ne s'agissait pas de les alerter.

— Combien sont-ils ? s'enquit Geirmund.

— Dix-huit, peut-être vingt guerriers, répondit le Saxon en regardant ses bottes. Ils sont arrivés à l'aube et nous ont demandé si nous avions vu des Danois de Lunden.

— Ils nous auront dépassés pendant notre sommeil, émit Rafn. Puis, quand ils s'en sont rendu compte, ils ont décidé de préparer ce piège.

Birna prit la parole :

— Sans les regarder, Saxon, dis-nous si nous sommes à portée de leurs flèches ?

— Encore quelques pas et oui.

— Où sont-ils ? le questionna Steinólfur.

L'homme avait le front moite malgré la fraîcheur matinale.

— Il y en a quelques-uns dans la taverne. D'autres se sont cachés en face de l'établissement. Les derniers se sont postés en divers endroits avec leurs arcs.

Geirmund scruta la rue devant lui à la recherche d'éléments à exploiter, mais n'en trouva aucun dans l'immédiat.

— Pourquoi nous avoir arrêtés ? Pourquoi ne pas nous laisser marcher dans le piège ?

— Il voulait que rien ne vous semble sortir de l'ordinaire.

— Où sont les villageois ? demanda Vetr.

L'homme esquissa un bref hochement de tête vers l'est.

— Ils se cachent dans les marais en attendant qu'il n'y ait plus aucun Danois dans le coin.

— Nous pourrions y aller nous aussi, suggéra Steinólfur.

— Et battre en retraite ? s'offusqua Birna. Le meurtrier d'Aslef est à portée de main. Je refuse de…

— Ils sont trois fois plus nombreux que nous, la raisonna Geirmund, et ils contrôlent le terrain. La vengeance attendra que nous décidions de la bataille.

— Si vous fuyez, les prévint le Saxon, il comprendra que je l'ai trahi. Ils nous massacreront et brûleront notre village.

— Pourquoi devrions-nous nous en soucier ? lâcha Rafn.

L'homme blêmit et grogna :

— Vous, les Danois, vous êtes tous…

— Comment t'appelles-tu ? les interrompit Geirmund.

Le Saxon hésita un instant.

— Elwyn.

— Elwyn, par où peut-on rapidement accéder aux marais d'ici ?

— Droit devant. Il y a une route au nord de l'atelier du forgeron. Elle mène à un chemin vers les marécages.

Un plan se dessina dans l'esprit de Geirmund à la mention du forgeron.

— Elwyn, ces Danois sont des hommes de Halfdan, frère d'Ivarr et Ubba, qui ont conclu une trêve avec ton roi Burgred. Ils ne pilleront vos maisons que si tu leur donnes une raison de le faire, mais si tu suis mes instructions à la lettre ton village et toi serez épargnés.

Le Saxon changea de posture.

— Je t'écoute.

— Nous irons attendre dans l'atelier du forgeron. Toi, tu iras voir Krok, et il te demandera de quoi nous avons parlé. Tu lui diras que nous comptons rester sur place un jour ou deux et que nous avons demandé à voir le forgeron. C'est ta chance de persuader Krok que tu travailles toujours pour lui.

— Et vous, que ferez-vous ?

— Nous attendrons. Il enverra probablement l'un de ses guerriers se faire passer pour le forgeron auprès de nous et, pendant ce temps, il déploiera les autres ici pour nous attaquer, ou son faux forgeron tentera de nous convaincre d'aller à un autre endroit de leur choix. Dans tous les cas, ce sera le faux forgeron que Krok blâmera pour notre fuite, et il abandonnera certainement ton village pour nous poursuivre.

Cette prédiction dut rassurer le Saxon, car il acquiesça lentement en réponse, puis se tourna et désigna la route d'un geste.

— Je vais vous conduire chez le forgeron.

Geirmund jeta un bref coup d'œil à ses guerriers, qui opinèrent de la tête, puis tous s'avancèrent dans la rue calme et silencieuse. Peut-être les archers ennemis tenteraient-ils de leur tirer dessus, mais Krok se réservait probablement l'honneur d'occire Geirmund lui-même et attendrait de tenir les Hel-hides dans son embuscade, au carrefour. Geirmund s'efforça de ne paraître ni vigilant ni soucieux, non sans guetter d'une oreille le claquement d'une corde d'arc.

Arrivés à l'atelier du forgeron, ils découvrirent un abri ouvert sur les routes nord et ouest, et fermé avec des planches de bois côtés sud et est. Une forge brûlante rougeoyait en son centre, entourée de plusieurs établis et d'une enclume sur laquelle des pinces enserraient une lourde barre de fer au bout aplati à coups de marteau. À l'évidence, le forgeron était en plein travail à l'arrivée des Danois, et il avait déguerpi en laissant tout en plan.

Elwyn adressa un dernier signe de tête à Geirmund, puis ses guerriers et lui se dirigèrent vers la taverne, un peu plus loin. Vetr s'adossa à un poteau.

— Nous avons un bon plan.

— Sauf si ce porc saxon nous vend à Krok, nuança Rafn.

— C'est une possibilité, concéda Geirmund en observant la porte de la taverne et la rue voisine à l'affût du moindre mouvement. Mais son choix et son destin lui appartiennent. Dans tous les cas, il attirera Krok vers nous.

— Nous pourrions gagner les marais et en finir tout de suite, proposa Steinólfur.

Geirmund se tourna vers lui.

— Vas-y. Emmène Skjalgi, Rafn et Vetr. Allez explorer le chemin qui mène aux marais et surveillez la sortie du village. Birna et moi allons rester encore un peu.

À la mine morose de Steinólfur, on devinait que cette tâche ne l'enchantait guère ; néanmoins, les trois hommes et lui s'esquivèrent sans discuter par la venelle juste au nord de l'atelier. Birna se rapprocha de Geirmund pour observer la taverne à son côté et, pendant un moment, rien ne se produisit.

— Pourquoi attendons-nous ici ? demanda-t-elle enfin.

— Pour respecter la promesse que j'ai faite au Saxon.

— Même s'il ne respecte pas la sienne ?

Geirmund lui décocha un sourire narquois.

— Que disais-tu déjà au sujet de l'honneur ? « Même quand seuls les dieux en sont témoins » ?

Elle éclata de rire.

— Alors espérons que Krok est aussi futé que tu le penses, et pas davantage.

— Il s'est montré un tantinet malin à Lunden, reconnut Geirmund.

— Assez pour te prendre par surprise.

— Cela n'arrivera pas deux fois.

— Jusqu'à ce que tu tombes sur plus rusé que toi. Et tu peux être sûr qu'il y en…

— Regarde.

La porte de la taverne venait de s'ouvrir ; une skjaldmö aux cheveux bruns en sortit. Elle promena son regard autour d'elle, le fixa sur l'atelier, puis s'avança vers eux d'un pas tranquille.

— Elle n'est pas armée, nota Birna.

— Non, et elle ne porte pas d'armure, souligna Geirmund avec un petit sourire. Elle est censée jouer le rôle de notre forgeron, je te rappelle.

— Il faut croire que Krok est tout de même un peu malin. On la prendrait presque pour une Saxonne.

Lorsque la guerrière ne fut plus qu'à quelques pas de l'abri, Geirmund s'efforça d'adopter la même attitude détachée pour lui demander :

— C'est toi, le forgeron du village ?

La femme entra dans l'atelier.

— Tout à fait.

— Vraiment ? demanda Birna en faisant mine de la détailler de la tête aux pieds. Moi qui croyais que les Saxonnes devaient se cantonner à la cuisine, à la prière et à la ponte de petits Saxons.

— Je n'en sais rien. Je suis bretonne, répondit la femme en croisant des bras assez musclés pour appartenir à une forgeronne. Il paraît que vous avez besoin de mes services ?

— Oui, confirma Geirmund. Nous voulons faire réparer certaines armes et pièces d'armure.

Elle balaya l'atelier du regard.

— Où sont les autres ?

— Quels autres ?

— Vous étiez six. En tout cas, c'est ce qu'Elwyn a dit.

— Je ne tiens pas mes guerriers en longe.

La Danoise hésita, cherchant sans doute comment improviser, puis elle hocha la tête vers la taverne.

— Venez, allons en discuter autour d'un verre.

Elle pivota comme pour partir.

— Nous pouvons discuter ici, rétorqua Geirmund. Tu étais visiblement en plein travail.

— Pardon ?

Il désigna la pince et la barre de fer abandonnées sur l'enclume.

— Nous ne voudrions pas te déranger, ajouta Birna.

— Oh ! fit-elle. Ce n'est rien. Venez, vous…

— Que forgeais-tu ? l'interrogea la Hel-hide.

Geirmund et elle n'avaient pas bougé d'un pouce. Un court silence s'ensuivit. La femme haussa les épaules.

— Un crochet pour chaudron.

— C'est beaucoup de fer pour un simple crochet, commenta Birna.

La guerrière demeura silencieuse, mais serra les poings.

— Tu n'es pas bretonne, affirma Geirmund en penchant la tête de côté. Tu es assez grande pour être danoise.

Du coin de l'œil, il vit Birna tirer doucement sa hache. Aussitôt, l'autre femme porta la main à sa ceinture pour saisir une arme absente. Elle baissa les yeux et, s'étant trahie, renonça à son imposture. Elle adressa à Geirmund un rictus rageur tandis qu'il dégainait son scramasaxe.

— Dis-moi, qu'est-ce que Krok a… ?

La tête de la femme se tordit violemment dans un bruit sourd, l'oreille tranchée, une hache logée dans le crâne. Les yeux encore ouverts, elle s'écroula d'un coup. Ses bottes et ses doigts tressautèrent lorsque Birna s'approcha pour retirer son arme dans un craquement d'os. Du sang et de la cervelle giclèrent du crâne ouvert sur la terre noire et grasse de l'atelier.

— Pour Aslef, murmura-t-elle en nettoyant sa hache avec l'un des chiffons du forgeron. Aucun d'eux ne connaîtra le Valhalla par mon fait si je peux l'en empêcher, et maintenant il y en a une de moins. Nous devrions…

— Geirmund !

La voix appartenait à Steinólfur et venait de quelque part à l'est de l'atelier.

— Ils arrivent ! cria le vieux guerrier.

La porte de la taverne s'ouvrit devant eux et des guerriers se ruèrent dehors en rugissant. Geirmund et Birna échangèrent un regard, puis s'élancèrent dans la venelle. Alors qu'ils passaient devant une poignée de dépendances, ils entendirent des bruits de combat un peu plus loin ; ils déboulèrent sur une petite place bordée par une forêt tortueuse.

Deux Danois se tortillaient, agonisants, aux pieds de Vetr, dont la lance était maculée de sang. Un troisième tomba avec un cri étranglé sous l'épée de Steinólfur tandis que d'autres ennemis arrivaient du nord et de l'ouest. Des cris furieux s'élevaient partout dans le village.

— Courez ! hurla le vieux guerrier en indiquant une trouée dans les bois. Le chemin est là ! Rafn est parti en reconnaissance avec Skjalgi.

Une flèche se ficha brusquement dans le sol près de Vetr, qui virevolta pour dévier un second trait avec sa lance. Puis il se rua vers le couvert des arbres, Birna, Geirmund et Steinólfur sur ses talons. Suivant le chemin, les quatre compagnons s'enfoncèrent à toutes jambes dans les bois. Le sol devint marécageux à mesure qu'ils avançaient, et, très vite, ils se retrouvèrent à patauger dans la gadoue, là où la piste disparaissait sous l'eau.

Geirmund entendait le tumulte de leurs poursuivants dans leur dos, mais il pouvait compter sur l'étroit chemin cerné de marais pour protéger leurs arrières et leurs flancs, au moins pour un temps. Le terrain lui rappelait les marécages d'Ancarig, avec ses bourbiers, ses trous d'eau et ses îlots d'herbes hautes.

— Où est Rafn ? lança-t-il.

Il obtint aussitôt la réponse : le guerrier surgit de nulle part sur le sentier, sa fine épée de Miklagard à la main.

— Tout le monde est là ?

— Oui, confirma Vetr tandis que Birna, Geirmund et Steinólfur les rattrapaient.

— Peux-tu faire de vraies blessures avec cette épée ? se moqua le vieux guerrier.

— Tu serais surpris, répliqua Rafn. Le garçon a repéré une autre piste avec ses yeux de faucon.

Là-dessus, il tourna les talons et s'engouffra dans un mur d'herbe et de ronces. Les autres lui emboîtèrent prestement le pas et se taillèrent un passage dans une forêt de roseaux jusqu'à rallier une piste presque invisible faite d'empreintes de sabots et de pattes. Elle serpentait dans une partie dense du marais, où elle semblait disparaître une centaine de toises plus loin.

Skjalgi les attendait.

— J'ignore jusqu'où ça va, admit-il.

— Nous nous en contenterons pour l'instant, rétorqua Geirmund avant de prendre la tête du groupe.

À tout le moins, les arbres les préserveraient des flèches des guerriers de Krok si ces derniers les retrouvaient.

La piste les emmena dans un coin du marais où les saules pleureurs et les aulnes se resserraient. Il y régnait un air lourd et stagnant, chargé d'une puissante odeur d'humus. Leur arrivée effraya des oiseaux au long bec et aux longues pattes, qui s'envolèrent tandis que des grenouilles se jetaient à l'eau. Chaque fois qu'ils s'arrêtaient pour tendre l'oreille, le bruit de leurs ennemis faiblissait. Puis Geirmund devint certain qu'ils les avaient semés, au moins pour le moment. Quand leur piste atteignit un îlot de terre sèche, il ordonna une halte et s'assit sur un tronc moisi pour faire le point.

— Krok a perdu quatre guerriers dans cette histoire. Si on en croit Elwyn, sa troupe ne doit donc plus en compter que quinze.

— Et tu as été plus malin que lui, le félicita Vetr en s'asseyant par terre, jambes croisées, pour nettoyer et aiguiser sa lance, Dauðavindur. S'il tient un tant soit peu à sa réputation, il ne retournera pas auprès de Halfdan de sitôt.

Geirmund acquiesça.

— À Lunden, il a soutenu que ma mort lui vaudrait le titre de jarl.

— Voilà une belle récompense, glousse Rafn en sortant un morceau de viande séchée de son sac pour le mâchonner. Tu peux être sûr qu'il nous traquera avec une hargne farouche.

— Et ils restent deux fois plus nombreux, ajouta Steinólfur. Nous avons eu de la chance aujourd'hui, mais ce ne sera peut-être pas toujours le cas.

— Si c'est mon destin de mourir, je mourrai, déclara Geirmund. Mais pas de sa main.

— Alors qu'il meure de la tienne, cracha Birna, ou de la mienne. Ils doivent tous périr.

Elle avait raison : la poursuite acharnée de Krok ne pouvait se conclure que par la mort du Danois ou la sienne. Cependant, il avait aussi conscience de ne pas posséder le nombre de guerriers nécessaire pour un affrontement direct ; il devrait compter sur la ruse pour vaincre son adversaire.

— Si nous connaissions ces marécages, nous pourrions le défier ici. Mais, de fait, le terrain nous entraverait autant que Krok. Il nous faut trouver un autre champ de bataille dont nous serions maîtres, et éviter nos ennemis en attendant.

Skjalgi se donna une claque sur la joue.

— Un endroit sans moustiques, de préférence.

L'air de ces marais étant en effet horriblement vicié, Geirmund ordonna à sa troupe de se remettre en marche, mais ils durent attendre la mi-journée pour sortir enfin des marécages et retrouver la lande sèche. À partir de là, ils se tinrent à l'écart des voies romaines et des pistes saxonnes en parcourant la nature sauvage. Ils passèrent les deux jours suivants à se frayer un chemin à coups de hache et de scramasaxe dans des forêts pleines de ronces. Ils rencontrèrent d'autres marais et pataugèrent dans des ruisseaux glacés.

Au début, s'ils ne manquaient pas d'eau, trouver de la nourriture s'avéra plus ardu. Birna dénicha quelques buissons de baies acides, et ils cueillirent des champignons que Rafn avait su identifier ; ils attrapèrent plusieurs petits poissons à l'aide d'une cage en osier tressée par Vetr, mais aucun lièvre ni aucun écureuil ne se laissa prendre dans les collets de Geirmund. Puis même l'eau vint à manquer, les vastes étendues de lande déserte qu'ils avaient atteintes offrant moins de ruisseaux et pas le moindre gibier.

Geirmund passa de longues nuits à grelotter, ne profitant de maigres feux de camp que lorsqu'ils trouvaient assez de bois sec et ne risquaient pas de trahir leur présence.

Au troisième jour, la faim qui lui tordait les boyaux affecta peu à peu ses jambes et son esprit. Il ressentait une faiblesse que ni repos ni sommeil ne pouvaient guérir, même s'il n'aspirait qu'à dormir. Mais, dans la nuit noire, il imaginait sa troupe épiée par les vættir de la morne plaine et hantée par le draugr d'un Aslef réclamant vengeance pour avoir été abandonné sur son lit de mort. Seul son devoir envers ses Hel-hides lui donnait la force d'avancer, et leur devoir envers lui semblait leur donner la volonté de ne pas se plaindre.

Au quatrième jour, ils pénétrèrent dans une nouvelle forêt et perçurent une odeur de feu de bois. Prudents, ils se dispersèrent et se faufilèrent sans bruit pour découvrir la source de la fumée. Geirmund scrutait les fourrés en s'avançant d'un pas aussi léger que possible ; sa troupe tomba sur une vaste clairière, au milieu de laquelle se dressait un temple saxon bâti de pierre. L'édifice lui rappelait celui de Medeshamstede. Ou, du moins, ce que Medeshamstede aurait pu être si les Danois ne l'avaient pas détruit.

L'imposant temple de la clairière faisait aisément quinze toises de haut sur trente de long, avec un toit pointu et une tour ronde à une extrémité. Une muraille partait de sa façade sud pour entourer plusieurs grandes dépendances, laissant une multitude d'étables et d'ateliers à l'extérieur de son enceinte. Des hommes en robe besognaient dans les potagers et les jardins environnants, le genre de prêtres que John avait appelé des « moines ». Leurs seules armes étaient les outils qu'ils employaient pour labourer et sarcler la terre. Tapi dans l'ombre avec ses Hel-hides, Geirmund les observa un moment.

— Si nous parvenions à attirer Krok ici, nous pourrions utiliser ce temple à notre avantage, suggéra Rafn.

— Encore faudrait-il nous en emparer, remarqua Steinólfur.

Birna s'esclaffa.

— Rien de plus facile. Les prêtres sont des gens faibles.

— Beaucoup le sont en effet, concéda Geirmund, mais j'en connais au moins un qui a affronté et tué des Danois à Ashdown.

— Et puis la Mercie est en paix, leur rappela Skjalgi.

Le garçon s'exprimait si rarement que tous se tournèrent vers lui, y compris Geirmund et Steinólfur. Devant leur surprise, Skjalgi ajouta d'un ton calme et confiant :

— C'est ce qu'Elwyn le Saxon nous a dit.

— En effet, acquiesça Steinólfur, avant de regarder Geirmund avec un petit sourire. Mais devons-nous préserver cette paix ?

Leur commandant réfléchit un instant.

— Si nous rompons la trêve, nous donnons à Ubba et Halfdan une raison supplémentaire de nous haïr. Nous nous mettrions encore plus en danger.

— Alors que faisons-nous ? s'enquit Rafn. Nous ne trouverons sans doute pas de meilleur endroit contre Krok que l'enceinte de ces murs.

Geirmund étudia de nouveau les moines en s'efforçant de se rappeler tout ce qu'il avait appris à leur sujet grâce aux deux prêtres qu'il avait croisés depuis son arrivée en Angleterre. Il existait sûrement un moyen de récupérer leur temple pour ses Hel-hides sans troubler la paix. Il repensa à la première fois où il avait rencontré John, lorsque le prêtre lui avait offert un morceau de pain aussi dur que de la pierre parce que son dieu le lui commandait. Puis, alors qu'il scrutait les visages des moines, un détail le fit brusquement sourire.

— J'ai une idée.

# Chapitre 20

À quelques toises du temple et de ses dépendances se dressait un gros four en forme d'oignon. L'air trouble au-dessus indiquait qu'il était allumé, et Geirmund se mit à saliver à la pensée d'un pain chaud.

— Je ne comprends pas ton plan, confessa Steinólfur.

Les autres Hel-hides et lui regardaient Geirmund ôter son armure et ses armes d'un air perplexe, voire quelque peu inquiet.

— Faites-moi confiance, les rassura-t-il. Nous ne pouvons pas les aborder de front. J'ai déjà essayé, mais leur peur et leur haine des Danois sont trop grandes. Il n'y a qu'un moyen d'obtenir ce que nous voulons tout en préservant la paix, mais, pour cela, ils doivent me croire réellement dans le besoin. Vous devez me jurer que, quoi que vous voyiez, vous resterez cachés jusqu'à mon signal.

Ses Hel-hides échangèrent des regards dubitatifs, avant de se tourner de concert vers Steinólfur, qui secoua la tête en haussant les épaules.

— Nous nous fions à ton ingéniosité.

Geirmund opina de la tête, puis se faufila vers le sud de la clairière sous le couvert des arbres, jusqu'à se trouver le plus près possible du four sans quitter sa cachette. Malgré cela, il restait au moins quinze toises de terrain découvert entre le pain qui cuisait et lui.

À cet instant, un moine râblé émergea d'un bâtiment voisin en époussetant de la farine de sa robe. Il alla ouvrir le four, puis en sortit plusieurs pains bruns à l'aide d'une longue pelle en bois.

Il fit sauter les miches brûlantes dans ses mains et les déposa sur une table pour les laisser refroidir.

Geirmund attendit son départ, s'assurant que les autres prêtres à proximité avaient le dos tourné. Puis il s'élança vers le pain à travers un carré de navets dont les feuilles lui fouettèrent les jambes, songeant que ses Hel-hides devaient le trouver ridicule. Il atteignit la table, attrapa deux miches et, alors qu'il repartait, reçut un coup de pelle en pleine figure.

Il tomba lourdement en poussant un grognement de douleur, les yeux piqués de larmes, le nez en sang. Cet incident ne faisait pas partie de son plan. Plus rapide que prévu, le boulanger le cloua au sol en lui plantant le manche de sa pelle dans le torse. Geirmund laissa les miches lui échapper des mains.

— Pèse tes mots et tes choix avec soin, voleur, maugréa le moine, ou je te promets que tu les regretteras.

Geirmund le croyait tout à fait capable de tenir sa promesse.

— Pitié, gémit-il, je n'ai rien mangé depuis des jours.

— Tu aurais mieux fait de commencer par là plutôt que de chaparder.

Geirmund entendit et vit une foule de prêtres s'approcher, intrigués. Toujours maintenu au sol par le moine robuste, il chercha parmi eux un visage connu. Il avala le sang qui lui coulait dans la gorge, espérant ne pas s'être trompé sur l'homme qu'il avait aperçu depuis les bois.

— Qui es-tu ? l'interrogea le boulanger. Es-tu danois ?

— Je m'appelle Geirmund.

Alors, les moines s'écartèrent pour laisser passer l'un de leurs frères.

— Geirmund ? demanda le nouveau venu. Impossible… Frère Almund, aide cet homme à se relever, que je puisse le regarder de plus près.

Le boulanger n'hésita qu'un instant.

— Oui, mon père.

Il retira aussitôt son bâton, puis empoigna Geirmund de ses grosses mains pour le mettre debout sans effort.

L'autre moine se rapprocha. Le guerrier essuya le sang sous son nez d'un revers de manche en étudiant le prêtre qui le scrutait, ravi de constater qu'il l'avait bien reconnu par la fenêtre d'un tombeau de bois, même s'il semblait curieusement plus jeune que lors de leur première rencontre.

— Torthred ?

À ce nom, un murmure parcourut le groupe de moines, qui se tournèrent vers le prêtre. Celui-ci arbora un grand sourire.

— J'avais soif, et tu m'as apporté de l'eau.

— Je suis très heureux de te revoir, dit Geirmund, avant d'ajouter en regardant autour d'eux : mais étonné de te trouver ici.

— Je suis ici parce que les Danois d'Ancarig ont levé le camp de façon fort subite et dans une grande colère. Peu de temps après ton départ, d'ailleurs. Il semblerait que moi et ma hutte scellée leur soyons sortis de l'esprit. Mais, si je suis ici, c'est aussi à cause de notre conversation.

— Ah ?

— Je me suis dit que tu avais raison. Dieu ne voulait pas que je meure de faim dans la solitude.

— Ce voleur voulait nous prendre notre pain, mon père, accusa le boulanger en continuant de tenir sa pelle comme une arme.

— C'est qu'il doit avoir faim, répondit Torthred. Quand bien même n'aurions-nous pas le devoir chrétien de nourrir les affamés, je me dois de témoigner à cet homme la même bonté qu'il m'a montrée. Je rappellerai également à tous mes frères que la Mercie est en paix avec les Danois. Maintenant, veux-tu bien lui donner une miche de pain, frère Almund ?

Le moine trapu se détendit, puis inclina la tête. Il se pencha pour ramasser l'un des pains de Geirmund, l'épousseta et le lui tendit. Le guerrier l'accepta, résistant avec peine à la tentation d'y mordre à pleines dents.

— Je ne crois toujours pas ma chance de te trouver ici.

— Pour ma part, je n'en suis pas surpris, remarqua Torthred. Je ne suis pas allé loin, nous ne sommes qu'à treize lieues d'Ancarig. Les terres de ce monastère appartiennent à l'abbaye de Medeshamstede, et je suis maintenant l'abbé de ce lieu. Mais peut-être ton voyage t'a-t-il mené plus loin depuis notre dernière rencontre ?

— Bien plus loin, confirma Geirmund, pour finalement me ramener au point de départ de mon périple en Angleterre, semblerait-il.

— Peut-être la main de Dieu t'a-t-elle guidé jusqu'ici.

— Seul le destin m'a conduit ici.

Torthred sourit derechef.

— Tu sembles exténué, Geirmund. Aimerais-tu te reposer un moment ?

Le guerrier acquiesça promptement.

— Volontiers.

— Nous disposons d'une petite chaumière pour les invités et les voyageurs. Tu peux t'y installer.

— Je peux te payer. J'ai de l'argent…

Torthred l'interrompit d'un geste.

— Nous ne demandons pas d'argent, même quand je n'ai pas de crainte quant à son origine. Suis-moi.

Il lui fit longer le mur vers l'ouest, talonné par quelques moines curieux, puis passa par un portail ouvert. Ils pénétrèrent dans une petite cour, où des poules caquetaient et picoraient la terre dans l'ombre du temple. Deux autres passages se présentaient là : l'un permettait d'accéder au temple, l'autre au reste du domaine monastique. Un puits en pierre se dressait au milieu de la place, et une maisonnette à peine plus grande que le tombeau de bois de Torthred était adossée au temple.

— Tu ne comptes pas m'y enfermer, n'est-ce pas ? s'enquit Geirmund.

Le prêtre sourit de toutes ses dents.

— Même si tu étais chrétien, tu n'aurais sans doute pas ta place dans une cellule d'anachorète.

— Où mène ce passage ? demanda le guerrier en hochant la tête vers la porte nord.

— À nos dortoir et réfectoire. Nous dormons et mangeons à l'écart du monde. Je te demanderai de ne pas franchir ce portail, mais tu peux sinon aller et venir à ta guise.

— Merci. Cependant, je dois t'avouer que je ne suis pas venu seul.

Torthred marqua une pause.

— Que veux-tu dire ?

— Cinq Danois m'accompagnent. Ils attendent dans les bois.

— Qu'attendent-ils ?

— Ta permission de me rejoindre ici. Nous sommes liés par serment. Ce sont des guerriers d'honneur et ils ne s'en prendront pas à vous.

Hormis une légère surprise initiale, le visage de Torthred ne trahit aucune pensée ni émotion. Il se contenta de dévisager longuement Geirmund.

— Tu auras ma permission, mais je dois d'abord consulter certains de mes frères sur la question. Ils vous demanderont peut-être de…

— Nous ne nous ferons pas baptiser chrétiens.

Torthred esquissa un sourire affable.

— Nous ne vous le demanderons pas. Veux-tu bien m'attendre ici ?

— Entendu.

Le prêtre hocha la tête, puis s'éclipsa avec sa suite de moines par la porte située au coin de la cour. Geirmund gagna la chaumière et se pencha dans l'embrasure de la porte pour en inspecter l'intérieur. La masure ne disposait que d'une seule pièce, occupée en grande partie par un lit en bois : une boîte longue et étroite fourrée de paille et recouverte de couvertures en laine et de fourrures. Une petite table et un tabouret complétaient l'ameublement. Geirmund remarqua une croix accrochée au-dessus du lit, qui lui rappela la grande salle où John et lui avaient dormi une nuit.

Décidé à se reposer en attendant le prêtre, il alla s'allonger, les mains derrière la tête. Les yeux fixés sur le toit de chaume juste au-dessus de lui, il songea que le destin l'avait forcément conduit là, car les conséquences de ses nombreux choix à Ancarig ne l'avaient pas seulement obligé à quitter Lunden, elles l'avaient aussi mené à ce lieu de refuge.

Torthred revint peu de temps après, l'air satisfait.

— Tes guerriers et toi pouvez rester. Notre table et nos mœurs sont modestes, mais nous les partagerons de bon gré si vous participez en échange au développement et à la défense de ce monastère.

— « La défense » ? répéta Geirmund, étonné d'entendre Torthred parler de son lieu de culte en ces termes. La Mercie n'est-elle pas en paix ?

— Medeshamstede et Ancarig l'étaient aussi. Nous savons très bien tous deux que certains s'en moquent.

— J'ai combattu des Danois de cette engeance, et ce sont aujourd'hui mes ennemis. Si certains devaient s'aventurer par ici, je les affronterais de nouveau.

— Espérons que tu n'en auras pas besoin.

Geirmund accepta ses conditions, puis alla annoncer la nouvelle à ses Hel-hides. L'idée de vivre avec des prêtres les laissait fort sceptiques, malgré la promesse de Geirmund que personne ne les baptiserait.

— Ils sont faibles, insista Rafn. Je n'ai aucun respect pour les moines. Ils ressemblent à des… à des…

— Des oisillons, compléta Vetr, avec leur crâne chauve. Non, pire : des oiseaux qui n'ont jamais appris à voler ni à chasser, et qui se complaisent à rester dans leur nid.

— Les moines importent peu, argua Geirmund. Nous avons tous admis que nous ne trouverions pas de meilleur endroit pour affronter Krok. Et nous étions tous d'accord pour préserver la paix conclue avec Burgred. C'est là le seul moyen de concilier les deux.

— Il a raison, le défendit Birna. Cela ne m'enchante guère, mais le Hel-hide a raison.

— Je suis d'accord, renchérit Steinólfur, bien que son ton suggérât le contraire.

Son adhésion entraîna celles de Rafn et Vetr.

De retour au monastère, les Hel-hides transformèrent la cour autour de la chaumière en petit campement, mais juste pour les hommes. Quand Torthred s'était aperçu que la compagnie de Geirmund comptait une femme, il avait insisté pour que la chaumière lui revînt exclusivement. Étant donné la réaction horrifiée du prêtre face à la skjaldmö, Geirmund songea que les moines auraient peut-être refusé de les accueillir s'ils avaient soupçonné sa présence. Apparemment, leurs principes ne leur permettaient que rarement de côtoyer des femmes, et ils ne leur parlaient presque jamais. Seul Torthred, abbé du monastère, jouissait de cette liberté. Birna ne s'en soucia pas outre mesure, affirmant même se réjouir de ne pas avoir à parler aux moines, mais Geirmund la soupçonnait aussi d'apprécier avoir la chaumière et le lit pour elle seule.

Pour sa part, il dormait très bien par terre, mais il se réveilla au milieu de cette première nuit, désorienté. Il lui fallut un moment pour retrouver ses repères. Non loin, des hommes psalmodiaient en chœur dans une langue inconnue. Leurs voix mélancoliques enflaient et retombaient telles des vagues. Geirmund se redressa en se frottant les paupières et s'aperçut que Skjalgi était lui aussi réveillé, le blanc de ses yeux luisant dans l'obscurité.

— S'agit-il d'un galdur chrétien ? demanda le garçon.

— Je l'ignore.

Levant le regard vers le temple, Geirmund vit une lueur chaude vaciller derrière les vitres colorées de ses fenêtres. Le chant semblait provenir de l'intérieur.

— Peut-être que oui, supposa-t-il.

— Leur chant ne semble pas maléfique, marmonna Rafn, manifestement éveillé quoique toujours allongé.

Geirmund était d'accord. Étrangement, la mélopée réussissait même à l'apaiser ; peut-être était-ce une magie guérisseuse que les moines invoquaient. Lui et ceux que le chant avait réveillés l'écoutèrent pendant un moment. Puis les voix se turent et la lumière s'éteignit. Quelques instants plus tard, la porte du temple s'ouvrit.

Torthred en sortit, une lanterne à la main, et une file de moines silencieux le suivit, le visage caché sous les grandes capuches de leurs capes. Quand l'abbé remarqua que Geirmund ne dormait pas, il vint s'accroupir près de lui, laissant les moines poursuivre sans bruit leur cheminement vers la porte nord-est.

— Êtes-vous bien installés ? s'enquit-il, sa lanterne levée illuminant un côté de son visage.

Geirmund déglutit, la bouche sèche.

— Très bien, merci.

— Quel est donc ce galdur que vous chantez ? murmura Skjalgi.

Torthred tourna sa lanterne vers le garçon, projetant des ombres dansantes.

— Notre « galdur » ?

— Votre sortilège, lui expliqua Geirmund.

— Oh ! vous parlez de nos prières.

Geirmund confirma d'un hochement de tête avant de demander :

— Pour quoi priez-vous ? C'est une heure maléfique de la nuit.

— Peut-être est-il donc d'autant plus judicieux de prier à cette heure, répondit Torthred en se relevant. Nous implorons la miséricorde de Dieu. Que demandez-vous aux vôtres ?

— Des récoltes abondantes et des celliers bien remplis, lui apprit Geirmund. Des mers paisibles. Mais, surtout, nous leur demandons de nous accorder force et gloire au combat.

— Nombre de guerriers chrétiens implorent la même chose.

— Alors peut-être verrons-nous un jour qui est le plus fort, intervint Rafn. Nos dieux ou le vôtre.

— Peut-être, convint Torthred, mais il existe différentes formes de forces.

Là-dessus, il leur souhaita une bonne nuit et quitta la cour.

Au cours des jours suivants, Geirmund apprit que les moines du monastère étaient tous venus d'horizons très différents, souvent lorsqu'ils étaient enfants ou jeunes hommes. Si la plupart étaient merciens, certains venaient du Wessex ou de Northumbrie, et un moine du nom de frère Morcant était né dans la région de Wealas. Ils trouvaient leur union dans leur dieu et leurs prières, même si la majeure partie d'entre eux avaient aussi en commun d'être les fils cadets d'ealdormen avec de nombreux enfants et savaient depuis longtemps qu'ils n'hériteraient rien de leurs pères. Aussi leurs familles les avaient-elles envoyés au monastère afin de prévenir les conflits tout en s'attirant la bienveillance de leur dieu chrétien.

Geirmund connaissait bien la difficulté d'être un puîné ; si le Rogaland était un royaume chrétien, peut-être serait-il lui-même devenu moine. Fort de cette prise de conscience, il respecta plus volontiers les termes de son accord avec Torthred tandis que ses Danois et lui travaillaient aux côtés des moines dans leurs potagers et les aidaient à ériger une palissade extérieure autour de leur monastère afin de protéger non seulement leur temple, mais aussi leur bétail et leurs jardins.

En contrepartie, les moines leur offrirent une abondance de mets délicieux. On consommait peu de viande dans leur monastère, mais ils avaient des œufs et du fromage à foison, et frère Almund préparait un pain succulent. Un autre prêtre, frère Drefan, brassait une bière forte, aromatisée au miel et à l'achillée, à laquelle Geirmund finit par prendre goût. Là où Lunden avait réussi à transformer les jours en semaines et en mois avec ses mille et un ravissements, le monastère en fit autant avec la simple fierté du labeur accompli.

Chaque jour, Rafn et Vetr partaient en reconnaissance de plus en plus loin, mais ils ne trouvèrent aucune trace de Krok. En revanche, ils avaient à quelques occasions poursuivi des voleurs qui chassaient dans les forêts du monastère ; la nouvelle de la présence des guerriers sembla vite dissuader la plupart des braconniers et autres malandrins de tenter leur chance.

Geirmund n'arrivait toujours pas à se faire à l'idée que le monastère et ses moines pouvaient posséder des terres, à l'instar de jarls ou d'ealdormen.

— Dans mon pays, raconta-t-il un jour à l'abbé, les devins ne règnent pas en jarls ou en rois. Je n'ai même jamais vu de devin convoiter la terre ou la richesse.

Ils se promenaient dans la pommeraie du monastère où l'abbé vérifiait la maturité des fruits. La récolte devrait attendre encore quelques semaines.

— Tout ceci ne nous sert pas à nourrir notre vanité, lui expliqua Torthred. Nous ne sommes que les intendants des propriétés du monastère, pas leurs maîtres. (Il s'arrêta et ouvrit les bras.) Chaque pomme sur ces arbres est l'expression de notre amour pour Dieu, et de Son amour pour nous. Nous bâtissons le royaume de Dieu sur Terre.

— Pourquoi votre dieu a-t-il besoin de terres ou d'un royaume en Midgard ? Ne possède-t-il pas déjà ses propres terres ? son propre palais ?

— N-non, répondit Torthred en fronçant les sourcils. Dieu est au paradis.

— Est-ce comme le Valhalla ?

L'abbé rit gentiment.

— D'après ce que je sais du Valhalla, ce sont deux endroits très différents. Si tu aspires à gagner le Valhalla, je crois que tu serais très déçu du paradis.

Geirmund secoua la tête, perplexe.

— Je ne comprends pas ton dieu.

Un brusque sourire éclaira le visage de Torthred.

— Suis-moi.

— Où allons-nous ?

— Tu verras.

Il le ramena dans la cour où la compagnie de Geirmund paressait au soleil, mais se dirigea ensuite vers le temple.

— Tu n'as jamais demandé à entrer dans notre chapelle, Geirmund.

— Elle est souvent fermée à clé. J'en ai déduit que vous ne vouliez pas de païens comme nous à l'intérieur.

— Je te remercie pour ton respect, approuva l'abbé, mais je t'invite maintenant à entrer si tu le souhaites.

Depuis son arrivée, Geirmund était en effet intrigué par l'édifice où priaient les moines, mais pas assez curieux pour s'y introduire en secret au risque d'offenser ses hôtes.

— Fort bien. Je vais entrer.

L'abbé acquiesça et ils gagnèrent la porte, qu'il déverrouilla avec une clé attachée à sa ceinture.

Leurs pas résonnaient dans le temple. Une odeur de pierre humide et de cire d'abeille flottait dans l'air. Des vitres colorées adoucissaient la lumière du jour qui filtrait à l'intérieur, baignant la grande salle d'une lueur chaude et tamisée qui laissait la charpente du toit dans l'ombre. Au-dessus de l'autel, tout au fond, s'élevait une immense fenêtre qui encadrait l'image d'un homme formé d'une multitude de fragments de verre colorés. Sur l'autel se trouvaient un calice d'argent et une grande croix faite ou plaquée du même métal précieux, ornée de gravures et sertie de gemmes.

— Si tous les temples chrétiens recèlent de telles richesses, commenta Geirmund, la voix amplifiée par les parois de pierre, je comprends que les Danois les pillent.

— L'or et l'argent servent à nous rappeler les richesses spirituelles que Dieu nous prodigue.

Des rangées de bancs en bois se succédaient sur toute la longueur de la salle et encadraient l'autel. Geirmund s'imagina tous les moines du monastère en train de psalmodier leurs prières en chœur dans ce lieu, avec ses vitres colorées et ses hauts murs, et il dut admettre qu'un certain pouvoir y résidait. Galdur ou non, la magie chrétienne présente dans ce temple semblait peu différente de celle que les devins invoquaient dans un cercle de pierres ; seul le nom du dieu et l'objet de la prière les distinguaient.

— Notre chapelle a aussi la chance d'abriter une relique sacrée, reprit l'abbé. Un os de la gorge de saint Boniface. Je pense souvent aux nombreux sermons et prières que cet os a connus quand leur saint orateur les prononçait.

— Est-ce pour cela que tu lui rends hommage ? Parce qu'il parlait ?

— Ses enseignements ont mené beaucoup d'âmes au Christ, répondit Torthred, avant de se pencher vers lui. Et il a même abattu un chêne de Thór que les païens vénéraient.

Geirmund secoua la tête.

— Seul un inconscient se risquerait à provoquer la colère de Thór. Qu'est-il arrivé à Boniface ensuite ?

— Il est mort assassiné pour sa foi, lui apprit Torthred avec une pointe de fierté effrontée. Ses meurtriers cherchaient de l'or, mais ils n'ont trouvé dans ses coffres que des livres sacrés.

— Des livres ?

— Les Saintes Écritures, infiniment plus précieuses que l'or.

— Peut-être pour ceux capables de les lire. Les Danois prendront votre or et brûleront vos livres.

L'abbé soupira, les yeux baissés. Il semblait déçu. Sans doute avait-il espéré que la vue de son temple convaincrait immédiatement Geirmund de devenir chrétien. Il releva soudain la tête.

— Laisse-moi te montrer autre chose, si tu veux bien.

— Allons-y, accepta Geirmund en haussant les épaules.

Ils quittèrent le temple, que Torthred referma à clé, et se dirigèrent vers la porte nord-est de l'autre côté de la cour. Ils pénétrèrent ainsi dans la partie du monastère que Geirmund n'avait jamais vue : une seconde cour plus vaste entourée d'un passage couvert, et remplie de fleurs et de buissons. Plusieurs moines interrompirent leurs activités en voyant le guerrier entre ces murs, mais vaquèrent à leurs occupations aussitôt qu'ils aperçurent l'abbé à son côté. Torthred appelait cet endroit un « cloître » ; il en fit longer un côté à Geirmund jusqu'à une seconde porte.

— Le travail réalisé dans cette pièce est un art coûteux et délicat. Il nécessite des mains et des yeux érudits, alors je te demanderai de ne pas le perturber.

Geirmund opina du chef, de plus en plus curieux.

— Je respecterai ton souhait.

Torthred ouvrit la porte. Dans la pièce, Geirmund découvrit quatre moines assis à des tables inclinées. Leurs murmures emplissaient la salle tel le bourdonnement d'une ruche, sans que Geirmund parvienne à isoler distinctement une seule voix. Tous semblaient parler une langue différente. Penchés sur des livres et des pages de parchemins, ils lisaient, écrivaient et peignaient avec des pigments aux couleurs vives, et même de l'or. Les symboles qu'ils traçaient sur les parchemins paraissaient en effet d'une grande finesse. On y voyait des représentations d'hommes, de femmes, d'enfants, de bêtes, ainsi que des motifs entrelacés si élaborés qu'il ne pouvait les démêler à l'œil nu. Aucun des quatre moines, absorbés par leur tâche, ne leva les yeux de son ouvrage, et leurs voix bourdonnèrent sans discontinuer.

Torthred tapota l'épaule de Geirmund, puis hocha la tête vers la porte. Une fois dehors, il referma doucement le vantail derrière eux.

— Tu viens de voir notre *scriptorium*, l'informa-t-il. C'est là que nous lisons et recopions les textes sacrés, pour nous et pour les autres.

— Que murmuraient-ils ?

— Ils parlaient aux anges, aux apôtres et aux saints.

Geirmund observa la porte avec étonnement.

— Je n'ai vu personne d'autre…

— Ils parlent au travers du texte sur la page, précisa Torthred. Quand nous lisons les paroles de saint Augustin ou de saint Paul, leur voix nous traverse et retrouve vie.

— Vos livres contiennent des voix ?

— Tous les livres contiennent des voix.

— Même celles des morts ?

Torthred sourit et acquiesça.

— Voudrais-tu que je t'apprenne ?

— À lire ?

— Oui.

Geirmund considéra de nouveau la porte du *scriptorium* et songea à John, à sa capacité de lire pour Sidroc. Une telle compétence pourrait être fort utile.

— Oui, si tu acceptes de me l'enseigner.

Sa réponse sembla réjouir l'abbé. Au cours des semaines suivantes, ils s'assirent tous les jours dans la cour après le souper, installés sur des tabourets, et, sous le regard amusé des autres Danois, Torthred lui apprit à lire. Au début, ils se contentèrent de tracer des symboles dans la terre avec des bâtons, mais, après environ un mois, il apporta de vieilles feuilles de parchemin pour permettre à Geirmund de s'entraîner. L'abbé le félicita, car il progressait apparemment bien plus vite que certains de ses anciens élèves. Geirmund n'envisageait pas l'apprentissage comme une compétition. Il voulait savoir lire et écrire car il y voyait une forme de pouvoir.

Un soir, lors de l'une de ces leçons, un prêtre se présenta aux portes du monastère. Malgré de graves blessures, des côtes et des dents cassées, il avait parcouru près de treize lieues pour leur apporter un message de la ville de Tamworth.

Les Danois étaient apparemment de retour en Mercie, et la paix n'était plus.

# Chapitre 21

Torthred revint dans la cour peu de temps après que les moines eurent accompagné le voyageur blessé dans leurs quartiers. D'un ton inquiet, l'abbé leur expliqua que les Danois avaient fait fuir le roi Burgred de Mercie. Comme il n'avait plus d'argent pour acheter la paix, le couperet avait fini par tomber : Ivarr et Ubba avaient pris Tamworth d'assaut, tandis que Halfdan et Guthrum avaient monté leur camp au nord-ouest, dans un lieu du nom de Hreopandune.

— Burgred s'est enfui ? s'étonna Geirmund. Après avoir combattu Æthelred et Ælfred, je commençais à croire que les rois saxons avaient plus de courage et d'honneur que cela.

— C'est vrai pour certains, confirma Torthred. Ça l'est moins pour d'autres.

Geirmund secoua la tête.

— Si les Danois sont entrés en Mercie, tes moines et toi n'êtes plus en sécurité ici. Les murs que nous avons érigés peuvent tenir face à une troupe, pas face à une armée.

— Oui, approuva Torthred, le regard dans le vague. Oui, tu as certainement raison.

Geirmund l'observa un moment.

— Quelque chose te tracasse.

L'abbé releva les yeux vers lui, puis il baissa le regard en joignant ses mains sous son menton, les doigts sur les lèvres, comme pour une prière chrétienne.

— Mon frère était avec moi à Ancarig, avoua-t-il. Tancred. Les Danois l'ont tué.

Geirmund se souvint que John avait mentionné son nom.

— La perte d'un frère est une épreuve.

— Ma sœur était également présente là-bas, poursuivit Torthred. Tova. Elle avait réussi à échapper aux Danois en se cachant dans les Fens jusqu'à leur départ.

Effectivement, Geirmund avait entraperçu son visage au milieu des roseaux et l'avait prise pour une vættr des rivières.

— Où est-elle à présent ?

Torthred ferma les yeux.

— Elle se trouvait à Tamworth lors de l'attaque. Je viens d'apprendre qu'elle avait fui pour me rejoindre ici.

— Quand cela ? demanda Birna.

Les autres guerriers écoutaient la conversation depuis le début, mais Torthred sursauta en regardant autour de lui, comme s'il avait oublié où il se trouvait.

— Il y a plusieurs jours, répondit-il, avant de faire un geste en direction de la porte du cloître. Elle a quitté Tamworth avant le prêtre que nous venons d'accueillir. Elle devrait déjà être là. J'ai peur qu'il lui soit arrivé quelque chose.

Geirmund se tourna vers Rafn et Vetr. Les deux Danois acquiescèrent à son ordre tacite et rassemblèrent leurs armes. Il s'adressa ensuite à Torthred :

— Mes guerriers vont partir à sa recherche. Si quelqu'un peut la retrouver, ce sont eux.

Le prêtre releva la tête.

— Je dois avouer que j'espérais une telle proposition de ta part, mais j'hésitais à te le demander.

— Pourquoi ?

— Tu… tu es un païen. J'avais peur que… Enfin, comme la paix a été rompue…

Geirmund posa une main sur l'épaule de Torthred.

— Nos rois sont en guerre, lui dit-il, mais cela ne fait pas de nous des ennemis tant que nous ne sommes pas appelés à nous combattre.

Torthred esquissa un sourire amusé.

— Tout comme le Samaritain aida le juif, voilà que le païen vient en aide au prêtre. (Il passa une main sur son visage, comme pour effacer ses inquiétudes.) Je t'en suis reconnaissant.

— Nous sommes prêts, annonça Rafn.

Geirmund hocha de nouveau la tête, et les deux hommes quittèrent le monastère.

Torthred resta un long moment à contempler le portail qu'ils venaient de franchir, serrant d'un poing tremblant la croix qu'il portait autour du cou. Geirmund eut pitié de lui.

*Comme le disait Vetr il y a quelques mois, les prêtres n'ont jamais appris à voler ni à chasser. Torthred ne peut rien faire pour protéger sa sœur, mais je sais qu'il n'est pas un lâche. C'est le dieu qu'il vénère qui a fait de lui un faible.*

— Va te reposer, suggéra-t-il à l'abbé. Tu ne peux rien faire de plus ce soir.

— Je peux prier, rétorqua Torthred sans détourner le regard.

— Fais donc, consentit Geirmund, même s'il trouvait cela inutile.

Ils dormirent mal cette nuit-là, sentant une menace invisible peser sur eux. Rafn et Vetr ne revinrent que le lendemain en milieu de matinée. Ils n'étaient pas accompagnés de la sœur de Torthred, mais ils l'avaient retrouvée en compagnie de Krok et de ses guerriers.

— Elle est leur prisonnière, expliqua Rafn, au grand dam de Torthred.

Il s'empressa d'ajouter qu'elle semblait indemne.

— J'ai l'impression qu'ils se dirigent vers nous, ajouta Vetr. Je pense qu'ils savent qui elle est et qu'ils comptent demander une rançon. Voilà pourquoi ils ne lui ont fait aucun mal.

— Pourquoi déployer de tels efforts ? demanda Steinólfur. Ils pourraient simplement s'emparer du monastère.

— Ils n'ont pas assez de guerriers, expliqua Vetr. Nous n'avons compté que treize hommes.

— Cela signifie deux morts de plus, calcula Birna en souriant. Et ils ne sont toujours pas retournés auprès de Halfdan.

Krok doit avoir besoin d'un butin pour payer sa troupe et plaire à son roi.

Geirmund approuva.

— Est-ce qu'ils vous ont vus ?

Rafn renifla avec dédain.

— Non, répondit Vetr.

Non loin d'eux, Torthred faisait les cent pas dans la cour en se tordant les mains.

— Si c'est de l'argent qu'ils veulent, je leur en donnerai. Je ne les laisserai pas…

— Attends, l'interrompit Geirmund. Il y a peut-être un moyen de garder ton argent tout en sauvant ta sœur.

— Comment donc ? demanda le prêtre.

— Il a un plan, devina Steinólfur en regardant Geirmund. N'est-ce pas ?

*En effet. Cela implique de quitter le monastère, mais c'est un faible prix à payer, d'autant que les lieux risquent fort d'être pillés et rasés maintenant que les rois danois ont envahi la région.*

— Est-ce que les moines et toi êtes prêts à abandonner cet endroit ? demanda-t-il à l'abbé.

— Je… (Torthred déglutit et secoua la tête.) Quitter le monastère ?

— Oui.

— Mais…

— La Mercie est désormais le Daneland, poursuivit Geirmund. Si tu restes ici, tu mourras, Torthred. Tes moines également, et dans les pires souffrances. Tu pourras donner tout ton argent à Krok, mais, une fois sa troupe de guerriers partie, c'est une armée qui frappera à tes portes.

Torthred garda le silence.

— Combien de temps avons-nous ? demanda Geirmund à Rafn.

— S'ils se dirigent par ici comme nous le supposons, ils seront au portail dès demain.

Geirmund se tourna vers l'abbé.

— Je sais que tu dois en discuter avec tes moines, mais tu as jusqu'au lever du soleil pour prendre une décision.

Torthred hocha la tête et quitta la cour d'un pas lourd, les épaules tombantes, la tête si basse que son menton frôlait son torse.

— Ne sois pas surpris s'ils décident de rester, le prévint Steinólfur une fois l'abbé disparu. Ce sont des fous, tous autant qu'ils sont.

— Sans doute.

Il espérait que Torthred prendrait la même décision que lorsqu'il avait quitté sa tombe de bois. Comme l'abbé ne revenait pas pour leur donner sa réponse, Geirmund et ses guerriers se lassèrent d'attendre et allèrent se coucher. Au beau milieu de la nuit, ils furent réveillés par les chants des moines. Geirmund se posta à la porte pour attendre la fin de leurs prières et accosta Torthred dès sa sortie du temple.

— Avez-vous fait votre choix ?

Torthred déglutit.

— Oui. (Il jeta un coup d'œil à ses moines, derrière lui.) Nous quitterons le monastère.

— Bien, approuva Geirmund, surpris de se sentir aussi soulagé. Où irez-vous ?

— L'abbé de Cerne, dans le Wessex, est un ami. Bon nombre d'entre nous iront le rejoindre.

— C'est une bonne nouvelle.

Geirmund s'écarta pour laisser passer Torthred et ses moines, puis il retourna se coucher.

Vers midi le lendemain, Krok arriva à la palissade du monastère, comme Rafn et Vetr l'avaient prédit, mais il n'était pas accompagné de sa troupe de guerriers. Geirmund observait la scène à travers un mince espace entre les piquets de bois. Deux hommes escortaient la sœur de Torthred. Geirmund reconnut vaguement le visage entraperçu dans les Fens. Elle était bâillonnée et attachée, sa robe-tablier était tachée de terre, mais, au grand soulagement de l'abbé, elle semblait indemne. Celui-ci se tenait au sommet de la palissade tandis que Geirmund écoutait en contrebas, hors de vue. Il avait expliqué à Torthred ce qu'il devait dire, mais se demandait si le prêtre saurait se montrer convaincant.

— Que veux-tu, païen ? demanda Torthred.

— Mon nom est Krok, répondit le Danois. Est-ce toi qui commandes ici ?

— Oui. Je suis l'abbé.

Krok montra Tova du doigt.

— On m'a dit que tu connaissais cette fille.

Geirmund avait conseillé au prêtre de trouver un équilibre entre la peur et la colère. S'il se montrait trop alarmé, Krok pouvait décider d'en profiter pour attaquer le monastère, mais trop d'agressivité de sa part pouvait également éveiller la colère du guerrier.

— C'est exact, répondit le prêtre d'un ton neutre. Il s'agit de ma sœur.

— Dans ce cas, je serai bref : j'ai ce que tu veux et tu dois savoir ce que je recherche.

— De l'argent. Vous autres Danois êtes tous les mêmes.

Krok s'esclaffa.

— Qui n'aime pas l'argent ?

— Contre la libération de ma sœur, je t'en donnerai.

— Parfait ! s'exclama Krok en claquant des mains. Et maintenant, voyons le montant de sa rançon.

— Que demandes-tu ?

— Que m'offres-tu ?

— Nous ne sommes pas riches. (Torthred se frotta le menton, comme s'il réfléchissait.) Nous pouvons te donner vingt livres d'argent.

Geirmund ignorait si le monastère possédait une telle somme, mais il savait qu'un tel montant satisferait l'avidité de Krok, sans l'inciter à demander davantage.

— Vingt-cinq livres, répliqua le Danois. Pas une pièce de moins.

—Nous n'avons pas vingt-cinq livres…

Krok éclata de rire.

—Je pense que vous les trouverez, en cherchant bien.

Torthred garda le silence un instant.

—C'est d'accord. Revenez demain à l'aube.

—Parfait ! Je n'ai pas besoin de t'expliquer ce qui arrivera si tu ne tiens pas ta promesse.

Torthred pâlit et Geirmund se figea, inquiet de la réaction de l'abbé. Celui-ci finit par retrouver son calme.

—Je n'ai pas besoin de te dire que tu n'auras rien s'il arrive quelque chose à ma sœur.

Krok s'esclaffa de nouveau.

—À demain, prêtre abbé.

Sur ces mots, il mit fin à la discussion. Geirmund surveilla Torthred alors que Krok et ses hommes emportaient sa sœur dans les bois, mais le prêtre garda le silence sans montrer le moindre signe de faiblesse. Ce n'est qu'une fois descendu de la palissade qu'il se mit à trembler en versant des larmes de peur, de colère et de souffrance.

—Ils ne lui feront rien, tenta de le rassurer Geirmund. Elle a bien trop de valeur pour eux. Tu as bien agi.

Torthred se pencha en avant, les mains sur les genoux, et respira bien fort pour reprendre son calme.

—Nous n'avons plus qu'à patienter, dit-il, même si l'attente sera infernale.

Ils en profitèrent pour avancer dans leurs préparatifs. Les moines chargèrent dans leurs carrioles tout ce qu'ils emportaient au Wessex : leurs livres, leurs croix et reliques, quelques meubles et de la nourriture pour eux comme pour les animaux qu'ils comptaient emmener. Geirmund ordonna à ses guerriers d'empaqueter le nécessaire, puis demanda à Torthred six de ses robes de moine à large capuche. L'abbé semblait sceptique, mais alla les chercher. Geirmund lui expliqua ensuite ce qu'il devrait dire quand Krok reviendrait. Enfin, frère Almund apporta un grand coffre de bois vide dans lequel l'abbé versa plusieurs livres de pièces d'argent. Tout était prêt.

Le lendemain matin à l'aube, ils se regroupèrent au portail ouest. Geirmund portait une des robes de moine, ainsi que Rafn et Vetr. Frère Almund avait insisté pour les rejoindre et, comme il avait déjà prouvé son habileté à manier le bâton, Geirmund avait accepté.

Lorsque l'ennemi revint, Torthred franchit la porte en compagnie de son moine et des trois Danois déguisés. Le battant se referma derrière eux. Birna, Steinólfur et Skjalgi se tenaient cachés de l'autre côté de la palissade. Frère Almund, qui transportait le coffre d'argent, le déposa à quelques pas des guerriers. Geirmund avait pris soin de dissimuler son visage sous sa capuche et à l'ombre du soleil qui se levait dans leur dos.

— Où est votre chef? demanda Torthred. Où est Krok?

À ces paroles, Geirmund risqua un coup d'œil et vit que son véritable ennemi n'était pas présent : il n'y avait que quatre Danois accompagnant la sœur de l'abbé. Il scruta l'orée du bois à la recherche de Krok et de ses huit guerriers restants.

— Il nous a envoyés à sa place, répondit l'un des Danois, un homme à la barbe fourchue. As-tu l'argent?

— Il est ici, répondit Torthred en montrant le coffre posé au sol.

— Nous devons le voir.

Torthred fit un signe de tête à frère Almund, qui souleva le coffre pour le transporter un peu plus près. Il souleva le couvercle avant de reculer lentement, sans quitter des yeux les hommes de Krok. Pendant que le boulanger regagnait leurs rangs, Geirmund se creusait les méninges à la recherche d'un plan de secours.

*Je dois tuer Krok au plus vite*, songea-t-il. *Sinon, nous serons encore plus en danger qu'avant.*

Le Danois s'approcha du coffre, regarda à l'intérieur, puis donna un coup de pied qui fit tinter les pièces.

— Qu'est-ce que c'est que ça?

— Cinq livres d'argent.

— Nous étions d'accord sur vingt-cinq…

— C'est exact, mais je ne vous fais pas confiance, répliqua Torthred en montrant le coffre. Cette fortune appartient à Dieu, pas à moi. Je vous donnerai l'argent pour la vie de ma sœur, mais je ne tiens pas à perdre les deux. Les vingt livres restantes sont derrière la palissade. Vous ne les aurez qu'après avoir libéré votre prisonnière.

À l'évidence, les Danois ne s'attendaient pas à une telle manœuvre. Ils gardèrent le silence un moment, puis celui qui était le plus proche de Tova sortit un couteau et le plaqua sur la gorge de la femme. Torthred avança d'un pas, mais Geirmund l'arrêta d'un geste.

— Demande-toi ce qui a le plus de valeur, dit le Danois sans quitter le coffre des yeux. On peut se contenter de prendre l'argent et de trancher la gorge de la fille, mais je préférerais repartir avec les vingt-cinq livres prévues et la laisser ici.

Torthred tenta de répondre, sans parvenir à trouver ses mots.

*Si Krok était venu, les Danois seraient déjà morts*, songea Geirmund. *L'abbé ne va pas y arriver. Je dois agir avant que ça ne vire au carnage.*

— Nous allons t'apporter ton argent, Danois, intervint-il.

Torthred lui jeta un coup d'œil, et Geirmund s'adressa à Rafn et Vetr :

— Venez, mes frères.

Les trois hommes repartirent vers le portail et, tout en marchant, discutèrent à voix basse.

— Où est Krok ? demanda Rafn.

— Je ne sais pas. Peut-être qu'il nous observe depuis les arbres.

— Si nous ne le tuons pas, tout le plan tombe à l'eau, s'alarma Vetr.

— Il mourra, affirma Geirmund en luttant pour ne pas se retourner vers les Danois. Mais d'abord éliminons ces quatre-là.

Ils atteignirent le portail, qui s'ouvrit devant eux. Steinólfur avait déjà apporté un deuxième coffre, bien plus gros que le premier.

— Je me suis dit que vous en auriez besoin, expliqua le vieux guerrier. Il est bien chargé, ça devrait en attirer au moins deux vers vous.

— Parfait, approuva Geirmund en regardant sa petite troupe de guerriers. Pour le moment, nous libérons Tova. On s'occupera de la suite plus tard. Préparez-vous.

Ils opinèrent, puis Geirmund prit une des poignées du coffre tandis que Rafn agrippait l'autre. Ils franchirent le portail d'un pas pesant, Vetr juste derrière eux, et avancèrent vers les Danois. En passant à côté de Torthred et de frère Almund, Geirmund chuchota :

— Mets ta sœur à l'abri de la palissade dès que tu le pourras.

Leur ennemi semblait ravi de les voir arriver, mais son sourire s'effaça lorsqu'ils passèrent à côté de lui pour rejoindre Tova.

— Halte ! ordonna le Danois.

Ils l'ignorèrent pendant quelques pas de plus, jusqu'à ce qu'il leur crie :

— Halte, sale vermine pouilleuse !

Ils s'arrêtèrent à portée d'arme de leurs ennemis. Rafn était le plus proche de Tova. Celle-ci, dressée sur la pointe des pieds, paralysée par la lame sur sa gorge, les regardait d'un air affolé.

Le chef surgit derrière eux.

— Vous êtes tous aussi stupides ? Posez la rançon à terre.

Geirmund et Rafn déposèrent leur fardeau au sol. L'homme les contourna pour rejoindre ses guerriers, qui regardaient d'un air envieux le coffre censé contenir vingt livres d'argent.

*Ont-ils l'intention de trahir Krok et de garder l'argent ?* se demanda Geirmund pendant un instant. *Peut-être qu'ils ont déjà tué leur chef pour le punir de ses échecs. Ça expliquerait son absence. En tout cas, ça ne les empêchera pas de mourir aujourd'hui.*

— Ouvre-le.

Geirmund jeta un coup d'œil à Rafn, qui lui signifia d'un geste qu'il était prêt. Il se pencha vers le coffre, souleva lentement le couvercle ; au moment où tout le monde comprit qu'il était vide, la robe de Rafn se souleva brusquement. Le Danois qui détenait Tova poussa un cri étranglé et resta bouche bée, la lame fine de l'épée de Miklagard plantée dans son œil, juste au-dessus de la tête de la fille. Rafn enfonça la pointe un peu plus loin et l'homme s'effondra.

— Cours, petite, ordonna Vetr.

Vite remise de sa stupeur, Tova s'élança vers son frère, les mains encore attachées dans le dos.

Au même instant, les Danois reprirent leurs esprits. Ils dégainèrent rageusement leurs armes, mais Geirmund et ses Hel-hides avaient l'initiative. Geirmund poignarda le chef tandis que Vetr plongeait profondément sa hache dans l'épaule d'un Danois, qui mourut sur le coup. Quant à Rafn, ses deux épées transpercèrent les membres du dernier homme. Le combat n'avait duré qu'un instant. Vetr pointa alors du doigt la ligne d'arbres d'où émergeaient plusieurs guerriers, l'air abasourdi.

— Ils arrivent.

— À la palissade, ordonna Geirmund.

Il partit en courant, sans oublier de ramasser le petit coffre d'argent au passage.

Au portail, Torthred et frère Almund avaient déjà secouru Tova. Steinólfur barra la porte derrière eux, puis ils se préparèrent à l'attaque, l'arme au poing. Personne ne vint.

— Ils étaient treize ce matin, compta Birna. Ils ne sont plus que neuf.

— Il ne peut pas prendre la place avec si peu d'hommes, ajouta Steinólfur.

Geirmund s'approcha de la muraille pour jeter un coup d'œil à travers.

— Il ne le tentera pas.

Les guerriers s'étaient évanouis dans la forêt.

*Krok ne tardera pas à se demander comment quelques moines ont pu tuer quatre de ses hommes.*

— Il sera prudent, à présent. Je pense qu'il va se rendre à Tamworth pour chercher l'aide d'autres Danois.

— Nous ne pouvons pas le laisser faire, rétorqua Rafn. Les forces sont enfin équilibrées.

— Comment l'arrêter ? demanda Skjalgi.

— Il doit savoir qui l'a vaincu, comprit Geirmund. S'il comprend que c'est nous, sa fierté le poussera à oublier le monastère et à partir à notre poursuite. (Il utilisa le pan de sa robe de moine pour essuyer le sang sur son épée.) Nous allons les attirer loin d'ici, ajouta-t-il avant de se tourner vers Birna. Ensuite, nous les tuerons tous.

# Chapitre 22

Les Hel-hides avaient empaqueté leurs affaires, ils étaient prêts à quitter le monastère. Avant de partir, Geirmund voulut redonner le petit coffre de pièces à l'abbé, mais Torthred refusa.

— Considère cet argent comme un gage de ma gratitude.

Tova se tenait près de son frère ; ils partageaient les mêmes traits, depuis les yeux brun vif jusqu'à la ligne forte du menton. La femme se pencha pour prendre la main de Geirmund.

— Je me souviens de vous à Ancarig. Je vous suis doublement reconnaissante, pour mon frère comme pour moi.

Geirmund accepta l'offrande de l'abbé d'un hochement de tête, puis tendit le coffre à Steinólfur pour qu'il divise l'argent et le range dans un endroit sûr.

— Est-ce que les moines et toi avez toujours l'intention de partir ? demanda-t-il à Torthred.

— Tout à fait.

— Pourrez-vous voyager en toute sécurité ?

— Nous emprunterons les anciens sentiers en évitant les voies romaines. Nous ne sommes pas loin du Wessex, nous serons à l'abri dès que nous serons passés en terre chrétienne.

— Attendez un jour ou deux, conseilla Geirmund. Mieux vaut être sûrs que j'ai réussi à entraîner Krok et ses guerriers à ma suite. En revanche, ne restez pas plus. D'autres Danois finiront par découvrir ce lieu.

Torthred opina du chef.

— Nous n'avons plus que quelques ouvrages à empaqueter.

À la mention des livres, Geirmund décida de lui poser la question qui le taraudait depuis plusieurs semaines.

— J'ai une dernière chose à te demander.

— De quoi s'agit-il ?

— Pourquoi m'as-tu appris à lire ? J'ai comme l'impression que tu espérais faire de moi un chrétien.

Tova se tourna vers son frère en levant un sourcil interrogateur, mais Torthred détourna le regard avec un sourire penaud.

— Eh bien, je dois avouer que oui, c'était une de mes intentions. J'espérais que les paroles de Dieu adouciraient ton cœur de païen. (Son sourire s'élargit.) Je vois à présent que c'était cause perdue.

— Ne t'inquiète pas. Parfois, il faut savoir s'avouer vaincu.

Torthred s'esclaffa.

— C'est à la fois sage et vrai.

— Et quelles étaient tes autres intentions ? demanda Tova.

L'abbé reprit son sérieux pour adresser un regard franc à Geirmund.

— Si jamais toi et tes guerriers trouvez une bibliothèque, peut-être réfléchiras-tu à deux fois avant de détruire les trésors qu'elle contient.

— Effectivement. (Geirmund hocha la tête avec respect.) C'était astucieux de ta part.

— Geirmund ! l'appela Birna depuis le sommet de la palissade. Je vois du mouvement dans les bois.

— Vous devez y aller, dit Tova. Nous prierons pour vous.

— Puis-je accepter vos prières sans accepter votre dieu ?

— Cela dépend. Pouvez-vous accepter le blé des champs sans accepter le soleil ni la pluie ?

Il sourit, puis leur fit ses adieux et franchit le portail du monastère en compagnie de ses Hel-hides. Frère Almund ferma le battant derrière eux. Geirmund s'avança de manière à être bien en vue de la forêt, mais hors de portée d'arc. Le capuchon de sa robe était déjà abaissé ; il retira l'habit totalement, le regard fixé sur la ligne des arbres, pour montrer à Krok qui avait vaincu ses guerriers. Ensuite, il se détourna et partit vers l'est en compagnie de sa troupe, marchant suffisamment lentement pour que les Danois puissent les pister.

— Crois-tu que cette vermine nous a vus ? demanda Steinólfur.

— Si ce n'est pas le cas, ses hommes m'auront reconnu, répondit Geirmund avant de montrer une colline non loin d'eux. Tâchons de prendre de la hauteur.

Ils accélérèrent l'allure, traversant une étendue boisée sans se préoccuper du vacarme des branches cassées et des feuilles soulevées par leurs pas, puis remontèrent la colline en courant. Une fois là-haut, ils se tournèrent vers l'ouest, par où ils étaient venus. On distinguait les champs et les toits du monastère au milieu des bois, au loin, mais on pouvait également surveiller les trouées entre les arbres pour repérer tout signe de poursuite.

— Est-ce qu'on peut les affronter ici ? demanda Rafn. L'endroit n'est pas plus mal qu'un autre.

— Non. Ils sont encore deux fois plus nombreux que nous.

— Quelle importance ? répliqua Birna, qui avait déjà sorti sa hache. Nous sommes deux fois plus dangereux.

— Je n'en doute pas. (Il balaya les environs du regard, à la recherche d'un bon site pour se battre.) Cependant, s'ils nous encerclent, nous pourrions le payer cher et je refuse de perdre un guerrier de plus face à ce Danois.

— Que faisons-nous, dans ce cas ? Est-ce qu'on…

— Là-bas ! s'exclama Vetr en pointant sa lance vers le bas de la colline.

À environ une demi-halte de distance, Geirmund entraperçut au milieu des arbres quelques guerriers progressant vers eux.

*Les hommes de Krok ne vont pas tarder à nous tomber dessus*, songea-t-il en se tournant de nouveau vers l'est, où un fleuve s'écoulait du nord au sud, à environ deux haltes de là. *Nous pourrions utiliser le cours d'eau pour garder un de nos flancs. Avec un peu de chance, il y aura une berge ou un talus assez haut pour protéger l'autre flanc et forcer Krok à nous attaquer de front.*

Il ordonna à ses guerriers de partir vers la rivière. Au moment où ils atteignaient le bas de la colline, Geirmund entendit les premières voix derrière eux. Ses Hel-hides se mirent à courir à travers champ puis, au bout d'une demi-halte, ils pénétrèrent dans un ancien bosquet de chênes moussus, où il leur fallut progresser courbés pour éviter les branches basses et noueuses et bondir au-dessus de racines épaisses enchevêtrées qui menaçaient de les faire trébucher à chaque pas. Lorsqu'ils émergèrent enfin du bois pour rejoindre la rive du fleuve, ils tombèrent sur un large navire amarré dans l'eau, pressé contre les roseaux et les herbes hautes, et son équipage rassemblé sur la berge, près d'un feu.

Les Hel-hides s'immobilisèrent en examinant le bateau d'un œil méfiant, tandis que les marins poussaient des cris de surprise face à la soudaine apparition des guerriers, certains allant jusqu'à sortir leurs armes.

Geirmund observa leurs visages, tentant de jauger s'il avait lancé ses guerriers dans un piège, mais comprit rapidement que ces étrangers n'étaient pas des sbires de Krok. Certains semblaient même être des Nordiques, ainsi que des Danois.

— Geirmund ?

Un des membres d'équipage s'avança devant les autres ; il reconnut aussitôt sa chevelure blonde et ses cicatrices.

— Eivor ?

— Par les dieux, Geirmund Hjörrsson, c'est bien toi ! (Elle avança vers lui, les bras écartés, en souriant d'un air étonné.) Qu'est-ce que tu fais là ? J'ai entendu dire que tu avais fait voile avec Guthrum. Je me demandais ce qui t'était arrivé.

— Je…

Sa propre surprise de la voir s'évanouit lorsque des cris retentirent dans la forêt, annonçant l'arrivée imminente des hommes de Krok. Eivor les entendit également, car elle se tourna vers les arbres au moment où le Danois et ses guerriers surgissaient du bois pour foncer vers la berge, où l'équipage du bateau fut aussi surpris que lors de l'arrivée des Hel-hides.

Il y eut un instant de flottement, le temps que Krok examine la scène. Dès qu'il vit Geirmund, il brandit son épée.

— Hel-hide ! cria-t-il.

— Qui est-ce ? demanda Eivor. Pas un ami, j'ai l'impression.

— Ce n'est qu'un larbin.

Krok avança dans sa direction, l'épée toujours pointée sur lui, accompagné de ses huit guerriers, tandis qu'Eivor se postait derrière Geirmund. Son équipage la rejoignit en même temps que les Hel-hides.

— Que venez-vous faire ici ? demanda la skjaldmö.

Krok renifla avec mépris.

— Qui es-tu pour me demander ça ?

— Je suis Eivor Varinsdóttir.

Le Danois s'arrêta si brusquement que son anneau nasal tressauta ; il baissa sa lame pour montrer qu'il savait à qui il avait affaire.

— Ma demeure se trouve au bord de ce fleuve, au nord d'ici, poursuivit Eivor. Comment t'appelles-tu ?

Il bomba le torse.

— Je suis Krok Uxiblóð. J'ai prêté serment à Halfdan, dont le frère Ubba a une querelle de sang à régler avec le Hel-hide.

— Je connais bien les fils de Ragnar. J'étais en leur compagnie à Tamworth il n'y a pas si longtemps. (Eivor jeta un coup d'œil à Geirmund.) Quel est le prix du wergild ?

— Halfdan a refusé tout wergild.

— C'est un mensonge ! s'exclama Krok en brandissant son arme. Le roi Halfdan a fixé le wergild à dix-huit livres !

— Dix-huit livres ? tiqua Eivor. C'est un prix élevé. Qui as-tu tué ?

Krok lança un regard noir à Geirmund.

— L'homme qu'il a tué était le cousin d'Ubba.

— Je jure que c'est la première fois que j'entends parler d'un wergild, déclara Geirmund en croisant les bras, étonné que Krok paraisse sincère. Si Halfdan est vraiment prêt à discuter du prix du sang, tu peux retourner lui dire que j'exige de l'argent pour la mort de mon guerrier, Aslef.

— Pour cela, je peux te payer moi-même, répliqua Krok en montrant sa bourse d'un air moqueur. Combien valait-il ? Quelques sous ?

Birna s'esclaffa.

— Aslef valait bien plus que toi et tous les guerriers assez sots pour te suivre. (Elle passa son pouce sur le fil de sa hache, comme pour en tester le mordant.) Nous avons déjà pris aisément une moitié du prix du sang, mais la dette ne sera payée que lorsque vous serez tous morts.

Ses paroles semblèrent troubler les hommes de Krok, qui pointa sa lame vers elle.

— Tu n'es qu'une bâtarde. Je vais…

— Assez, coupa Eivor en se frottant le front. Que fais-tu ici, Krok ? Ce n'est pas ta querelle de sang. Où sont les fils de Ragnar ?

— Ils ont des combats plus importants à mener, rétorqua le Danois avec un sourire mauvais. Halfdan m'a envoyé à sa place pour tuer ce couard, ce petit argr.

Geirmund tiqua devant l'insulte, et un murmure s'éleva parmi ses guerriers. Krok ne s'en prenait pas à sa fierté, mais à son honneur.

Krok poursuivit :

— Le Hel-hide a fui Lunden comme un…

— Tiens ta langue ! gronda Steinólfur, le visage empourpré, les muscles du cou gonflés à bloc.

— Ou continue de l'agiter, Danois, ajouta Vetr d'un ton aussi glacial qu'un vent d'hiver. Je me ferai un plaisir de la trancher.

Hélas, toute l'assemblée savait qu'il ne servait à rien de réduire Krok au silence. L'insulte avait été lancée. Le Danois avait traité Geirmund d'argr. Lui seul pouvait répondre à l'infamie.

— Mon honneur est sauf, déclara-t-il en avançant d'un pas, ignorant l'épée pointée sur lui.

Il toisa Krok d'un regard si dur que les guerriers danois reculèrent instinctivement, mais leur chef ne cilla pas.

— J'étais prêt à payer le wergild, poursuivit Geirmund. C'est Halfdan qui a oublié tout honneur en envoyant un bousin combattre à sa place. Je vais donc t'affronter, jusqu'à la mort.

Un silence s'ensuivit.

— Je vais t'affronter, déglutit Krok, mais c'est toi qui vas…

— Du calme, tous les deux, s'interposa Eivor. En tant que jarl, je décrète que ce holmgang sera réglé selon la loi. Nous devons d'abord choisir le lieu et l'endroit.

— Ici, proposa Geirmund. Et maintenant.

Eivor lui lança un regard étonné, comme si elle le découvrait sous un jour nouveau.

*J'ai dû bien changer à ses yeux depuis notre rencontre dans la demeure de mon père, quand je n'étais encore qu'un fils cadet.*

— Et toi, qu'en dis-tu ? demanda-t-elle à Krok.

— Je l'affronterai ici et maintenant, déclara le Danois.

— Et vous souhaitez combattre jusqu'à la mort ? demanda-t-elle aux deux hommes, mais tout en regardant Geirmund.

— Oui, confirma-t-il, suivi de Krok.

— Quelles armes ? Haches ? Lances ?

— Épée et bouclier, répondit Geirmund, et Krok approuva.

Eivor soupira.

— Qu'il en soit ainsi.

Les guerriers s'écartèrent pour former le carré où l'affrontement aurait lieu, les Hel-hides se plaçant derrière leur chef. Ils semblaient inquiets, sans doute à cause du dernier combat singulier qu'il avait mené et perdu face à Rek. Geirmund décida de ne pas s'offenser de leurs doutes et de se concentrer sur ce qui l'attendait. Krok était plus âgé que lui, peut-être plus fort, et forcément plus habile et plus dangereux. Geirmund avait conscience qu'il ne pouvait l'emporter avec sa seule épée, mais les lois du holmgang interdisaient d'avoir recours à la ruse.

— Attends-toi à des coups bas de ce merdeux, le prévint Steinólfur. N'hésite pas à lui rendre la pareille. Les chevaux mordent, les juments ruent et les chats griffent, mais s'il choisit cette voie tu devras le faire aussi.

Geirmund observa Krok de l'autre côté du carré du holmgang. Il avait retiré sa tunique pour combattre torse nu. Pour détendre ses muscles, le Danois secouait la tête dans tous les sens en faisant de vifs moulinets d'épée dans l'air.

Birna contemplait également la scène.

— Je veux que tu fasses quelque chose pour moi.

— Je t'écoute.

Elle se tourna de nouveau vers Krok.

— Arrache-lui son anneau du nez.

Geirmund s'esclaffa, puis songea à ce que Birna lui avait dit un jour sur les guerriers qui combattaient avec leur fierté plutôt que leur honneur. Krok en faisait sans doute partie.

— Vous aurez chacun trois boucliers, déclara Eivor au centre du carré. Le combat cessera à la première blessure mortelle et chaque guerrier ici présent en acceptera l'issue. Ceux qui refuseront ou tenteront d'intervenir seront punis de mort. Acceptez-vous ?

— J'accepte, déclara Geirmund en prenant son premier bouclier des mains de Skjalgi, avant de rejoindre Eivor et Krok, l'épée à la main.

— J'accepte, ajouta Krok en déplaçant son poids d'un pied à l'autre.

Eivor les regarda tour à tour, s'attardant un peu plus longtemps sur Geirmund, puis elle recula.

— Dans ce cas, que le combat commence.

Krok frappa vite et fort. Geirmund parvint à bloquer le coup de son bouclier, mais l'impact résonna dans tout son corps. Les guerriers formant le carré se mirent à crier des encouragements, pour lui comme pour son ennemi ; Geirmund ne distinguait plus aucune voix dans le grondement de la foule.

Krok chargea de nouveau. Cette fois, Geirmund riposta d'un coup d'épée après avoir bloqué sa frappe. Ils commencèrent à se tourner autour, enchaînant les attaques et les retraites, à l'affût d'une faille dans la défense de leur adversaire. Rapidement, le bouclier de Geirmund montra des signes de faiblesse et il fit signe d'arrêter le combat pour que Skjalgi lui en donne un autre avant que le premier ne se brise… emportant son bras au passage. Krok cracha au sol en signe de mépris.

Lorsqu'ils reprirent le combat, le Danois redoubla d'ardeur. Il enchaîna trois frappes, mais Geirmund esquiva la quatrième et assena un coup qui fendit le bouclier de Krok jusqu'à l'umbo. Celui-ci arrêta le combat pour en récupérer un nouveau.

Lorsqu'il revint à la charge, Geirmund décida de bondir sur le côté plutôt que de bloquer. La force du coup du Danois l'entraîna en avant, le déséquilibrant. Geirmund tenta d'en profiter pour viser au cou, mais Krok releva son bouclier juste à temps et s'éloigna aussitôt.

Après cela, son adversaire se montra plus prudent et, rapidement, le deuxième bouclier de Geirmund se fendit en plusieurs endroits. La sueur coulait sur son visage, sa poitrine le brûlait à chaque inspiration. Il avait encore de la force dans les jambes, mais ses bras étaient endoloris jusqu'à l'os. Son épée lui semblait lourde ; alors qu'il allait chercher son dernier bouclier, il s'inquiéta de s'être fatigué plus vite que son ennemi. Aux regards qu'ils lui jetaient, ses amis partageaient son angoisse.

— Hel-hide, lui dit Rafn, si tu as un plan, c'est le moment de le dévoiler.

— Je sais, rétorqua Geirmund en grimaçant, un goût de fer dans la bouche.

Skjalgi lui tendit son troisième bouclier.

— As-tu un plan ?

— Tu peux toujours lui arracher son anneau du nez, proposa Birna.

Geirmund voulut s'esclaffer, mais il n'avait plus la force de rire, car il n'avait pas le moindre plan.

*J'aimerais pouvoir suivre son conseil, ne serait-ce que pour blesser la fierté de Krok.*

Geirmund se rendit alors compte qu'il y avait d'autres façons de rabaisser un ennemi et que cela pouvait l'affaiblir.

— Moquez-vous de lui, ordonna-t-il à ses Hel-hides.

— Se moquer de lui ? répéta Steinólfur.

Geirmund n'en dit pas davantage et s'adressa à Krok en affectant une confiance et une force qu'il ne ressentait guère :

— Dis-moi, bouseux, combien d'hommes as-tu perdus en essayant de me tuer ?

Le Danois se contenta de grogner.

— J'espère que tu prends plus soin des bâtards que tu as engendrés que de ta troupe de guerriers.

— Silence ! gronda Krok.

— Est-ce que tes petits morveux sont aussi laids et couards que toi ?

Lorsque les Hel-hides éclatèrent de rire, suivis de quelques marins d'Eivor, Krok se retourna puis lança une attaque brutale, mais maladroite. Geirmund esquiva facilement.

— Dis-moi, bouseux, poursuivit-il, tu étais bien dans la brasserie lorsque Birna a fendu le crâne de ta fausse forgeronne ? Contrairement à toi, elle avait de la cervelle.

Krok rugit et enchaîna des attaques de plus en plus sauvages. Quant à Geirmund, il continuait de lui jeter des piques, blessant la fierté du Danois au lieu de frapper son bouclier. À sa grande surprise, cela semblait fonctionner.

— Comment s'appelait-elle ? demanda-t-il. Elle n'est pas au Valhalla et c'est ta faute. C'est toi l'imbécile qui l'a envoyée à la mort sans arme à la main.

À ses mots, Krok jeta un regard à ses guerriers avant de crier :

— Cesse de jacasser et bats-toi ! Je vais t'arracher la gorge ! postillonna-t-il.

Il moulina un grand coup, et la pointe de son épée gratta le sol, envoyant voltiger des brins d'herbe.

— Étais-tu là quand tes guerriers se sont fait massacrer par des moines ? demanda Geirmund en tournant autour du Danois, toujours hors de portée, cherchant le meilleur moment pour frapper.

Il n'était pas fier de son plan, mais, contrairement à Krok, il ne combattait pas par fierté.

—Crois-moi, nous avons bien ri derrière la palissade. Même les chrétiens se moquaient de toi.

Krok poussa un mugissement, avant de lâcher son bouclier à terre pour saisir son épée à deux mains.

—Imagine ça : ton nom faisait rire les moines.

Le Danois se jeta sur lui avec toute la rage d'un berserker ; Geirmund s'en tira de justesse avec une main lacérée.

—Halfdan l'apprendra, tu sais, insista-t-il en jetant son bouclier à son tour. Il saura que tu es la risée des Danois et des chrétiens, c'est tout ce qu'on retiendra de toi.

—Silence !

Krok chargea, les yeux exorbités. Geirmund saisit l'occasion.

Il esquiva d'un bond, puis se retourna pour plonger son épée dans le flanc du Danois, enfonçant la lame à deux mains. Il sentit la pointe transpercer les chairs de sa poitrine nue jusqu'à ressortir plus haut, dans le dos. La force du coup fit tituber Krok en arrière. Le Danois regarda sa blessure d'un air presque surpris, avant de tomber à genoux en toussant du sang.

Lorsque l'épée de Krok tomba au sol avec fracas, tous les guerriers qui assistaient à la scène se figèrent, attendant de voir ce que ferait Geirmund. En cet instant, ce dernier ne pensait qu'à Aslef : il ne pouvait se résoudre à envoyer au Valhalla le meurtrier de son ami. Cependant, pour assurer la paix avec les soldats restants de Krok, il fit signe à l'un d'eux d'approcher.

L'homme se précipita auprès de son commandant pour lui remettre son arme en main. Du sang gicla et bouillonna de la bouche de Krok, recouvrant son anneau nasal, puis sa tête s'affaissa. Son guerrier essaya de l'allonger au sol, mais la pointe de l'épée de Geirmund l'en empêchait, et il ne put que le pencher sur le côté. Quelques instants plus tard, Krok était mort.

Geirmund se tourna face à Eivor et ses Hel-hides. Il se sentait totalement épuisé.

—C'est terminé, dit-il. Que cet holmgang marque la fin de…

—Attention ! cria Steinólfur.

Avant que Geirmund ait pu se retourner, Eivor avait déjà lancé sa hache, qui tournoya en sifflant dans les airs avant de s'enfoncer profondément dans le torse du guerrier de Krok. Celui-ci s'effondra à quelques pas de Geirmund, une dague à la main. Dans l'instant qui suivit, les derniers hommes de Krok dégainèrent leurs armes, mais l'équipage d'Eivor et les Hel-hides les massacrèrent sous le regard déconcerté et épuisé de Geirmund, toujours debout au milieu du carré du holmgang.

Le combat prit fin rapidement. Eivor s'avança vers lui, avant de le dépasser.

— Je me doutais que ça arriverait, dit-elle en se penchant pour arracher sa hache du torse du Danois, qui poussa un grognement, frissonna et mourut. Ils avaient ce regard.

— Quel regard ?

— Celui des guerriers dont la fierté et la colère l'emportent sur l'honneur. Je les avais pourtant prévenus.

Geirmund se sentait à bout de souffle, le corps fourbu. Des frissons lui parcouraient les membres.

— Ce n'était pas un combat très propre, Geirmund Hjörrsson, poursuivit-elle, mais il était légal et je suis contente que tu aies survécu.

— Moi aussi.

Elle se pencha vers lui.

— J'aurai des questions à te poser sur les insultes que tu lui as lancées, mais cela attendra. Nous devons nous mettre en route.

— En route ?

— Oui, sur mon navire. (Elle hocha la tête en direction du bateau amarré sur la rivière.) Tes guerriers et toi serez mes invités, comme je fus la tienne à Avaldsnes.

— Où allons-nous ?

— À ma demeure, répondit-elle. Ravensthorpe.

# CHAPITRE 23

Geirmund eut plus de mal à retirer son épée du corps de Krok qu'il n'en avait eu à le transpercer. Après en avoir nettoyé et huilé la lame, Steinólfur lui donna une tape dans le dos en lui disant qu'il la nourrissait bien.

Avant de quitter les lieux, ils creusèrent une tranchée peu profonde sous le ciel gris, puis recouvrirent les dépouilles de terre. Ensuite, le navire d'Eivor descendit le fleuve en se laissant porter par le courant. Ils naviguèrent dans une contrée fertile de prairies et de champs. Dès que le courant s'affaiblissait, l'équipage ramait pour accélérer la cadence.

Pendant le voyage, Eivor vint rejoindre Geirmund près de la poupe. Ils discutèrent de tout ce qu'il avait fait depuis leur dernière rencontre, notamment du meurtre de Fasti et de ce qui s'était ensuivi, depuis cette mort jusqu'à celle de Krok et ses guerriers.

— Si Halfdan a fixé un wergild, il serait sage de le payer pour mettre fin à cette querelle de sang.

— Je le paierais si c'était le cas, mais Guthrum me l'aurait dit.

— Guthrum est un homme rusé. (Elle jeta un coup d'œil aux Hel-hides, vers la proue.) D'après ce que disaient tes guerriers après le holmgang, c'est également ton cas.

— J'utilise toutes les armes à ma disposition. J'ai découvert que les plus mortelles ne sortaient pas d'une forge.

— Tu dis vrai.

Geirmund songea qu'elle avait l'air plus robuste qu'à l'époque d'Avaldsnes, et la manière dont elle se mouvait indiquait qu'elle avait acquis une dure expérience, comme une lame usée et aiguisée de nombreuses fois.

— Je suis surpris de te trouver ici. Je t'aurais crue au Rogaland.

Son expression s'assombrit, et elle détourna le regard vers la rivière.

— Jamais je ne plierai le genou devant Harald.

— Harald de Sogn ?

Il ne voyait qu'une seule explication pour qu'Eivor parle de plier le genou.

— Il est passé à l'attaque ?

Elle se retourna vers lui, les sourcils froncés.

— Tu n'es donc pas au courant ?

— Au courant de quoi ?

— Ce Harald… (Elle s'interrompit et plissa le front.) N'as-tu donc pas parlé à Ljufvina et Hjörr ?

— Comment aurais-je pu ? demanda-t-il, craignant de deviner la réponse.

— Ils sont à Jorvik, demanda-t-elle. En Angleterre.

Il comprit ce que cela signifiait, mais devait poser la question :

— Qu'en est-il d'Avaldsnes ?

Elle garda le silence un moment, pendant lequel Geirmund écouta le bruit des rames plongeant dans le fleuve et les sons de l'eau roulant et clapotant sous la quille.

— Toute la Norvège est tombée sous la coupe de Harald de Sogn, dit-elle enfin. La plupart des rois et des jarls ont accepté son règne de peur d'entrer en guerre avec lui. Ceux qui ont refusé ont fui ou sont morts vaincus. Voilà comment je suis arrivée à Ravensthorpe, et pourquoi Ljufvina et Hjörr sont à Jorvik.

Ses paroles fendirent le cœur de Geirmund aussi sûrement que l'épée du Danois aurait pu transpercer ses chairs. En imaginant Harald assis sur le trône de son père à Avaldsnes, il se mit à trembler de rage sans pouvoir déterminer ce qu'il haïssait le plus : que Harald se soit emparé de la demeure bâtie par son grand-père ou que son propre père l'ait abandonnée sans combattre. Sans compter que lui-même n'avait pas été là pour la défendre.

*Et si je ne m'étais pas querellé avec mes parents ? Et si je n'étais pas parti en leur tournant le dos ? Comment les choses auraient fini si j'étais resté ? Voilà sans doute la trahison et la reddition qu'avait prédites Völund.*

Eivor soupira.

— J'aurais préféré que tu apprennes cette nouvelle par un de tes proches.

— La vérité ne change pas en fonction de celui qui l'exprime.

Il se détourna pour contempler la rivière, mais, contrairement à Eivor, ne se sentait pas accablé par les regrets et les souvenirs. En songeant à son ancienne demeure, il ressentait surtout de la colère et des doutes.

— Lorsque j'ai quitté Avaldsnes, dit-il enfin, je ne pensais pas que c'était pour la dernière fois.

— Le destin prévient rarement. Si tu avais su, aurais-tu changé ta décision ?

— Je ne sais pas.

— Parfois, c'est la seule réponse franche qu'on puisse donner.

Il se retourna vers elle.

— Est-ce que tu les as vus ? Comment vont-ils ?

— Ils vont bien, répondit-elle d'un ton légèrement hésitant. La vie n'est pas facile à Jorvik, comme dans toute l'Angleterre. Il y a des ennemis partout. Certains que l'on connaît bien, d'autres qui agissent en secret, dissimulant leurs desseins derrière des mensonges, des masques et les robes des prêtres chrétiens. Il est difficile de savoir à qui faire confiance.

Geirmund porta la main à sa hanche, touchant la poignée du couteau de bronze que Bragi lui avait donné.

— Par ici, les alliances sont fragiles et durement acquises, poursuivit Eivor. Néanmoins, sache que je compte Ljufvina et Hjörr parmi mes amis les plus proches. Ils ont dû lutter, affronter des ennemis, mais ils vont bien. Iras-tu leur rendre visite ?

— Il le faut bien.

Elle eut un mouvement de recul.

— Ne souhaites-tu pas les revoir ?

— Nous ne nous sommes pas séparés en bons termes, expliqua-t-il en repensant à la dispute dans la salle du conseil de son père. J'ai parlé sous le coup de la colère, et eux aussi.

— Les dieux savent que je n'ai pas à juger de ce genre de choses, mais je te dirai tout de même ceci : les blessures qu'on ignore ne guérissent jamais bien. Elles doivent être assainies et bandées, sous peine de s'envenimer. (Elle lui posa une main sur l'épaule et le regarda dans les yeux.) Quoi que tu décides, sache que je suis contente de t'avoir revu.

Elle le quitta alors pour rejoindre la proue du navire et parler à un membre d'équipage.

Geirmund resta à la poupe, où Steinólfur le rejoignit bientôt. Lorsque Geirmund lui apprit les dernières nouvelles, le vieux guerrier ne sembla guère troublé, mais il était d'Egðir et non du Rogaland.

— C'est une grande perte pour Hjörr, mais tu as quitté ce lieu en quête de tes propres terres.

— C'est ce que j'ai dit à mon père en partant et pourtant je n'en ai pas encore.

— Il n'y a nulle honte à avoir, le rassura Steinólfur. Tu suis la voie de ta destinée.

Pour Geirmund, ces paroles sonnaient désormais faux. Il doutait même d'avoir jamais suivi son destin. Il se sentait comme perdu, à la dérive. Il n'évoqua plus le sujet pendant le reste de leur voyage sur l'eau.

En fin d'après-midi, le navire arriva à Ravensthorpe. La halle bleue de la colonie se dressait au milieu d'une bonne vingtaine de bâtiments érigés à l'abri d'une petite crête, sur une butte s'élevant près de la rivière, où un ponton accueillait les navires de passage et les bateaux de commerce. C'était un bel endroit pour bâtir une ville, et les terres au nord semblaient fertiles.

Pendant qu'Eivor les conduisait de la rivière jusqu'à la halle, Geirmund entendit résonner le marteau d'un forgeron quelque part en ville, ainsi que des hennissements de chevaux. Ils passèrent à côté de maisons et d'ateliers où des hommes, des femmes et des enfants les regardèrent passer avec plus de curiosité que de suspicion ou de peur. Il n'y avait pas que des Vikings ; certains semblaient même être saxons. Un homme ressemblait aux commerçants du Syrland que Geirmund avait croisés à Lunden, avec sa peau sombre et sa robe au style unique ; ni saxon, ni viking, ni danois. Il se tenait devant sa maison, les mains dans le dos, et il lui adressa un signe de tête lorsque leurs regards se croisèrent.

Geirmund et ses Hel-hides arrivèrent ensuite à la halle, dont le grand toit en forme de quille de navire était orné d'une proue à tête de dragon. Eivor les mena à l'intérieur, où ils furent accueillis par une femme dont les cheveux avaient l'éclat du pelage d'un cerf rouge. Même si elle ne portait pas d'armure, sa stature trahissait l'habitude d'en porter. Eivor la présenta sous le nom de Randvi, sa chef de guerre, puis Geirmund présenta ses guerriers à son tour.

— Vous devez être affamés et assoiffés, dit Randvi en leur montrant une longue table pleine de nourriture, de cornes à boire et de pichets de bière. Venez vous asseoir et mangez.

Eivor les mena jusqu'à la table. Même si Geirmund avait déjà vu des halles plus grandes, celle-ci était tout de même pourvue de toutes les richesses et du confort qu'un jarl pouvait désirer. C'était le genre de demeure qu'il désirait posséder un jour, si telle était sa destinée.

— Tu as une belle situation, Eivor.

— J'ai eu de la chance, de bien des façons, répondit-elle en regardant Randvi. Nous nous sommes battus durement pour tout ce que tu vois ici.

— Je n'en doute pas.

Ses guerriers s'installèrent à table et se servirent dans les plats. Après avoir bu une gorgée de bière, Rafn contempla sa corne avec un sourire satisfait.

— Ton brasseur a du talent.

— Je ferai part de tes louanges à Tekla.

— Femme-Louve !

Geirmund se retourna et vit que l'homme du Syrland était entré dans la halle.

— Je suis venu me présenter à ton hôte, si tu m'y autorises.

— Bien sûr. (Elle s'avança vers l'homme et Geirmund lui emboîta le pas, laissant ses Hel-hides festoyer.) Voici Geirmund Hjörrsson du Rogaland, déclara Eivor. Geirmund, voici Hytham, l'un de mes conseillers.

— C'est un plaisir de vous rencontrer, Geirmund, dit l'homme en s'inclinant.

Il semblait jeune pour un conseiller, peut-être dans les vingt étés. Ses cheveux noirs étaient coupés court et il arborait des anneaux aux oreilles.

— Peut-être devrais-je vous appeler Geirmund Hel-hide ?

Eivor jeta un regard surpris à Hytham, avant de se tourner vers Geirmund.

— J'accepte mieux ce nom qu'à une époque, répondit celui-ci. Comment le connaissez-vous ?

Hytham posa ses mains sur sa taille.

— Il est de mon devoir de connaître les agissements des Danois et des Saxons, et votre réputation vous a précédé même ici, à Ravensthorpe. (Il avait la même diction que les hommes du Syrland que Geirmund avait rencontrés à Lunden.) J'ai entendu dire que vous étiez très intelligent, ajouta-t-il, et que Guthrum vous était particulièrement reconnaissant.

— Vous m'honorez, Hytham. Si je puis me permettre, êtes-vous du Syrland ?

— Je le suis.

— Qu'est-ce qui vous a poussé ici, si loin de votre pays natal ?

— Je suis en quête de connaissances, où qu'elles se trouvent. Surtout les connaissances perdues ou oubliées.

— Seriez-vous un devin ? ou bien parlez-vous de livres ?

— Je ne suis pas le devin de Ravensthorpe, répondit Hytham, et il y a d'autres manières de conserver la connaissance que dans des livres.

— Avez-vous une völva ici ? Je souhaite lui parler si elle accepte.

S'il s'était trouvé à Avaldsnes, Geirmund aurait demandé conseil à Yrsa, ou même à Bragi, mais la voyante de Ravensthorpe pouvait faire l'affaire.

— Elle acceptera peut-être, dit Eivor. Elle vit en bordure de la colonie si tu veux en avoir le cœur net.

— Je peux vous montrer le chemin, proposa Hytham en montrant la porte de la halle. Souhaitez-vous vous y rendre maintenant ?

— Oui, répondit Geirmund.

Il jeta un coup d'œil à ses guerriers, qui semblaient à leur aise, puis se tourna vers Eivor.

— Vas-y, dit-elle en souriant gentiment. Nous parlerons plus tard, ce soir. Un festin de bienvenue t'attendra.

— Je t'en remercie, dit-il avant de quitter la halle en compagnie de Hytham.

Ils se dirigèrent vers le nord, passant sous un bosquet d'arbres d'où émergeaient les sommets de colonnes romaines et où flottait l'odeur sucrée des fleurs sauvages. Des éclats de rire enfantins résonnèrent quelque part dans la colonie, et Geirmund songea que c'était la première fois depuis des années qu'il entendait ce son. Un tel sentiment de paix et de prospérité régnait qu'il aurait facilement pu oublier qu'il se trouvait encore en Mercie et non pas sur des terres de Norvège.

— J'ai beaucoup entendu parler de Guthrum, commença Hytham. On raconte qu'il a tué Æthelred du Wessex.

— C'est vrai, confirma Geirmund. Je l'ai vu projeter sa lance.

— Il est devenu un puissant guerrier, poursuivit Hytham en marchant les mains derrière le dos, à la manière de Torthred. Cependant, je crois que cela n'a pas toujours été le cas.

— Que voulez-vous dire ?

— Seulement que Guthrum a… gagné quelque chose.

Geirmund songea à Hnituðr et observa le Syrlandais avec suspicion.

— Comme quoi ?

Hytham haussa légèrement les épaules.

— De la bravoure ? Une nouvelle ambition qui brûle en son sein ?

— Le roi Guthrum n'a jamais été un lâche, rétorqua Geirmund. Peut-être qu'il s'agit seulement de sa destinée.

Hytham sourit.

— Vous avez sans doute raison. (Il indiqua d'un geste une hutte qui se trouvait au milieu des arbres.) La voyante se trouve là-bas.

Une précision inutile car on sentait une odeur forte qui flottait dans les airs et des chats rôdaient alentour. Herbes et champignons séchaient à l'air libre, tandis que des os et des crânes d'humains et d'animaux pendaient à des poteaux et aux murs.

— Je vais à présent vous quitter, l'informa Hytham, mais, avant d'y aller, j'aurais une dernière chose à vous dire, Geirmund Hel-hide. Si jamais vous trouvez une chose perdue ou oubliée et que vous souhaitez la comprendre, venez me voir. Je serai là.

Sur ces mots, le Syrlandais tourna les talons et s'en alla.

Geirmund le regarda s'éloigner en se demandant ce qu'il savait sur Hnituðr et comment il pouvait être au courant, puis reporta son attention sur la hutte. Il s'approcha de la porte avec circonspection : les voyantes parlaient aux dieux, et il était risqué de fouler la même terre qu'eux.

Il leva un poing pour frapper à la porte, mais elle s'entrebâilla avant qu'il ait fini son geste, dévoilant une jeune femme drapée d'une robe bleu abysse, les traits pâles de son visage rehaussés de guède. Ses longs cheveux noirs comme la nuit étaient noués en nattes grossières incrustées de fragments d'os, de ramures et de métal. Ses yeux brillaient d'un éclat et d'une intensité qui n'avaient rien à voir avec leur couleur. Frappé par sa jeunesse, sa beauté et son pouvoir redoutable, Geirmund resta muet pendant un moment, piégé par son regard, tandis qu'elle se contentait d'attendre.

— Je…, balbutia-t-il. Mon nom est Geirmund Hjörrsson, parfois surnommé Hel-hide.

Elle ne prononça pas un mot.

— Si vous me le permettez, je voudrais vous parler. Je souhaite savoir quel destin vous me voyez. J'ai de l'argent, si vous en voulez, mais pas grand-chose d'autre à vous offrir.

— Ce n'est pas vrai, répondit-elle d'une voix qui lui fit l'effet d'une pluie chaude coulant dans son dos. Tant que tu as quelque chose à perdre, tu as quelque chose à offrir.

Il baissa le regard vers sa ceinture.

— Je n'ai que ce que vous voyez là.

— Je vois une lame saxonne.

Elle ouvrit la porte et s'approcha de lui ; il lutta contre l'envie de s'éloigner d'elle. Elle tendit la main vers sa ceinture sans le quitter du regard, posa doucement la main sur le pommeau de son scramasaxe, puis glissa ses doigts autour de la poignée. Geirmund sursauta lorsqu'elle dégaina l'épée de son fourreau.

— Si tu souhaites connaître la volonté des Trois Fileuses, tu dois offrir cette lame.

— Pourquoi ? demanda Geirmund qui, pour ne pas paraître réticent, ajouta aussitôt : Vous pouvez la prendre, je vous la donne, mais… pourquoi le scramasaxe ? C'est une arme ordinaire.

— Préférerais-tu que je prenne ta belle lame ?

— Non, ce n'est pas ce que je…

— Les dieux ne m'ont pas donné d'explications, seulement que cette épée les offense et qu'elle ne t'appartient pas. (Elle tourna l'arme dans ses mains et examina la lame sur toute sa longueur.) Quel sang a-t-elle goûté ? Comment l'as-tu obtenue ?

Geirmund sut alors pourquoi les dieux l'exigeaient. Il comprit également que la voyante entendait bien leurs voix, car elle n'avait aucun moyen de le savoir autrement.

— Elle m'a été offerte par un prêtre saxon. Je n'avais pas d'arme à ce moment-là et elle m'a été utile pour…

— C'est une lame chrétienne. (Elle cracha sur le scramasaxe avec une moue de dégoût.) Tu seras plus fort une fois débarrassé d'elle.

— Prenez-la, dans ce cas.

Il commença à délacer son fourreau de la ceinture, mais elle l'arrêta d'un geste.

— Non, dit-elle. Garde une place pour l'arme qui la remplacera.

Il hocha la tête, laissant la gaine vide pendue à sa ceinture. La voyante disparut dans la hutte avec l'épée.

— Viens à l'intérieur, appela-t-elle.

Geirmund déglutit, puis la suivit. Il ne distinguait pas grand-chose dans la lumière blafarde et la fumée âcre qui flottait dans l'air. Un rayon de soleil tombait au milieu de la pièce, reliant le sol de terre à un trou dans le toit. Le reste de la hutte était plongé dans la pénombre. Geirmund crut voir des choses bouger dans les recoins, mais se garda bien d'y regarder de plus près, par peur de voir des choses interdites aux mortels.

— Assieds-toi auprès du feu, lui ordonna-t-elle.

Geirmund cligna des yeux et distingua un cercle de pierres disposé au sol, à un pas du rayon de lumière. Il s'approcha pour s'asseoir juste devant, et la chaleur des braises enveloppa son visage. Son cœur battait à tout rompre alors qu'il observait la voyante assise de l'autre côté du foyer avec un mélange d'effroi et de révérence. Cachée dans l'ombre, elle se pencha vers le faisceau de lumière, lui jeta un regard aussi fiévreux qu'un ciel d'été brûlant et jeta le scramasaxe dans les flammes. Pendant un moment, rien ne se produisit. Puis la poignée de bois se mit à fumer et se consumer, avant de prendre feu brusquement.

— Peut-être que si tu avais tué le prêtre pour t'en emparer, dit-elle, les dieux t'auraient permis de le garder.

— Je comprends.

Il regarda noircir l'arme avec une pointe de regret.

*Je n'aurais jamais tué John pour l'obtenir. Il a fait preuve de bienveillance et de confiance envers moi. Enfin, tout cela appartient au passé, pas à mon avenir.*

— Que souhaites-tu savoir sur ton destin ? lui demanda la voyante.

Il regarda les flammes danser le long de la lame, qui virait au rouge sous une croûte de cendres.

— On m'a dit un jour que mon destin mènerait à la trahison et à la reddition. J'ai vécu les deux, mais je veux désormais connaître ce qui m'attend.

— Es-tu certain de vouloir le savoir ? Avant de répondre, n'oublie pas que les dieux se moquent de tes espérances. Ils ne disent que la vérité, celle qu'ils veulent bien dévoiler.

Geirmund prit une grande inspiration. L'air dans la hutte avait un goût de cendres et de sang séché.

— J'en suis sûr.

Elle hocha la tête, puis se pencha en arrière, reculant dans la pénombre. Geirmund ne distinguait plus que la pâle lueur de ses yeux. Elle le contempla un long moment, jusqu'à ce que son regard semble se voiler, comme si elle voyait à travers, à l'intérieur et au-delà de lui, dans un endroit périlleux où il n'oserait jamais aller, où les eaux de la folie et de la sagesse se mêlaient dans le même torrent.

— La trahison et la reddition font toujours partie de ton destin.

Geirmund soupira, car il avait espéré que c'était de l'histoire ancienne.

— Cependant, poursuivit la voyante, tu as déjà reçu le moyen d'en triompher.

— Quels moyens ?

— C'est à toi de le découvrir.

Elle ferma alors les paupières et, quand elle les rouvrit, elle se pencha dans le rayon de lumière et le contempla comme elle l'avait fait à l'entrée de la hutte, d'un regard perspicace, mais pas divin.

— Tu as ta réponse, déclara-t-elle.

— C'est vrai, répondit-il, ses yeux brûlants sous l'effet de la fumée. Néanmoins, comme vous m'aviez prévenu, ce n'était pas la réponse que j'espérais.

— Il y a un conflit en toi, Geirmund Hel-hide. En ce sens, tu ressembles beaucoup à Eivor Femme-Louve. (Elle jeta un coup d'œil au scramasaxe dans le feu.) Mais les dieux peuvent maintenant t'accorder leurs faveurs comme ils ne l'auraient jamais fait auparavant. Puissent-ils veiller sur toi.

Il hocha la tête.

— Merci, dit-il avant de se relever, titubant légèrement vers la porte.

Une fois dehors, il cligna des yeux à la lumière du jour, se frotta les paupières et inspira l'air frais jusqu'à se sentir de nouveau d'aplomb. Puis il retourna à la halle, où il but de la bière et se reposa en compagnie de ses guerriers jusqu'à la tombée de la nuit. Alors, Eivor organisa le festin promis. Geirmund avala quantité de viande, presque autant que ce qu'il avait mangé durant la totalité de son séjour au monastère. Il dévora du sanglier, de la chèvre et de l'oie, arrosés de tant de cornes de bière et d'hydromel qu'il en perdit le compte. Il s'amusa à jouer au toga hönk avec les habitants de Ravensthorpe, mais se rendit rapidement compte qu'il y avait ici un champion incontesté à ce jeu de corde, un homme à la carrure d'ours nommé Tarben. C'était un redoutable berserker autrefois, avant qu'il devienne boulanger et utilise ses puissantes mains pour pétrir le pain d'Eivor.

Alors que les invités de la fête s'assoupissaient, certains rentrèrent chez eux en titubant tandis que d'autres s'endormaient sur place, sur les bancs et le sol de la halle. Eivor retrouva Geirmund et s'assit à côté de lui en poussant un soupir d'aise, ce qui devait être assez rare de sa part.

— Un bon festin, dit-elle.

— Je ne m'étais jamais senti comme chez moi depuis mon départ d'Avaldsnes. Je ne sais plus où se trouve mon foyer à présent.

— Et le Bjarmaland ?

— Je n'y suis jamais allé. Ma mère m'a raconté qu'ils ont des villages et des halles près de la mer, comme les Finnois, bien qu'ils ne leur ressemblent pas. Certains d'entre eux font des offrandes à nos dieux, mais ils prient également un dieu du nom de Jómali.

— As-tu déjà songé à faire voile vers ces terres ?

— Mon père ne m'a jamais donné de navire pour aller où que ce soit, mais j'aimerais m'y rendre un jour.

Elle l'observa un moment.

— Est-ce que c'est vrai ?

— Quoi donc ?

— Ce qu'on dit sur toi et ton frère ? Ljufvina vous a-t-elle réellement échangés contre le fils d'une thrall ?

Geirmund ne se souvenait pas de la dernière fois que quelqu'un avait osé lui poser cette question, bien qu'elle ait été souvent présente dans les esprits.

— Je vois que tu parles toujours aussi franchement.

— J'ai trop bu, s'excusa-t-elle. Et tu n'es pas obligé de répondre si…

— Oui, une bonne part de l'histoire est vraie. Mais pas comme on la raconte. Tout commença lorsque mon frère et moi naquîmes trop tôt.

— Comme c'est souvent le cas pour des jumeaux.

— C'est vrai, mais cela effraya ma mère. Elle était jeune mariée et parlait peu la langue de mon père, qui était souvent en mer. Il était encore un étranger à ses yeux. Elle avait peur de sa réaction lorsqu'il découvrirait que ses fils ne lui ressemblaient pas. Elle craignait qu'il pense qu'elle portait les enfants d'un autre, rencontré avant de l'épouser.

Eivor opina lentement du chef.

— Et la thrall ? C'est également vrai ?

— Elle s'appelle Ágáða. (Geirmund sentit sa gorge se nouer rien qu'en pensant à elle.) Elle venait de donner naissance à son propre fils et connaissait assez ma mère pour comprendre son angoisse. Elle voulait l'aider, mais je ne crois pas qu'elle avait compris ce que ma mère exigeait d'elle.

Eivor secoua la tête.

— Par les dieux, c'était donc la vérité.

— Ma mère te dirait qu'elle n'était pas dans son état normal, que la naissance avait été éprouvante, qu'elle avait laissé la peur et la douleur décider pour elle. (Geirmund leva le regard vers les volutes de fumée tourbillonnant autour des poutres tandis qu'il plongeait dans ses souvenirs.) Si elle était là, elle te dirait qu'elle n'avait jamais eu l'intention de nous laisser si longtemps auprès d'Ágáða. Elle te dirait qu'elle voulait juste nous protéger, qu'elle avait regretté son choix dès le premier jour et ceux d'après. Elle te dirait qu'elle aurait dû faire confiance à mon père, mais que, le temps qu'elle le comprenne, le mal était déjà fait.

— Combien de temps êtes-vous… ?

— Quatre étés. (En disant ces mots, il sentit un nœud glacial se former au creux de son estomac.) Nous avons vécu avec Ágáða pendant quatre étés.

— Tu te souviens bien d'elle ?

Le nœud dans son estomac continuait de grandir, comme pour avaler tout son être.

— Oui.

— Est-ce vrai qu'un scalde a dévoilé le secret ?

— Non. Bragi fut simplement la première personne assez brave pour dire à voix haute ce que tout le monde savait déjà.

— Même Hjörr ? Il était au courant ?

— Mon père n'est pas un imbécile. Je pense qu'il connaissait la vérité. Parfois, je crois qu'il a pardonné les mensonges de ma mère car, en refusant de les dévoiler pendant si longtemps, il s'en était rendu complice.

— Pourquoi a-t-il fait cela ?

Geirmund haussa les épaules.

— Il aimait ma mère. Il ne voyait que ce qu'il voulait bien voir. Jusqu'à ce que Bragi lui montre ses fils.

— Qu'est-il arrivé au fils de la thrall ?

— Trois étés après être rentré chez lui, il est mort d'un mauvais souffle. On dit qu'il était né faible et était souvent malade.

— Et sa mère ? Que lui est-il arrivé ?

— Lorsque la vérité a éclaté, ma mère l'a libérée de sa servitude. Mon père leur a donné des terres, à son mari et elle. Mes parents disaient vouloir arranger les choses, mais je pense surtout qu'ils cherchaient à l'éloigner de nous. Je n'ai plus eu le droit de la revoir avant très longtemps.

— Est-ce qu'elle te manquait ?

Le nœud dans son estomac acheva d'engloutir tout son être.

— Je la considérais comme ma mère.

Eivor garda le silence un moment.

— La vérité ne change pas en fonction de celui qui l'exprime, mais je suis contente de l'avoir entendue de ta bouche.

— Il existe très peu de gens avec qui j'en ai parlé aussi facilement.

Ils continuèrent de boire jusqu'à ce que Geirmund n'en puisse plus, puis Eivor le guida dans un recoin confortable, plein de fourrures et de couvertures. Il s'appuya sur elle pendant qu'ils avançaient.

— Un navire part pour Jorvik demain, lui apprit-elle. Veux-tu monter à bord ?

— J'aimerais bien, mais, comme je suis ivre, il faudra me le rappeler dans la matinée, avant le départ du bateau.

Elle éclata de rire.

— Promis.

— J'irai voir Hjörr et Ljufvina, ajouta-t-il.

Ils arrivèrent à sa couche ; il s'effondra dessus, bras et jambes tordus comme des racines.

Eivor resta un instant à le regarder en souriant, puis secoua la tête.

— Alors, le nom de Hel-hide ne te dérange plus ?

— Non. Guthrum lui a donné une nouvelle signification.

— Beaucoup de choses ne portent que le sens que nous leur donnons, dit-elle, avant de s'esclaffer de nouveau en le poussant doucement du pied. Dors bien, Geirmund Hel-hide.

# Chapitre 24

Le navire remontait le courant à la rame sous une pluie froide, approchant de Jorvik par le sud, là où la rivière Foss rejoignait le fleuve Ouse. Les nuages déployaient si bas leurs draperies de brume qu'on aurait cru la ville plongée dans le brouillard. Leur teinte noirâtre était au diapason de l'humeur de Geirmund.

Il avait laissé ses guerriers à Ravensthorpe, persuadé de devoir faire ce voyage seul. Pour une fois, Steinólfur avait été d'accord avec lui. Geirmund ignorait ce qu'il allait dire à ses parents ou à son frère, car sa honte et sa colère débordaient sur ses mots. Il avait quitté sa famille dans un élan de rage et de fierté pour aller à la rencontre de son destin, mais retournait auprès d'eux sans terres ni fortune, sa réputation entachée par l'accusation de meurtre du cousin d'un roi danois. Sans compter qu'il enrageait à l'idée que son père ait refusé de lui confier le moindre guerrier au départ d'Avaldsnes, alors qu'il avait fini par abandonner son royaume sans combattre et se rendre seul en Angleterre.

À la jonction des fleuves, le navire remonta l'Ouse à la rame en direction de l'ouest, tandis que la Foss poursuivait sa course à l'est. Jorvik s'élevait sur un coin de terre protégé par les deux rivières, comme à Readingum, sauf que ses bâtiments s'étendaient également sur la berge ouest. Geirmund remarqua que ses murailles avaient été bâties par les Romains, comme celles de Lunden. Les Danois les avaient renforcées, faisant de Jorvik la place forte la plus impressionnante que Geirmund ait jamais vue en Angleterre.

Le navire s'amarra ensuite à un quai de la ville, près d'un pont de pierre. Geirmund y croisa un Danois maussade, trempé, qui gérait le chargement et le déchargement des cargaisons. Il s'appelait Faravid et lui expliqua où trouver Hjörr et Ljufvina, dans leur demeure au sommet de la colline près de la muraille romaine intérieure, au nord.

Geirmund entreprit de traverser la ville dans cette direction. Il gardait la capuche de sa cape relevée, autant pour rester au sec que pour éviter d'être reconnu, car, si la nouvelle de son arrivée était parvenue à Lunden, elle pouvait aussi avoir atteint Jorvik. Les planches de bois installées le long des rues ployaient sous ses bottes, mais lui permettaient d'avancer relativement au sec, malgré les torrents de pluie dévalant dessous, formant un bourbier puant la pisse et les déjections d'animaux et de Danois. Geirmund croisa les étals vides d'un grand marché, la pluie ayant chassé les commerçants comme les clients ; il emprunta des ruelles étroites et remonta lentement la colline couverte de nuages, où s'entassaient des maisons danoises et des ruines romaines.

Lorsqu'il atteignit les anciennes fortifications intérieures surplombant la ville, la silhouette de bois sombre d'une maison émergea de la brume et de la pluie. Les deux versants de son toit pentu partaient du sol et se croisaient à une arête ornée de dragons. Des piliers romains entouraient la bâtisse comme les arbres morts d'une forêt de pierre. Ce n'était pas une hutte, mais c'était une demeure humble comparée à la halle d'un roi ou à la maison longue d'un jarl.

*Comment mes parents ont-ils pu accepter d'échanger la force et la beauté d'Avaldsnes pour un tel endroit ?*

Un deuxième toit plus bas abritait l'entrée. Il avança d'un pas vif, anxieux, et s'arrêta un long moment devant la porte avant de secouer la tête. Il se résolut à frapper.

Un instant plus tard, le battant s'ouvrait et sa mère se tenait devant lui.

Elle ouvrit de grands yeux en le reconnaissant aussitôt.

— Geirmund ! s'écria-t-elle en l'étreignant, avant de répéter son nom à plusieurs reprises, serrant son visage larmoyant contre sa poitrine. C'est bien vrai ? C'est vraiment toi ?

— Je suis là, mère. (Il ne put empêcher ses larmes de couler en la voyant serrée dans ses bras.) Je suis là.

Elle recula d'un pas pour le regarder en souriant, en pleurant et en secouant la tête.

— Hjörr ! appela-t-elle. Ton fils nous est revenu ! (Elle lui prit la main.) Viens, entre !

Elle l'entraîna à l'intérieur, où il faisait chaud et sec après son voyage en bateau et la traversée de Jorvik sous la pluie. D'épais tapis recouvraient le sol de bois et un bon feu brûlait dans l'âtre. Geirmund leva la tête en entendant des bruits de pas à l'étage, et il vit son père descendre une étroite volée de marches.

*Il est plus maigre que dans mes souvenirs.*

— Je n'arrive pas à y croire, s'exclama Hjörr avant de se jeter sur lui pour l'étreindre comme l'avait fait sa mère. Nous avions peur de t'avoir perdu, mon garçon.

— Bonjour, père, salua Geirmund.

— Par les dieux ! dit Hjörr en reculant d'un pas pour s'essuyer les yeux de la manche. Qu'ils soient loués.

— C'est bon de vous revoir tous les deux, avoua Geirmund en s'inclinant.

Il se rendit compte que sa colère s'était presque évanouie en présence de leurs sourires et de sa propre joie de les revoir.

— Où est Hámund ?

— Il a pris la route des baleines, répondit Hjörr. Il commerce et forme des alliances. Il nous a dit qu'il souhaitait tracer sa propre voie.

Bien que déçu de ne pas voir son frère, Geirmund était ravi d'apprendre que Hámund s'était mis en quête de son destin plutôt que d'accepter sa vie à Jorvik. Cependant, il espérait qu'Yrsa avait dit vrai et que leurs destinées fraternelles les réuniraient un jour.

— Je lui souhaite le succès. Je ferai des offrandes à Rán pour qu'il le protège sur les mers, et à Njǫrd pour lui accorder chance et fortune.

— Laisse-moi mettre ta cape à sécher, lui proposa sa mère.

Dès qu'il la retira, elle la secoua et l'étendit sur un banc près du feu, avant de lui faire signe d'avancer vers la table.

— Allons, assieds-toi.

Geirmund la regarda s'affairer, posant devant lui un pichet de bière, du fromage, du pain et du poisson fumé. Elle avait l'air plus âgée que la dernière fois qu'il l'avait vue. Ses cheveux noirs étaient parsemés de fils d'argent et de nouvelles rides étaient apparues au coin de ses yeux. Elle s'assit à sa droite, puis son père s'installa à sa gauche. Hjörr semblait avoir vieilli lui aussi ; son menton et ses épaules s'étaient affaissés. Un moment s'écoula sans que personne ne touche à la nourriture.

— Est-ce une cicatrice ? demanda soudain sa mère en lui touchant la tempe.

Geirmund sourit en penchant la tête, la laissant repousser doucement ses cheveux pour qu'elle examine sa blessure.

— Un guerrier saxon me l'a infligée à un endroit nommé Garinges, expliqua-t-il, juste avant de m'envoyer plonger dans le fleuve Thames.

— C'était une vilaine blessure. (Ses palpations se firent plus brutales.) Et le soigneur aurait pu mieux traiter la cicatrice.

Elle retira sa main en fronçant les sourcils.

— Je suis sûr que tu aurais fait du meilleur travail, approuva Geirmund, mais je suis guéri, mère. Tu n'as pas à t'inquiéter.

Pas plus rassurée, elle tendit la main vers la cruche et remplit leurs coupes.

— Tu étais dans le Wessex ? demanda son père.

— Oui.

— Avec Halfdan et Guthrum ?

Geirmund hocha la tête et but une gorgée.

— Il y a beaucoup de terres là-bas. Bien fertiles.

Sa mère poussa une coupe vers son père.

— Il y a de bonnes terres par ici aussi.

— Je n'en doute pas, mais le Wessex tombera bientôt entre les mains de Guthrum. J'étais à son côté quand il a tué Æthelred. Depuis qu'il est devenu roi, il m'a promis qu'il me ferait jarl et me donnerait des terres.

— On dirait que tu as bien fait de l'accompagner, gronda Hjörr d'une voix où pointaient de l'amertume et de la colère, sans qu'on comprenne ni la raison ni l'objet de son courroux.

La mère de Geirmund adressa un regard inquiet à son mari, mais il l'ignora et se contenta de contempler sa bière.

— Le Wessex n'est pas encore tombé, poursuivit Geirmund. Le frère d'Æthelred, Ælfred, est devenu roi et c'est un homme rusé.

— La ruse permet souvent de l'emporter, dit son père sans lever les yeux de sa coupe. Plus que la force et l'honneur, c'est la ruse qui tient le monde et fait les rois.

La maison parut soudain plus fraîche tandis que la pluie s'abattait encore plus fort sur le toit. Geirmund sentit un frisson parcourir son corps, causé autant par ses vêtements humides que par l'humeur maussade de son père.

*On dirait que père prédit la victoire d'Ælfred sur les Danois*, songea-t-il. *J'espère que ce n'est pas ce qu'il voulait dire.*

— Je viens de Ravensthorpe. Eivor vous fait part de son amitié et de sa haute estime.

— Nous avons de la chance d'avoir Eivor comme alliée, apprécia Ljufvina. Elle nous a beaucoup aidés, ainsi que les gens de Jorvik.

— Comment cela ?

Elle écarta sa question d'un geste.

— Inutile d'en parler pour le moment. En tout cas, je suis contente que tu aies visité sa colonie. J'ai entendu dire que Ravensthorpe était…

— Je dois y aller, l'interrompit Hjörr en se levant si brusquement que sa chaise s'écroula au sol avec fracas.

Le visage empourpré, il se pencha pour ramasser la chaise et la ranger contre la table.

— J'ai des affaires à gérer avec le conseil, ajouta-t-il, mais je rentrerai avant la nuit. (Il posa une main sur l'épaule de Geirmund) C'était bon de te revoir, fils.

— Je suis content d'être ici, répondit Geirmund.

Sur ces mots, son père sortit de la maison. Sa mère s'adossa à sa chaise en poussant un profond soupir.

— Mange, Geirmund.

Il lui obéit et se mit donc à manger, sans qu'ils échangent la moindre parole. Sa mère sirotait sa bière, il avalait la nourriture et la pluie tombait sur le toit. Ce n'était pas le silence pesant entre deux étrangers n'ayant rien à se dire, mais plutôt le poids oppressant de trop de non-dits, comme des torrents prisonniers d'un glacier en pleine fonte. Geirmund préféra ne pas aborder certains sujets pour l'instant.

— À quel conseil père se rend-il ?

— Celui du roi Ricsige.

— « Ricsige » ?

— Le roi de la Northumbrie.

— Je pensais que Halfdan régnait sur la Northumbrie.

— C'est le cas, par l'intermédiaire de Ricsige. (Du bout des doigts, elle jouait avec sa coupe.) Les Danois ont compris que, pour régner en paix sur les Saxons, il fallait laisser un roi saxon sur le trône, à condition que ce roi sache qui gouverne vraiment. Avant Ricsige régnait un homme du nom d'Ecgberht, mais il était trop obstiné. Hjörr fait partie d'un conseil mis en place pour s'assurer que Ricsige suive les instructions de Halfdan et des Danois.

— Mon père est donc au service d'un roi saxon.

— Oui, plus ou moins.

— A-t-il songé à quitter Jorvik ? demanda Geirmund. Et toi aussi ?

— Où irions-nous ?

— Dans le Wessex. Si père combat pour Guthrum, nous…

— Pour Guthrum ? (Elle se redressa, le regard étincelant d'un feu intérieur qu'il avait souvent vu à Avaldsnes, mais qu'il n'avait pas encore croisé depuis son arrivée.) Tu voudrais que nous combattions pour le Danois qui nous a pris notre fils ?

— Il ne m'a pas pris. J'ai choisi de le suivre.

— Tu as oublié qui tu étais. Qui tu es. Ton père est Hjörr Halfsson, le roi légitime du Rogaland, et tu es son fils.

— Je ne l'ai jamais oublié, répliqua Geirmund d'un ton calme, mais agacé.

— Tu parles pourtant de combattre au Wessex pour Guthrum. Tu as bien l'intention de retourner à son côté, n'est-ce pas ?

— Je lui ai prêté allégeance. Des guerriers ont juré de me suivre. Dès que Guthrum quittera Halfdan, je retournerai combattre pour lui.

Elle ne demanda pas pourquoi il devait attendre que les deux rois danois se séparent. Elle se contenta de croiser les bras sur sa poitrine, comme un oiseau repliant ses ailes, avant de reposer le menton sur la paume de sa main. Elle finit par secouer lentement la tête.

— Je croyais que tu étais revenu à la maison.

— Ce n'est pas ma maison, dit-il en regardant autour de lui. Jorvik n'est pas mon foyer.

— Peut-être qu'il pourrait le devenir.

— Non.

— Mais nous sommes là, dit-elle. Tu es donc ici chez toi.

— Non, pas du tout. D'ailleurs, Avaldsnes n'a jamais été mon foyer non plus. C'est juste l'endroit où j'ai grandi.

Il vit une larme perler dans ses yeux.

— Si ce n'est chez nous… où se trouve ton foyer, Geirmund ?

— Je l'ignore.

— Était-ce…

Elle garda le silence un long moment, comme si elle luttait pour trouver les mots, avant de chuchoter :

— Était-ce chez elle ?

—Qui donc ?

Elle se mit à trembler.

—Ágáða.

Geirmund ne se souvenait même pas de la dernière fois où il l'avait entendue prononcer ce nom, ou laisser quiconque en parler. Sa gorge se serra en sentant toute la peine et les regrets enfouis dans sa voix. Le fait qu'elle parle d'Ágáða prouvait à quel point Avaldsnes était désormais loin pour elle.

—Non.

Elle ferma les yeux pour refouler ses larmes. Il savait que c'était la réponse qu'elle espérait, mais ce n'était pas pour cette raison qu'il l'avait donnée.

—Mère, j'ai quitté Avaldsnes pour trouver ma destinée, dit-il. Je la cherche encore.

Elle hocha la tête et s'essuya les joues et les yeux des deux mains.

—Je ne t'en empêcherai pas.

D'après le bruit des gouttes sur le toit, l'averse s'était calmée. Geirmund décida d'aller prendre l'air.

—Jorvik n'est pas mon foyer, poursuivit-il, mais si ce doit être le tien j'aimerais mieux la connaître. Je pense que je vais sortir me promener dans ses rues.

Elle hocha de nouveau la tête, puis se leva pour aller chercher sa cape.

—Tu auras besoin de cela. Il fait froid à Jorvik, même quand il ne pleut pas.

La laine rugueuse était encore humide, mais il sentit la chaleur du feu lorsqu'il passa la cape sur ses épaules.

—Merci, mère.

—Pars donc, dit-elle en se détournant pour débarrasser la table. Essaie de ne pas t'attirer des ennuis.

Il sourit en quittant la maison et, une fois dehors, contempla le ciel gris en inspirant plusieurs fois. Il avait tenté de retenir le flot des non-dits, mais certains s'étaient échappés et il se sentait désormais soulagé de leur poids et de leur fardeau.

*Il reste encore beaucoup à dire, peut-être trop. Chaque chose en son temps.*

Depuis les hauteurs où il se trouvait, il pouvait voir presque tout Jorvik malgré la brume recouvrant encore les lieux. Le fleuve Ouse sortait du brouillard à l'ouest et s'étirait paresseusement pour rejoindre l'enceinte nord de la ville. Les ruines enténébrées d'un amphithéâtre romain s'élevaient au-dessus des bâtiments. Plus loin, un temple chrétien et une grande halle danoise surplombaient la cité de chaque côté du fleuve.

Geirmund supposa que la halle était celle de Ricsige et décida de partir dans sa direction, dans l'espoir d'y retrouver son père. Il descendit par les mêmes ruelles qu'il avait arpentées la veille. Comme la pluie s'était calmée, il croisa plus de gens, notamment au marché. À Jorvik, les Danois et les Saxons semblaient se côtoyer en paix.

*C'est sans doute parce que la Northumbrie a un roi saxon*, devina Geirmund. *Je commence à comprendre ce dont mère m'a parlé.*

Il dut emprunter un pont de pierre pour atteindre la halle, puis passer sous la statue pâle et brisée d'une femme romaine portant une robe fine, ses traits usés par les ans, le vent et les intempéries. Il arriva enfin à la halle de Ricsige, aussi haute et majestueuse que celle de son père à Avaldsnes, peut-être même plus. Une solide palissade de pieux entourait les lieux et des guerriers saxons et danois se tenaient à l'entrée. Ils saluèrent Geirmund et lui demandèrent la raison de sa présence.

— Je suis Geirmund Hjörrsson, dit-il. On m'a dit que mon père était ici.

— Hjörr ? demanda l'un des guerriers. Je ne l'ai pas vu de la journée.

— Tu en es sûr ? Il m'a dit qu'il avait rendez-vous avec le conseil.

Un autre soldat secoua la tête.

— Pas aujourd'hui. Il n'y a qu'une seule entrée et nous l'aurions vu passer.

Geirmund hocha la tête, aussi confus que frustré.

— Merci à vous, dit-il en rebroussant chemin vers le pont.

— Tu le trouveras peut-être au bord du fleuve, suggéra alors un des guerriers. Juste en dehors de l'enceinte nord, ajouta-t-il en pointant le doigt dans cette direction. Il s'y rend souvent.

— Merci encore.

Il suivit l'indication et longea la berge et les embarcadères du fleuve vers le nord, jusqu'au mur romain. Il ne vit aucun portail, mais une section de l'enceinte s'était effondrée près de l'eau ; pas suffisamment pour affaiblir les défenses de la ville, mais assez pour permettre à un homme de l'escalader et passer de l'autre côté.

Geirmund franchit la muraille, puis descendit dans une profonde tranchée avant de remonter de l'autre côté. Il se retrouva à l'extérieur, face à une contrée vallonnée où serpentait le large fleuve. Les forêts et les bosquets s'arrêtaient à bonne distance des murs de Jorvik, sans doute pour mieux assurer la défense de la ville danoise. Une grande prairie entourait donc les lieux, mais laissait place aux herbes hautes et aux roseaux près de la rivière. Non loin de Geirmund, un vieux ponton s'accrochait obstinément à la berge. Son père se tenait là, face au nord, aussi immobile qu'une statue romaine.

Geirmund poussa un soupir avant de traverser la prairie dans sa direction. Il l'appela dès qu'il fut assez près pour qu'on entende le bruit de ses pas. Son père se retourna.

— Tu as dit que tu avais des affaires à gérer avec le conseil, lui reprocha Geirmund.

Son père ne répondit pas avant qu'il l'ait rejoint sur le ponton branlant qui craquait sous ses pas, au-dessus des remous du courant.

— C'est le cas, répondit son père en se retournant vers le fleuve. J'avais besoin de mener conseil avec moi-même.

— Puis-je te demander à quel propos ?

— J'imagine que tu peux le deviner, soupira-t-il, avant d'inspirer profondément et de relever la tête. Cet endroit. Ici même. Cela me rappelle presque un fjord étroit du Rogaland.

Geirmund contempla de nouveau le fleuve et les collines, et comprit ce que son père voulait dire. L'aspect du paysage présentait assez de points communs avec le Rogaland pour éveiller des souvenirs, même s'il ne pourrait jamais simuler ou remplacer la Norvège.

— Il y a de la beauté en Angleterre.

— Oui, en effet. (Hjörr soupira et tourna le dos au fleuve pour faire face à Geirmund.) Tu peux maintenant me poser la question.

— Quelle question ?

— Celle qui te ronge l'esprit depuis que tu as parlé à Eivor.

Son père le connaissait bien.

— Pourquoi as-tu abandonné Avaldsnes ?

— Oui, c'est bien cette question-là. (Hjörr regarda vers le sud, en direction des murailles de Jorvik.) Celle que je me pose souvent lorsque je viens ici.

— Et qu'as-tu à y répondre ?

Son père garda le silence un long moment.

— Harald est rusé. Plus rusé que nous le pensions. Avec les autres rois et jarls, nous avions levé des guerriers en pensant le vaincre. Hélas, il nous a surpris en envoyant tous ses soldats et ses navires au Hafrsfjord pour une seule bataille. (Il leva un doigt vers le ciel.) Une seule victoire. Au final, c'était tout ce qu'il lui fallait. Le Hafrsfjord lui ouvrit le Stavanger, le Boknafjord et le Karmsund. Après cela, il contrôlait tout le commerce.

Geirmund sentit son estomac se nouer.

— Il vous a coupé les vivres.

Son père hocha la tête.

— Il avait déjà obtenu la loyauté de plusieurs rois et jarls au nord et à l'est en leur promettant de l'argent, des mariages et du commerce. D'autres lui ont juré fidélité dès qu'ils ont entendu parler de sa victoire, dans l'espoir de gagner ses faveurs.

— Aurais-tu pu le combattre ?

— Un guerrier peut toujours se battre jusqu'à la mort.

— Mais aurais-tu pu le vaincre ?

Hjörr tourna de nouveau son regard vers le nord et garda le silence un moment.

— Quel genre de roi abandonne son royaume ? murmura-t-il enfin. Est-ce qu'un bon roi doit mener une guerre sans espoir jusqu'à la mort de tous ses guerriers ? ou doit-il concéder sa couronne pour éviter d'inutiles bains de sang ?

Geirmund ne sut quoi répondre, mais comprit qu'il avait eu affaire à un tel dilemme, d'abord sur le navire de Guthrum, puis à Lunden. Dans les deux cas, il avait choisi de sacrifier sa vie et son honneur pour le bien de ses guerriers.

*J'ai peut-être jugé trop vite le choix de mon père.*

— J'imagine que tu retourneras auprès de Guthrum, supposa Hjörr en lui lançant un regard en coin. Ta mère n'appréciera pas.

— Elle sait que je lui ai prêté allégeance.

— Et tu es un homme d'honneur. Tu l'as toujours été.

Geirmund contempla son père debout sur le ponton, cet homme plein de regrets et d'amertume pour le pays qu'il avait perdu. Il se rendit compte qu'il n'était plus fâché, ou du moins que sa colère s'était tempérée depuis qu'il comprenait ses choix.

— Viens avec moi, proposa-t-il.

— Où cela ? Au Wessex ?

— Auprès de Guthrum. Combats à mon côté. Tu es Hjörr Halfsson, tu mérites mieux que de conseiller un roi saxon.

Il sembla un instant que l'idée plaisait à son père, car ce dernier se redressa quelque peu, mais il finit par sourire en disant :

— Ta mère n'aimerait pas cela.

— Elle est autant une guerrière que toi et moi, répliqua Geirmund.

Hjörr s'esclaffa.

— C'est bien vrai.

— Tu es venu à Jorvik porté par la défaite, poursuivit Geirmund. Faisons du Wessex ta victoire, ta chance de reprendre l'honneur que tu crains d'avoir perdu.

Pendant un instant fugace, ils s'imaginèrent tous les deux en train de combattre coude à coude derrière leurs boucliers. Puis le sourire de son père s'effaça.

— Je serais fier de combattre à ton côté, mon fils. Mais, si je dois choisir, je préfère en avoir fini avec la guerre. Je veux la même chose que Guthrum lorsqu'il est venu à Avaldsnes : des terres et la paix. Ta mère et moi avons trouvé les deux ici.

— Je comprends, répondit Geirmund, et il disait la vérité, même si cela l'attristait de voir son père ainsi diminué. Essaieras-tu de m'empêcher de partir, comme tu l'as déjà fait ?

— J'avais tort à l'époque, avoua Hjörr. Même s'il n'y avait pas d'affaire d'honneur entre toi et Guthrum, je ne t'empêcherais pas de poursuivre ta destinée.

Geirmund inclina la tête.

— Merci, père.

— Cela ne veut pas dire que j'ai cessé de m'inquiéter que tu te comportes comme un fou téméraire.

Geirmund sourit.

— Je sais.

Les nuages avaient fini par se disperser, laissant derrière eux un ciel épuré. Ils restèrent debout sur le ponton à regarder les lueurs du soleil couchant couvrir d'or les eaux du fleuve, puis, avant la tombée de la nuit, ils rentrèrent à Jorvik, passèrent le pont et se dirigèrent vers la maison où les attendait Ljufvina.

# Cinquième partie

## Wessex

# Chapitre 25

Geirmund resta plusieurs jours auprès de ses parents. Durant cette période, il en apprit davantage sur leur vie à Jorvík. À bien des égards, Hjörr gouvernait la population locale selon les mêmes préceptes qu'à Avaldsnes. Il négociait les accords commerciaux avec les marchands, surveillait les réserves d'argent, de nourriture et de bière de la ville, et jugeait les petits différends et crimes qui n'appelaient pas l'intervention de Ricsige. Ljufvina accomplissait aussi bon nombre de ces devoirs, même s'il lui arrivait de s'absenter, notamment quand Eivor leur demandait de l'aide et des alliés.

Pour sa part, Geirmund passa l'essentiel de son séjour à assister son père, assumant des responsabilités naguère réservées à Hámund. Cette expérience lui permit de découvrir plus concrètement ce qu'exigeait ce fardeau de hautes fonctions. Il comprenait mieux à présent pourquoi de grands guerriers tels que Halfdan et Ubba préféraient déléguer ces affaires du quotidien à leurs vassaux.

Quand la nouvelle leur parvint de Ravensthorpe que Guthrum et Halfdan avaient scindé leurs armées et que Halfdan rentrerait bientôt en Northumbrie, Geirmund se décida à parler à ses parents de Fasti, le cousin d'Ubba, et de sa querelle de sang avec Halfdan. Même si ce dernier comptait partir, il s'inquiétait des conséquences que son père et sa mère pourraient subir au retour du Danois ; ces derniers ne parurent pas s'en émouvoir.

— Halfdan ne s'en prendra pas à nous, lui assura son père alors qu'ils soupaient ensemble à table. Sans nous, il n'aurait plus de Jorvík où revenir.

— Tu veux dire sans Eivor, le corrigea Ljufvina en arquant un sourcil tandis qu'elle rompait une miche de pain.

— Qu'a fait Eivor pour Jorvík ? s'enquit Geirmund.

Sa mère lui offrit le morceau de pain, avant de se servir elle-même.

— Elle est venue traquer les membres d'un ordre caché parmi les nôtres. Certains étaient même de fidèles conseillers de Ricsige, mais ils œuvraient dans l'ombre à l'avancement de leurs propres desseins. Ils auraient détruit Jorvík de l'intérieur.

— Quel genre d'ordre ?

— Nous avons encore peine à le définir. (Elle trempa le pain dans son porridge d'orge et de bœuf.) Nous savons seulement qu'il est puissant, et que son influence s'étend sur un large territoire, d'aussi loin que l'Egiptaland, et bien avant l'ère de Nór.

Ses propos évoquèrent à Geirmund les antiques terres submergées que Völund lui avait décrites.

— Par les dieux ! Et vous les avez arrêtés ?

— Eivor y est parvenue, répondit Hjörr en hochant la tête à l'endroit de son épouse. Nous avons simplement tâché de l'aider au mieux.

— Nous lui sommes redevables, opina Ljufvina. Halfdan aussi, et il a une dette envers nous. Notre service en Northumbrie répondra largement aux exigences de la querelle de sang, ou à tout wergild qu'il aura fixé.

— Ubba ne sera peut-être pas satisfait, néanmoins, l'avertit Hjörr. Méfie-toi de lui.

— J'y veillerai.

— Voilà plusieurs étés que Halfdan est parti en guerre, poursuivit son père. Ses jarls et ses guerriers sont las. À leur retour, ils entendront recevoir leur récompense et Halfdan attribuera des terres aux plus valeureux d'entre eux.

— Et à vous ? demanda Geirmund.

Hjörr acquiesça avec un coup d'œil à sa femme.

— Nous aurons de nouveau un palais.

Geirmund baissa les yeux sur son bol.

— Paix et terres, résuma-t-il, avant de prendre une cuillerée de porridge.

Sa mère se pencha vers lui pour lui assurer avec affection.

— Tu as une place parmi nous si tu choisis de rester.

Geirmund n'en doutait pas, et une partie de lui aspirait à rester auprès d'eux en Northumbrie. Hámund reviendrait un jour ; ensemble, ils façonneraient un héritage durable pour leur famille, leurs enfants et leurs petits-enfants. Cependant, une autre partie, la plus grande, savait qu'il ne pouvait rester ou, du moins, qu'il s'y refuserait.

— J'ai juré fidélité à Guthrum. Mes guerriers et moi sommes liés par un serment. Ils sont partis rejoindre Guthrum à Hreopandune et ils m'y attendront. En outre, je me suis juré de m'emparer du Wessex.

Sa mère ne dit rien, mais parut déçue. Elle accepta sa réponse d'un hochement de tête.

— Tu dois agir selon ta volonté, acquiesça son père, pour l'honneur et le destin. Je présume que tu comptes te mettre bientôt en route ?

— En effet. Je partirais dès demain si je le pouvais.

Hjörr but une gorgée de bière, puis demanda :

— Pourquoi ne le peux-tu point ?

— Je pensais que vous auriez peut-être besoin de moi avant mon départ. Je ne tiens pas à vous quitter comme la dernière fois…

— Les circonstances sont différentes, le tranquillisa sa mère. Ne reporte pas ton départ pour nous. Nous ne manquerons de rien.

Geirmund inclina la tête pour les remercier et, sitôt leur repas fini, ils l'aidèrent à rassembler des provisions pour la route. Ils passèrent ensuite le reste de la soirée à discuter, boire et jouer au hnefatafl. Quand vint l'heure de se coucher, Geirmund ne parvint pas à trouver le sommeil. La perspective de retrouver Guthrum et ses guerriers le tint éveillé jusque tard dans la nuit, puis l'aube arriva.

Au lieu de s'éclipser tel un voleur comme la dernière fois, il partagea un repas matinal avec ses parents. Après quoi, ces derniers lui firent une belle surprise en lui offrant un cheval de guerre, un étalon saxon à la robe alezane éclatante, avec une crinière de la couleur de la paille et une marque blanche sur le front.

— Il s'appelle Enbarr, l'informa Hjörr. Élevé par les Pictes.

— Il est magnifique.

Geirmund admira le destrier sous toutes les coutures, appréciant la force de sa musculature et de sa forme. Il laissa ensuite Enbarr le renifler, puis lui caressa le chanfrein et la crinière. Il y perçut un tempérament robuste et une volonté d'acier.

— A-t-il connu des batailles ?

— Oui, lui confirma son père.

— Puisse-t-il te servir fidèlement, déclara Ljufvina.

Geirmund les remercia tous deux pour ce cadeau royal, et les laissa l'accompagner jusqu'aux portes de la ville. Là, il leur fit ses adieux, quelques mots murmurés dans une étreinte, puis il se mit à cheval et partit vers le sud-ouest sur une voie romaine.

Durant le voyage, l'homme et le cheval apprirent à s'apprivoiser. Au fil des haltes, l'étalon parut s'habituer petit à petit à son nouveau cavalier, et ce dernier découvrit à quels ordres sa monture répondait le mieux. Ensemble, ils parcoururent vingt haltes par jour, d'abord par la voie romaine, puis en longeant la Trent vers Hreopandune. Bien qu'Enbarr porte ses propres rations, Geirmund veilla à lui accorder chaque jour le temps de brouter tranquillement. Ainsi, au soir du cinquième jour, ils parvinrent dans un vaste champ de tumulus récents sur lesquels l'herbe n'avait pas encore poussé.

La lueur du couchant embrasait le nuage de poussière et de fumée qui flottait sur la plaine, projetant des ombres sur des dizaines de monticules qui s'élevaient de terre plus ou moins haut. Geirmund devina aux offrandes déposées à leur pied que ces cairns étaient l'œuvre de Danois, en mémoire de leurs guerriers tombés au champ d'honneur. Certains contiendraient les cendres des morts victorieux ; d'autres seraient vides, sans dépouille, leurs hôtes absents abandonnés sur le lieu de leur trépas, réduits en chair à corbeaux ou brûlés sur un bûcher funéraire.

Geirmund se demanda si l'un d'eux appartenait à Aslef.

Une certaine agitation semblait régner dans l'air, comme si les morts n'étaient pas encore au repos. Même Enbarr roula des yeux apeurés, visiblement pressé de partir. Toutefois, avant de quitter les lieux, Geirmund vida le reste de son outre de bière sur la terre en murmurant une prière pour ceux qui se gorgeaient maintenant d'hydromel au Valhalla.

Du haut de ce plateau, il contempla une vallée fluviale dans laquelle au loin, plus à l'ouest, se nichait un village. Il descendit le relief dans cette direction. Bien que n'ayant aperçu aucun campement d'armée depuis la colline, il comprit en s'approchant qu'il était arrivé à Hreopandune. Le temple chrétien du village servait de porte fortifiée à un rempart en bois récemment érigé d'est en ouest à partir des rives du fleuve, entourant une place forte danoise bien défendue. Parvenu aux portes du village, Geirmund découvrit que certains Danois y étaient encore en garnison, et il apprit d'eux que le roi Guthrum avait emmené son armée vers le sud-est, à un endroit appelé Grantabridge.

Le guerrier passa la nuit sur place. Le lendemain, il échangea une partie de son argent contre des provisions pour son cheval et lui, avant de reprendre la route en suivant les indications des Danois pour rejoindre une voie romaine qu'ils appelaient Wæcelinga, à une journée de distance vers le sud. Après deux jours de chevauchée, durant lesquels il croisa les décombres fumants de plusieurs fermes et villages saxons, il rencontra un croisement de chemins ; il quitta la Wæcelinga pour se diriger vers l'est, sur une vieille piste de terre.

Les trois jours suivants, il vit sa progression ralentie par le sentier tortueux et cahoteux, à l'opposé de la belle voie romaine. Il ne couvrait que dix ou quinze haltes avant de s'arrêter tous les soirs pour dormir et laisser Enbarr paître. Au quatrième jour, cependant, il atteignit enfin les portes de Grantabridge.

Un campement danois, vaste et florissant, occupait l'enceinte des murs, des ruines romaines sur les berges de la Granta formant le cœur de la cité. Bien que le commerce y soit moins animé qu'à Lunden, Geirmund retrouva sur les marchés nombre d'articles venus des mêmes terres lointaines ; les forgerons et artisans de la ville ne semblaient d'ailleurs pas manquer de commandes. Il se fraya un chemin dans des rues et venelles envahies par les odeurs âcres de matières forgées, tannées, brûlées et cuisinées, auxquelles se mêlaient des relents d'excréments divers.

Il chemina en quête de Guthrum et de son armée, qu'il finit par trouver au nord du campement. Ses Hel-hides l'accueillirent avec enthousiasme et de bien sombres nouvelles : Aslef avait succombé à sa blessure un jour après le départ de Geirmund, emporté dans un dernier sommeil dont il ne s'était jamais vraiment réveillé. Thorgrim était resté à son chevet jusqu'à la fin. Geirmund trinqua avec ses Hel-hides à la mémoire du jeune guerrier. Lorsque se répandit la nouvelle de son retour, il fut très vite convoqué par Guthrum. Steinólfur l'accompagna en chemin.

— Comment vont Hjörr et Ljufvina ? demanda le vieux guerrier.

— Plutôt bien, compte tenu de tout ce qu'ils ont perdu.

Il rapporta à son ami ce que son père lui avait raconté au sujet d'Avaldsnes et de Harald de Sogn. Steinólfur ne parut pas surpris.

— Les anneaux de la royauté peuvent s'apparenter à des chaînes dorées. Mieux vaut parfois en être affranchi. T'es-tu réconcilié avec tes parents ?

— Nous ne sommes plus en conflit.

Le vieux guerrier hocha la tête en signe d'approbation.

— C'est déjà un début.

Parvenus devant l'édifice saxon que Guthrum avait pris pour palais, les deux hommes se séparèrent. Steinólfur laissa Geirmund entrer seul à l'intérieur, où ce dernier trouva le roi changé. Plus grisonnant, il semblait à présent tourmenté par une profonde lassitude qui le rongeait insidieusement et le rendait irritable. Après avoir invité Geirmund à s'asseoir, il lui servit du vin dans une coupe en argent fort semblable au calice que le Viking avait vu dans le temple du monastère de Torthred. Le vin saxon avait un goût de cuir et de métal ; sans douter de sa qualité, Geirmund lui aurait préféré la bière brassée par frère Drefan, ou celle de Tekla à Ravensthorpe.

— Je suis heureux de te retrouver, Hel-hide, l'accueillit le roi en se servant à son tour dans une corne.

Il prit place sur un trône drapé d'une peau de loup, dont la tête aux yeux vides reposait sur l'un des accoudoirs.

— Quand tu as quitté Lunden, j'ai craint de ne plus jamais te revoir.

— Il m'est arrivé de le craindre aussi. Halfdan a envoyé une troupe de guerre à nos trousses.

Le roi s'accouda à son trône et se mit à tirailler la fourrure entre les oreilles du loup.

— Qu'est-il advenu de ces guerriers ?

— Ils sont morts.

— Tous ? demanda Guthrum, à la fois surpris et ravi. Ta réputation ne cesse de croître.

Pour le moment, Geirmund ne se souciait guère de sa réputation, ni même de l'agrément du roi ; il voulait avant tout connaître la vérité sur cette histoire de wergild.

— J'ai tué leur chef en combat singulier avec Eivor Varinsdóttir pour témoin. Un homme prénommé Krok.

La main du roi se figea.

— Encore lui. Tu lui as parlé ?

— Oui. Juste avant notre combat, il a révélé à Eivor que Halfdan avait fixé un wergild. Dix-huit livres.

Guthrum caressa l'oreille du loup de son pouce.

— Ce n'est pas vrai.

— Pourquoi a-t-il affirmé le contraire ?

Le roi leva vivement les mains en l'air.

— Il l'a affirmé parce que Halfdan a exigé dix-huit livres.

Geirmund ouvrit la bouche, puis secoua la tête, déconcerté.

— Dans ce cas, pourquoi… ?

— Peu importe ce que Halfdan exige. Seul l'Althing peut fixer un wergild.

Le guerrier comprit alors que Guthrum lui avait menti à Lunden, ou, du moins, qu'il lui avait caché la vérité. Il prit une lampée de vin pour apaiser sa colère grandissante à l'égard du Danois.

— Althing ou non, si j'avais su, j'aurais payé…

— Non, je ne l'aurais pas autorisé. Dix-huit livres ? s'indigna Guthrum en se penchant en avant, passablement irrité. Le garçon que tu as tué, le cousin d'Ubba, n'était ni un jarl ni même un simple karl ! Il ne valait pas la moitié de ce poids en argent. Halfdan voulait te punir, toi, l'un de mes guerriers les plus ingénieux, tout en profitant de l'occasion pour s'enrichir.

Sa réponse ne satisfaisait ni la colère ni la confusion de Geirmund, qui se demandait encore si le roi lui avait tout dit. Cependant, ne sachant comment insister, il choisit d'aborder un sujet autrement plus important.

— Quand marchons-nous sur le Wessex ?

— « Le Wessex », soupira Guthrum en se calant de nouveau au fond de son siège.

— Oui, le Wessex. Quand partons-nous ?

— Bientôt.

— Qu'attends-tu ?

Le roi vida sa corne en quelques gorgées, puis se leva d'un bond avec une soudaineté qui fit presque sursauter Geirmund. Il gagna la table à grands pas pour se resservir en vin.

— Ivarr est mort, annonça-t-il.

Pour Geirmund, au regard de sa querelle de sang avec Ubba, c'était un fils de Ragnar en moins à redouter.

— Que signifie sa mort pour le Wessex ?

— Pour le Wessex, rien, répondit le roi, avant de se mettre à arpenter la grande salle.

La décoration faisait plus saxonne que danoise, avec ses sculptures, ses tentures, sa vaisselle et ses bancs.

— Sa mort signifie que de nombreuses terres ont perdu leur seigneur en Est-Anglie et en Mercie. Je pourrais m'assurer que certaines de ces terres danoises te reviennent.

Geirmund écarta son verre de vin, intrigué.

— Que me proposes-tu exactement ?

— Halfdan et Ubba sont maintenant les derniers fils de Ragnar, déclara Guthrum avant de vider sa corne d'un trait, puis de s'essuyer la bouche d'un revers de main. Quand Halfdan a appris la mort d'Ivarr, c'était comme si une flamme s'éteignait en lui. Il a pris ses guerriers et il est retourné en Northumbrie profiter de ses richesses avant de mourir. Il n'a cure du Wessex désormais. Ses années de guerre sont derrière lui. Il ne reste qu'Ubba. (Le roi parcourut la grande salle du regard.) Je possède des richesses et des terres remportées dans de rudes combats. On m'a couronné roi, et mon honneur est intact. Aussi je m'interroge : si la mort est mon destin, quelle honte y a-t-il à mourir ici ?

— « Quelle honte… » ? répéta Geirmund en tâchant de contenir sa colère. Te satisfais-tu maintenant de régner sur cette terre en laissant le Wessex aux Saxons ?

Le roi se caressa la barbe, faisant tinter les perles d'argent qui l'ornaient, comme s'il devait réfléchir à sa réponse, pour finalement balayer la question d'un geste.

— Non, bien sûr que non. Le Wessex doit tomber.

Geirmund ne pouvait qu'espérer qu'il soit sincère.

Au cours des semaines suivantes, le roi envoya des éclaireurs dans le sud et l'ouest du Wessex glaner des renseignements sur l'ennemi et, lorsque les espions revinrent au rapport, Guthrum et ses jarls s'attelèrent à la préparation de l'ultime bataille. Privés des troupes de Halfdan, ils devraient se montrer aussi rusés que prudents s'ils voulaient l'emporter contre Ælfred. Certains guerriers du nord répondraient à l'appel aux armes, notamment Eivor et ses alliés, mais leur faible nombre ne suffirait pas à leur garantir la couronne du Wessex.

Étant donné que les Danois de Northumbrie et autres contrées éloignées voyageraient plus vite par voie de mer, Guthrum devait leur trouver un bon port où accoster leurs drakkars. Il choisit le village de Wareham, sur la côte du Wiltescire, qui offrirait aux Danois un siège solide dans le Wessex, non loin du fief d'Ælfred à Wintanceastre, tout en leur assurant une position de repli dans des ruines romaines situées sur l'Exe, à quelque soixante haltes à l'ouest, près des côtes du Defenascire. Telle était la stratégie dont Geirmund avait connaissance quand le roi le manda de nouveau au palais pour y tenir un conseil privé.

— J'enverrai quelques troupes par la mer, l'informa Guthrum.

Assis avec Geirmund à la grande table, il buvait cette fois son vin dans la coupe en argent, tandis que son guerrier savourait une corne de bière.

— Mais je déplacerai le gros de l'armée à Wareham par la terre, précisa-t-il.

— Combien de temps prendra cette manœuvre ?

— Au mieux, quatre jours, peut-être cinq. Un peu plus si le temps se gâte.

— Ælfred se tiendra prêt.

— Il l'est déjà. D'après mes éclaireurs, les fyrds du Wiltescire et du Bearrocscire sont sous son commandement. Il surveille également le Thames et la voie Icknield. Il s'attend à une attaque par ce côté. Pour cette raison, nous marcherons de nuit en prenant la voie d'Earninga vers le sud, en direction de Lunden, avant de bifurquer vers l'ouest sur la route romaine qui mène aux ruines de Calleva, où nous avons fait halte lors de notre marche sur Bedwyn si tu t'en souviens. De là, nous nous rendrons à Wareham.

— C'est une longue route, fit observer Geirmund. Si Ælfred découvre tes intentions…

— Il ne doit pas les découvrir. Il nous faut passer sous le nez de l'armée saxonne sans être vus. C'est pourquoi je t'ai convoqué aujourd'hui. (Il se servit une nouvelle rasade de vin.) J'ai besoin que le Wessex garde les yeux fixés sur le nord, à l'opposé des routes que nous emprunterons, et je veux que tu te charges d'attirer leur attention.

— Comment ?

— Le Thames marque la frontière entre la Mercie et le Wessex. Je veux que tes Hel-hides et toi traversiez le fleuve et attaquiez les villes et villages de cette région, en vous enfonçant dans le royaume d'Ælfred vers le sud.

Geirmund but quelques petites gorgées de bière.

— Voilà qui ne manquera pas d'attirer leur attention.

— Vous devez agir vite et frapper fort cinq jours durant. Il faut qu'Ælfred prenne votre petite troupe de guerre pour une armée.

— Nous serons trop peu nombreux face à celle d'Ælfred. S'il devait nous rattraper…

— Il ne vous rattrapera pas, lui certifia le roi en plaquant une main sur son épaule. Il ne doit pas y parvenir. Je te confie cette tâche, car tu es, à mes yeux, le seul assez ingénieux pour la mener à bien.

Geirmund prit un instant afin de mesurer l'ampleur de la mission. Pour suivre les ordres du roi, il lui faudrait mener ses Hel-hides au cœur des terres ennemies, sans alliés ni défenses vers lesquels se replier. Et, au lieu de se cacher des Saxons, il était censé attirer l'ire d'Ælfred sur sa compagnie. Une mort certaine les attendait : ce serait le destin, non l'ingéniosité, qui déciderait de l'issue de cette entreprise, même si la rapidité pouvait en effet leur offrir un avantage.

— Chacun de mes guerriers devra avoir une monture, réclama-t-il. Certains auront besoin de nouvelles armes et armures.

Le roi acquiesça sans discuter.

— Vous aurez tout ce dont vous avez besoin.

— Et tu donneras dix livres d'argent à tous ceux qui rentreront.

Guthrum écarquilla les yeux.

— Quoi ? As-tu… ?

— Cela s'entend : dix livres en plus de la somme qui leur est déjà due.

Le roi partit d'un rire incrédule.

— Cela dépasse largement le poids que je paierais…

— Ils vont affronter de nombreux périls pour t'offrir le Wessex. Tous les Hel-hides qui reviendront de cette mission devront recevoir assez d'argent pour s'acheter une terre et un cheptel si tel est leur désir, décréta Geirmund, avant d'ajouter en voyant Guthrum sur le point de protester : Ce n'est pas de la cupidité, mon roi. Nous n'aurons pas le temps de piller les villages. Si tu as besoin de mes guerriers pour accomplir cette tâche, je dois leur donner une raison de risquer leur vie. La question qui se pose est donc de savoir si tu tiens réellement à cette mission.

Le roi se renfrogna. Geirmund but une gorgée de bière en attendant sa réponse.

— Et toi ? s'enquit finalement Guthrum. Quelle compensation attends-tu ?

— Devenir jarl dans le Wessex.

Un silence s'ensuivit, puis le Danois hocha la tête.

— Prépare tes hommes au plus vite. Dix livres pour ceux qui reviendront.

Geirmund inclina la tête et quitta le palais. De retour auprès de ses Hel-hides, il choisit de leur parler d'abord de l'argent ; la nouvelle échauffa leurs esprits aussi sûrement qu'une pierre incandescente jetée dans une marmite.

— Par l'œil d'Óðinn, dix livres ? s'exclama Rafn en se tournant vers son pâle compagnon. Voilà une somme qui permettrait à n'importe quel guerrier de ranger son épée pour se poser.

— Qu'attend-il de nous en échange ? demanda Vetr. Je doute qu'il s'agisse d'une largesse.

Geirmund inspira longuement avant de leur expliquer la mission que Guthrum leur avait confiée. L'enthousiasme de ses guerriers retomba d'un coup, et tous devinrent silencieux et immobiles.

— Je comprends mieux, maintenant, énonça Birna. Guthrum ne s'attend pas à nous voir revenir.

— Peu importe ce qu'il escompte, argua Geirmund. Si notre destin est de revenir, nous reviendrons. Tous.

— Alors vidons la bourse de cette canaille, lança Steinólfur. Quand partons-nous ?

— Bientôt, répondit Geirmund.

Il parcourut du regard les visages de ses guerriers. Sa compagnie comptait encore quarante-deux combattants, mais nombre d'entre eux ne possédaient pas l'équipement nécessaire.

— Affûtez vos épées. Trouvez-vous de nouveaux boucliers et pièces d'armure. Le forgeron du roi pourvoira à vos besoins. Reposez-vous et soyez prêts, car, quand nous partirons, nous ne nous arrêterons que lorsque le Wessex sera pris.

# Chapitre 26

Les Hel-hides quittèrent Grantabridge trois jours avant Guthrum, qui devait marcher sur Wareham. Les guerriers de Geirmund étaient censés atteindre au quatrième jour le Thames, qui séparait la Mercie et le Wessex, et attaquer les villes qu'ils rencontreraient. Le neuvième jour, ils devaient chevaucher vers le sud, en direction des ruines romaines sur les rives de l'Exe, où ils retrouveraient plus de deux cents drakkars commandés par les rois danois Oscetel et Anwend venus d'Est-Anglie en attendant que Guthrum fasse appel à eux. Les Danois auraient ainsi deux places fortes dans le Wessex, desquelles ils pourraient lancer des raids sur le Defenascire et le Wiltescire, mais aussi s'emparer du trône d'Ælfred à Wintanceastre. On disait même qu'Ubba allait peut-être revenir de ses raids en Irland et sur les terres des Wealas. Geirmund s'inquiétait de cette rencontre éventuelle, car ses guerriers voyaient la présence d'un fils de Ragnar comme un bon présage.

Ils suivirent la voie Icknield, une route que Geirmund avait déjà empruntée en compagnie de John et du jarl Sidroc, puis la quittèrent un peu avant Wælingford pour éviter les éclaireurs d'Ælfred. Le soir du quatrième jour, ils arrivèrent à la lisière d'un bois de bouleaux surplombant une vallée dans laquelle se trouvait un gros bourg sur la rive du Thames, avec un monastère et un pont.

— C'est ici que nous entrons dans le Wessex, déclara Geirmund en mettant pied à terre. Nous attaquerons à la nuit et nous brûlerons la ville. Ensuite, nous continuerons notre route.

— La ville est très riche, dit Thorgrim. Ces moines…

— Nous n'avons pas le temps de piller. Pour te consoler, pense aux dix livres qui t'attendent à notre retour.

Thorgrim se tourna vers Birna, l'air dépité, et la guerrière haussa les épaules. Quelques guerriers montrèrent eux aussi des signes de mécontentement, si bien que Geirmund décida de s'adresser à ses Hel-hides, affalés sur leurs chevaux.

— Écoutez-moi tous, les harangua-t-il d'une voix dure. Rappelez-vous pourquoi vous êtes là, ainsi que le serment que vous avez fait aux autres guerriers de notre troupe. Il n'est plus temps de regimber. Si votre amour de l'or est plus grand que votre honneur, vous auriez dû rester à Grantabridge avec les autres couards, pour vous soûler et vous rouler avec eux dans la fange. (À ces mots, ses guerriers se redressèrent comme si les paroles de leur chef leur avaient fait l'effet d'un coup de fouet. Steinólfur croisa les bras sur son torse, détournant la tête pour cacher son sourire.) Vous êtes ici avec moi. C'est ici que votre destin vous attend, et je refuse qu'un seul Hel-hide l'affronte dans le déshonneur. Descendez de cheval et reposez-vous de votre mieux. (Il leur montra du doigt la ville saxonne.) Au plus fort de la nuit, nous nous transformerons en trolls et nous terroriserons ces Saxons.

Il regarda chaque guerrier dans les yeux, et tous hochèrent la tête pour exprimer leur accord.

— Geirmund a parlé, conclut Thorgrim.

Il mit pied à terre, et le reste de la troupe l'imita. Geirmund mena Enbarr à l'écart, et Steinólfur ne tarda pas à le rejoindre.

— « Des trolls » ? répéta le vieux guerrier.

Geirmund s'adossa à un bouleau dont l'écorce pelait.

— Ou des démons. Tout ce qui peut hanter les cauchemars des Saxons. (Il arracha un morceau d'écorce et commença à jouer avec, songeur.) Ils craignent les trolls. Il y avait des monstres dans les livres que m'a montrés Torthred.

— Je connais cet éclat dans tes yeux. Tu as un plan.

Geirmund se mit à dérouler l'écorce.

— Tu sais pourquoi nous sommes ici. Nous devons frapper assez fort pour attirer l'attention d'Ælfred.

— Parce que tu penses que mettre ses villes à feu et à sang ne suffira pas ?

— Pas au début, en tout cas. Mais, si les habitants de ces villes lui disent que nous ne sommes qu'une petite troupe, il ne mobilisera pas une armée pour venir à notre rencontre. Il devinera peut-être même le plan de Guthrum et saura que le gros de l'armée danoise se trouve ailleurs.

— Où veux-tu en venir ? Nous devrons tuer tous les témoins ?

Geirmund fit un signe négatif de la tête, puis enfonça le pouce dans l'un des nœuds noirs de l'écorce.

— Je dis simplement que les Saxons ne doivent pas comprendre ce qu'ils ont vu. (Il porta l'écorce à son visage, comme un masque, et regarda d'un œil par l'un des trous qu'il avait percés.) Ælfred entendra parler d'une meute de trolls et de démons danois qui attaquent ses villes au milieu de la nuit. C'est une énigme que le roi des Saxons, malgré toute sa ruse, aura du mal à résoudre.

Steinólfur hocha lentement la tête, comme si le plan se mettait lentement en place dans son esprit.

— Certains pourraient dire qu'il n'y a aucun honneur à se cacher derrière un masque.

Geirmund abaissa l'écorce.

— S'en servir parce que l'on a peur ou honte n'a rien d'honorable, en effet, mais ce n'est pas notre cas. Contre ces citadins saxons, le masque est une simple ruse. Lorsque nous irons au combat, nous affronterons nos ennemis le visage découvert. (Geirmund donna le morceau d'écorce à son ami.) Fais passer le mot : chaque guerrier doit se transformer en troll capable d'effrayer même nos propres enfants. Et les chevaux aussi.

Le vieux guerrier regarda l'écorce, puis la tapota du doigt.

— Je m'en occupe.

Il s'éloigna, et Geirmund détacha un autre morceau d'écorce à l'aide de son couteau. Il y tailla des trous pour les yeux, ainsi qu'une bouche grossière qui transforma son masque en une sorte de crâne. Il l'attacha sur sa tête à l'aide d'une lanière en cuir. Il coupa ensuite d'autres bandes auxquelles il donna la forme de cornes pour Enbarr, puis tailla, pour son cheval comme pour lui, des espèces de manteaux en écorce auxquels il fixa d'autres morceaux de bois.

La lune était levée lorsqu'il termina son œuvre. Il se tourna vers sa troupe et constata que les Hel-hides se fondaient dans l'obscurité. À leur place, il voyait des créatures de légende ornées de cornes et de longues dents. Leurs visages étaient ceux de loups, de wyrms et d'autres êtres de cauchemars. Ils attendaient, impatients, recouverts de pièces d'écorce de la couleur de vieux ossements, comme si les bouleaux avaient arraché leurs racines de la terre pour prendre vie.

—Ainsi accoutrés, vous méritez plus que jamais votre nom de Hel-hides, les félicita Geirmund. Vos propres pères feraient dans leurs chausses en vous voyant. Cette nuit, nous allons donner une peur bleue à ces Saxons.

Les guerriers rirent, ravis, puis descendirent dans la vallée, menant leurs chevaux par la bride dans l'obscurité. Ils entendirent bientôt au loin les chants monotones des moines, et s'arrêtèrent à la lisière des champs en attendant que les religieux terminent leur prière nocturne pour retourner se coucher. Ni la ville ni le monastère n'avaient de murailles, et les sentinelles n'étaient pas nombreuses.

—Les Saxons n'apprendront donc jamais ? demanda Skjalgi, la voix étouffée par son masque qui lui donnait une allure de renard polaire.

—On peut toujours attendre que ces imbéciles aient érigé des défenses, si tu préfères, plaisanta Birna, cachée derrière un masque de draugr.

—Leurs temples se passaient de murailles avant l'arrivée des Danois, remarqua Vetr. Mais ils apprendront. Ils apprennent déjà.

— C'est pour cela que nous devons prendre le Wessex sans attendre, conclut Geirmund en sortant sa pierre à feu. Allumez vos torches, écartez-vous et enflammez tout ce que vous croisez. Hurlez comme des bêtes, mais n'engagez le combat que lorsque vous y êtes obligés. (Il montra le sud du doigt, en direction du fleuve.) Progressez jusqu'au pont. Il est probablement défendu, donc préparez-vous à affronter des flèches et des épées. Ensuite, nous traverserons.

— Et pour ceux qui n'arriveront pas jusqu'au pont ? demanda Steinólfur. Qu'adviendra-t-il d'eux ?

Geirmund regarda tous les masques qui lui faisaient face dans la nuit, essayant de voir les guerriers qu'ils cachaient.

— Je n'abandonnerai personne derrière moi, mais les Hel-hides doivent continuer, avec ou sans moi, pour Guthrum et pour le Daneland. Tous ceux qui atteindront le pont devront avoir disparu avant que la ville mobilise ses défenses.

Les guerriers n'étaient pas ravis de cet ordre, mais aucun ne le refusa. Geirmund généra des étincelles avec sa pierre à feu et souffla pour qu'elles s'embrasent, puis enfourcha sa monture. Une fois tous ses hommes prêts, il leva sa torche, et lança Enbarr au galop avec un rugissement assourdissant. Il entendit le fracas des sabots derrière lui, et ses guerriers poussèrent des hurlements propres à glacer le sang des plus braves. Le cri de Geirmund se mua en rire sous son masque.

Ils n'étaient plus qu'à quelques mètres de la première hutte lorsque le garde le plus proche poussa un cri d'alerte, puis s'enfuit dans la nuit. Geirmund plongea sa torche dans le chaume.

Les Hel-hides le dépassèrent au galop et pénétrèrent dans la ville, démolissant tout sur leur passage à grands coups de hache et de flammes. Au croisement menant au monastère, quelques guerriers bifurquèrent vers l'ouest, d'autres continuèrent vers le sud, et les derniers allèrent infliger quelques dégâts au temple chrétien. Geirmund surveillait les portes et les fenêtres des bâtiments qu'ils avaient embrasés au cas où des Saxons en sortiraient pour défendre leur ville, mais les seuls villageois qu'il aperçut, en grande partie des femmes et des enfants, semblaient seulement vouloir s'enfuir.

Geirmund éperonna Enbarr, qui avança au trot jusqu'à la route reliant le fleuve au marché. Une fumée grise et épaisse emplissait l'air et les flammes généraient un voile rouge empli d'ombres, qui donnait à la ville un aspect digne du Muspelheim. Les Hel-hides devenaient des jötnar du feu. Des animaux, paniqués, criaient à qui mieux mieux ; une cloche du monastère commença à sonner.

Deux cents pas plus loin, il arriva à la place du marché. Les étals et les chariots étaient en feu, et plusieurs guerriers passaient et repassaient au galop en hurlant des imprécations. Il continua jusqu'au fleuve, où l'attendaient déjà de nombreux Hel-hides. Geirmund avança jusqu'à la tête de la troupe, vers Steinólfur.

— Espérons que toutes les villes du Wessex seront aussi faciles à effrayer, lança-t-il au vieux guerrier.

— Nous ne sommes pas encore sur l'autre rive. Regarde.

Geirmund se tourna vers le pont. Un jeune garçon y montait la garde, seul. Il portait un casque qui glissait sur sa petite tête et était armé d'une épée et d'un bouclier trop lourds pour lui.

— Qui va franchir le pont ?

Geirmund comprit le véritable sens de cette question. Personne, parmi les Hel-hides, n'avait envie de tuer ce garçon.

— Je m'en occupe, répondit-il.

Il mit pied à terre et se dirigea vers le pont. Le jeune défenseur écarta les jambes et agrippa au mieux son épée. Geirmund décida de ne pas tirer son arme : il s'arrêta à quelques pas du jeune guerrier, au cas où ce dernier serait plus habile avec une lame qu'il en avait l'air.

— Comment t'appelles-tu ? demanda-t-il d'une voix tonnante sous son masque. (Le garçon ne répondit pas.) Ton nom, morveux !

— Es-Esmond.

— Nous ne sommes pas là pour te tuer, Esmond. Si c'était le cas, mes guerriers se régaleraient déjà du jus de tes yeux et rongeraient tes os. (Le garçon déglutit avec difficulté.) Nous venons de Hel, continua Geirmund, pour dégager la voie à une grande armée danoise qui arrive depuis le nord. (Il fit un pas vers l'enfant.) Comment s'appelle cet endroit ?

— Abingdon.

— Et où sont les guerriers d'Abingdon ?

— Ils combattent pour le roi Ælfred, qui est le roi du Seigneur. Et… (Esmond leva la pointe de son épée) et il vous détruira.

Geirmund regarda autour de lui.

— Je ne vois aucun roi dans les environs. Il ne reste donc plus que toi pour défendre ta ville ?

— Ils ont tous fui, répondit Esmond avec un regard plein de mépris et de courage.

Geirmund fit un pas de plus.

— Mais pas toi. Tu serais digne de faire partie des Hel-hides, Esmond à la volonté de fer. (Il regarda son épée, dont la poignée argentée et ornée d'oiseaux et d'autres animaux scintillait sous la lune.) C'est une belle arme. Sache que, si tu la lèves contre moi, je devrai te tuer et mes guerriers feront un festin de ta chair. Si tu me la donnes, en revanche, nous passerons et nous te laisserons la vie. Quelle est ta décision ? (Esmond ne bougea pas, et resta muet.) Ni ton dieu ni ton roi ne souhaitent que tu meures cette nuit, petit, et je n'ai pas envie de te tuer. Veux-tu vraiment mourir ?

— Vous… vous dites que les Danois arrivent ?

— Oui. C'est la vérité.

Plusieurs secondes s'écoulèrent, puis Esmond pivota sur ses talons, jeta son épée et son bouclier par-dessus le parapet, puis disparut dans la nuit avant même que les armes aient touché l'eau. Geirmund regarda le Thames et faillit sourire.

Tous les Hel-hides étaient arrivés et l'observaient, dans la lueur des flammes qui dévoraient la ville. Geirmund en sentait le souffle chaud sur son visage. Il remonta en selle, espérant que les habitants innocents d'Abingdon avaient tous pu en réchapper.

— Quel dommage de perdre une aussi belle épée, remarqua Steinólfur.

Geirmund haussa les épaules.

— Cela vaut mieux que de perdre un bon guerrier.

— Même un bon guerrier saxon ? demanda Thorgrim. Les garçons finissent par devenir des hommes, si je ne m'abuse.

— Lorsqu'il atteindra l'âge adulte, il se souviendra que nous avons épargné sa vie. Mais, avant cela, j'espère qu'Ælfred tirera les leçons de ce que j'ai raconté à ce garçon. Tout le monde est là ?

— Oui, confirma Steinólfur.

— En route, dans ce cas.

Ils traversèrent le Thames à Abingdon et pénétrèrent sur le territoire du Wessex, puis suivirent un chemin vers le sud. Aux premières lueurs de l'aube, ils bifurquèrent pour entrer dans une forêt de chênes et d'aulnes, dans laquelle ils s'enfoncèrent suffisamment pour établir leur campement à l'abri des regards. Ils n'allumèrent pas de feu et mangèrent froid. Geirmund plaça des sentinelles afin que la troupe puisse se reposer, puis se rendit auprès de Rafn et de Vetr.

— Nous devons savoir si Ælfred est dans les parages.

— Tu veux que nous partions en éclaireurs ? demanda Vetr.

Geirmund répondit par un hochement de tête.

— Dans ce cas, nous emmènerons Skjalgi, proposa Rafn. Il a de bons yeux.

Geirmund accepta. Steinólfur risquait de tiquer, mais Skjalgi avait fait ses preuves. Il était même entré dans l'âge adulte, mais il faudrait certainement longtemps aux Hel-hides pour l'appeler autrement que « garçon », ce qu'ils faisaient affectueusement.

Rafn et Vetr partirent à sa recherche, et Geirmund s'installa au pied d'un if géant. Les branches touchaient le sol, formant une sorte de cabane naturelle, et il était si âgé que les ans avaient évidé son tronc. Geirmund aperçut une fente par laquelle il aurait pu se glisser, mais il y faisait trop sombre et il préféra s'éloigner de cette ouverture. C'était un arbre que les voyants écouteraient et au pied duquel ils déposeraient des offrandes ;

un arbre qui se souvenait des dieux, un arbre auquel un dieu pouvait rester pendu pendant neuf jours et neuf nuits. Les baies rouges qui poussaient sur ses branches faisaient penser à des gouttelettes de sang.

Sous les branches, l'air était lourd de fragrances végétales. Geirmund s'installa dans un berceau formé par deux racines, sur un tapis d'épines, vestige d'innombrables étés. Il s'appuya contre l'écorce, ferma les yeux et rêva de Völund.

*Le forgeron ne se trouvait pas dans sa forge sous-marine, mais dans une région qui rappelait le Wessex avec ses collines verdoyantes, ses vallées boisées et ses crêtes de calcaire blanches. Völund se tenait à l'entrée d'un long tumulus flanqué de pierres dressées. Il regarda Geirmund sans un mot puis disparut, et le Wessex se consuma dans une tempête de flammes et de cendres. Les Hel-hides se battaient contre une armée de monstres enflammés faits d'écorces de bouleaux, ainsi que d'enfants à longues canines. Ensuite, Geirmund se retrouva seul, en train de fuir devant les draugrs d'Aslef et de Fasti. Les feux s'éteignirent et le sol gela, devenant dur et glissant. Sa respiration se mêlait à une brume épaisse au-dessus de laquelle se levait une lune rousse.*

Puis Geirmund se réveilla. Il crut tout d'abord que la nuit était tombée pendant qu'il dormait, mais comprit que la pénombre n'était due qu'aux épais branchages de l'if. C'était le soir, et le soleil n'était pas encore couché.

Geirmund quitta son abri, se gratta le crâne et alla voir si Rafn et Vetr étaient revenus. Il les trouva auprès de Steinólfur en train de nourrir leurs chevaux qui hennissaient doucement. Skjalgi semblait très fier d'avoir pu les accompagner.

— Où étais-tu ? demanda Steinólfur.

— Je me suis endormi sous ce vieil if, répondit Geirmund en désignant l'arbre du doigt.

— Il paraît que les ifs donnent des rêves très étranges à ceux qui dorment à leur pied, remarqua Vetr.

Geirmund préféra ne pas répondre.

— Alors, qu'avez-vous découvert ?

— Aucune trace d'Ælfred, expliqua Rafn, mais il y a une ville à trois haltes d'ici, à l'ouest de ces bois. Nous pourrions l'attaquer cette nuit et revenir nous replier ici.

— Bonne idée, mais je pense que nous devrions continuer à avancer après le raid. Si je devais me lancer à la poursuite de la troupe de guerriers qui a attaqué ma ville, c'est par un bois comme celui-ci que je commencerais.

Ils profitèrent des dernières lueurs du jour pour sortir du bois, puis s'arrêtèrent à sa lisière pour se tailler de nouvelles torches en attendant leur heure. La ville qu'ils comptaient attaquer n'avait pas de monastère, et donc pas de moines qui prieraient dans la nuit. À minuit, les Hel-hides enfilèrent leurs masques et traversèrent les champs parsemés de bouquets d'ormes. Lorsqu'ils arrivèrent à portée de voix, ils enflammèrent leurs torches et chargèrent. Comme à Abingdon, ils ne rencontrèrent aucune résistance. Le village était petit ; sa halle insignifiante s'embrasa sans aucun mal, mais quelques habitants s'y étaient réfugiés. Geirmund regarda une poignée de femmes et d'enfants fuir vers l'ouest, paniqués, comme du gibier s'attendant à être pris en chasse.

— Ils étaient avertis, souleva-t-il.

— Par le petit morveux du pont ? demanda Thorgrim.

— On dirait qu'ils courent vers un endroit bien précis, remarqua Birna. Il doit y avoir une autre ville tout près d'ici.

— On devrait peut-être les suivre, suggéra Thorgrim. Faire une deuxième attaque.

Comme l'aube était encore lointaine, Geirmund accepta. Ils chevauchèrent donc vers l'ouest sans prêter attention aux villageois terrifiés qu'ils dépassaient, et suivirent la route qui traversait une centaine de toises de champs, puis aperçurent non pas une ville, mais une vaste place, avec une halle entourée d'étables et de divers bâtiments. Aucun feu n'y brillait.

— Les terres d'un ealdorman ? suggéra Skjalgi.

— Oui, *a priori*, répondit Steinólfur. Tu crois qu'il est parti rejoindre l'armée d'Ælfred ?

Geirmund fit repartir sa monture.

— Nous allons bien voir.

Ils se lancèrent au galop en direction de la place, mais certains d'entre eux n'avaient plus de torches et laissèrent donc les autres prendre la tête. Les Hel-hides rugirent. À deux cents pas de la halle, ils virent un homme sortir de l'ombre des bâtiments. Geirmund s'attendait à ce qu'il s'enfuie, mais l'homme leur barra la route et plissa les yeux pour tenter de distinguer les traits de son visage.

Au même instant, une flèche siffla et se planta dans le flanc d'un cheval, qui hennit de douleur en projetant son cavalier au sol. Geirmund ne pouvait voir de qui il s'agissait dans le noir, mais les Hel-hides étaient désormais tous à portée des flèches : ils devaient éliminer cette menace sans attendre. L'archer parvint à décocher deux flèches supplémentaires. La première se ficha dans la terre, mais la seconde abattit un autre homme. Thorgrim fut le premier à arriver sur lui : il lui assena un coup de hache qui fendit son arc et lui entailla l'épaule. Déséquilibré, le Saxon trébucha, aussitôt écrasé par le cheval de Birna.

Les autres Hel-hides firent le tour des étables et de la halle pour s'assurer qu'aucun ennemi ne se terrait dans l'ombre. Geirmund envoya Steinólfur et quelques guerriers s'occuper des blessés, puis mit pied à terre pour s'approcher du Saxon. L'homme était recroquevillé sur lui-même. Il ne bougeait pas, mais était encore en vie. Il était plus âgé que l'aurait cru Geirmund, avec une barbe vénérable et un crâne presque chauve. De ses dernières forces, il maudit les Danois en les traitant de démons païens.

— Notre bon roi Ælfred vous enverra tous rôtir en enfer ! siffla-t-il entre ses dents rougies par le sang.

Geirmund s'accroupit à côté de lui.

— J'y suis déjà allé. C'est pour cela qu'on me surnomme Hel-hide.

— Alors Ælfred te renverra là d'où tu viens. (Le blessé éclata d'un rire hoquetant et creux.) Vous êtes tous des imbéciles.

Ælfred est né sur ces terres et vous osez venir les souiller ? Il vous tuera et se servira de vos restes pour fertiliser nos champs, comme les merdes païennes que vous êtes. Personne ne se souviendra de vous.

— Qui es-tu ?

— Je m'appelle Sæwine. J'ai combattu avec… (Une quinte de toux le plia en deux, et il cracha une grande quantité de sang avant de reprendre.) J'ai combattu avec Æthelwulf du Bearrocscire quand il vous a écrasés à Englefield, dit-il en fermant les yeux. Aux portes de la mort, je n'ai qu'un seul regret : que le grand âge m'ait empêché de me battre de nouveau pour Ælfred et de vous massacrer encore une fois.

Quelques-uns des Hel-hides qui s'étaient approchés de lui rirent, mais avec une nuance d'admiration que Geirmund partageait.

— Où sont les tiens ? demanda-t-il. (L'homme crispa les lèvres.) Vous avez été avertis, n'est-ce pas ? Par un jeune garçon du nom d'Esmond ?

Le Saxon rouvrit des yeux pleins de larmes et de haine.

— Un garçon du Wessex vaut plus que toute une troupe de guerriers danois. Je ne dirai plus rien.

Geirmund savait qu'il tiendrait parole.

— Dans ce cas, tu ne m'es plus d'aucune utilité.

Il tira son couteau et le planta dans le cœur du Saxon, pour accélérer sa mort et abréger ses souffrances. Sæwine écarquilla les yeux, remuant les mâchoires pour pousser son dernier soupir. Geirmund essuya son couteau sur la manche de sa victime et se releva.

— Ne brûlez pas cet endroit.

— Pourquoi ?

— Ce Saxon aimait son roi. Ælfred le connaissait peut-être personnellement. Accrochez son cadavre à la porte de la halle.

Il se rendit ensuite auprès des blessés. La chance avait souri au premier, qui avait survécu à sa chute, contrairement à son cheval. Le second, un homme du nom de Løther, avait reçu une flèche en pleine poitrine. Cette blessure l'aurait tué dans les vingt-quatre heures s'il ne s'était pas brisé la nuque en percutant le sol. Geirmund ordonna que l'on laisse le cadavre du cheval sur place, après l'avoir délesté de sa selle et de ses sacoches, et donna la monture de Løther au survivant.

— Emmenons le corps de notre compagnon, ordonna-t-il. Nous l'enterrerons plus tard, loin d'ici.

Il rejoignit le reste de sa troupe devant la halle. Le cadavre du Saxon semblait se dresser devant la porte, la tête basse, les bras tendus comme pour accueillir les visiteurs. Geirmund espérait que tout le pays environnant connaissait la loyauté du vieil homme envers son roi, et que tous comprendraient le prix à payer pour cette fidélité.

— Très bien. Laissons les corbeaux commencer leur festin.

Ils repartirent au galop vers la forêt, où ils arrivèrent juste avant l'aube. Une fois au cœur du bois, Geirmund demanda à Rafn et à Vetr de repartir en éclaireurs.

— Prenez un peu de repos, mais ensuite j'aurai besoin de savoir quelque chose.

— Quoi donc ? demanda Vetr.

— Le vieil archer a dit qu'Ælfred est né sur ces terres. J'aimerais savoir où.

Vetr se tourna vers Rafn, qui fronça les sourcils, puis hocha la tête.

— Je pense que c'est une information que nous pouvons trouver, même si les Saxons rechignent à nous la donner.

# Chapitre 27

Pendant l'absence de Rafn, Vetr et Skjalgi, une forte averse s'abattit sur la forêt. Très vite, une légère brume s'éleva du sol moussu et, malgré le couvert des arbres, les Hel-hides de Geirmund se retrouvèrent trempés. Ils enterrèrent Løther près du vieil if et firent des offrandes aux dieux. La pluie dura toute la journée jusqu'au soir, si bien que, quand les trois éclaireurs revinrent enfin, ils ressemblaient à des habitants des mers venus à terre. Rafn avait une manche déchirée, et son bras était entouré d'un bandage imbibé de sang.

— Vous vous êtes battus ? leur demanda Geirmund.

Rafn jeta un coup d'œil à son bras et haussa les épaules.

— Ce n'est rien.

— La plaie est profonde, le contredit Vetr, la mine renfrognée.

Skjalgi regardait fixement le sol, visiblement ébranlé.

— Que s'est-il passé ?

— Nous avons croisé des éclaireurs d'Ælfred, répondit Vetr. Comme ils n'étaient que cinq, nous pensions pouvoir les tuer aisément et en garder un pour l'interroger.

— Nous les avons aisément tués, souligna Rafn. Mais celui que nous avons épargné s'est avéré plus farouche que prévu. Et assez… opiniâtre.

— Avez-vous réussi à lui soutirer des informations ?

— Oui, acquiesça le guerrier en contemplant ses mains. Je me suis révélé plus opiniâtre que lui.

Geirmund nota alors le sang sous les ongles du Danois, mais se garda de lui demander quelles tortures il avait infligées au prisonnier. Vetr, quant à lui, jeta un coup d'œil à Skjalgi.

— Au sud-ouest de ces bois se trouve un palais qui appartient au roi. À cinq ou six haltes d'ici, juste à côté d'un grand chemin de crête. L'endroit s'appelle Wanating. C'est là qu'est né Ælfred.

— Et son armée ?

— Elle est partie de Readingum en passant par ce chemin de crête, répondit Rafn.

Geirmund se réjouissait de cette nouvelle, qui signifiait qu'Ælfred avait mordu à l'hameçon des Hel-hides. Cependant, elle le remplissait aussi d'appréhension. Si l'armée saxonne les rattrapait, il ne donnait pas cher de la peau de sa troupe.

— Sont-ils encore loin ?

— Deux jours, l'informa Vetr.

— Guthrum devrait atteindre Wareham dans trois jours, énonça Geirmund en essuyant ses sourcils gorgés de pluie. Nous devons continuer d'attirer Ælfred par ici.

Rafn émit un petit rire.

— Une attaque sur le lieu où sa mère l'a pondu ne manquera pas de le courroucer.

— J'y compte bien, conclut Geirmund avant d'observer de nouveau le bandage du guerrier en repensant au conseil que Steinólfur lui avait donné au Rogaland. Prends soin de ton bras. Ton épée de Miklagard aurait certainement du mal à s'en passer, et aucun de nous ne saurait la nourrir.

— Il en prendra soin, certifia Vetr.

— Va voir Steinólfur, lui conseilla Geirmund en désignant le vieux guerrier un peu plus loin. Il a quelques talents de guérisseur, mais attends-toi à garder une vilaine cicatrice.

— Je pourrai d'autant mieux m'en vanter, plaisanta Rafn, avant de s'éloigner avec Vetr dans la bruine forestière, laissant Geirmund seul avec Skjalgi.

Ce dernier était assis sur un tronc d'arbre, adossé à une grosse branche cassée qui se dressait tel un poteau. Geirmund prit place à côté de lui.

— Tout va bien ?

— Oui, tout va bien, confirma le garçon avec un hochement de tête.

Ce n'était manifestement pas le cas, et Geirmund devinait que la manière dont Rafn avait questionné le Saxon y était pour quelque chose. Un silence s'ensuivit, puis il demanda :

— As-tu respecté ton serment ? As-tu tué des gens qui ne te menaçaient pas d'une arme ?

Le garçon secoua la tête en signe de dénégation.

— Alors ton honneur est sauf, tu n'as pas à éprouver de honte. Aucun homme ne répond des actes d'un autre. Occupe-toi de ton destin et laisse Rafn se soucier du sien. As-tu bien compris ?

Skjalgi leva enfin les yeux, et parut se redresser quelque peu.

— Oui, j'ai compris.

— Parfait. Dans ce cas, je te laisse te reposer.

Il laissa l'ensemble de ses Hel-hides récupérer jusqu'au moment où la tempête parut s'apaiser et la pluie décroître, même si le ciel demeurait gris et bas. Ils quittèrent les bois à la faveur des dernières lueurs du jour, puis poussèrent leurs montures vers le sud en s'armant de torches pour éclairer la nuit sans lune et sans étoiles. La route boueuse ralentit davantage leur allure, aucun guerrier ne voulant risquer d'estropier son cheval, et, au bout de quatre haltes, la pluie revint en force, les trempant et les glaçant jusqu'aux os.

Quand ils arrivèrent enfin à Wanating, ils découvrirent une place forte munie de hauts remparts de bois et entourée d'un fossé profond où s'étaient accumulés presque deux pieds d'eau de pluie. L'endroit était assez grand pour abriter une petite armée. Geirmund scruta les fortifications mais ne décela aucun mouvement ni lumière, et ne sentit aucune odeur de feu de bois.

— Le palais semble abandonné, fit observer Birna.

— Rien ne brûlera avec cette humidité, commenta Steinólfur. La pluie éteindra tout incendie que nous parviendrons à faire démarrer.

Skjalgi tendit le doigt.

— La grande porte est ouverte.

Les yeux plissés, Geirmund tenta vainement de percer l'obscurité et le rideau de pluie.

— En es-tu sûr ?

— Certain.

— Ils auront sans doute fui en nous entendant arriver, émit Birna.

— Entrons pour en avoir le cœur net, suggéra Thorgrim.

Geirmund trouvait l'idée tentante, ne fût-ce que pour échapper à la pluie. Ils n'avaient pas de raison de retourner dans les bois, guère plus secs que la route, et il ne voulait pas remettre les pieds dans cette forêt de malheur.

— Allons-y, trancha-t-il. Mais rappelez-vous l'archer saxon et méfiez-vous des pièges.

Ils approchèrent donc, et, arrivé au fortin, Geirmund s'engagea en premier sur le pont qui enjambait le fossé, les yeux braqués sur les remparts. Par la porte, il découvrit une vaste cour au nord de laquelle se dressait un palais entouré de bâtiments plus modestes, d'étables et de cabanons intégrés aux défenses, avec un puits contre le côté ouest. L'eau de pluie ruisselait des toits devant des fenêtres aux volets clos pour former des bourbiers dans les coins de la place forte. Geirmund ne vit personne et n'entendait aucun bruit en dehors du crépitement de la pluie. Il descendit de cheval.

— Rafn, Vetr, allez inspecter ces dépendances. Thorgrim, Birna, avec moi. Les autres, tenez-vous prêts à parer à toute éventualité.

Là-dessus, il se dirigea à pas lents vers le palais, et Birna et Thorgrim mirent pied à terre pour le suivre. Avant d'entrer, il tira son épée, imité par les deux guerriers. Alors que, de l'autre côté du chemin, Rafn et Vetr pénétraient dans la cabane la plus proche par une porte basse, scramasaxe à la main, Geirmund poussait le grand vantail du palais.

Sans la torche de Thorgrim ils n'y auraient vu goutte : il faisait encore plus noir à l'intérieur que dehors. Le silence y était aussi plus lourd, la pluie réduite à un martèlement sourd sur le toit.

Geirmund s'avança à la faible lumière de la torche. Il passa devant des tables, des bancs, un âtre aux cendres froides. Rien ne suggérait la moindre menace, ouverte ou cachée.

— On dirait qu'ils ont bel et bien pris la fuite, déclara Birna.

Des flammes jaillirent d'un brasero que Thorgrim avait trouvé et allumé avec sa torche, éclairant davantage la grande salle. Un trône se dressait au fond, flanqué de deux portes qui semblaient donner accès à d'autres pièces. La lumière révéla également un étage au-dessus.

Thorgrim traversa la salle et passa par la porte de droite derrière le trône. Quelques instants plus tard, il reparut par la porte de gauche, une miche de pain à la main, en secouant la tête.

— Le cellier est rempli.

— Voilà ce qui arrive quand on a peur des Danois, se félicita Birna. Ils sont partis précipitamment.

Tout portait à le croire, en effet. Néanmoins, Geirmund prit la torche de Thorgrim, chercha l'escalier qui menait à l'étage et monta inspecter les pièces du haut. Il trouva des lits, des chaises, des tables, mais rien de grande valeur et pas le moindre Saxon. Par les fenêtres sud, il put observer la cour où ses Hel-hides patientaient sous la pluie, l'air transis et malheureux. Il redescendit.

— Nous passerons la nuit ici. Fermez et barricadez la grande porte. Mettez les chevaux au sec dans les étables et les cabanons, puis faites venir tout le monde ici.

Birna et Thorgrim acquiescèrent avant de prendre congé. Geirmund dénicha un tas de bois près de l'âtre pour allumer un feu, puis se rendit dans le cellier afin de voir ce que Thorgrim avait découvert. Il trouva des étagères croulant sous des meules de fromage, des miches de pain, des œufs, des paniers remplis de champignons et de fruits séchés, et des barriques de bière et de vin. Un jambon de porc fumé en croûte de sel pendait au plafond.

Il ne comprenait pas pourquoi les Saxons avaient vidé le reste du palais et abandonné de telles réserves, mais salivait déjà à la vue de cette abondance de provisions. Contrairement aux Saxons, ses Hel-hides sauraient faire bon usage de ce trésor.

Il décrocha le jambon et l'emporta dans la grande salle alors que les premiers guerriers entraient d'un pas lourd, secouant la pluie de leurs cheveux et de leur barbe. Tous levèrent les yeux vers lui quand il jeta bruyamment le jambon sur la table centrale, esquintant sa croûte de sel.

— Ce soir, nous festoyons ! annonça-t-il, et il en fut ainsi.

Bien avant l'aube, le cellier se retrouva vide et les panses bien remplies. La pluie finit par passer et les nuages s'écartèrent, dévoilant les étoiles ; les Hel-hides pourraient donc mettre le feu au fortin avant leur départ. Toutefois, Geirmund décida d'attendre le matin, accordant à ses guerriers quelques heures de sommeil pour digérer leur bière.

L'aube le trouva sur les remparts à contempler le riche paysage du Wessex, ses champs, ses pâturages, ses forêts. Nombre des chênes qu'il apercevait étaient dignes de la hache d'un charpentier de navire ; grands et droits, ils ne demandaient qu'à être équarris en quilles, couples et virures. Au sud, une crête verdoyante courait d'est en ouest le long de l'horizon, son front caressé par les premiers rayons du soleil contrastant avec les ombres brumeuses qui habillaient ses coteaux.

Contrairement aux temples et aux monastères chrétiens, le fortin de Wanating était pourvu de solides défenses, avec des meurtrières, des judas et une étroite ouverture inclinée au-dessus de la grande porte pour attaquer les envahisseurs sur le pont. Un bruit de pas grimpant l'escalier de bois tira Geirmund de sa contemplation ; il se retourna pour accueillir Skjalgi. Ils s'accoudèrent côte à côte à la palissade, les bras croisés sur le bois encore humide. L'aurore flamboyante inonda les yeux bleus du garçon, et Geirmund s'aperçut qu'il était soucieux.

— Nous reprendrons bientôt la route, lui annonça-t-il. Il te faudra sans doute attendre un certain temps avant de me demander ce que tu as à l'esprit.

Skjalgi gloussa et frotta la cicatrice sur son œil.

— Je ne peux rien te cacher.

Geirmund attendit patiemment qu'il trouve ses mots.

— Dans les bois, reprit le garçon, tu m'as dit qu'aucun homme ne répond des actes d'un autre.

— En effet.

— Mais qu'en est-il des serments ? Si un guerrier a juré fidélité à un roi et que ce dernier le somme de commettre un acte déshonorant, que doit faire le guerrier ? Est-il pire de rompre un serment ou de commettre l'acte infamant ?

Geirmund reporta son attention sur la crête au sud, ne sachant que répondre.

— Si tu t'inquiètes pour ta place au Valhalla, j'ignore comment Óðinn jugerait la question. Seul un devin pourrait te le dire. Mais, pour ma part, je sais quelles hontes me seraient insupportables. Rompre un serment est un acte certes grave, mais moins, selon moi, que de commettre un acte déshonorant et de rejeter la faute sur autrui.

— Même un roi ?

— Surtout un roi. Si chaque guerrier choisissait l'honneur, il n'existerait aucun souverain qui en soit dépourvu.

— Je pense que tu as raison. À mon avis, Guthrum… (Skalgi s'interrompit soudain et tendit un doigt vers le sud-est.) Qu'est-ce donc ?

Geirmund regarda dans la direction indiquée et eut un mouvement de recul. Une ligne sombre était apparue au sommet de la crête, et elle croissait à chaque instant.

— C'est une armée.

— Ælfred ?

— Reste ici et surveille-les !

Geirmund tourna les talons, descendit l'escalier en toute hâte et courut jusqu'au palais. À l'intérieur, il traversa la grande salle pour aller tirer ses Hel-hides du sommeil, secouant ceux qui peinaient à émerger de leur léthargie à grand renfort de cris et de coups de pied.

— Ælfred arrive ! Aux armes ! Tout le monde dans la cour !

— « Ælfred » ? répéta Thorgrim en se redressant, l'air vaseux, repoussant un panier de trognons de pommes qu'on avait renversé sur lui pendant son sommeil. Je croyais qu'il était à deux jours de marche.

— Moi aussi, répondit Geirmund. Il a dû poursuivre pendant la nuit.

— Ou alors notre Saxon était plus opiniâtre que je le pensais, grommela Rafn de l'autre côté de la pièce en bouclant sa ceinture d'armes avec une grimace.

Geirmund avait envisagé cette possibilité.

— Cela n'a guère plus d'importance à présent, éluda-t-il avant de retourner dans la cour pour héler Skjalgi : Que vois-tu ?

— Leur ligne n'en finit pas !

Geirmund se morigéna intérieurement. Il avait investi Wanating en redoutant des ennemis embusqués, sans jamais songer que les provisions abandonnées par les Saxons puissent être le véritable appât, destiné à retarder leur départ pour donner à Ælfred le temps de venir les tuer. Cela voudrait dire qu'Esmond avait porté sa nouvelle plus vite et plus loin que prévu. Certains pourraient à présent lui reprocher d'avoir épargné le garçon, mais, en l'occurrence, on les avait chargés, ses Hel-hides et lui, d'attirer l'attention d'Ælfred, mission dont ils s'étaient fort bien acquittés et dont ils connaissaient les risques.

Les rayons du soleil n'avaient pas encore dépassé les remparts. Ses guerriers sortirent du palais dans l'ombre bleue et glacée du petit matin en soufflant des nuages de vapeur dans leurs poings. Sa troupe au complet, Geirmund grimpa sur l'escalier en bois, puis s'adressa à ses Hel-hides du fond de son cœur.

— Nous nous battrons ici jusqu'au dernier ! Si nous tentons de fuir, Ælfred nous apercevra sans mal depuis la crête et connaîtra alors notre véritable nombre. Il pourrait ensuite décider de nous poursuivre pour nous éliminer, mais ce n'est pas ce qui m'inquiète. Ce que je crains, c'est qu'en voyant que nous ne sommes pas une armée ce roi saxon rusé comprenne qu'il a été dupé, expliqua Geirmund avant de pointer le doigt vers le sud. Guthrum a seulement besoin de deux jours de plus pour prendre Wareham ! Pour ceux tombés au combat, pour ceux qui se battent encore, nous devons retenir l'armée d'Ælfred ici ! s'exclama-t-il en désignant le sol encore détrempé à leurs pieds. Vous nous croyez peut-être en sous-nombre, mais les Saxons ignorent combien de guerriers se cachent derrière cette palissade. Ils ignorent de quelle trempe sont ces Danois ! (Il tira son épée, Bróðirgjöfr, et la brandit bien haut.) Après cette journée, ils le sauront. Après cette journée, notre nom fera trembler toute l'Angleterre, car nous sommes les Hel-hides !

Ses guerriers poussèrent un cri de guerre, et beaucoup agitèrent leurs armes. Geirmund redescendit et leur ordonna d'étançonner la porte avec les plus lourds madriers du fortin. Il leur commanda ensuite d'alimenter les feux de la grande salle avec tout le bois possible, quitte à sacrifier tables et bancs, et d'y faire chauffer toutes les pierres qu'ils trouveraient.

Steinólfur vint bientôt trouver Geirmund alors que ce dernier approuvait les préparatifs d'un signe de tête, et lui indiqua une grande marmite.

— Nous n'avons pas beaucoup de graisse à faire bouillir, mais nous pourrions la remplir d'eau.

— Mettez-y du crottin et de la gadoue. Cette bouillasse collera à leur peau de Saxons. Mais faites aussi fondre tout le gras disponible.

Le vieux guerrier opina du chef et partit aussitôt s'acquitter de sa tâche. En retournant dans la cour, Geirmund constata avec satisfaction que la grande porte avait été assez étayée pour résister à un assaut soutenu. Il ignorait si elle tiendrait deux jours, ou même un ; il savait uniquement que le sort en déciderait. Étant donné leurs provisions et leurs forces réduites, seules les Trois Fileuses savaient quels Hel-hides survivraient à la bataille.

Geirmund appela les quelques archers de sa compagnie et leur enjoignit de se poster devant les meurtrières. Montant lui-même sur le rempart pour observer l'ennemi, il vit que les généraux à cheval de l'armée saxonne n'étaient plus qu'à une halte de Wanating ; ils avaient bifurqué vers le nord pour se diriger vers le fortin par la route. Derrière eux, les troupes marchaient en rangs serrés de cinq ou six guerriers, leur file s'étirant quasiment jusqu'à la crête d'où ils étaient apparus.

— Combien sont-ils ? s'enquit Skjalgi.

— Au moins trois mille.

— Par la main de Týr ! souffla le garçon, il ne fait désormais plus aucun doute que nous avons attiré l'attention d'Ælfred.

— La nouvelle d'une armée danoise lui sera parvenue, et il a donc amené une armée de Saxons. (Il jeta un œil dans la cour en contrebas.) Même si nous n'en sommes pas une, nous devons faire de notre mieux pour offrir au roi du Wessex ce qu'il est venu chercher.

Skjalgi se fendit d'un sourire narquois.

— Il serait malvenu de décevoir un roi. Même saxon.

Geirmund gloussa, et les deux hommes regardèrent l'ennemi approcher. À environ un quart de halte de la place forte, les cavaliers saxons arrêtèrent brusquement leurs montures. Les guerriers derrière eux se déployèrent alors pour former une ligne d'une centaine de toises sur six rangées, suivie d'une ligne de réserve du même acabit.

— Ils ne s'imaginent tout de même pas que nous allons sortir les affronter ? demanda Skjalgi.

— Ils seraient prêts à nous accueillir le cas échéant, répondit Geirmund. Mais, à mon avis, ils cherchent surtout à nous montrer que toute fuite est impossible.

— Crois-tu qu'Ælfred soit parmi eux ?

— Certainement. Ce n'est pas un lâche.

Peu après, plusieurs cavaliers se détachèrent de l'armée avec un groupe de guerriers vers un bosquet d'ormes, certainement pour y abattre un arbre et s'en faire un bélier. Geirmund serra les dents, irrité de devoir attendre sans rien faire pendant que l'ennemi se préparait à l'attaquer. Il écouta l'écho lointain de leurs haches ; quand les cavaliers revinrent enfin, leurs chevaux traînaient un grand tronc d'arbre, signal que les hostilités ne tarderaient pas à démarrer.

— Tous au mur ! cria Geirmund. Du feu ! Des pierres !

Ses Hel-hides émergèrent du palais avec des seaux humides et fumants remplis de braises et de pierres rougeoyantes, suivis de deux guerriers qui portaient l'énorme marmite de bouillon nauséabond, dont le poids faisait ployer la perche posée sur leurs épaules. Arrivés devant la porte, ils nouèrent une corde autour du chaudron et entreprirent de le hisser sur la palissade, juste au moment où une importante troupe de Saxons s'avançait lentement, péniblement, vers le fortin avec leur bélier.

Avant de se trouver à portée des flèches danoises, ils dressèrent leurs boucliers au-dessus de leur tête. Loin de se décourager, les archers de Geirmund bandèrent leurs arcs, prêts à exploiter la moindre faille dans la défense saxonne.

— Attendez ! ordonna Geirmund.

Un mur de boucliers d'une dizaine de guerriers suivait le bélier, abritant les archers ennemis ainsi qu'une seconde vague de Saxons prêts à remplacer ceux de la première qui tomberaient. Le pont gémit sous le poids du bélier et de ses porteurs, puis le mur de boucliers s'ouvrit, juste assez pour permettre aux archers de lâcher une volée de flèches.

— À l'abri ! cria Geirmund.

Ses Hel-hides et lui plongèrent derrière leurs défenses tandis que les traits sifflaient autour d'eux. La forteresse entière parut trembler sous le premier coup de bélier.

— Archers ! appela Geirmund.

Ces derniers se mirent en position et décochèrent une grêle de flèches sur le mur de boucliers pour l'obliger à se refermer quelques instants. Durant ce laps de temps, Geirmund fit signe aux trois préposés à la marmite et, au second coup de bélier, leur ordonna de renverser son contenu bouillant par le trou incliné au-dessus de la porte.

Des hurlements s'élevèrent en bas alors que la boue sifflante s'infiltrait entre les boucliers et les pièces d'armure. Beaucoup de guerriers tombèrent dans le fossé en se tortillant dans l'eau ; privée de soutien, la pointe avant du bélier se planta dans le sol. Des Saxons s'élancèrent pour le redresser, et Geirmund en fit sa cible prioritaire.

— Brûlez-les !

Les Hel-hides vidèrent les seaux de braises et de pierres incandescentes par-dessus les remparts et par le trou au-dessus de la porte. Les gravats martelèrent chair et os, délogeant quelques boucliers. Avec de nouvelles salves de flèches, ses archers précipitèrent d'autres Saxons dans la fosse, mais ceux d'Ælfred ripostèrent.

Geirmund savait qu'il avait perdu des guerriers. Il entendait leurs cris et, du coin de l'œil, en avait vu certains tomber à la renverse dans la cour. Mais il lui était impossible pour le moment de les identifier ou de les pleurer.

L'arrière du bélier s'écrasa avec fracas sur le pont. Les quelques survivants encore debout se replièrent promptement derrière le mur de boucliers, abandonnant le tronc sur place.

— L'huile ! tonna Geirmund. Jetez-la sur le bélier !

Ses guerriers le regardèrent d'un air perplexe, sans doute convaincus que l'huile brûlante serait gâchée sans ennemis en dessous. Toutefois, Geirmund avait une autre idée en tête : l'huile rendrait le bélier visqueux et plus difficile à porter pour la seconde vague qu'Ælfred comptait certainement envoyer, même si cette stratégie ne ferait gagner qu'un court répit à ses Hel-hides.

Le roi du Wessex venait de perdre une trentaine de Saxons, soit presque le total des forces de Geirmund, mais il restait à la tête d'une armée de trois mille hommes. La première attaque n'avait sans doute eu pour dessein que d'éprouver les défenses du fortin ; la seconde serait plus violente.

—Encore du feu et des pierres ! Remplissez la marmite !

Ses guerriers sautèrent du mur avec leurs seaux, et firent redescendre la marmite dans la cour. Geirmund craignait que ces efforts ne suffisent pas. Leurs maigres réserves de bois seraient vite épuisées, et ses archers à court de flèches. Les Saxons parviendraient certainement à enfoncer la porte avant le coucher du soleil, et il devait prévoir une stratégie pour le combat sanglant qui s'ensuivrait alors. En attendant, il réfléchit à un moyen de ralentir l'ennemi, peut-être en détruisant le pont.

Longeant les remparts jusqu'à la porte, il regarda en bas et vit les cadavres des Saxons empilés dans le fossé de part et d'autre du pont, brûlés, criblés de flèches. Certains remuaient encore. Mieux valait laisser le bélier sur le pont. Son bois était trop vert pour brûler et, même si ses Hel-hides réussissaient à le pousser dans la fosse, les Saxons n'auraient qu'à abattre un nouvel arbre. En revanche, s'il arrivait à mettre le feu au pont, Ælfred pourrait bien couper une forêt entière sans parvenir à franchir cet obstacle.

—Les Saxons sont en déroute ! s'exclama l'un de ses guerriers.

En braquant son regard vers le sud, Geirmund constata qu'en effet l'armée d'Ælfred semblait soudain battre en retraite, regagnant la crête d'un pas pressé. Cependant, malgré le cri victorieux de ses Hel-hides, il se méfiait de ce brusque revirement.

Steinólfur le rejoignit sur les remparts, le torse maculé de sang. Devançant la question de Geirmund, le garçon secoua la tête et dit :

—Ce n'est pas le mien.

—Skjalgi ?

—Il est indemne.

—Alors qui… ?

—Thorgrim, répondit le vieux guerrier. À mon avis, il ne survivra pas. Cela dit, j'ignore si nous nous en sortirons mieux que lui. Que fait Ælfred ?

Geirmund secoua la tête en signe d'incertitude.

— Il semblerait qu'il ait décidé de partir.

— « Partir » ? Après quelques cailloux et une soupe de crottin ? Il ne s'effaroucherait pas pour si peu.

— Peut-être espère-t-il nous attirer hors du fortin.

— J'en doute, émit Steinólfur en scrutant la crête. Ælfred sait parfaitement que ce lieu ne peut abriter qu'un millier de guerriers tout au plus. Il peut donc en déduire que son armée est au moins trois fois plus grande que la nôtre. Il devrait être stupide, ou nous croire stupides, pour s'attendre à ce que nous le poursuivions.

— Peut-être a-t-il eu vent de la manœuvre de Guthrum.

— Peut-être, convint le guerrier, mais il semble se diriger vers l'ouest, non vers le sud.

— Je dois découvrir où il va, déclara Geirmund en regardant la ligne saxonne se retirer. Je n'aime pas la tournure que prend cette bataille.

— Pour ma part, je suis content d'être en vie. On dirait bien que la chance et les dieux te sourient toujours.

Geirmund aurait voulu acquiescer, mais il ne percevait ni présence divine ni chance dans le cruel destin de sa troupe de guerre. Au contraire : l'étrange appréhension qui le rongeait semblait lui souffler à l'oreille que ses guerriers avaient déjoué le sort en échappant à la mort, et il redoutait le prix à payer pour ce crime.

# Chapitre 28

Les Hel-hides avaient perdu trois guerriers à cause des archers saxons et comptaient plusieurs blessés, dont deux d'entre eux dans un état si critique que Geirmund ne les imaginait pas survivre, surtout Thorgrim. Le robuste Danois avait reçu une flèche entre deux côtes, au flanc droit. Elle s'était fichée dans son foie, mais, dans sa rage guerrière, il avait brisé le fût du projectile pour continuer le combat, laissant la pointe logée dans sa chair. Steinólfur s'était couvert de sang en tentant de l'extraire et, après s'être entretenu avec tous les Hel-hides un tant soit peu versés en guérison, avait estimé qu'il valait mieux ne plus risquer aucune intervention avant que Thorgrim fût prêt à mourir, son épée à la main, car c'était certainement la seule issue possible.

Birna n'avait pas quitté son chevet depuis la fin de l'assaut. Le soir venu, Geirmund vint s'asseoir auprès d'eux dans l'une des pièces derrière le trône du palais. Étendu par terre sur un lit de fourrures et de couvertures, Thorgrim ahanait, la peau blême. Une bassine d'eau rougeâtre était posée à côté de lui, au milieu de chiffons ensanglantés et d'instruments en métal. Le guerrier restait immobile, le moindre mouvement étant une torture, et gardait les yeux fermés, mais la perte de sang ne lui avait pas fait perdre connaissance.

— J'ai une faveur à te demander, Hel-hide, articula-t-il, les dents serrées.

— Je t'écoute.

— J'aimerais que Guthrum donne mes dix livres d'argent à ma compagne de lit.

Geirmund jeta un coup d'œil à Birna, qui prit la main de Thorgrim.

— Je me moque de ton argent, lui affirma-t-elle. Je n'en veux pas.

— Moi je veux que tu l'aies, insista-t-il, avant d'ouvrir les yeux sur Geirmund. Me rendras-tu ce service, Hel-hide ?

Geirmund ignorait que les deux guerriers étaient devenus si intimes, ou même qu'ils avaient partagé un lit. Commandant et ami du couple, il se sentit honteux de cette lacune, mais acquiesça malgré tout.

— Je veillerai à ce que tu sois exaucé.

À ces mots, Thorgrim parut se relâcher et s'affaisser davantage sur sa couche. Il referma les yeux.

— Des nouvelles d'Ælfred ?

— Rafn et Vetr ne sont pas encore rentrés, l'informa Geirmund. Nous savons seulement qu'il a conduit son armée vers l'ouest.

— Qu'y a-t-il à l'ouest d'ici ? demanda Birna.

— Des Saxons, répondit Thorgrim. Et d'autres Saxons encore après. Puis des Bretons, puis la mer. (Un grognement sourd monta de son torse.) J'aurais tant aimé voir le Wessex et l'Angleterre tomber. Mais le destin en a décidé autrement.

— Ils tomberont, lui certifia Birna. Tu le verras peut-être…

— Je suis condamné, l'interrompit-il en rouvrant les yeux sur elle. Je le sais.

Prête à le contredire, elle se ravisa finalement et acquiesça.

— Alors je crierai ton nom lors de la dernière bataille pour que tu l'entendes au Valhalla.

— Tu es la seule femme à m'avoir jamais terrifié. C'est sans doute pour cela que tu es aussi la seule que j'aie aimée. Mon oursonne.

La guerrière ferma les yeux et baissa la tête.

— Je suis prêt, Hel-hide, annonça Thorgrim. Tu devras bientôt reprendre la route, et je ne gagne rien à résister.

Geirmund commença à se lever.

— Je vais chercher Steinólfur…

— Non. Donne-moi la pince. Je vais le faire moi-même.

Birna leva les yeux vers Geirmund, qui hésita un instant avant de prendre l'outil.

— J'aurai besoin de toi pour saisir la pointe de flèche, poursuivit le mourant. Ensuite, je saurai me débrouiller.

Geirmund hocha la tête, puis ôta le linge de la blessure de Thorgrim pour l'inspecter. Visiblement, Steinólfur avait déjà pratiqué plusieurs incisions pour tenter d'atteindre la pointe de flèche. Il écarta la peau aussi délicatement que possible, provoquant un nouveau saignement que Birna prit l'initiative d'essuyer. Thorgrim grimaça et grogna.

— La vois-tu ? demanda-t-il.

Geirmund scruta la chair sanguinolente, puis aperçut l'extrémité d'un petit morceau de bois saillant à peine entre deux côtes blanches.

— Oui, je l'ai trouvée.

— Saisis-la fermement avec la pince.

Le front en sueur, Geirmund retint son souffle et plongea l'outil dans le flanc du guerrier. Thorgrim laissa échapper un cri étouffé, puis gémit tandis que Geirmund s'efforçait d'attraper le fin morceau de bois. Quand il fut certain de le tenir, il se redressa légèrement.

— Quand tu veux, dit-il au blessé.

Thorgrim empoigna la pince.

— Ce fut un honneur de combattre pour toi, Geirmund Hjörrsson.

— Tout l'honneur était pour moi.

Le guerrier blessé ouvrit sa main libre, et Birna y déposa sa cognée.

— Ce fut un honneur de combattre à ton côté, Birna Gormsdóttir. (Des larmes s'échappèrent sur ses tempes.) Je te garderai une place près de moi sur le banc.

— Et je t'y rejoindrai, promit-elle, quand le destin l'aura décidé.

Thorgrim leva le regard vers le plafond, prit une grande inspiration, puis poussa un rugissement en retirant la pointe de flèche de ses côtes. Les barbillons arrachèrent des lambeaux de foie, et du sang jaillit de la blessure. Birna se pencha pour la compresser avec un chiffon et contenir le flot que Thorgrim ne semblait pas avoir remarqué, les yeux fixés sur la pointe de flèche qu'il tenait devant lui.

— Je regrette de ne pas pouvoir rendre ce cadeau au Saxon qui me l'a offert.

La skjaldmö geignit, les mains trempées de sang, incapable d'endiguer l'écoulement. Le bras de Thorgrim faiblit, puis retomba sur le lit, lâchant la pince ; pourtant le guerrier tint fermement sa hache tandis que ses yeux se voilaient et que son souffle le quittait. Un certain temps s'écoula avant que Birna s'écarte du corps sans en détacher les yeux, et le silence se prolongea encore un moment avant qu'elle prenne la parole :

— Tu ne demanderas pas à Guthrum de me donner son argent.

— Je lui en ai fait la promesse.

Elle posa les yeux sur ses mains ensanglantées, puis se tourna pour les plonger dans la bassine. Elle se les frotta, les tordant sans pitié comme pour les laver d'un autre type de souillure.

— Il avait un projet.

— Lequel ?

— Avec son argent et le mien, il voulait acheter une grande ferme et nous construire une belle demeure où nous vivrions en tant que mari et femme. (Elle retira ses mains de l'eau.) Il en parlait souvent.

— Aspirais-tu aussi à cette vie ?

Birna soupira et passa le dos de sa main trempée sur son front.

— Je ne m'étais pas encore décidée. Peut-être. (Son regard se fixa sur Thorgrim.) Je l'ai laissé croire que j'y aspirais.

— Un scalde à la cour de mon père m'a dit un jour que la vie d'un guerrier et celle d'un fermier étaient assez semblables.

Cependant, pour être franc, je ne te vois pas trouver le bonheur en trayant des vaches et des chèvres, ou en récoltant des œufs.

Elle s'esclaffa dans un sanglot.

— C'est pratiquement mot pour mot ce que je lui ai dit.

— Nous avons parlé de la vie agricole à Lunden, toi et moi, avec Aslef. T'en souviens-tu ?

— Oui. J'ai laissé les louveteaux que vous êtes pour aller trouver Thorgrim. (Elle sourit à part elle.) C'était la première fois que je me rapprochais de lui.

Geirmund n'en savait rien, et se sentit de nouveau honteux.

— Je comprends mieux maintenant pourquoi il souhaitait que tu hérites de son argent.

— Et c'est pourquoi je ne l'accepterai pas, alors n'en parle pas à Guthrum. Même si j'avais désiré cette vie, elle s'est envolée. Je ne l'envisageais qu'avec lui.

Geirmund inclina la tête en signe d'assentiment.

— Qu'il en soit ainsi.

— J'aimerais te demander une autre faveur à la place.

— Je t'écoute.

— Donne-moi des Saxons à tuer. Beaucoup, beaucoup de Saxons.

Il acquiesça derechef.

— Cela, je peux te l'accorder. Nous pouvons peut-être…

— Geirmund !

Steinólfur fit irruption dans la pièce, mais s'arrêta net dans l'embrasure. Son regard se posa sur Birna, sur le cadavre de Thorgrim, sur la mare de sang, sur la pince. Il laissa échapper un bref soupir.

— Au moins, il ne souffre plus. Et mieux vaut maintenant que plus tard.

— Pourquoi dis-tu cela ?

— Rafn et Vetr sont de retour.

Geirmund jeta un coup d'œil à Birna, hésitant à la laisser seule, mais elle le rassura d'un hochement de tête. Il lui toucha l'épaule avant de se lever, puis suivit Steinólfur dans la grande salle, où les deux éclaireurs les attendaient.

— Qu'avez-vous découvert ?

— Une armée de Danois, répondit Vetr.

— Comment ? demanda Geirmund, pensant avoir mal entendu. Qui est à leur tête ?

— Ubba, avança Steinólfur. C'est forcément lui. Il est sans doute rentré d'Irland.

— Nous pensons en effet que c'est Ubba, confirma Rafn, pâle et haletant. L'armée d'Ælfred avait déjà attaqué quand nous l'avons rattrapée, aussi nous ne sommes pas approchés.

— Sont-ils loin ? s'enquit Steinólfur.

— À six haltes d'ici.

— Combien de Danois ? les interrogea Geirmund.

Vetr hésita un instant avant de répondre :

— Six cents, peut-être. Pas plus de huit cents.

Un long silence s'ensuivit, puis Steinólfur se tourna vers son commandant.

— Que comptes-tu faire ?

Geirmund prit le temps de réfléchir.

— La nuit sera trop noire pour marcher si loin dans une contrée inconnue, mais veille à ce que tous les Hel-hides valides soient prêts à partir avant l'aube. Les blessés nous suivront de loin. Si l'issue de la bataille reste incertaine quand nous atteindrons le champ, nous nous joindrons aux forces d'Ubba contre Ælfred.

— Est-ce bien prudent ? s'enquit le vieux guerrier. L'armée d'Ælfred compte presque quatre Saxons pour chaque Danois. Nos maigres effectifs n'y changeront rien. (Il se pencha vers lui en baissant la voix.) Et n'oublie pas que ta querelle de sang avec Ubba n'est toujours pas réglée.

— Je n'ai pas oublié, mais seul un lâche penserait vivre à jamais en évitant le combat. Des Danois sont en train d'affronter le Wessex, et c'est peut-être par notre faute qu'ils ont rencontré Ælfred. Leur bataille est la nôtre.

Steinólfur fronça les sourcils, mais accepta la décision de Geirmund en inclinant la tête. Il partit informer la troupe de guerre de la manœuvre ; Geirmund se tourna vers Rafn.

— Tu sembles souffrant, mon ami.

— Ce n'est rien. J'ai attrapé froid avec la pluie la nuit dernière.

— Son bras s'infecte, le dénonça Vetr.

Geirmund observa les bandages de lin.

— Montre-moi.

— Plus tard, peut-être, répondit Rafn. Tu as des problèmes plus urgents qu'une éraflure sur mon bras.

— Alors occupe-t'en, décréta Geirmund en glissant un regard à Vetr. Avant que ta blessure devienne l'une de ces urgences.

Le Danois aux cheveux blancs acquiesça et fustigea Rafn du regard, comme si la question avait déjà été plusieurs fois source de conflit.

Geirmund les abandonna pour aller annoncer à Birna qu'elle aurait bientôt une armée de Saxons à massacrer. Il l'aida ensuite à envelopper la dépouille de Thorgrim et à la transporter dans la grande salle pour la déposer à côté des autres victimes de la bataille. Les Hel-hides passèrent l'essentiel de la nuit à rendre hommage aux défunts avec des histoires et des chansons, après quoi ils sacrifièrent les chevaux des guerriers morts en offrande. Au matin, ils mirent le feu au fortin de Wanating en guise de bûcher funéraire avant de partir.

Au lieu de se diriger au sud vers le chemin de crête que l'armée d'Ælfred avait emprunté, Geirmund emmena ses guerriers vers l'ouest, sur une route basse qui suivait la ligne des collines et leur offrait le couvert de forêts et de bosquets. Guidés par Rafn et Vetr, les Hel-hides chevauchèrent à bride abattue, atteignant le champ de bataille à la mi-journée.

Geirmund flaira la mort avant de la voir. Il n'entendit aucun bruit hormis les battements d'ailes et le croassement des corbeaux. Sa troupe arrivait dans un vallon large et peu profond, au sol gorgé de sang et jonché des cadavres de plusieurs centaines de

Danois. Des amas de cendres et de braises fumantes marquaient l'emplacement où les tentes du camp se dressaient auparavant, à deux pas d'une étroite rivière. À première vue, les Saxons étaient déjà partis, laissant les morts pourrir sur place au soleil.

— Les portes du Valhalla verront du monde aujourd'hui, déplora Steinólfur.

Geirmund contempla les cadavres tailladés, transpercés, découpés ; l'effroi qu'il avait ressenti lors de la retraite d'Ælfred revint l'envahir de son souffle glacé. Il savait bien que leur chance à Wanating avait un prix : les morts étendus devant lui venaient de le payer.

— Ubba n'est plus.

— Comme le sais-tu ? lui demanda Skjalgi.

Birna se chargea de lui répondre :

— Aucun fils de Ragnar ne fuirait une bataille. Il lutterait jusqu'à son dernier souffle aux côtés de ses guerriers.

La mort d'Ubba mettait fin à la querelle de sang de Geirmund avec les Danois, mais, dans ces circonstances, cela ne lui apportait ni joie ni réconfort.

— Guthrum sera bouleversé.

— Crois-tu ? demanda Steinólfur.

— Qu'entends-tu par là ?

— Comptait-il sur ce massacre ? Penses-tu qu'il savait qu'Ubba serait ici ?

Face aux regards noirs que lui décochèrent les Hel-hides, le vieux guerrier se redressa, sur la défensive.

— Je ne suis sûrement pas le seul à le penser. Guthrum nous a envoyés ici pour pousser Ælfred à traquer une armée danoise. (Il hocha la tête vers le champ de bataille.) Ælfred a trouvé une armée danoise, et, maintenant, Guthrum est l'un des derniers rois danois encore présents en Angleterre.

Geirmund espérait que son ami se trompait. Pourtant, il repensa au doute et à la défiance qu'il avait éprouvés à Grantabridge. Les Hel-hides près d'eux remuèrent sur leur selle, mal à l'aise, mais ne firent aucun commentaire. Puis Birna prit la parole :

— Si rusé soit-il, Guthrum ne trahirait jamais un fils de Ragnar. Il avait besoin d'Ubba pour s'emparer du Wessex.

— Où est Ælfred maintenant ? demanda Vetr. Les Saxons ont certainement quitté les lieux avant que le sang soit sec.

Geirmund talonna Enbarr pour le faire avancer. Le cheval renâcla à l'odeur de la mort. En quelques pas à peine, ils passèrent devant des dizaines de cadavres qui se succédaient tant vers le nord que vers le sud. Geirmund attarda son regard sur eux sans trop savoir ce qu'il cherchait, mis à part le sens ou la raison d'un tel carnage, tout en étant conscient qu'il ne les trouverait jamais. Les Trois Fileuses gardaient pour elles les desseins qui guidaient leurs doigts et leurs ciseaux.

Les Hel-hides lui emboîtèrent le pas ; alors qu'Enbarr continuait sa pénible progression, Skjalgi demanda soudain derrière lui :

— Qu'est-ce donc ? Un cheval ?

Geirmund jeta un coup d'œil dans son dos, puis vers l'endroit que le garçon indiquait sur les hauteurs d'une colline voisine. La silhouette d'un immense cheval était dessinée dans la terre, ses lignes blanches contrastant avec l'herbe verte du relief. Long d'au moins cinquante toises du nez à la queue, il semblait figé dans son galop. La taille et la beauté de l'œuvre évoquèrent à Geirmund le cheval d'Óðinn, Sleipnir, et sa présence majestueuse au-dessus du champ de bataille lui fit presque oublier les cadavres qui l'entouraient.

Captivés, les Hel-hides faillirent ne pas remarquer la bande de voleurs et de pillards saxons qui détroussaient les morts, mais Birna les chargea avec sa monture : elle en mit quatre à ses pieds grâce au concours de Rafn et Vetr. Avant de laisser à la skjaldmö le plaisir de les tuer, Geirmund apprit ce qu'ils savaient de la bataille du vallon. Ils se révélèrent une grande source d'informations.

Les voleurs savaient que le campement incendié était sous le commandement d'Ubba, car les Saxons avaient emporté sa bannière au corbeau. Ils leur confirmèrent qu'Ubba avait péri car les Saxons avaient parlé du rude combat que le roi danois avait livré et du nombre de guerriers qu'il avait tués à mains nues avant de mourir enfin. Les pilleurs ignoraient où était Ælfred, mais son armée s'était apparemment précipitée sur le chemin de crête pour combattre d'autres Danois. Quand Skjalgi leur demanda qui avait creusé le grand cheval blanc au sommet de la colline, ils lui racontèrent que c'était l'œuvre de géants qui habitaient ces terres bien avant l'arrivée des Romains. Au sommet de la crête se trouvait une forge qui appartenait à l'un de ces géants, prénommé Wayland. Puis Birna les égorgea et leur fendit le crâne avec la cognée de Thorgrim, qu'elle portait désormais en sa mémoire.

— Ælfred se dirige vers Wareham, affirma Vetr.

— Dans tous les cas, nous avons rempli notre mission, déclara Geirmund. Il nous faut maintenant rejoindre la flotte sur le fleuve Exe. Nous emprunterons le chemin de crête saxon.

— En faisant halte à la forge de Wayland ? s'enquit tout bas Steinólfur pour ne pas être entendu des autres.

Ce nom avait aussi retenu l'attention de Geirmund ; peut-être était-ce ainsi que les Saxons appelaient Völund. Il jeta un coup d'œil autour de lui avant de répondre :

— Nous verrons ce que nous trouvons sur place.

Après s'être laissé rattraper par les Hel-hides blessés, Geirmund fit grimper sa troupe au sommet de la crête sud pour y rejoindre le sentier. De là-haut, ils profitaient d'une vue dégagée sur les environs à plusieurs haltes à la ronde. Malmenés par des vents violents, ils suivirent la piste vers le sud-ouest jusqu'à atteindre une forêt clairsemée de hêtres rachitiques que Geirmund reconnut immédiatement.

— Je suis déjà venu ici, confia-t-il à Steinólfur.

— Comment ?

— J'en ai rêvé sous l'if.

Très vite, ils arrivèrent devant le long tumulus que Geirmund avait vu en songe et devant lequel Völund s'était tenu, même si, dans son rêve, les mégalithes lui avaient paru plus récents. Sous les premières lueurs du jour, l'endroit semblait bien plus ancien que n'importe quelle ruine romaine, et plus pérenne. Geirmund orienta Enbarr vers l'entrée basse et obscure du monticule dont le passage s'enfonçait dans la terre, tandis que la plupart des Hel-hides contournaient le cairn à bonne distance en l'observant d'un air soupçonneux. Seuls Steinólfur et Skjalgi s'approchèrent avec lui, même si Birna s'arrêta plus près que les autres.

— Que fais-tu ? demanda-t-elle.

— Continuez, ordonna Geirmund, sachant que leurs blessés ralentiraient la marche. Nous vous rattraperons plus tard dans la journée.

La guerrière se pencha pour regarder la structure derrière lui en fronçant des sourcils perplexes, mais acquiesça et se remit en route. Geirmund attendit que toute la troupe disparaisse entre les arbres pour descendre d'Enbarr. Steinólfur et Skjalgi l'imitèrent ; il les arrêta d'un geste.

— J'y vais seul.

Steinólfur scruta la bouche ténébreuse du tumulus.

— En es-tu sûr ?

— Certain.

Le vieux guerrier désigna un arbre à proximité.

— Il te faudra une torche pour…

— S'il s'agit vraiment d'une forge de Völund, je n'en aurai pas besoin.

Steinólfur cligna des yeux, puis secoua la tête.

— Prends au moins cela, insista-t-il en tirant son scramasaxe, qu'il fit tournoyer d'une main pour le lui offrir par la poignée. Tu auras peut-être besoin d'une arme plus courte que ton épée dans ce lieu exigu, et ton fourreau est vide depuis Ravensthorpe.

— Je te remercie.

Geirmund accepta la lame, non parce qu'il partageait les craintes de son ami, mais pour les apaiser.

— Ces armes ne te seront d'aucune utilité contre un draugr, l'avertit Skjalgi.

Il arbora un grand sourire.

— Il n'y a pas de draugr ici.

Puis il se retourna et s'avança vers l'entrée, ne s'arrêtant qu'un instant sur le seuil pour vérifier l'intégrité du sol avant de faire son premier pas dans l'obscurité.

Après une brève descente, le passage en escalier céda la place à un couloir étroit si bas que Geirmund dut se courber. Au bout de ce couloir, là où la lumière du jour ne pénétrait plus, il déboucha dans une petite salle vide. Malgré l'obscurité, il s'aperçut tout de suite que l'endroit ne ressemblait en rien au palais sous-marin de Völund. Il huma l'odeur de terre humide, caressa la pierre irrégulière façonnée par des mains de Midgard, non par celles d'Æsir, de trolls ou d'elfes, et comprit qu'il n'était pas dans une forge divine.

Il s'assit dans le silence, ruminant ses espoirs contrariés, tout en étant incapable de dire ce qu'il espérait trouver. Il s'interrogea sur la signification de son rêve, convaincu d'avoir vu ce tumulus.

— Völund ? murmura-t-il, sa voix amplifiée par les murs de pierre. Es-tu là ?

Le forgeron apparut devant lui aussi soudainement qu'une flamme jaillissant de l'amadou, se dressant du sol rocheux comme s'il y brûlait. Il portait une tunique différente et n'avait ni heaume ni armure, mais Geirmund reconnut ses yeux et la forme de son long visage.

— C'est toi, déclara-t-il. Tu te fais aussi appeler Wayland.

— Certains me nomment ainsi.

Geirmund balaya la salle exiguë du regard.

— Et ceci est ta forge ?

— Non, ce monticule de terre et de pierre est bien trop récent.

— Alors où se trouve ta forge ?

— Ici, mais dans les entrailles de la terre. Tu ne peux y accéder. (Il se rapprocha en glissant à travers la roche.) Comment me connais-tu ?

Déconcerté, Geirmund resta un moment muet.

— Je suis Geirmund, fils de Hjörr, dont le père était Half, dont le père était Hjörrleif. Tu m'as accueilli dans ta forge sous-marine. Ne te souviens-tu pas de moi ?

— Non. Je ne suis pas le Völund que tu as rencontré.

Geirmund avait peine à comprendre sa réponse.

— Tu partages le nom d'un autre ?

— Oui. Nous sommes différentes rémanences du même être, mais voilà fort longtemps que je n'entends plus les voix des autres.

— Pourquoi ?

— C'est difficile à expliquer. Je me meurs… mais très lentement. Les enfants de tes enfants seront morts bien avant que je disparaisse.

— Votre existence à tous échappe à mon entendement, confessa Geirmund.

— Le contraire serait étonnant.

— Connais-tu le bracelet Hnituðr ?

— Je connais tous les bracelets que j'ai forgés, mais aucun au nom si récent. Pourquoi cette question ?

— Tu… Non, le Völund de la mer m'a donné ce bracelet.

— Ah oui ? (Le forgeron marqua une pause.) L'as-tu apporté ?

Alors que Geirmund s'apprêtait à répondre, une honte soudaine lui serra la gorge, l'empêchant un instant de parler.

— Non, je ne l'ai pas.

— Où est-il ?

Geirmund eut l'étrange sentiment d'avoir déçu le forgeron, ou de s'être déçu lui-même. Il baissa les yeux.

— Je l'ai offert à mon roi.

Völund haussa un sourcil.

— Pourquoi donc ?

— Je pensais que son destin était de le porter.

— Le destin est une vue de l'esprit, le sermonna Völund. Le bracelet a force de loi. S'il t'a été remis, il te revenait de le porter. Renoncer à l'un de mes bracelets, c'est renoncer à un immense pouvoir.

Geirmund ne répondit rien, reconnaissant la vérité de ses paroles, même s'il lui avait fallu l'entendre de la bouche de Völund pour l'accepter. Destin mis à part, une partie de lui avait toujours regretté d'avoir offert le bracelet à Guthrum. L'honneur l'avait empêché de se l'avouer, mais il comprenait à présent qu'il était moins question d'honneur que de pouvoir, dont il avait toujours été seul dépositaire, et ses doutes croissants à l'égard du souverain ne faisaient que nourrir son envie de récupérer le bijou.

— Pourquoi es-tu venu ici ? s'enquit Völund. Ma forge est depuis longtemps froide et enfouie sous terre. Je ne peux rien t'offrir de plus.

— Je ne suis pas venu demander de faveur. J'ai rêvé de cet endroit.

— C'est parce que tu as visité l'une de mes forges. Quand tu t'es approché de celle-ci, une partie reculée de ton esprit l'a senti et s'est éveillée pour te porter vers elle.

— Peut-être, mais je pense qu'il y avait autre chose. J'avais sans doute besoin de t'entendre parler du bracelet.

— Cela se conçoit également. Les tiens entendent souvent ce qu'ils veulent et ont besoin d'entendre, quand ils veulent et ont besoin de l'entendre. Souhaitais-tu aborder un autre sujet ?

Si ce Völund avait ressemblé davantage à celui de la mer, Geirmund se serait peut-être attardé, mais il avait trouvé ce qu'il était venu chercher, et Steinólfur et Skjalgi commençaient certainement à s'inquiéter.

— Non, mais je te remercie. Je vais prendre congé.

— Je ne puis te renvoyer ni te garder, mais je t'en prie, Geirmund, fils de Hjörr, dont le père était Half, dont le père était Hjörrleif.

Geirmund inclina la tête. Lorsqu'il la releva, le forgeron avait disparu et il était de nouveau seul dans la petite salle obscure. Il remonta l'étroit couloir de pierre jusqu'à retrouver la lumière crue du soleil. Ébloui, il protégea ses yeux du plat de la main pour regarder Steinólfur et Skjalgi en plissant les paupières.

— Alors ? s'enquit le vieux guerrier. Tu es resté assez longtemps là-dedans pour qu'il s'y soit passé quelque chose.

Geirmund lui rendit son arme.

— J'ai parlé à Völund.

— Qu'a-t-il dit ? demanda Skjalgi.

— Il s'est montré moins prolixe que la première fois, mais il en a dit assez.

Steinólfur rengaina son scramasaxe.

— Assez pour quoi ?

— Pour que je sache ce que j'ai à faire, répondit Geirmund avant d'enfourcher son cheval. Mais, d'abord, nous devons nous emparer du Wessex.

# Chapitre 29

Il leur fallut cinq jours pour atteindre le fleuve Exe, dans le Defenascire. Geirmund aurait pu faire forcer l'allure, mais les blessés avaient besoin d'un rythme plus doux. Ils suivirent la voie du Wessex au Dorsetscire jusqu'à l'embouchure du Lym, puis longèrent la côte en direction de l'ouest jusqu'à l'Exe et la ville romaine que Guthrum voulait qu'ils prennent. Geirmund s'attendait à voir une flotte de deux cents drakkars au bas mot, avec une armée de quatre mille Danois à leur bord, mais seules quelques dizaines d'embarcations étaient amarrées sur la berge.

Lorsqu'il entra dans la ville, on lui apprit que cent vingt bâtiments avaient sombré dans une tempête. Trois mille Vikings avaient péri, dont les rois Anwend et Oscetel. Le désastre avait tellement effrayé les survivants qu'une grande partie d'entre eux avaient fait demi-tour, voyant la tempête comme un mauvais présage. Quant à ceux qui étaient restés, ils étaient peu enclins à livrer bataille.

La perte de la flotte fut un coup dur pour les Hel-hides, surtout après le massacre de l'armée d'Ubba. Au sein du camp, l'humeur était sombre. Comment ne pas croire que la chance, le destin ou les dieux s'étaient retournés contre les Danois pour les envoyer à la mort ?

— Comment Guthrum peut-il encore prendre le Wessex ? demanda un soir Steinólfur aux quelques guerriers qui n'étaient pas encore partis se coucher et qui se réchauffaient devant un feu. Sans Ubba, et maintenant que la flotte gît par le fond, les Danois ne peuvent plus vaincre Ælfred.

— Guthrum est rusé, remarqua Birna. Il trouvera un moyen.

Steinólfur cracha dans les braises, qui répondirent par un sifflement sinistre.

—Ælfred est tout aussi rusé que lui.

Si Hnituðr n'avait pas fait partie de l'équation, Geirmund aurait été de l'avis du vieux guerrier. Tant que les Danois avaient le bracelet, la conquête du Wessex demeurait possible malgré les lourdes pertes subies.

—Ælfred est peut-être déjà tombé, suggéra Vetr. (Il était assis à côté de Rafn, lequel était couché devant le feu, affaibli par la fièvre.) Qui nous dit que Guthrum n'a pas vaincu les Saxons à Wareham ?

Steinólfur secoua la tête, comme s'il ne pensait pas la chose possible.

—Nous ne pouvons qu'attendre de connaître l'issue de la bataille, répondit Geirmund, et espérer qu'il en soit ainsi.

Les nouvelles arrivèrent quelques jours plus tard par le biais d'Eskil, que Geirmund n'avait plus vu depuis Lunden. Le guerrier avait chevauché sans relâche depuis Wareham, soixante haltes plus à l'est, épuisant son cheval. Les Hel-hides l'installèrent auprès du feu avec un bon repas.

—Guthrum a pris Wareham sans encombre, expliqua-t-il, mais Ælfred est arrivé peu de temps après avec une armée, et pour l'heure... ils ont conclu la paix.

Geirmund n'en croyait pas ses oreilles.

—« La paix » ? s'exclama-t-il. Après tous les risques que nous avons pris, après tout ce que nous avons perdu pour mettre le plan de Guthrum à exécution, il fait la paix avec les Saxons ?

—Oui, confirma Eskil avec une grimace qui indiquait qu'il partageait cet avis. Ælfred a demandé à Guthrum de prêter serment sur la croix de son dieu.

—Dans ce cas, ce serment ne vaut rien, intervint Birna. La croix n'a aucune signification pour lui. Il a certainement un plan derrière la tête.

Eskil ne répondit pas et se tourna vers Geirmund.

—Qu'y a-t-il ?

Le Danois se passa la langue sur les dents, comme si le goût des mots qu'il devait prononcer lui était désagréable.

— Guthrum a aussi juré sur le bracelet que tu lui as donné. Ælfred était au courant et il a exigé qu'il le fasse.

— Et Guthrum a accepté, comprit Steinólfur avec un reniflement de dédain.

— Il a changé, confirma Eskil, l'air navré. Ce n'est plus l'homme auquel j'ai prêté serment au Jutland. La mort d'Ubba l'a plus marqué que la perte de la flotte. Il oscille désormais entre le chagrin et la fureur, et semble avoir perdu toute sa ruse d'antan. Mais Eivor arrivait à Wareham quand je suis parti. Il semble l'écouter, ce qui fait que rien n'est perdu.

La présence et les conseils d'Eivor étaient rassurants, mais le fait qu'Ælfred connaisse Hnituðr le troublait. Il ignorait comment le roi saxon avait appris l'existence du bracelet, mais des rumeurs étaient arrivées jusqu'à Hytham à Ravensthorpe. Geirmund se rappelait aussi que le prêtre John avait demandé si Guthrum tirait son pouvoir d'une relique païenne. L'œuvre de Völund était peut-être moins secrète qu'il l'avait cru.

— Quels sont les ordres de Guthrum pour les Hel-hides ? demanda Rafn d'une voix fatiguée.

Eskil hésita avant de répondre.

— À l'heure qu'il est, Guthrum et Eivor ont mis un terme à la paix et ont brûlé Wareham.

— Guthrum serait donc revenu sur sa parole ? demanda Skjalgi.

— S'il s'agissait de moi, je ne me sentirais lié par aucun serment fait à un Saxon, déclara Birna.

Geirmund n'était pas vraiment de son avis sur cette question d'honneur, d'autant plus que le roi avait juré sur Hnituðr.

— Où se trouve Ælfred ?

— Dans un bourg du nom de Cippanhamm, répondit Eskil. L'endroit n'a pas de muraille et Ælfred n'a que peu d'hommes avec lui. Il s'y trouve pour une fête chrétienne, et c'est là que

Guthrum compte l'attaquer. Il appelle toutes les haches et toutes les épées à le rejoindre pour cette bataille.

— Quelles épées ? demanda Steinólfur. La flotte a sombré. Ubba est mort.

— Tous les Saxons ne sont pas prêts à mourir pour Ælfred. Les rumeurs courent à propos d'un ancien guerrier brisé en deux et attaché à la porte de la halle de son ealdorman. Wulfere du Wiltescire a déjà prêté serment à Guthrum, et Eivor compte de nombreux alliés en Angleterre, ainsi que des rivaux débiteurs qui accepteront de se battre sous ses ordres. (Il se tourna vers Geirmund.) J'ai entendu dire que Hjörr et Ljufvina répondront à son appel.

— Rien n'est perdu, constata Geirmund.

Eskil hocha la tête.

— Rien n'est perdu.

— Quand attaquons-nous ? demanda Vetr avec un regard inquiet pour Rafn, couché à côté de lui.

— Dans quatre jours, pendant la fête que les chrétiens nomment l'Épiphanie.

— Guthrum ne nous laisse pas beaucoup de temps pour le rejoindre, regretta Steinólfur.

Eskil hésita une nouvelle fois.

— Ce n'est pas le roi qui m'envoie. Je suis venu de ma propre initiative parce que vous êtes des guerriers courageux et honorables. Je savais que vous voudriez combattre aux côtés de vos compatriotes.

Les Hel-hides présents autour du feu se turent, choqués par le mépris de Guthrum à leur égard.

— Nous nous sommes battus et nous sommes morts pour lui, finit par dire Vetr, mais il cherche à nous oublier.

— C'est à cause de l'argent qu'il nous doit ? demanda Rafn. Peut-être qu'il…

— Non, ce n'est pas ça, l'interrompit Steinólfur en regardant tour à tour chacun de ses camarades. Ou pas uniquement, plutôt. C'est bien plus simple que cela. (Il se tourna vers Geirmund.)

Le roi des Danois a peur de toi. Guthrum voit en toi ce que j'y ai vu voici des années. Tu es un roi, Geirmund Hjörrsson. Ce n'est qu'une question de temps avant que tu t'en rendes compte et que tu tailles ton propre royaume.

La chaleur qui envahit les joues de Geirmund ne venait pas du feu. Il attendit que l'un de ses Hel-hides proteste et défende l'honneur de Guthrum, mais pas un ne le fit, pas même Eskil.

— Partons-nous le rejoindre ? demanda Skjalgi.

Geirmund n'hésita pas longtemps.

— Oui, mais nous ne nous battrons pas pour Guthrum. Nous nous battrons pour Muli, pour Aslef, pour Thorgrim et pour tous les Hel-hides tombés au combat. Nous nous battrons pour Eivor et pour ceux des nôtres qui répondront à son appel. Vous êtes avec moi ?

— Tu oublies quelqu'un, fit remarquer Vetr.

Tous les yeux se tournèrent vers Geirmund, qui ne voyait pas de qui le guerrier voulait parler.

— Qui donc ?

Steinólfur poussa un grognement amusé.

— Toi, gros nigaud. Nous nous battrons pour toi.

Après quelques secondes de silence, tous éclatèrent de rire. Les Hel-hides se levèrent pour se préparer à la bataille et Geirmund s'approcha d'Eskil.

— Que comptes-tu faire ?

— Me joindre à vous, si vous voulez bien de moi.

Cette proposition prit Geirmund par surprise.

— Tu n'as pas peur que Guthrum voie cela comme une trahison ?

— Je ne crains pas ce qu'un parjure peut dire de moi.

— Dans ce cas, tu es le bienvenu. Je serai honoré de me battre une fois de plus à ton côté.

Ils quittèrent les rives de l'Exe le lendemain matin pour emprunter une voie romaine. Après avoir chevauché toute la journée, ils arrivèrent à l'entrée d'une vaste région faite de marécages, de rivières, de mares et d'îlots, qui rappela à Geirmund les marais qu'il avait dû traverser lorsqu'il avait débarqué en Angleterre. La route romaine surélevée continuait vers le nord, leur permettant de ne pas s'embourber dans ces basses terres. Il leur fallut toute une journée pour laisser les marécages derrière eux et commencer à grimper dans les collines.

Depuis les hauteurs, ils découvrirent un vaste massif forestier qui semblait s'étendre à l'infini en direction de l'est. Eskil leur apprit que cette forêt avait pour nom Selwood. Ils passèrent la journée à la longer. Lorsqu'ils firent halte cette nuit-là, ils dormirent à l'ombre des arbres, près d'un gigantesque rocher déchiqueté – peut-être une pierre dressée par les géants qui avaient taillé le cheval blanc.

Geirmund eut du mal à trouver le sommeil. Le lendemain, ils arriveraient à Cippanhamm et à la bataille, où il combattrait aux côtés de son père et de sa mère. Il se leva dès l'aube, transi de froid. Ses couvertures et l'herbe étaient trempées de rosée. Les Hel-hides montèrent à cheval, mais, quelques minutes après le départ, Rafn bascula de sa selle et tomba lourdement au sol. Vetr sauta à terre, vite rejoint par Geirmund et quelques autres. Rafn marmonnait des paroles incohérentes, les lèvres bleues.

— C'est son bras, déclara Vetr. Sa blessure s'est infectée.

Steinólfur s'agenouilla à côté du blessé.

— Laisse-moi l'examiner.

Vetr et lui dépouillèrent Rafn de son armure, de sa tunique et de sa chemise. Leur ami ne pouvait faire aucun effort pour les aider ; lorsqu'ils détachèrent le bandage de son bras blessé, Geirmund sentit son estomac se retourner. La plaie apparut, nauséabonde et gangrenée. Des lignes noires couraient sous la peau, semblables à des serpents empoisonnés.

— Tu étais trop fier pour nous le dire, n'est-ce pas ? déclara Steinólfur. Espèce d'idiot !

Le souvenir de la mort de Thorgrim était encore vivace dans l'esprit de Geirmund, et la perspective de perdre Rafn le mettait en rage.

— Que faut-il faire ? demanda-t-il.

Steinólfur se redressa, les mains sur les cuisses, et observa le bras de haut en bas.

— Il est peut-être déjà trop tard, mais il faut l'amputer, et vite. Sinon, il mourra à coup sûr.

Geirmund s'attendait à cette réponse, mais il eut tout de même du mal à réagir. Pour un guerrier tel que Rafn, la perte d'un bras était un arrêt de mort. Vetr posa la main sur le front de son compagnon et se pencha vers lui, comme pour chercher sur son visage un signe d'approbation, mais le blessé n'avait plus conscience de ce qui lui arrivait. Vetr se tourna vers Steinólfur, ferma les yeux et hocha la tête.

— Je sais qu'il me pardonnera.

Geirmund se tourna vers ses Hel-hides qui, pour la plupart, étaient restés à cheval. Il pensa à la journée qui les attendait.

— Cela va prendre combien de temps ? demanda-t-il à Steinólfur.

— Pour tout préparer et l'amputer correctement ? Une demi-journée, au bas mot.

— Nous arriverons bien tard sur le champ de bataille, commenta Eskil.

Geirmund, qui craignait de connaître le même sort que le jarl Sidroc et ses guerriers à Ashdown, préféra ordonner à sa troupe de se remettre en marche.

— Je reste avec Rafn, déclara-t-il. À Abingdon, je vous ai fait le serment de ne jamais abandonner l'un des miens et je compte bien tenir parole. Vetr restera lui aussi, j'en suis sûr, tout comme Steinólfur et Skalgi. Tous les autres vont…

— Je reste moi aussi, l'interrompit Eskil. Je marcherai avec toi, Hel-hide.

Geirmund regarda le Danois, puis hocha la tête et se tourna vers Birna.

— Je t'ai promis des Saxons à tuer.

— Oui, dit-elle, c'est vrai.

— Je ne vois pas à qui d'autre confier nos guerriers dans la bataille.

— Moi non plus. (Elle sourit et se mit en selle.) J'essaierai de vous laisser quelques Saxons, mais je ne promets rien.

— Fais ce que tu as à faire, répondit Geirmund. Qu'Óðinn et Týr soient avec toi.

Birna hocha la tête, puis, d'un appel sonore, lança les Hel-hides au galop. Geirmund les regarda partir avant de se tourner vers Steinólfur.

— Que te faut-il ?

— De l'eau pure. Un feu et une lame chauffée à blanc. Des plantes pour la cicatrisation et du tissu pour le bandage.

— Nous allons nous en occuper, répondit Vetr, et les deux hommes se mirent au travail.

À midi, ils avaient apporté de l'eau d'un ruisseau et des plantes des bois, puis enfoui plusieurs haches et couteaux dans les braises. Rafn avait cessé de divaguer ; il se trouvait plongé dans un état semi-comateux, mais, selon Steinólfur, cela ne l'empêcherait pas de se débattre comme un démon dès la première entaille. Ils l'attachèrent et lui insérèrent une lanière de cuir entre les dents. Steinólfur se mit à la tâche ; ils le regardèrent faire malgré leur dégoût.

Le guerrier entailla tout d'abord la peau tout autour du biceps avec une lame froide pour que la chair puisse se reconstituer, puis la remonta comme une manche. Il prit ensuite un couteau chauffé à blanc pour attaquer la chair. L'air s'emplit de cris et d'une odeur de viande carbonisée qui rappela aussitôt à Geirmund la douloureuse expérience vécue dans les montagnes avec Hámund. La cautérisation stoppa une grande partie de l'hémorragie mais le sang coulait toujours et, bientôt, le sol sur lequel Rafn était allongé se transforma en boue. Le blessé ne cessait de hurler, les yeux exorbités, le cou aussi tendu que les cordages d'une voile sous le vent.

Lorsque Steinólfur arriva à l'os, il échangea son couteau contre une hache et installa une pierre plate sous le bras de Rafn pour faciliter sa frappe. Le vieux guerrier dégoulinait de sueur ; il inspira plusieurs fois à fond avant d'abattre son arme.

Geirmund entendit un coup sourd, puis un second, et enfin un éclat sonore lorsque la hache toucha la pierre après avoir tranché l'os. Le bras tomba.

— Cela aurait été plus facile avec une scie, déclara Steinólfur en coupant les derniers éclats d'os. Malheureusement, nous n'en avions pas.

Il lava la plaie à l'eau chaude, déroula la peau sur la chair, puis la recousit comme un sac en la laissant en partie ouverte pour qu'elle puisse suinter, avant de bourrer l'ouverture avec les plantes qu'ils avaient cueillies.

Rafn ne criait plus, mais poussait des petits gémissements inarticulés. Ils le détachèrent, et Eskil le souleva aussi facilement qu'il l'aurait fait d'un enfant pour l'emporter dans les bois. Vetr montra au géant où le poser, et Steinólfur l'emmitoufla dans des fourrures et des couvertures.

— Le choc suffirait à le tuer, prévint-il. Gardez-le bien au chaud.

— Très bien, répondit Vetr. Et, quelle que soit l'issue de l'opération, je t'en suis reconnaissant.

— J'espère que cela suffira.

Sur ces mots, le vieux guerrier hocha la tête et recula de quelques pas.

— Merci à vous tous, ajouta Vetr. Maintenant, partez pour Cippanhamm. Je vous y rejoindrai avec Rafn aussi vite que possible.

— Je refuse de vous abandonner, rétorqua Geirmund.

Vetr posa la main sur son épaule.

— Tu ne peux rien faire de plus. Tout ne dépend plus que du destin. Si Rafn doit mourir, alors je souhaite rester seul avec lui avant qu'il parte.

Geirmund hésita un moment.

— Très bien. Mais, si je ne te vois pas très bientôt à Cippanhamm, je reviens te chercher.

— Si nous n'y sommes pas, c'est que nous serons restés ici. Maintenant, partez avant que Birna n'ait tué tous les Saxons.

Après un dernier regard à Rafn, Geirmund s'éloigna en direction des chevaux. Ils enfourchèrent leurs montures tandis que Vetr emmenait les deux chevaux dans les bois.

— Brûle ce bras, lui conseilla Steinólfur. Sinon, le hugr qui vit en lui ne cessera de tourmenter Rafn. Il lui causera des douleurs et des démangeaisons qu'il ne pourra pas gratter.

— J'y veillerai, promit Vetr.

Geirmund lança Enbarr au galop vers le nord, tout en suppliant les dieux d'accorder à Rafn la force de guérir.

# CHAPITRE 30

Ils avaient chevauché durant dix haltes sur la voie romaine menant à Cippanhamm lorsque Skjalgi repéra une troupe montée galopant vers le sud, sur une crête à l'est de leur route. Geirmund fit une pause pour tenter d'identifier les guerriers. La troupe comptait une trentaine d'hommes, sans bannière, lancés à pleine allure.

— Ce sont des Saxons, affirma Steinólfur. Ça se voit à leurs boucliers et à leurs casques. Mais à part ça, je ne…

— C'est Ælfred, déclara Eskil.

Geirmund se dressa sur ses étriers pour mieux voir.

— Tu en es sûr ?

— Sans aucun doute, confirma Eskil en crachant par terre. Je l'ai vu à Wareham et il était déjà entouré des mêmes guerriers. Je reconnais la robe de leurs chevaux.

— Que fait-il ? demanda Skjalgi.

— Il fuit la bataille, répondit Steinólfur. Elle a peut-être déjà tourné en sa défaveur.

— Peut-être, supposa Geirmund.

Il ne disposait que de quelques secondes pour prendre une décision. Devait-il prendre la troupe en chasse ou continuer sa route vers Cippanhamm ? Ils n'étaient que quatre, ce qui était loin d'être suffisant pour combattre les fuyards, mais, si Eskil avait vu juste, Ælfred venait d'échapper aux Danois. Cela voulait dire que la bataille de Cippanhamm ne signerait pas la fin du Wessex, quelle que soit l'issue du combat, car le royaume ne tomberait qu'à la mort de son roi.

— Tu es sûr que c'est lui ?

— Je suis prêt à le jurer sur l'épée de mon frère. C'est Ælfred.

— Est-ce qu'ils nous ont vus ? s'enquit Skjalgi.

— Ils n'ont ni ralenti ni changé de direction, constata Steinólfur avant d'étudier les alentours. Nous sommes en contrebas, camouflés par les arbres, et nous ne sommes que quatre. Ils ne nous ont pas vus.

— Nous devons le suivre, déclara Geirmund. Ils sont trop nombreux pour que nous les attaquions, mais nous pouvons voir où il va et peut-être trouver un moyen de le tuer. De toute façon, nous saurons où il est et nous pourrons revenir plus tard, en force.

Ce plan obtint l'unanimité. Ils firent demi-tour et suivirent la troupe, se cachant de leur mieux et balisant le chemin. Les Saxons suivirent la crête jusqu'à la lisière septentrionale de Selwood, puis descendirent dans la vallée et empruntèrent la voie romaine. Geirmund et ses hommes les suivaient d'aussi loin que possible. Si les Saxons les repéraient, ils ne penseraient pas que ces quatre cavaliers étaient des Danois lancés à leurs trousses par Guthrum.

Ils arrivèrent à la pierre dressée marquant l'endroit où ils avaient amputé Rafn. Geirmund aperçut au passage le coin de terre imbibé de sang et regretta de ne pouvoir s'arrêter pour prendre des nouvelles du blessé.

Au coucher du soleil, quelques haltes plus loin, les Saxons s'arrêtèrent pour la nuit et établir un camp à côté de la voie. Ni eux ni les Hel-hides n'allumèrent de feu ; Geirmund s'installa à bonne distance pour ne pas éveiller l'attention des sentinelles d'Ælfred.

L'ennemi repartit avant l'aube, et ils passèrent la journée à traverser la contrée vallonnée qui surplombait les marais. Pendant six haltes, ils naviguèrent entre les petits bois de frênes et d'érables, sous des collines herbeuses et des falaises de roche blanche. Lorsque la voie romaine quitta les hauteurs pour descendre dans les marais, les Saxons poursuivirent leur cavalcade pendant vingt haltes supplémentaires avant de s'arrêter de nouveau pour la nuit. Le lendemain matin, ils quittèrent la voie et prirent la direction de l'ouest, s'enfonçant dans les marécages.

— On dirait qu'ils savent où ils vont, remarqua Steinólfur.

— Ils le savent depuis qu'ils ont quitté Cippanhamm, répliqua Eskil. Cette fuite me paraît programmée.

— Dans quel but ? demanda Skjalgi. Où vont-ils ?

— Nous le saurons bientôt, répondit Geirmund.

Ils continuèrent la poursuite dans les marais, dans les hautes herbes et les bouquets d'aulnes qui émergeaient de la brume. S'ils gardaient les pieds au sec, c'était uniquement parce que les Saxons qu'ils traquaient laissaient des traces de leur passage. Mais, même ainsi, le chemin était souvent étroit et traître. À midi, ils arrivèrent enfin au terme de leur poursuite.

Ils s'accroupirent au milieu des roseaux, et regardèrent la troupe d'Ælfred s'engager dans un chapelet de petits îlots reliés entre eux par une chaussée en bois traversant une vaste mare. Un petit village se dressait sur l'îlot le plus proche du rivage. De nombreuses embarcations y étaient amarrées ; la place était protégée par une porte et par un nombre conséquent de guerriers. Sur l'île voisine, les Saxons avaient érigé un haut mur de pieux entourant un fort bâti entre les arbres.

Eskil secoua la tête.

— C'était planifié, comme je le disais.

— Je crois que tu as raison, renchérit Steinólfur. Le fort est solide et il semble assez récent.

— Il peut être conquis ? demanda Skjalgi.

Le vieux guerrier regarda derrière lui pour inspecter le chemin par lequel ils venaient d'arriver.

— Jamais une armée ne pourrait passer.

— Si. En bateau, répliqua Eskil. Ce lac doit sûrement aboutir à la mer, si…

— Mais Guthrum n'a plus de flotte, lui rappela Geirmund sans cacher sa frustration, et je suis sûr qu'Ælfred le sait. Il a choisi cet endroit parce qu'il sait que les Danois ne peuvent l'assaillir et parce qu'il y trouve tout ce dont il a besoin. Il y a de l'eau, de la nourriture, et ces îles sont hors de notre portée. Retranché ici, Ælfred peut se proclamer roi du Wessex et nous narguer jusqu'à la fin de ses jours.

— Roi, d'accord, répondit Steinólfur, mais roi de quoi ? Des marécages ?

— Pour ses Saxons, il est plus que le roi des terres du Wessex. Essaie de penser en chrétien. Ælfred est le roi de leur dieu. Tant qu'il vivra, il se trouvera toujours des ealdormen pour le suivre, même s'il ne règne que sur quelques arpents de marais.

— Que pouvons-nous faire, alors ? demanda Skjalgi.

— Je n'en sais rien et ce n'est pas le moment d'y penser. Pour l'heure, nous devons retourner à Cippanhamm pour nous battre et dire à Guthrum et aux Danois ce que nous avons appris.

Ses trois guerriers ne semblaient pas vouloir partir, et Geirmund comprenait pourquoi. L'île où Ælfred s'était réfugié se trouvait devant eux, presque à portée de flèche. Se trouver si près de l'ennemi sans être en mesure de le soumettre ou de le tuer était insupportable.

— Allons-y, insista-t-il.

Ils repartirent par le chemin qu'ils avaient suivi à l'aller, mais ils s'égarèrent à plusieurs reprises dans ce labyrinthe de bosquets, d'herbes et de fange qui ne faisait que souligner la force du retranchement des Saxons. Lorsqu'ils émergèrent enfin des marécages et posèrent le pied sur la voie romaine, dévorés par les moustiques et épuisés, il faisait déjà nuit. Ils s'arrêtèrent pour dormir, puis repartirent à l'aube vers le nord.

Deux jours plus tard, ils arrivèrent à la pierre dressée de Selwood. Geirmund s'y arrêta pour voir si Vetr était toujours là et pour prendre des nouvelles de Rafn. Ils descendirent de cheval et menèrent leurs montures dans les bois. Le blessé se trouvait au même endroit que lorsqu'ils l'avaient quitté. Il avait les yeux fermés, et était presque aussi pâle que Vetr. Aucune respiration ne semblait soulever les fourrures qui couvraient sa poitrine. Vetr était invisible, mais Geirmund se doutait qu'il était dans les parages. Il avança vers Rafn, se demandant si le guerrier avait repris connaissance depuis l'amputation.

Soudain, il sentit un souffle dans son dos ; il se retourna pour voir la pointe d'une lance arriver à pleine allure sur sa gorge. Elle s'arrêta juste à temps.

— Geirmund ! s'écria Vetr en fichant la pointe de Dauðavindur dans le sol avant d'incliner la tête. Excuse-moi, j'aurais dû faire plus attention.

— Tu as fait attention, le consola Geirmund. Sans cela, je n'aurais plus de tête.

— Hel-hide ?

La voix venait du sol. Geirmund se tourna vers Rafn, abasourdi de voir que ce dernier avait les yeux ouverts. Il s'agenouilla à côté de lui.

— Tu es vivant ?

— Je l'espère, répondit faiblement le blessé avec un sourire vacillant. Parce que je sais que je ne suis pas au Valhalla.

— Tu as la force de Thór.

— Et la chance de Týr, rétorqua Rafn en regardant son moignon. Sauf que ce ne sont pas les crocs de Fenrir qui m'ont fait perdre le bras, mais une hache saxonne et ma propre bêtise.

— Je suis désolé. Si nous avions pu le sauver…

— Je sais. (Il regarda Vetr, et un message silencieux passa entre eux.) Je ne peux m'en prendre qu'à moi.

— Tu n'as pas à t'en vouloir. Tu restes un Hel-hide et, même avec un seul bras, tu es toujours deux fois plus dangereux que n'importe quel Saxon.

— Ce n'est pas un exploit, mais je te remercie tout de même de l'avoir dit.

— Comment va ton bras ? demanda Steinólfur.

— Je crois que Vetr l'a brûlé.

Skjalgi éclata de rire, mais le vieux guerrier resta stoïque.

— Tu sais ce que je veux dire.

Rafn regarda de nouveau son moignon.

— C'est douloureux, mais en voie de guérison.

Steinólfur se tourna vers Vetr.

— De la fièvre ?

— Il est resté brûlant pendant deux jours, mais ça s'est calmé. La plaie n'est pas encore parfaitement refermée. L'écoulement est clair.

Steinólfur sourit.

— C'est une bonne nouvelle. Il faut qu'il se nourrisse : fromage, viande et miel en abondance, et aussi qu'il boive beaucoup de bière.

— C'est à ma portée, dit Rafn.

— Tu peux monter à cheval ? demanda Geirmund.

Vetr s'apprêtait à répondre par la négative, mais Rafn le devança.

— Je le ferai. Je commence à me lasser de ces bois et de l'écureuil rôti à tous les repas.

— En selle, dans ce cas.

Ils levèrent le camp en hâte, puis aidèrent Rafn à se lever. Le blessé frissonna lorsque ses fourrures et ses couvertures tombèrent, et il tenait moins bien debout que l'aurait espéré Geirmund. Quelqu'un allait devoir monter derrière lui pour l'aider à rester en selle. Comme Enbarr était la plus forte de leurs montures, Geirmund échangea son cheval avec celui de Vetr.

Malgré la force d'Enbarr et la douceur de son galop, les secousses réveillèrent le moignon de Rafn. Grimaçant, dégoulinant de sueur, le guerrier refusait pourtant de se plaindre. La troupe s'arrêtait souvent pour qu'il se repose. Cela allongea leur trajet et les força à passer une nuit supplémentaire à côté de la voie romaine.

Lorsqu'ils arrivèrent enfin à Cippanhamm, toute la contrée environnante portait les traces de la bataille. La ville se trouvait sur une butte, dont le pied était nimbé d'une mince brume matinale. Des monceaux de cadavres saxons faisaient la joie des corbeaux, renards et autres charognards. L'odeur âcre des bûchers où les Danois avaient brûlé leurs morts pour les honorer flottait toujours dans l'air. Geirmund s'approcha des tas de bois carbonisés et remercia Óðinn en constatant que les victimes étaient moins nombreuses que chez les Saxons. Ælfred avait fui, et les Danois semblaient avoir remporté la bataille.

Sa compagnie s'engagea sur la colline pour entrer dans la ville. Ils passèrent devant des esclaves danois et saxons en train de creuser de profondes tranchées et d'ériger de hauts murs.

— Guthrum a l'intention de rester ici et de défendre la place, constata Eskil.

— Il ferait mieux de marcher sur Wintanceastre, répondit Steinólfur.

Eskil, qui était du même avis, hocha la tête.

Après avoir trouvé une taverne où Rafn pouvait se reposer, Geirmund partit à la recherche de Birna et de ses Hel-hides. Il était curieux d'entendre leurs hauts faits, et constata avec plaisir que la guerrière était saine et sauve. Dans son cœur et dans son esprit, elle pleurait toujours la mort de Thorgrim. Elle n'avait pas réussi à combler ce vide avec le sang des Saxons, mais son humeur s'éclaircit lorsqu'elle apprit que Rafn vivait toujours. Elle partit aussitôt le retrouver. De tous les autres Hel-hides, vingt-sept avaient survécu à la bataille ; Geirmund les salua un par un avant d'aller voir ses parents.

Il demanda à quelques Danois où se trouvaient Hjörr et Ljufvina, mais chacun de ses interlocuteurs baissait les yeux et lui indiquait le chemin du doigt. Lorsque Geirmund arriva à la maison qu'on lui avait désignée, il comprit la raison de ce silence.

Sa mère était assise sur un banc à l'ombre d'un orme, adossée au mur de la hutte. Il lui fallut plusieurs secondes pour remarquer la présence de son fils. Elle avait le regard perdu au loin. Son visage et ses yeux n'exprimaient ni pensée ni sentiment, comme si son hugr l'avait désertée. Lorsqu'elle vit enfin Geirmund, il lui fallut un moment pour le reconnaître, mais elle se réveilla alors et redevint elle-même.

— Geirmund, l'accueillit-elle en se levant.

— Mère.

Ils s'étreignirent longuement sans un mot, car Geirmund ne voulait pas entendre ce qu'elle avait à lui apprendre et savait qu'elle ne voulait pas le dire. Il avait l'impression de se tenir sur le seuil du destin. S'il esquissait un pas, il ne pourrait plus jamais revenir en arrière.

Sa mère lui paraissait frêle dans ses bras, et l'odeur du bûcher restait accrochée à ses cheveux.

— Père ? finit-il par murmurer.

Elle le serra encore plus fort, garda le silence pendant plusieurs minutes, puis recula, les yeux rouges mais secs, comme si elle avait épuisé sa réserve de larmes.

— Les couleurs ont disparu, déclara-t-elle en posant le doigt sur sa broche. Je le sens dans mon cœur et dans ma poitrine, mais je ne parviens pas à le comprendre. Comment un cœur mort peut-il continuer à battre ?

— J'aurais dû être là.

Geirmund pensa à son père sur le champ de bataille, seul, encerclé de Saxons, son épée brisée. Il se serait précipité à sa rescousse. Il avait l'impression de fuir une vague géante qui déferlait sur lui.

— J'aurais peut-être réussi à…

Ljufvina lui couvrit les lèvres.

— Silence, mon fils. Tu n'aurais rien pu faire. C'était le destin.

Il lui ôta la main de sa bouche.

— Je lui ai demandé de venir combattre au Wessex avec moi. Nous étions devant le fleuve, à Jorvik, et je lui ai dit…

— C'était le destin, répéta-t-elle. Le couard pense vivre éternellement en évitant la bataille, mais, avec la mort, aucune trêve n'est possible. N'est-ce pas ce que Bragi disait toujours ? Sois fier de ton père, qui a affronté sa mort dans le courage et dans l'honneur.

Geirmund se décida à franchir le seuil pour pénétrer dans une halle sombre où il ne voyait qu'un trône désert. Ce vide lui coupa le souffle. Le reste était identique, mais tout lui semblait étranger, comme si la seule chose qui donnait un sens à ses actes était celle qu'il venait de perdre.

— Ne bouge pas, dit sa mère. (Elle entra dans la hutte, et ressortit quelques instants plus tard avec un scramasaxe.) C'était l'arme de ton père. Mon instinct m'a soufflé de ne pas la brûler avec lui, et je vois que tu as perdu une arme.

La poignée était taillée dans un bois de cerf poli, et la lame était en acier du Frakkland. La prise en main parut si naturelle à Geirmund qu'il comprit que les dieux lui souriaient. L'arme était de la même taille que le scramasaxe de John, qu'il avait donné à Valka pour le brûler. Lorsqu'il la mit dans son fourreau vide, elle s'y glissa comme s'ils étaient faits l'un pour l'autre.

— La voyante de Ravensthorpe m'avait dit que j'en trouverais un autre.

— Les royaumes sont éphémères. La richesse également. Les guerriers meurent. Je mourrai, et toi aussi. Une seule chose subsistera : l'honneur et la gloire de ceux qui ont su les mériter. N'oublie jamais que tu es le fils de Hjörr.

— Et de Ljufvina.

Elle sourit, ce qu'elle semblait n'avoir pas fait depuis plusieurs jours.

— Je suis fière d'être ta mère, et je sais que ton père était fier de toi lui aussi. Il voulait que tu conquières le Wessex. C'est chose faite.

Geirmund hésita. Comment dire la vérité sans ôter son réconfort à sa mère ?

— Presque.

Ljufvina lui demanda ce qu'il entendait par là, et il lui expliqua ce qu'il savait d'Ælfred. Sa mère se montra du même avis que lui : il fallait extirper le roi saxon de sa place forte.

— Tu as mis Guthrum au courant ?

— Je ne l'ai pas encore vu.

— Vas-y tout de suite. Il ne faut pas laisser à Ælfred le loisir de planifier son retour. Mais choisis tes mots avec soin, car

Guthrum semble désormais avoir plusieurs personnalités. On ne sait jamais à laquelle on s'adresse.

Elle lui désigna un temple chrétien au sommet de la colline. En chemin, Geirmund croisa Eivor qui descendait. Il était heureux de la revoir et ils se saluèrent à l'ombre du temple. Elle lui parla brièvement du respect qu'elle éprouvait pour son père et de sa peine. Il sembla à Geirmund que c'était avant tout pour Ljufvina qu'elle était triste, ce dont il lui sut gré. Sa mère aurait besoin d'amis dans sa solitude à venir.

— On m'a dit que Guthrum te doit beaucoup, Eivor. Sans toi, je ne pense pas qu'il aurait pu remporter cette bataille.

— Je suis désolé que tu l'aies manquée, mon ami.

— J'ai manqué une bataille, certes, mais pas la guerre.

— Comment cela ? demanda-t-elle avec un sourire perplexe.

— Le Wessex est toujours debout.

— Regarde autour de toi, Hel-hide. Nous lui avons assené un coup fatal…

— Ælfred est en vie.

Une ombre passa devant les yeux d'Eivor.

— Il nous a échappé, c'est exact. Il est rusé, ce roi saxon.

— Mes guerriers et moi l'avons vu fuir. Nous l'avons suivi jusqu'à une place forte dans les marécages, à quelques jours au sud d'ici.

— Dans le Sumorsaete ?

— Je ne connais pas le nom de cet endroit, mais il se trouve sur une île au cœur des marais, protégé par des murs.

Eivor hocha lentement la tête, comme si elle réfléchissait.

— Ælfred ourdit ses stratégies secrètes depuis des années. Il avait de grandes ambitions pour les royaumes saxons d'Angleterre. Il les a toujours, d'ailleurs.

— Les royaumes saxons n'existent plus. Il n'y a plus que le Daneland et le Wessex, qui tombera bientôt. (Il regarda le temple qui couronnait la colline.) Je vais voir Guthrum pour planifier le…

— Il ne te recevra pas. J'en viens, et il n'a pas voulu me voir. Je ne lui ai pas parlé depuis que nous avons enflammé les bûchers. Il parlait de la croix chrétienne d'une manière qui…

— Quoi ?

Eivor secoua la tête.

— Ce n'est plus le même homme, Geirmund. C'est tout ce que je peux dire.

— Je constate que ta langue n'est plus aussi libre et franche qu'autrefois.

— Peut-être pas, mais j'espère qu'elle est plus sage.

— Il est peut-être changé, mais il ne refusera pas de me voir, insista Geirmund en avançant. Je le convaincrai de m'écouter…

Eivor posa la main sur son torse pour l'arrêter.

— Sois prudent, Hel-hide. Ta langue aurait bien besoin d'un peu plus de sagesse, elle aussi. Il existe beaucoup de routes dans l'existence, et beaucoup de mers. S'il arrive qu'un jour plus aucun serment ne te lie à Guthrum, tu auras ta place à Ravensthorpe.

— Je te remercie, Eivor. (Il porta le regard au pied de la colline, là où se trouvait la hutte de sa mère.) J'espère que Ljufvina y a elle aussi une place. Je n'ose l'imaginer seule à Jorvik.

— Elle en a une, répondit la skjaldmö avec un sourire de tristesse. Mais tu sais qu'elle fait ses propres choix.

— Je le sais, confirma-t-il en souriant à son tour.

— Je quitte Cippanhamm, mais j'espère te revoir. (Elle regarda le temple, et son sourire s'effaça.) Un homme du Nord en Angleterre aura toujours besoin d'alliés.

Ils s'étreignirent, puis partirent chacun dans une direction. Geirmund arriva bientôt devant le temple, qui ressemblait à celui de Torthred et de ses moines, mais en plus petit. La porte pendait aux gonds à moitié arrachés. Geirmund l'enjamba pour entrer.

— Mon roi ? Es-tu là ?

— Oui. Est-ce bien Geirmund Hel-hide, revenu une nouvelle fois du royaume des morts ?

Geirmund s'enfonça prudemment dans la pénombre du temple. Certaines fenêtres étaient ornées de vitraux, mais les autres étaient cassées, et des rais de lumière pénétraient dans la pièce, se croisant comme des épées. Geirmund sentait le craquement du verre brisé sous ses semelles.

— Je suis de retour, en effet. J'ai des nouvelles d'Ælfred.

Guthrum garda le silence un long moment.

— « Ælfred », se contenta-t-il de répéter.

La voix du roi provenait de l'autre bout du temple ; Geirmund avança jusqu'à lui, franchissant les zones de lumière et d'ombre dans l'air poussiéreux.

— Oui, Ælfred. Il se terre dans une place forte au sud-ouest. Selon Eivor, la région a pour nom Sumorsaete. C'est une contrée marécageuse et traîtresse, mais je pense que nous pouvons mettre au point un plan pour le déloger.

Guthrum ne répondit pas. Geirmund l'aperçut enfin, debout devant l'autel.

— As-tu entendu ce que j'ai dit, mon roi ? Ælfred est…

— J'ai entendu. Ælfred se trouve dans le Sumorsaete.

Au ton de sa voix, Geirmund se dit qu'il était peut-être déjà au courant.

— J'ai réfléchi à un plan d'attaque, reprit-il. Ce sera difficile, mais possible. Pas avec une grande armée, mais j'aurais besoin de renforts pour mes Hel-hides. Si tu me donnes…

— Tu laisseras Ælfred là où il est.

— Mais, mon roi, nous pouvons le faire. Et plus jamais le Wessex…

— Tu le laisseras tranquille !

La colère de Guthrum était si soudaine que Geirmund eut un mouvement de recul.

— Guthrum, je ne voulais pas te manquer de respect. Si je te parle ainsi, c'est parce que la conquête du Wessex n'est pas terminée.

Le roi sembla se calmer.

— Il est possible qu'elle le soit.

— Comment ? Que veux-tu dire par là ?

Geirmund fronça les sourcils, réfléchissant à tous les sens possibles de la réponse royale. Guthrum poussa un gros soupir ; il parut diminuer à vue d'œil.

— Je veux dire que je suis plus las de la guerre que je l'étais lorsque je suis arrivé à la halle de ton père.

— Nous sommes tous las de la guerre ! cria Geirmund avant de reprendre le contrôle de son chagrin et de sa colère. Tu souhaites t'en cacher ? Ici, dans ce temple chrétien ?

— Me cacher ? répéta le roi, en se retournant enfin pour le regarder droit dans les yeux. Tu oses me traiter de lâche ?

— « De lâche » ? J'espère que non. (Geirmund, qui n'avait pas oublié le conseil d'Eivor, pesait ses mots avec soin.) Je vois que tu fais fortifier cette ville, ce qui est sage. Parfois, il est judicieux de battre en retraite et de reconstituer ses forces. Mais ce genre de retraite dure trop longtemps si elle est motivée par la peur. Tu peux être sûr qu'Ælfred ne reste pas inactif dans sa place forte. Chaque jour que nous lui accordons lui permet de reconstituer ses forces.

— Et alors ? Il ne peut nous prendre ni la Mercie ni l'Est-Anglie. Pas plus que la Northumbrie. Ce sont les territoires des Danois, et il le sait.

— Oui, pour l'heure. Mais si nous laissons ne serait-ce qu'un seul roi saxon en place, en particulier Ælfred du Wessex, ils finiront par reprendre leurs terres.

Guthrum se retourna vers l'autel.

— Il existe peut-être un moyen de signer une paix durable avec Ælfred.

— « Une paix durable » ? Comment peux-tu tenir ce langage ? Qu'est-il arrivé au Danois qui est venu à Avaldsnes ? Tu as juré que l'Angleterre serait à nous, mais seulement une fois que nous aurions pris le Wessex. C'est pour cela que j'ai débarqué sur ces côtes. C'est le serment que je me suis fait. C'est pour cela que je t'ai juré allégeance ! J'ai tourné le dos à mon père, à ma mère, à mon frère. (Geirmund se frappa le torse, comme s'il s'enfonçait un couteau dans le cœur.) Mon père est mort ici même ! J'ai perdu des guerriers et des amis ! Je refuse qu'ils soient morts en vain.

Le roi poussa un nouveau soupir.

— Je te remercie de ta franchise, Hel-hide. Je réfléchirai à ce que tu viens de dire, mais, pour l'instant, je refuse d'en discuter davantage. Laisse-moi.

Geirmund resta figé, abasourdi, tremblant de rage. Il n'arriverait nulle part de cette façon, et avait peur de ce que sa colère le pousserait à faire. Il tourna les talons et sortit.

# Chapitre 31

— Tu devrais le tuer, dit Birna.

Geirmund ne fut pas le seul à être surpris : les autres Hel-hides rassemblés autour du feu semblèrent choqués. Plusieurs jours s'étaient écoulés depuis leur retour à Cippanhamm. Eivor était partie et la mère de Geirmund s'était rendue dans le Nord, à Jorvik, pour attendre le retour de Hámund. Le roi avait refusé de le recevoir depuis leur dernière conversation ; il s'était contenté d'organiser les défenses de la ville sans lancer la moindre action d'envergure contre Ælfred ou le Wessex. Néanmoins, la suggestion de Birna ne lui faisait pas honneur et semblait déplaire aux autres guerriers.

— Prends garde aux paroles trop hâtives, s'inquiéta Eskil. Certains pourraient se méprendre sur tes intentions.

— Je n'ai pas parlé trop vite, rétorqua la skjaldmö. Et je ne parle pas de meurtre. Geirmund devrait défier le roi devant tout le monde. Beaucoup se rangeraient à son côté.

— Le moment n'est pas propice, contra Steinólfur. Guthrum est encore trop fort.

Geirmund comprit que le vieux guerrier parlait de Hnituðr, mais ils n'étaient que quelques-uns à être au courant. Eskil savait que le bracelet avait du pouvoir, tout comme Skjalgi, mais pas les autres. Ils connaissaient juste les exploits de Guthrum au combat, la façon dont il avait vaincu Æthelred. Cela suffit à les ranger à l'avis de Steinólfur, malgré le grognement de mépris de Birna.

— Si Guthrum est si fort, répliqua Skjalgi, pourquoi ne tue-t-il pas Ælfred ? De quoi a-t-il peur ?

Geirmund s'était déjà posé la question. Avec Hnituðr, le roi pouvait presque s'emparer de Sumorsaete à lui tout seul. Le fait qu'il reste à Cippanhamm semblait indiquer qu'il avait perdu foi en son bracelet, ou bien qu'il avait un plan connu de lui seul.

— La peur peut provenir de bien des causes, remarqua Vetr. J'ai vu de puissants guerriers trembler devant une petite araignée.

— Elle était venimeuse, ronchonna Rafn à côté de lui.

Le Danois était désormais capable de s'asseoir, et ses joues avaient repris un peu de couleur. Il passait encore ses journées à dormir, mais Steinólfur disait qu'il avait franchi les eaux dangereuses et qu'il guérirait.

— C'était une araignée mortelle, ajouta-t-il.

— Je pense que c'est Ælfred l'araignée et qu'il tisse sa toile, dit Eskil.

— Peut-être que Guthrum fait de même, ajouta Skjalgi.

— Pour tisser sa toile, rétorqua Vetr, une araignée doit quitter son antre et se risquer sur la branche.

Geirmund regarda en direction de la colline, où la silhouette du temple se détachait sur le ciel nocturne. Ses fenêtres étaient plongées dans l'obscurité, à l'exception de celle du bout où scintillait une faible lueur. Il ignorait pourquoi Guthrum demeurait là-bas, mais cela l'inquiétait. Völund et Birna avaient tous les deux vu une trahison dans sa destinée ; il commençait à comprendre ce que cela signifiait. Guthrum l'avait trahi, ainsi que les Danois, mais sans aller jusqu'à la défaite totale.

*Je ne dois pas oublier ce que m'a dit la voyante : j'ai le moyen de surmonter cette trahison, même si j'ignore comment.*

Il se mit debout.

— Où vas-tu ? demanda Steinólfur.

Geirmund indiqua la colline d'un signe de tête.

— Réessayer.

— Va donc, dit Birna. Continue de discuter. Mais le moment viendra où les paroles seront vaines et alors il faudra agir. Ne le retarde pas trop et ne t'en détourne pas si tu souhaites que tes guerriers continuent de te suivre.

Geirmund hocha la tête, non pour approuver ses dires, mais pour lui signifier qu'il l'avait entendue. Il quitta alors le feu pour monter la colline. Le vent soufflait ce soir-là, courbant les cimes des arbres et chassant les nuages devant les étoiles. Plus il grimpait, plus les bourrasques battaient la crête. Il marchait le dos courbé, la tête baissée, et faillit ne pas voir les deux silhouettes qui quittaient discrètement le temple au moment où il arrivait au sommet.

Ça ne semblait pas être des Danois. Malgré l'obscurité, Geirmund distingua la robe d'un prêtre battant dans le vent, tandis que l'autre silhouette arborait une tenue étrange, avec une coiffe ornée de glands. Ils disparurent comme des voleurs de l'autre côté de la colline, loin de la ville. Geirmund se baissa pour les suivre discrètement, mais il perdit rapidement leur trace dans le noir, au milieu des arbres et des troupeaux de moutons endormis.

Il pensa alors à Guthrum et fila vers le temple, craignant qu'il soit arrivé malheur au roi. Il frappa à grands coups de poing la porte récemment installée.

— Guthrum ! cria-t-il. Mon roi, m'entends-tu ?

Un moment plus tard, la porte s'entrebâilla, laissant entrevoir le visage du monarque.

— Je dormais, dit-il. Que me veux-tu ?

Il n'avait pas la voix ensommeillée ou les yeux plissés. Geirmund jeta un coup d'œil dans la direction où les voleurs avaient fui, faillit lui en parler, puis se ravisa.

— Alors ? insista le roi.

— Pardonne-moi de t'avoir réveillé, répondit Geirmund. J'avais cru entendre des bruits, mais ce n'était que le vent.

Guthrum grommela et ferma la porte, laissant Geirmund dehors dans le froid, à s'interroger sur la présence des deux intrus.

Il comprit alors que les hommes qu'il avait aperçus étaient sortis du temple et que le roi, éveillé et indemne, lui avait menti en affirmant être au lit. Geirmund se doutait que, s'il avait évoqué les deux intrus, Guthrum aurait également menti à leur sujet. Il aurait peut-être même tout fait pour l'empêcher d'apprendre la vérité.

Après cela, Geirmund décida de se cacher tous les soirs au milieu des moutons, au pied de la colline, pour surveiller les bois et les pentes en guettant le retour des voleurs. Il ne dit rien à personne, pas même à Steinólfur. Pendant huit nuits d'affilée, il ne vit rien et rentra se coucher juste avant le lever du soleil, glacé jusqu'aux os, endolori par l'attente. La neuvième nuit, le voleur en robe de prêtre finit par revenir.

Geirmund se faufila derrière l'intrus et le jeta aisément à terre, effrayant les moutons au passage, avant de le clouer au sol en plaquant la pointe du scramasaxe de son père sur sa gorge. C'est alors qu'il identifia son captif.

— John ?

L'expression de terreur de l'homme laissa place au soulagement.

— Geirmund, Dieu soit loué !

— Garde tes prières, rétorqua Geirmund en laissant sa lame plaquée sur sa peau. Que fais-tu ici, prêtre ?

— Je… je suis…, balbutia l'homme. Je viens voir comment les Danois traitent les gens de Cippanhamm qu'ils ont réduits en esclavage.

— Était-ce la raison de ta présence il y a neuf nuits ?

John écarquilla les yeux.

— Je…

— Tu étais dans le temple en présence de Guthrum et d'un autre homme. Qui était-ce ?

Le prêtre hésita.

— Un ménestrel.

— Qu'est-ce que c'est ?

— Un conteur. Une sorte de chanteur.

— Un scalde ?

— C'est ce que dirait un Danois, oui.

Geirmund repéra une sacoche de cuir à l'épaule du prêtre.

— Que portes-tu ?
— Rien, répondit John. De la nourriture. C'est tout.
— Donne-la-moi.
— Geirmund, je t'en prie…
— Donne-la-moi ! ou bien je te forcerai à le faire.

Plutôt que de se recroqueviller, John sembla reprendre son calme, comme s'il avait fait semblant d'avoir peur. Il plissa les yeux et son corps se détendit, malgré la présence de l'arme sur sa gorge. Geirmund crut voir un autre homme derrière la robe du prêtre, un inconnu qu'il n'avait pas perçu lors de leurs journées passées ensemble.

— Vas-tu me tuer, Hel-hide ?
— Ne m'appelle pas par ce nom.

Geirmund se pencha pour attraper la sacoche de cuir et l'arracha du bras du prêtre. Le mouvement fit glisser la lame sur son cou, laissant derrière elle une traînée rouge. Geirmund retira son épée pour reculer d'un pas.

— Lève-toi.

John obéit, essuyant d'une main le sang sur son cou.

— Et maintenant ?

Geirmund regarda à l'intérieur de la besace, qui contenait plusieurs rouleaux de parchemin. Il comprit alors que John n'était qu'un messager. En revanche, il ignorait que Geirmund savait désormais lire.

— Et maintenant tu pars.
— Que vas-tu faire de ma sacoche ?
— Je vais la porter à Guthrum.

John hocha la tête ; il sembla sourire dans l'obscurité.

— Et si je refuse ?
— Je ne te tuerai pas, prêtre, répondit Geirmund en rengainant sa lame. Je me demande si je te connais vraiment, mais, en mémoire du temps que nous avons passé ensemble, je ne te tuerai pas.

John inclina la tête.

— Je te remercie de ta…

— Les autres Danois s'occuperont de toi dès que je les appellerai, et ils prendront leur temps pour te tuer.

Le prêtre jeta un coup d'œil vers la colline.

— Tu oserais faire cela ?

— Oui, répondit Geirmund. J'ignore pourquoi tu es ici, mais je t'offre la vie comme cadeau d'adieu. Si jamais je recroise ta route, nous serons deux étrangers l'un pour l'autre, Viking et Saxon, païen et prêtre.

John garda le silence pendant un moment, puis il hocha la tête.

— Je prierai toujours pour le salut de ton âme, Geirmund Hjörrsson.

Geirmund haussa les épaules.

— Libre à toi de perdre ton temps.

John sourit, puis il se détourna et s'en alla sans se presser. Geirmund le regarda s'éloigner jusqu'à le voir disparaître dans l'ombre des arbres, puis il grimpa la colline en direction du temple.

Il ne se rendit pas directement auprès de Guthrum : il choisit de revenir au feu de camp des Hel-hides où, à la lueur du feu, il commença à lire les parchemins de la sacoche de John. Il eut du mal à déchiffrer certains mots, mais saisit le sens des missives, qui dévoilaient clairement le déshonneur et la trahison de Guthrum. Il comprit alors qu'une partie de sa destinée venait de s'accomplir. Cette nouvelle l'apaisa, mais de manière froide et amère, comme un vent d'hiver balayant des plaines glacées. Il savait ce qu'il lui restait à faire. Il alla réveiller Steinólfur pour partager avec lui ce qu'il venait d'apprendre.

Sans l'existence des parchemins, le vieux guerrier n'aurait sans doute pas cru Geirmund. Il sembla assommé par la nouvelle.

— Je ne comprends pas. Guthrum et Ælfred sont de mèche ?

— Oui.

— Depuis combien de temps ?

— Je l'ignore. Une nouvelle bataille doit opposer les Saxons et les Danois. Guthrum y annoncera sa reddition. Il sera baptisé dans la foi chrétienne, puis il recevra les terres à l'est de la voie romaine nommée Wæcelinga. Ælfred conservera le Wessex.

— Pourquoi Guthrum ferait-il une chose pareille ?

— Lui seul peut répondre à cette question. J'ai appris qu'il y avait des forces invisibles à l'œuvre en Angleterre, d'anciens ordres et confréries. Mon père et ma mère les ont affrontés à Jorvik, et il semblerait qu'Ælfred soit impliqué dans tout cela.

— Et voilà qu'il tient Guthrum dans sa toile, comprit Steinólfur. Ælfred est peut-être bien une araignée, en fin de compte.

— Il y a une dernière chose, ajouta Geirmund. Ælfred exige que Guthrum lui donne son bracelet. Je l'en empêcherai.

— Que comptes-tu faire ?

— Le reprendre.

— Comment ?

— Je ne sais pas encore, mais la voyante m'a dit que j'avais déjà reçu le moyen d'y arriver.

— Quand ?

— Ce soir. Maintenant. Le messager d'Ælfred va le prévenir que j'ai sa sacoche de missives. Il risque de réagir rapidement.

Le vieux guerrier commença à se lever.

— Dans ce cas, allons…

— Non, mon vieil ami, l'arrêta Geirmund. J'agirai seul. Tu dois rassembler les Hel-hides et te préparer à les emmener loin d'ici quelle que soit l'issue de ma confrontation avec Guthrum. Si je péris, tous ceux qui me suivent deviendront ses ennemis. Mais je ne pense pas que mon destin soit de mourir ce soir.

Steinólfur le prit dans ses bras et l'étreignit avec fougue, ce qu'il n'avait encore jamais fait. Geirmund sentit toute la frustration, la fierté et l'amour du vieux guerrier.

— Ton destin n'est pas de périr, confirma Steinólfur, avant de s'écarter en essuyant les larmes de ses yeux. Je vais rassembler les Hel-hides, mais nous ne partirons pas sans toi : c'est toi qui mèneras la marche.

Geirmund lui adressa un dernier hochement de tête avant de partir vers la colline. Il n'avait aucun plan, mais même la ruse ne lui permettrait pas de vaincre Guthrum tant que ce dernier portait le bracelet. Quelques années plus tôt, à Avaldsnes, on l'aurait traité de fou ou de téméraire pour ce qu'il s'apprêtait à faire. Cependant, il savait désormais que les vrais inconscients poursuivaient leur destinée la peur au ventre, dissimulant leurs craintes sous un masque de mépris. Geirmund l'avait fait à l'époque, mais plus maintenant. Il n'avait plus peur de confronter son destin. Plutôt que de s'élancer à l'assaut de la colline, il se contenta de marcher.

Une fois arrivé au temple, il frappa à la porte et entendit la voix de Guthrum résonner à l'intérieur.

— Entre !

Geirmund franchit le seuil.

— Tu es en retard, grommela le roi qui, le dos tourné, contemplait l'autel où brûlait une lampe de craie.

Il se retourna vers le Hel-hide et sursauta.

— Geirmund ? Que fais-tu… ?

— Qui attendais-tu ?

Le roi garda le silence un instant.

— Que veux-tu, Hel-hide ?

Geirmund s'avança vers lui à travers la salle.

— Je veux le bracelet.

— Quoi ? fit Guthrum avant de s'esclaffer.

— Le bracelet de Völund, Hnituðr. Je suis venu le récupérer, puis je partirai en compagnie de mes Hel-hides.

— Tu admets enfin que tu ne respectes pas tes serments. Je savais que tu finirais par me trahir.

— Est-ce pour cela que tu m'as envoyé à la mort par deux fois ?

— Oui, avoua le roi, tandis que la lampe derrière lui projetait une ombre aussi immense qu'un jötunn sur Geirmund, le sol et les murs. Cependant, j'espérais aussi que tu reviendrais.

Geirmund s'arrêta à quelques pas de l'autel.

— Me voici. Et c'est toi qui as brisé ton serment.

Le roi s'esclaffa.

— Comment ?

— Tu es de mèche avec Ælfred. Tu as prévu de devenir chrétien et de trahir tes dieux, ainsi que tes guerriers, en te rendant à cette araignée saxonne.

Guthrum garda le silence un instant.

— Tu es rusé, Hel-hide, mais tu as tort. Je n'ai brisé aucun serment, car je suis roi et je ne réponds à personne.

— Et ton honneur, alors ?

— Et la paix, alors ? répliqua Guthrum d'un ton vif. Les fils de Ragnar et les guerriers qui les accompagnaient dorment dans leur tombe, emportés par l'épée. À quoi leur sert leur honneur aujourd'hui ? Nous autres Danois en avons assez des pillages et de la guerre. Mes hommes veulent s'établir sur les terres qu'ils ont gagnées. Ils veulent boire, chasser, baiser et faire des enfants, puis vieillir en racontant des histoires sur leur jeunesse. Tu préfères que je leur dise de continuer à se battre et à mourir ?

— Ils mourront au lit ou au combat, mais ils mourront tout de même, car nulle trêve n'est possible avec la mort. Seuls les lâches…

— Ne me parle pas de destinée ! s'exclama Guthrum en posant la main sur la poignée de son épée. Est-ce le destin qui a coulé ma flotte et noyé mon armée ? Est-ce le destin qui a tué Ubba, et Ivarr, et Bersi ? Est-ce le destin qui a accordé la victoire à Ælfred et son frère à Ashdown ?

— Oui, répondit Geirmund, tout comme le destin t'a donné Cippanhamm.

— « Cippanhamm » ? s'esclaffa le roi avec amertume. Nous ne sommes pas venus pour Cippanhamm ! Sans Ælfred, ce n'est qu'un trou plein de moutons puants. (Il dégaina son épée et la pointa sur Geirmund.) Nous sommes venus ici pour le roi du Wessex ! Nous avons choisi cet endroit pour qu'il affronte son hirð, mais il s'est enfui. Nous n'avons pas les forces pour affronter les fyrds des ealdormen et nous sommes entourés par les guerriers du Wiltescire, du Bearrocscire et du Defenascire. Si tu appelles ça le destin, moi, j'appelle ça une malédiction.

— Tu as pourtant le bracelet, rétorqua Geirmund.

— Le bracelet, c'est la guerre ! beugla Guthrum. Et moi je veux la paix. Alors je dis qu'il n'y a ni destin ni malédiction. Nous ne sommes que des mannequins de paille, forcés de forger notre propre paix et notre propre destinée.

Geirmund comprit alors que seul un voyant aurait le pouvoir de le faire changer d'avis. Guthrum renonçait à croire aux Trois Fileuses, car il n'avait pas le courage d'affronter le destin qu'elles avaient tissé pour lui. Ce genre de couardise se transformait rarement en courage.

— Je ne tiens plus à me battre pour le Wessex, dit-il. Je te laisse faire la paix avec Ælfred, mais à condition d'avoir le bracelet.

Guthrum soupira.

— Tu devras venir le chercher, Hel-hide, si tu t'en crois capable, car je ne te le donnerai pas.

— Pourquoi ?

— Ælfred veut le détruire. C'est le prix à payer pour la paix.

Geirmund dégaina son épée, Bróðirgjöfr, et s'élança vers le roi. Guthrum resta stoïque, levant à peine son arme alors que son adversaire abattait la sienne à deux mains, de toutes ses forces.

Avant que son coup ne porte, Geirmund sentit sa lame ralentir comme s'il frappait dans l'eau, puis il crut cogner la roche tellement l'impact résonna dans ses bras, l'envoyant tituber en arrière.

— Tu vois, à présent, dit le roi en avançant vers lui.

Geirmund retrouva son équilibre et se planta face au Danois. Il ignorait comment percer la défense du bracelet mais ne comptait pas abandonner le combat, quelle qu'en soit l'issue. Ce duel l'attendait depuis le moment où il avait donné Hnituðr à Guthrum.

Il poussa un rugissement et chargea de nouveau, son épée toujours à deux mains, mais levée au niveau de l'épaule, pointe en avant. Lorsqu'il arriva sur Guthrum, il sentit le même ralentissement affecter son arme, repoussant son bras en arrière. Le roi abattit alors sa lame avec une force surhumaine.

Bróðirgjöfr vacilla, puis le choc l'envoya voltiger avec fracas sur les dalles de pierre du sol, déséquilibrant Geirmund. Du coin de l'œil, ce dernier vit Guthrum lui assener un deuxième coup ; il se jeta à terre pour l'esquiver d'une roulade.

Guthrum s'esclaffa.

— Savais-tu ce que c'était avant de me l'offrir ?

Geirmund se releva d'un bond, et dégaina le scramasaxe de son père de son fourreau. Guthrum s'avança sur lui en faisant mouliner son épée dans l'air comme un berger guidant ses moutons. Geirmund changea de posture d'attaque, gardant une main libre pour mieux contrôler ses coups et garder l'équilibre. Même les armures les plus solides avaient des points faibles, et il enchaîna les coups d'estoc et les esquives, les frappes brutales et les bonds en arrière, à la recherche d'une ouverture. Hélas, la puissance du bracelet formait comme une muraille impénétrable autour du Danois, et Geirmund ne faisait que s'épuiser.

Il recula de quelques pas pour reprendre son souffle, le front couvert de sueur. Il comprit que la mort n'allait pas tarder à le frapper. Si Guthrum avait été plus jeune, plus fort ou plus habile, il aurait déjà succombé. Il devait affaiblir le Danois derrière son armure invisible, comme il l'avait fait avec Krok.

— Une fois que tu seras devenu chrétien, on m'a dit qu'Ælfred te donnera un nouveau nom. Tu seras comme son chien, à lui renifler le derrière et mendier à sa table.

Guthrum s'esclaffa.

— Tu ne sais rien, Hel-hide. N'importe quel chrétien d'Angleterre serait honoré d'être baptisé par Ælfred.

Il se jeta sur Geirmund en frappant vite et fort. Celui-ci lutta pour garder son épée en main alors que les coups du Danois s'enchaînaient d'un côté puis de l'autre. Finalement, la poignée de bois polie glissa de sa paume couverte de sueur et le scramasaxe voltigea loin de lui.

Le roi grimaça un sourire de troll dans la pénombre avant d'assener un violent coup de tête dans le nez de Geirmund. Celui-ci s'écroula en arrière, du sang plein les lèvres, aveuglé par le choc et les larmes. Il cligna des yeux alors que Guthrum approchait, épée levée, prêt à le clouer au sol.

Geirmund se savait condamné à mourir, mais il n'avait pas d'arme en main, plus aucun moyen de rejoindre son père au Valhalla. Il ne lui restait plus que le couteau de bronze de Bragi, comme lorsqu'il avait sombré dans la mer et cru se noyer. Cette fois, il refusa d'abandonner et sortit la lame de son fourreau ; il lui restait une dernière griffe.

Geirmund garda l'arme cachée sous son corps jusqu'au moment où le Danois se pencha sur lui.

—Adieu, Hel-hide, déclara Guthrum. Tu…

Geirmund bondit comme un loup sur sa proie. Il s'attendait à être repoussé, mais il entendit un grognement, puis retomba sur le sol froid tandis que le roi titubait en arrière. Geirmund regarda le couteau dans sa main, la lame couverte de sang. Il avait poignardé le Danois.

Guthrum venait également de s'en rendre compte. Il baissa les yeux vers sa cuisse où grossissait une tache rouge, puis contempla le couteau de Geirmund avec un air horrifié. La blessure ne semblait pas mortelle, mais ce n'était pas la raison de sa terreur. Le roi venait de comprendre que Geirmund possédait une lame capable de le tuer et qu'il n'hésiterait pas. Il voyait son destin en face.

Le roi lâcha son épée, qui tomba avec fracas sur le sol du temple, puis recula en boitant jusqu'à l'autel tandis que Geirmund se remettait debout.

—Où as-tu trouvé cette arme ? demanda Guthrum.

—C'est un simple couteau, répondit Geirmund. Un cadeau pour me rappeler que les vrais ennemis ne sont pas toujours ceux que l'on croit.

Le roi se cogna sur l'autel et s'y agrippa pour reprendre l'équilibre.

— Si je te donne le bracelet, me laisseras-tu la vie sauve ?

Geirmund éclata de rire.

— Tu penses toujours qu'on peut faire une trêve avec la mort ?

— Nous pouvons faire la trêve entre nous.

Geirmund contempla de nouveau l'arme de bronze et repensa à Bragi, qui s'en était servi pour couper de la viande, le soir où ils avaient parlé du destin des armes. À ce souvenir, Geirmund fit son choix.

— Envoie-moi le bracelet.

— Comment puis-je être sûr que tu…

Geirmund leva le couteau en tenant la lame entre ses doigts, comme pour le lancer sur le roi.

— Le bracelet, répéta-t-il, ou je ne te manquerai pas.

Guthrum releva sa manche bien haut, glissa sa main en dessous et glissa lentement le bracelet le long de son bras, jusqu'à le retirer. Il le contempla un moment, puis le jeta en direction de Geirmund.

Les couleurs du métal luisant se réverbérèrent un instant sur les murs du temple, puis Geirmund l'attrapa en plein vol. Il ne l'avait pas vu depuis fort longtemps et s'émerveilla de sa beauté, de sa conception, de ses runes luisantes.

*Hytham voudra sans doute le voir et en savoir plus à son sujet*, songea-t-il.

Il le glissa sur sa main, puis le remonta le long de son bras, à l'abri de sa manche.

— N'aie pas peur, Danois. Je n'ai pas l'intention de te tuer. Un homme sage m'a dit un jour qu'une fois l'hiver venu les rois comme les thralls ne peuvent récolter que ce qu'ils ont semé en été. Je ne l'avais pas vraiment cru à l'époque, mais je constate aujourd'hui à quel point c'est vrai. Si l'Angleterre m'a appris une chose, c'est que la guerre ne produit que plus de guerre.

Guthrum poussa un grognement de mépris.

— Tu souhaites donc la paix à présent ?

— Pas la tienne, réplique Geirmund. Pas la paix du lâche ni celle des rois qui laissent les hommes mourir pour eux. Je ne prêterai plus jamais serment envers un roi ou un jarl. Je ferai ma propre paix, avec honneur.

Guthrum déglutit en grimaçant, la main plaquée sur sa cuisse en sang.

— Quitteras-tu l'Angleterre ?

— As-tu peur que je reste ? rétorqua Geirmund. J'irai librement là où ma volonté me porte, poursuivit-il sans attendre de réponse. Les royaumes finiront par disparaître. Tout comme les fortunes. Les guerriers. Et toi et moi. Tout ce qui demeurera, ce sont l'honneur et la gloire de celui qui les a mérités. Et toi, Guthrum le chrétien, tu n'oublieras jamais que je suis Geirmund Hjörrsson, surnommé Hel-hide.

# Épilogue

Il y a les dieux des terres, qui règnent sur des bouts de sol et se font la guerre pour agrandir ou tracer leurs frontières. Ils vivent comme des prisonniers derrière les murs de leurs forteresses, leur liberté et leur fortune scellées à la terre. Il y a également les rois des mers, dont les halles sont des drakkars voguant librement sur la trace des baleines. Les vagues et les courants sont leur royaume, et ils ont pour toutes frontières les rivages et les plages, et pour toute limite leur courage.

Avant que Geirmund Hel-hide ne devienne un roi des mers et avant qu'il ne s'installe aux confins de l'Islande, loin à l'ouest, il combattit les Saxons en Angleterre pour le compte des Danois, remportant de nombreuses batailles par sa ruse et son courage. Lorsque Guthrum, roi des Danois, fit la paix avec Ælfred, le roi du Wessex, Geirmund et ses guerriers Hel-hides chevauchèrent vers le nord puis, après un certain temps, prirent la mer en compagnie de son frère jumeau, Hámund.

Ils avaient pour compagnie Steinólfur et Skjalgi, Vetr et Rafn Un-Bras, Eskil le géant et Birna la skjaldmö, Thrand Pointe-Mortelle et Kjaran, ainsi que de nombreux guerriers qui avaient prêté les mêmes serments que tous les autres Hel-hides. Ils pillèrent et commercèrent aux limites du monde, accomplissant des exploits célébrés et souvent racontés, gagnant gloire et fortune, au point que leurs drakkars étaient connus et craints de tous.

On dit parfois que Geirmund arborait un bracelet, créé par Völund le forgeron, qui changeait sa peau en fer et le rendait insensible aux armes. Cependant, à sa mort, on n'en trouva aucun sur son bras ni dans ses halles ou dans le tertre où il fut enterré. Tout le monde s'accorda à dire qu'il n'avait pas besoin de bracelet pour devenir roi et que sa gloire était bien méritée.

Achevé d'imprimer en novembre 2020
Par CPI Brodard & Taupin à La Flèche
N° d’impression : 3039795
Dépôt légal : décembre 2020
Imprimé en France
2812107-1